목차

제 9 장

새로운 생활편

"멍하니 있지 말고 똑바로 감상을 말하도록 하세요! 제 수제 요리라고요!"

내가 문득 정신을 차렸을 때, 나는 알 수 없는 상황에 처해 있었다. 빙글빙글 꼬아놓은 금발의 아가씨가 시선을 향하는 것만으로도 화가 치민다는 태도로 나를 바라보았다.

좋아, 일단 침착하자고. 당황해봤자 좋을 건 하나도 없어. 냉정하게 상황을 살펴보도록 하자.

주변을 이리저리 둘러보자 눈에 들어오는 풍경은 그렇게 넓은 편은 아닌 집 안이었다. 넓지 않다고는 해도 내가 옛날에 나고 자랐던 친가와 비교해 보면 훨씬 넓다는 인상이다. 내 주변에는 빙글빙글 롤 헤어 아가씨와 함께 테이블에 둘러앉은 두 사람의 사랑스러운 소녀가 있었다.

문제는 아가씨를 포함해서 눈에 보이는 사람들 전부, 어딜 어떻게 생각해도 도저히 일본인으로는 보이지 않는다는 점이었다.

내 눈앞에 있는 아가씨는 일단 차치해 두고서 지금까지의 기억을 되짚어 보았다. 그래그래, 나는 분명히 이세계로 전생했었다. 중세 유럽풍 세계관과 많이 닮았으면서도 묘하게 일본스러운 부분이 있는, 그런 잘 알기 힘든 세계에서 다시 태어났고 거기서 한 사람과 만났다.

"아, 클레어 님."

"어머! 또 존칭을 붙이는 말투로 돌아왔잖아요! 존칭은 빼고 이름으로 불러 달라고 말했죠!"

이 쨍쨍 울리는 목소리, 틀림없다. 그녀는 클레어 프랑소와.

내가 제일 좋아하는 연애시뮬레이션 게임인 Revolution 속 등장인물이자, 세상에서 가장 사랑하는 내 아내다.

그렇다면 설마 이건 바로 그 설마인건가? 그거입니까, 과거회상 플래그라는 녀석입니까.

"클레어 님."

"그래요. 레이는 존칭 같은 건 떼버리고…… 아니, 전혀 달라지지 않았잖아요?!"

"혹시 제 이름을 기억하고 계십니까?"

"……정말 무슨 일 있는 건가요, 레이 테일러?"

과연 그렇구나. 이제 이해가 간다. 탁자 위에는 요리(임시)라고도 부를 수 있을 거 같은 수수께끼의 물체가 담긴 그릇이 있었다. 아무래도 나는 클레어 님의 수제 요리를 먹고서 잠깐 정신이 안드로메다에 다녀온 모양이다.

내 본명은 오오하시 레이. 레이 테일러라는 건 이 세계에서의 내 이름이다. 즉, 여기는 클레어 님과, 그리고 사랑스러운 메이, 알레어와 함께 살고 있는 즐거운 마이 하우스다.

"땡 잡았다!"

"잠깐만요 레이 정말 괜찮은 거예요? 거기다 그 천박한 말버릇은 자제해 주세요. 메이랑 알레어의 교육에 좋지 않아요."

클레어 님이 뭐라고 말씀하고 계셨지만, 나는 거기에 신경 쓸 겨를이 없었다. 혹시나 설마하니 그 격동의 1년간이 그저 단순한 꿈이었을지도 모른다는 불안감이 엄습했기 때문이다. 클레어 님과 만나고, 조금씩 서로의 마음을 알아가면서, 소중한 친구들의 도움을 받아 혁명이라는 거친 파도를 뛰어 넘은 후, 마침내 하나로 이어졌던 노도와도 같은 나날들.

꿈이 아니라 현실이라서 다행이다.

"클레어 님."

"뭔가요? 아니 그보다 슬슬 경어를 붙이는 버릇을 좀 고쳐줬으면 하는데요."

"좋아합니다."

"……네?"

클레어 님은 어안이 벙벙한 표정을 짓고 있었다. 무슨 소린지 이해하지 못한 모양이다. 정말 어쩔 수 없네.

"클레어 님, 저는 클레어 님을 정말 좋아해요."

"뭐…… 뭐뭐뭐……?!"

내 말의 의미가 뇌에 스며들기 시작하자 클레어 님은 몹시 당황하기 시작했다. 응, 귀여워. 이 세계에서 내 최애 캐릭터── 그건 다른 누구도 아닌 이 반짝이는 영애, 클레어 님인 것이다.

그녀── 클레어 프랑소와는 Revolution 내에서 악역 영애다. 악역 영애라는 것은 여주인공을 괴롭히다가 마지막에는 여주인공에게 역전당하고 마는, 주인공을 위한 발판 같은 포지션의 캐릭터를 말한다. 귀한 집 여식이면서도 성격이 나쁘고, 추종자들을 데리고 다니면서 주인공을 번번이 괴롭히러 온다……라는 건 뭐, 이미 옛날 얘기지.

나는 그런 악역 영애에 해당하는 클레어 님에게 푹 빠졌다.

고압적인 성격, 시끄럽게 쨍쨍 울리는 목소리, 심보 고약한 여러 악행들……은 최근 들어선 볼 수 없다. 본인을 앞에 두고서 이런 말 하기는 뭐하지만 함께 달려온 지난날의 기억을 떠올리는 것만으로도 헤실헤실 웃어버리고 만다. 게임 플레이어들한테서 무턱대고 미움 받기 마련인 클레어 님이지만, 나는 남들이 보기엔 좀 이상한 거 아니냐 싶을 정도로 클레어 님을 정말 좋아한다. 그녀를 구성하고 있는 모든 요소가 내 마음을 설레게 해서 도저히 참을 수 없다. 오히려 클레어 님이 성인군자처럼 행동했다면, 혹시 오늘 열이라도 있으신 건가 싶은 생각부터 드는 나다. 나도 참 클레어 님에 대한 사랑이 중증이다.

"레이도 참 대체 무슨 소릴 하는 거예요?! 시간도 이제야 막 저녁이고, 여기에는 메이랑 알레어도 함께 있잖아요?!"

"우리가 있으면 왜 안 되는 거야~?"

"안 되는 거예요~?"

"아, 아뇨, 부디 신경 쓰지 마시길 부탁드릴게요. 두 사람 다 나중에 어른이 되면 알게 될 거예요. 정말이지 레이 때문에……."

"무슨 소리냐고 하셔도…… 저는 그저 클레어 님이 몹시 좋을 뿐인데요."

"흐……흥, 새삼스러운 사랑의 고백인가요? 쓸데없는 짓이에요. 저는 이 이상 없다고 자신 있게 말할 수 있을 정도로 당신을 좋아하니까 말이죠!"

삐진 듯이 훽 하고 고개를 돌리는 클레어 님.

"……귀여워라."

"무……무슨……!"

앗차, 나도 모르게 번뇌가 입 밖으로 나와 버렸다. 클레어 님은 엄청나게 동요하고 있었다.

"당신…… 혹시나 그…… 지금 불끈불끈해져버린 건가요?"

"아뇨 딱히 그래서 그런 건…… 맞을 수도 아닐 수도 있습니다만 그걸 떠나서 클레어 님이 아주 귀여워서요."

"……."

아, 입을 다물어 버리셨다. 뺨이 홍조로 물들어 있었다. 아주 좋아…… 이 순진무구한 반응.

"클레어 님은 저를 좋아하시는 거죠?"

"다, 당연하죠!"

"그걸로 충분해요. 팍팍 사랑해주세요. 자 사양하지 말고 얼마든지 와주세요."

"대…… 대체 뭔가요. 오늘의 레이는……."

역시나 이건 이상하다는 생각이 들기 시작한 클레어 님.

"자, 즐겁고 신나는 저녁 식사의 시작이네요, 클레어 님! 우리 함께 있는 힘껏 즐겨보죠!"

"어쩐지 이 전개, 어디선가 봤던 거 같은 느낌이 들어요."

이렇게 해서 혁명의 거친 파도를 뛰어넘은 나는 사랑스런 클레어 님을 귀여워하는 매일매일을 맞이했다. 모처럼 살아남았다. 마음껏 클레어 님을 귀여워해 주겠어.

"그래서? 어쩐지 의식이 잠깐 날아갔다 온 모양인데요?"

"클레어 님의 수제 요리 때문에, 너무나도 기쁜 나머지 잠깐 실신했던 것 같습니다."

"과장이 너무 심해요."

"아뇨 어쩐지 고층 빌딩 최상층에서 백만 달러짜리 화려한 야경이 보였습니다."

"빌딩? 백만 달러?"

어이쿠, 이런.

방금 전에 정신을 잃은 동안에 보였던 광경을 그대로 설명했지만, 클레어 님을 한층 더 혼란스럽게 만들었을 뿐이었다. 방금 그건 대체 뭐였던 걸까. 전생하기 전에도 그런 광경은 본 적이 없었을 텐데.

"아뇨, 아무것도 아닙니다. 이제 괜찮습니다."

"그런가요? 그렇다면 다행이지만……."

네에 그렇고말고요. 이렇게 누군가가 걱정해 주다니 정말 행복하구나, 싶어서 새삼스레 지금의 생활을 다시금 음미했다. 나의 사랑스러운 클레어 님. 자아, 그 핑크빛 입술로 저를 좀 더 교육해주세요.

"레이."

"왜요왜요."

만약 나한테 꼬리가 달려있었다면 분명 강아지처럼 붕붕 흔들리고 있었을 것이다. 그러나——.

"정말로…… 정말로 괜찮은 건가요? 내일 이 시간쯤에는 제국으로 향하는 마차 안에 있을 텐데요?"

…….

……그렇다. 내 이세계 전생 제2막, 전망은 굉장히 밝다……

고 생각하고 있었다. 하지만 요 몇 달 동안 이어졌던 안식의 나날들과도 슬슬 작별을 고해야만 하는 것이다.

이야기는 한 달 전으로 거슬러 올라간다.

혁명이 일어난 지 1년이 조금 더 지났을 무렵의 이야기다.

“클레어 님, 잊으신 물건은 없나요?”

아침, 현관 앞에서 구두를 신고 있는 클레어 님에게 말을 건네자, 클레어 님이 살짝 불쾌하다는 눈으로 나를 돌아보았다. 네, 그런 시선도 아주 멋집니다.

“레이, 당신 말이죠……. 저를 몇 살짜리 어린애라고 생각하는 건가요.”

“이제 곧 17살이 되시죠.”

내가 클레어 님의 나이를 잊어버릴 리가 있겠는가. 아니 절대 없다. 벌써부터 생일 때 뭘 할지에 대해서 이런저런 회로를 돌리고 있을 정도다.

“맞아요. 17살이에요. 거기다 애를 둘이나 키우고 있는 어른이라고요?”

“알고 있습니다. 그거야 그렇다 치고 손수건은 챙기셨나요?”

노파심에 또다시 확인하자, 클레어 님은 귀찮다는 듯이 대답했다.

"챙겼어요."

"티슈는요?"

"챙겼어요."

"도시락은요?"

"챙겼어요."

"야리꾸리한 약을 넣어놨으니 꼭 챙겨 드세요."

"그걸 왜 챙겨요?! 뭘 하는 거예요?!"

벌컥 화를 내는 클레어 님. 응, 오늘도 씩씩하신 것 같으니 더 바랄게 없다.

"농담인 게 당연하잖아요. 에이 싫다앙."

"레이가 말하면 농담으로 안 들린다고요……."

클레어 님은 벌써부터 지친 표정이었다.

"클레어 님, 기운이 없으시네요? 아침부터 그렇게 기운을 빼시면 안 되잖아요."

"이게 다 누구 때문이라고 생각하는 건가요?!"

제 탓입니다. 일부러 그랬습니다. 쿠후후.

"어라~? 클레어 엄마, 아직도 출근 안 한 거야~?"

"빨리 안 가면 지각할 거예요~."

현관 앞에서 클레어 님을 놀리고 있자니, 아침 식사를 마친 메이랑 알레어가 배웅하러 다가왔다.

"두 사람 다, 다 먹은 그릇은 정리했나요?"

"응."

"정리했어요~."

"좋아요. 그럼 저는 다녀올게요. 레이, 두 사람을 잘 부탁해요."
"알겠습니다. 다녀오세요."
""다녀오세요~.""
아이들과 함께 흔들리는 롤 헤어를 배웅했다. 이런 풍경에도 이제 제법 익숙해졌다. 클레어 님과 나는 지금 왕립학교에서 교사로 일하고 있다. 둘 다 동시에 집을 비울 때도 많지만, 오늘처럼 한 사람은 집을 보게 되는 일도 적지 않다. 오늘은 클레어 님이 출근하고 내가 집을 보는 날이다.
"그럼 둘 다 양치를 해볼까."
"응."
"알겠어요."
내 말에 얌전히 고개를 끄덕이는 메이랑 알레어. 오늘은 둘 다 기분이 좋은 모양이다. 기본적으로는 착하고 솔직한 아이들이지만 최근 들어서 투정을 부리는 법을 몸에 익혔는지 클레어 님과 나를 휘두르고 있다. 사실 두 사람이 어떻게 자라왔는지를 생각하면, 조금쯤은 이렇게 투정을 부리는 게 된 게 오히려 기쁜 일이라고 생각한다. 둘이서 나란히 서서 칫솔을 움직이고 있는 메이와 알레어를 바라보며 나는 어쩐지 흐뭇한 기분이 들었다.
"레이 엄마, 마무리를 부탁드려요~."
"메이도 메이도~!"
"그래그래, 순서대로 해줄게."
카펫 위에 풀썩 앉자, 먼저 알레어가 품으로 뛰어들어왔다. 얼굴을 들고서 활짝 웃으며, 입을 크게 벌렸다. 가지런히 정돈

된 귀여운 유치가 보였다. 나는 조심스럽게 이빨을 닦아줬다.

"자, 알레어는 끝. 다음은 메이네."

"고맙습니다."

"알레어, 빨리 비켜줘~!"

거의 반쯤 밀쳐 내듯이 무릎걸음으로 다가오는 메이. 메이는 알레어보다도 훨씬 어리광쟁이다. 메이의 이빨도 꼼꼼하게 닦아줬다.

"자, 메이도 끝. 입을 헹구고 오렴."

"응!"

메이도 세면장으로 달려갔다. 호다다닥, 하는 발소리가 귀엽게 느껴졌다. 우리 애들은 기본적으로 손이 많이 가지 않는 애들이라, 아직 초보 부모가 된 입장으로선 매우 다행이었다. 아마도 이 세상 대부분의 부모님들은 우리 집보다 훨씬 더 마음고생을 하고 있을 것이다.

전생 때 이야기지만, 결혼해서 아이를 둔 친구들은 다들 입을 모아 하루하루가 전쟁이라고 말했다. 지금은 클레어 님도 나도 그렇게까지 힘든 경우는 없었다. 때때로 큰 소리로 울면서 말을 안 듣는 경우도 있기는 하지만, 겨우 그런 정도론 전쟁 축에도 안 든다. 그저 하나의 일상이다.

"아니면 이제부터 시작인 걸까나?"

메이와 알레어를 가족으로 맞이한 지도 슬슬 1년 가까이 됐다. 처음에는 생기 없는 눈동자를 한 채, 마치 인형 같았던 두 사람의 모습을 이제는 상상도 할 수 없을 정도로 씩씩한 모습이다. 하지만 이제부터 시작인걸지도 모른다.

“아, 메이도 참~. 레이 엄마~, 메이가 물을 쏟았어요~.”

“알레어, 왜 이르는 거야! 메이가 직접 닦을 수 있는걸! 나빴어~!”

그런 생각을 하고 있었을 때, 살짝 트러블이 일어난 모양이었다. 나는 걸레 두 장을 들고서 세면장으로 향했다. 무슨 일인지 보자, 바닥이 약간 젖어있는 걸 메이가 수건으로 닦으려고 하고 있었다. 나와 눈이 마주치자 멋쩍은 표정을 지었다.

“메이, 혼자서 마무리를 할 수 있다니 장하네.”

“응!”

“하지만 바닥을 닦을 때는 수건이 아니라 걸레를 쓰자.”

“으…… 미안해요.”

“아니야, 앞으로 배우면 되는 거야. 자, 같이 닦을까?”

걸레 하나를 메이에게 건네주자 메이는 열심히 바닥을 닦았다.

“메이만 칭찬을 받다니 치사해요~.”

“그럼 알레어도 닦아볼래? 한 장 더 있어.”

“할래요! 메이, 경쟁인 거예요~!”

“지지 않을 거야!”

어째선지 불이 붙은 아이들의 모습에 또다시 흐뭇한 웃음이 떠올랐다. 알레어는 클레어 님과 닮아서 지기를 싫어하고, 무슨 일이 있을 때마다 메이랑 경쟁한다. 피가 이어지지 않았어도 부모 자식 간은 닮게 되는 모양이다.

"깨끗해졌어요~."
"됐다~!"
"응. 반짝반짝하네. 둘 다 참 잘했어요."
아이들의 부드러운 머리카락을 쓰다듬어줬다. 메이도 알레어도 기분이 좋은지 눈이 가늘어졌다. 이걸로 행복한 결말……이라고 생각했을 때,
"둘 중에 누가 더 잘 닦았나요~?"
"어느 쪽~?"
"어라라……."
갑자기 판결을 내려달라는 요구를 받았다. 농담으로 하는 말이라고 생각했는데 둘 다 진지하다.
"둘 다 아주 잘 닦았습니다, 라고 해도 되잖니."
"싫은 거예요~! 누가 더 잘 닦았는지 정해주세요~!"
"어느 쪽~?!"
"어라라……."
난처해졌다. 아이들의 감성은 때때로 이해하기 힘들다. 그래도 이럴 때 애들이라는 이유로 대충 대답하면 나중에 가서 더 아픈 꼴을 보게 될 것이다. 나는 아직까지 길다고는 말할 수 없는 육아 경험 속에서 그 점을 배웠다.
"음―― 그럼 말이지. 누가 더 잘 닦았는지는 어떤 기준으로 정해지는지 알고 있니?"
"모르는 거예요~."
"몰라~."

그냥 단순하게 대답하기보다는, 조금 변화를 줘보기로 했다.
"일단 먼저 섬세함. 얼마나 깨끗하게 닦았느냐가 한 가지 포인트지."
""……""
"그런 의미에서는 이번엔 알레어 쪽이 더 깨끗이 닦았어."
"그럼 저의 승리인 거네요!"
"뭐~!"
알레어의 표정이 한순간에 밝아졌고, 메이는 입술을 삐쭉 내밀며 불만을 토로했다.
"하지만 누가 더 넓은 범위를 닦았는지도 채점 포인트야. 그런 의미에서는 메이 쪽이 더 많이 닦았지."
"해냈다~!"
"에이~."
이번엔 메이가 기뻐하고 알레어가 뺨을 부풀렸다.
"그러니까 1대1로 무승부."
""네~?!""
이번에는 두 사람 다 불만의 목소리다.
이런이런.
"불만이니?"
"불만이에요~."
"납득이 안가~!"
"그럼 내가 그냥 적당히 승패를 결정지어도 괜찮아?"
"……그건 싫은 거예요."

"싫어~!"
"그렇지? 그러니까 무승부야. 두 사람 다 열심히 했습니다."
다시 한번 아이들의 머리를 쓰다듬었다. 아이들은 아직 표정을 풀지 않았다.
"자, 마당에서 놀다 오렴. 나는 청소를 할 테니까. 레레어~?"
내가 부르자 복도 끝에서 반투명한 부정형 생물이 느릿느릿 다가왔다. 종마로 삼은 워터 슬라임인 레레어도 점점 크기가 커지기 시작했다. 지금은 벌써 표준형태가 약 대형견 정도의 크기가 됐다. 가방에 넣어서 먹이를 주던 그 시절이 그립다.
"레레어, 등 뒤에 태워 주세요~."
알레어가 그렇게 말하자 레레어가 팔(?)을 뻗어서 그녀를 자기 위에 태웠다.
"메이도 같이 탈래요~?"
알레어가 메이에게 권했다. 여전히 조금 전 일에 꽁해있는 모습이었지만, 화해하자는 뜻일지도 모르겠다.
"탈래! 레레어 부탁해!"
메이도 순순히 고개를 끄덕였다. 레레어는 메이도 가볍게 들어 올리더니 자기 등에 태웠다. 그리고 그대로 현관을 통해 마당으로 나갔다.
"레레어, 좀 더 빠르게 가는 거예요~."
"오른쪽이야, 오른쪽!"
레레어는 메이랑 알레어의 제일가는 친구다. 근처 또래 아이들과 놀 때도 많지만, 그보다 레레어와 함께 하는 시간이 더 많다. 이게 좋은 건지, 나쁜 건지에 대해선 나로선 아직 판단이 서지 않는다. 조만간 클레어 님과 상담해 보는 쪽이 좋을지도 모르겠다.

"뭐, 결국 될 대로 되겠지."

육아는 언제나 미지의 길을 더듬거리며 나아가는 것이다. 어느 정도는 포기할 줄도 알아야 한다고 생각한다. 완벽한 부모라는 건, 그 누구도 불가능하다.

"어릴 때는 이런 걸 생각해본 적도 없는데 말이야."

아이를 직접 키워 보니 처음으로 알게 된 사실도 있다. 이 세계에 온 걸 후회한 적은 없다. 하지만 전생의 부모님께 키워주셔서 고맙다는 감사를 전하지 못한 건 조금 유감이라는 생각이 들었다.

"우와—앙!"

"레이 엄마~! 알레어가 넘어졌어~!"

"그래그래 지금 갈게——."

이런이런, 잠깐 감성적인 기분에 잠길 틈도 없다. 하지만 이런 지금의 바쁜 날들이, 나는 제법 마음에 들었다.

"저기저기, 레이 엄마."

"가르쳐 주셨으면 하는 게 있어요~."

어느 휴일 오후.

테라스 테이블에서 책을 읽고 있자니 메이랑 알레어가 다가왔다. 아이들이 클레어 님이 아니라 나한테 부탁할 일을 가지고 오는 건 정말로 드문 일이다. 클레어 님은 현재 뭐하고 있냐면 거실에서 자수를 놓고 있다.

"뭔데뭔데?"

"저기 말이지~."

"레이 엄마는 클레어 엄마의 어디가 좋으세요~?"

"알레어도 참! 메이가 먼저 물어보려고 했는데!"

6살짜리가 벌써 연애 얘기. 여성은 남성에 비해서 이쪽 화제에 더 빨리 성숙해지는 경우가 많다지만 아무리 그래도 이건 너무 빠르다. 이 조숙한 녀석들 같으니.

"싸우지 말렴. 어디가 좋냐고 물어도 대답하기 힘드네. 그야 전부 좋아하는걸."

"꺄아~!"

"어머나~!"

양손으로 뺨을 누르며 호들갑을 떠는 아이들. 어쩐지 반응마저 조숙하다. 이 아이들 설마 전생자는 아니겠지.

"뭐, 하지만 처음 만났을 당시의 클레어 님은 지금과는 꽤나 인상이 다를지도 모르겠네."

"어떻게 다른데~?"

"가르쳐 주세요~."

메이랑 알레어는 흥미진진해 하는 모습이었다. 두 사람 다 클레어 님을 엄청 좋아하니까 뭐. 클레어 님 엄청 좋아 레벨(?)로는 나도 절대 지지 않지만.

"한마디로 말하면 여러모로 날카로웠지. 지금의 차분한 클레어 님도 멋지긴 하지만, 처음 만났을 때의 콧대 높은 아가씨였던 클레어 님도 참 멋졌는데."

또 나를 매도해 주시지 않으려나. 무리려나.

"날카로웠어~?"

"콧대가 높았나요~?"

"그랬지. 간단하게 말하면."

나는 클레어 님과 만난 지 얼마 안 됐던 때를 떠올렸다.

"자신만만한 포즈로 한 손을 입가에 대고 옷─홋홋호 라는 느낌으로 그 누구보다도 귀족다운 자세를 유지한 채로 수업 때도 심술궂은 장난을 칠 때도 전력을 다하는 아가씨라는 느낌이고 그래도 자기 부하를 쓰지 않고 나쁜 일도 자기 손으로 직접 하는 등 뭔가 참 현장주의가 넘쳐서 최고였고 내가 전혀 아무렇지도 않아 하니까 아예 직접 찾아와서 불평을 쏟아내러 왔던 일도 뒷일은 생각 안 하는 점이 참 귀엽고 오히려 우리 업계에선 포상이라 기뻐했더니 바로 울면서 도망가는 점이 예상 밖의 상황에 약하니까 괴롭히는 보람이 있어서 도저히 참을 수가 없는데다 그 목소리도 강아지 같이 씩씩하고 아기 고양이 같이 귀여워서 강아지 파도 고양이 파도 완벽하게 만족시켜주는 점이 또 완벽하고."

"레이 엄마 진정, 진정."

"조금 진정해주세요~."

살짝 폭주하고 말았다. 메이랑 알레어가 나를 토닥여 줬다. 어궤~? 뭐, 됐나.

"어때? 이런 느낌. 이해하겠어?"

""전혀 모르겠어!""

"그렇구나! 그렇다면 클레어 님은 귀엽다는 사실만 기억해 두면 돼."

"그거라면 알겠어~!"

"클레어 엄마는 귀여우셔요!"

"그럼 두 사람도 다 함께, 옷—홋홋호!"

""옷—홋홋호!!""

그런 대화를 나눴다. 그때 나는 메이랑 알레어가 나한테 찾아와서 얘기해달라고 조르는 게 기뻐서 전혀 눈치채지 못했다. 이 대화를 클레어 님이 전부 듣고 있었다는 사실을.

클레어 님한테 발을 밟혔다.

"어…… 어머나, 미안하게 됐어요! 버, 버, 버…… 벌레인줄 알았지 뭐예요!"

"무슨 일 있으신가요, 클레어 님."

"네? 저기…… 그게…… 마, 맞아요! 레이가 건방져서 문제인 거예요!"

"허어……?"

건방졌습니까. 그랬습니까.

"뭔가 제가 기분을 상하게 해드렸다면 사과하겠습니다만……."
"그, 그게 아니라!"
"아니라?"
"이, 이제 됐어요!"
클레어 님은 가버리고 말았다. 도대체 뭐였던 걸까.

클레어 님이 내 책을 숨겼다.
"어떻게 된 건가요? 쥐꼬리만 한 월급이라 책도 제대로 못살 정도로 가난한 건가요?"
"월급은 클레어 님도 저랑 똑같은데요."
"그, 그랬었죠……."
"오히려 저축해 놓은 돈은 제가 더 많습니다만."
하지만 쥐꼬리인가요. 그랬습니까.
"좀 더 많이 벌어 올 수 있도록 노력하겠습니다."
"아, 아뇨, 지금도 충분해요! 그런 게 아니라!"
"아니라?"
"저, 정말이지! 레이는 심술쟁이!"
클레어 님은 가버리고 말았다. 어, 정말 대체 뭔데?

나만 따돌려졌다.
"흐흥. 메이랑 알레어는 저한테 푹 빠졌다고요! 어떤가요?!"

"……훌쩍."

"진짜로 우는 거예요?!"

"괜찮아요……. 그걸로 가족들이 행복하다면야……."

나는 그저 그걸 바라보기만 해도.

"좀 떨어져서 지켜보고 있을 테니까요."

"여러분, 잠깐 레이를 위로해 주고 오세요."

"좋아!"

"레이 엄마, 착하지, 착해."

치유 받았다. 행복해.

따뜻한 물을 끼얹어졌다.

"어머어머 너무 더러워서——."

"아아, 정말 감사합니다. 지금 마침 머리를 감던 참이었습니다."

"네, 네에……."

"클레어 님도 제가 감겨드릴까요?"

목욕 중이었기 때문에 아무런 문제도 없었다. 나는 비누를 손에 들었다.

"클레어 님의 머릿결, 참 예쁘네요——."

"고, 고마워요…… 아니, 그게 아니라!"

"너무 세게 했나요?"

"아뇨, 기분 좋아요."

만끽했다. 행복해.

목욕을 마치고 나오자, 테이블 위에는 꽃병이 놓여있었다.
"이번엔 어떤가요!"
"아아, 예쁜 꽃이네요. 꽂아 놓은 형태도 아주 멋져요."
"……."
"클레어 님?"
클레어 님은 어쩐지 의기소침해하고 있다. 어떻게 된 걸까.
"무슨 일 있으신가요?"
"이제 그냥 됐어요……."
"오늘 뭔가 이상하신데요?"
"누구 때문이라고 생각하는 건가요!"
혼났다. 그런 얼굴도 정말 좋아합니다.
"클레어 님."
"뭔가요."
"클레어 님의 악역 영애 흉내, 오랜만에 만끽할 수 있었습니다."
"이미 다 눈치채고 있었잖아요?!"
그야 그렇지. 옛날에 학교에서 내가 당했던 일들을 일부러 정성스레 그대로 재현해 주셨으니까.
"열심히 악역 영애 흉내를 내는 클레어 님은 정말로 사랑스러웠습니다."

"역으로 저를 놀리면서 완전히 즐기고 있었던 거네요?"
"네에, 몹시 즐거운 시간이었습니다."
"그것참 잘됐군요! 이제 잘 거예요!"
클레어 님은 당장 침실로 향하려고 했다. 나는 클레어 님의 팔을 잡고서 내 쪽으로 끌어당겼다.
"클레어 님, 저를 싫어한다고 한번 말해보세요."
"뭔가요 대체."
"오늘 하루 동안 했던 악역 영애 흉내의 마무리예요. 자, 어서."
"하아…… 알겠다고요."
클레어 님은 정말 진심으로 귀찮다는 듯이 말하면서 떠나려던 발걸음을 멈춰 주셨다. 내 쪽을 다시 돌아보면서 진지한 표정으로 입을 열었다.
"저는 당신 따위……."
"저 따위?"
"조, 좋, 정말 좋아…… 가 아니에요. 시, 싫, 정말 싫……싫어……하!"
"클레어 님! 파이팅! 파이팅! 조금만 더!"
얼굴이 새빨개져 있는 클레어 님에게 응원을 보내는 나.
"정말 싫은! 거예요! 하아하아……!"
"클레어 님, 클레어 님, 정말 노력하셨습니다."
"힘들었어요. 정말로 힘들었어요……!"
장절한 싸움을 끝낸 용사에게, 나는 아낌없는 찬사를 보냈다.

"저는 이제, 옛날 같은 그런 짓을 당신에게 하는 건 불가능해요."
"후후, 사랑받고 있는 거네요. 저는."
"그 말 대로예요. 책임을 져 주세요."
"물론입니다."
"후후……."
클레어 님은 기쁜 듯이 웃으면서 내 팔에 팔짱을 끼고는 나에게 고개를 기대셨다. 우리 둘은 그대로 침실로 향했다.
한편 그때 아이들 방에서는.
"오늘 클레어 엄마는 대체 어떻게 되신 거야?"
"레네 언니가 말한 적이 있어요. 그런 건 상급자용 코스라고 하는 모양이에요."
그런 대화가 펼쳐지고 있었지만, 클레어 님도 나도 그걸 알 길이 없었다.

이곳은 왕립학교 운동장이다.
초봄에 어울리는 부드러운 빛이 내리쬐고 있었고, 기온도 피부가 그다지 한기를 느끼지 못할 정도로 올라왔다.
"여러분, 안녕하세요."
""""안녕하세요!""""

내 인사에, 스무 명쯤 되는 학생들이 힘차게 화답했다. 모두들 학교 교복을 입고서, 의욕 넘치는 표정을 짓고 있었다. 오늘은 봄의 신학기 첫날이자, 나도 새로운 학생들과 처음으로 얼굴을 마주하는 날이다.

지난 1년간 교사로 일하면서 크게 느낀 것 중 하나는, 처음의 인상이라는 게 상당히 중요하다는 점이었다. 귀족 자녀들만 가득했던 시절 정도는 아니지만 평민 학생 출신 교사가 만만하게 보여서야 상대도 나를 깔보게 된다. 물론 그렇다고 해서 고압적인 태도로 나가는 게 좋다는 말은 아니다. 중요한 건 적절하게 밸런스를 조절하는 것이다.

"오늘부터 여러분에게 마법 실기를 가르치게 된 레이 테일러입니다. 마법학의 클레어 선생님도 포함해서 부디 잘 부탁드리겠습니다."

마법학과 마법 실기는 작년도부터 신설된 과목이다. 그 이름 그대로 마법의 학술적인 이론과 실전 사용을 가르친다. 이전에는 마법이라는 이름 하나로 통합되어 있었던 과목이다. 내가 실기, 클레어 님이 이론 쪽이다. 우리 둘 다 마법에 대한 조예가 깊고, 적성도 높기 때문에, 많은 교사 후보들 중에서도 우리가 적임자로 뽑혔다.

"오늘은 첫날이라서 아직 여러분들의 현재 마법 적성도 측정하기 전이니까, 오늘은 간단히 자기소개와 강의에 대한 간략한 설명을 하겠습니다."

그리고 그 전에.

"방금 전에도 말했습니다만 저는 레이 테일러입니다. 테일러 선생님이라고 불러주세요."

나 개인적으로는 레이 선생님이라고 불러줘도 상관은 없지만, 그거야 뭐. 공사는 구분해야 하니까.

"여러분들 중에서는 저보다 나이가 많은 분도 있겠지만 여기는 나이를 따지지 않습니다. 그 부분은 미리 유념해 주세요."

이건 학교가 귀족의 전유물이었던 시절에도 마찬가지였다. 내가 학생이었을 때도 다양한 나이의 학생들이 다들 똑같이 수업을 들었다. 나이를 기준 삼아 획일적으로 학년을 구분하는 21세기 일본과는 다른 점이다.

"익히 알고 있습니다! 테일러 선생님은 학교 역사상 최연소로 최고의 시험 성적을 기록하셨죠!"

학생 중에 누군가가 그렇게 외쳤다. 아아…… 또냐.

"저도 알아요! 선생님은 혁명의 영웅이시죠?!"

"그런 선생님한테서 수업을 들을 수 있다니 영광이에요!"

"초월 적성 마법을 보여주세요!"

학생들이 다들 왁자지껄 떠들기 시작했다. 이런이런.

고마운 일…… 이라고 표현해야 할지는 모르겠지만 나는 왕국 내에서 조금 이름을 날리게 된 모양이다. 클레어 님을 구하기 위해서, 혁명이 일어났을 때 이래저래 노력한 덕분에 지금은 어째선지 혁명을 이룩한 사람을 꼽을 때 나도 포함되게 되었다. 거참 이상하네. 나는 그저 클레어 님이 처형당하는 미래를 회피하고자 했을 뿐인데.

어쨌든 일단은 이 상황을 어떻게든 수습해야 한다. 나는 작년에 이미 익혀둔 해결법을 실행에 옮겼다.

"여러분 중에 고소공포증인 분 있나요?"

"괜찮습니다!"

"저도 괜찮아요!"

"그런 것보다 어서 초월급 마법을——."

흠, 없는 건가. 오케이.

"——업 리프트."

내가 마법을 발동하자, 학생들의 발아래 지면이 갑자기 솟아올랐다. 그리고 그대로 10미터 정도 위로 솟구친 뒤에야 멈췄다. 이전에 클레어 님을 낙하시키면서 놀았던 수직 낙하 구멍의 반대 버전, 지면 융기 마법이다.

"으아아……!"

"노, 높아……!"

"무셔어어어—!"

10미터라는 높이는, 서 있으면 상상 이상으로 높게 느껴지는 높이다. 거기다가 학생들이 서 있는 지역 전체를 융기시키는 게 아니라 개개인의 발아래를 개별적으로 솟아오르게 했기 때문에, 학생들이 지금 서 있는 곳은 정말로 위태위태하다. 물론 만약에 떨어진다 해도 마법으로 받아낼 생각이긴 하지만, 안전대책이 있는지 없는지 모르는 학생들은 바닥에 주저앉아서 벌벌 떨고 있는 아이도 있을 정도였다.

"제가 얘기하고 있을 때는 쓸데없는 잡담을 하지 말아주세요.

안 그러면 이런 식으로 벌을 줄 때도 있습니다. 다들 잘 이해했나요?"

학생들이 황급히 고개를 끄덕였다.

"좋아요. 그럼 다시 원래대로 돌릴게요."

나는 지면을 원래대로 되돌렸다. 학생들이 안도하는 표정을 지었다.

"자 그럼, 한 명씩 자기소개를 부탁할게요. 제일 오른쪽 당신부터."

그 뒤로는 비교적 순조롭게 진행됐다. 강의 질서를 유지하기 위해서는 일단 학생들에게 얕보이지 않는 게 중요하다. 물론 아까 전에도 말했듯이, 얕보이지 않겠다고 고압적으로 나가는 건 절대 아니다. 이 선생님은 내가 가르침을 받을 가치가 있는 상대라는 인식을 심어줘야 되는 것이다.

그걸 위해서 나는 직접 토속성 마법을 학생들 앞에서 사용했다. 왕립학교에 입학하는 학생들은 기본적으로 우수한 학생이 많지만 마법에 있어서는 적성이 있더라도 실제로 사용해 본적은 없거나, 아예 제대로 본 적도 없는 사람이 아직까지 대다수다. 그래서 실제로 마법을 보여준다는 건 꽤나 효과적인 수단이다.

물론 그렇다고 겉보기에만 화려한 마법을 써서는 분위기가 너무 들뜨고 만다. 그래서 내가 생각해 낸 방법이 아까 전의 그 마법이다. 마법은 사용하기에 따라서 얼마든지 무서워 질 수 있는 것. 그런 인식을 심어주는 효과도 있었다.

나는 학생들의 자기소개를 들으면서 그들의 표정을 관찰했다.

대부분의 학생들은 방금 전의 토속성 마법의 쇼크에서 빠져나오지 못하고 있었다. 커다랗게 소리 높여 자기소개를 하는 학생도 있었지만 대부분 허세였다. 그건 뭐 그거대로 웃음이 나오긴 했지만, 개중에는 별난 학생도 있었다.

"유클레드에서 왔습니다, 라나 라아나 입니다! 레이 선생님과 같은 고향입니다!"

방금 전의 마법은 정말 아무렇지도 않았던 것 같은 태도의 여학생은, 갈색 눈동자를 반짝반짝 빛내면서 말했다. 붉은 머리카락에 하얀 카츄샤를 쓰고 있었다. 키는 나랑 비슷하거나 살짝 더 크다.

쾌활하면서도 명랑하게 웃고 있었다. 살짝 갸루같아 보이는 분위기가 있네, 하고 생각했다.

"공부는 겁나 못하지만~ 마법에는 몹시 흥미가 있습니다—! 레이 선생님처럼 되고 싶습니다—! 잘 부탁드립니다—!"

거기까지 단숨에 말하고 나서, 라나는 나를 향해 살랑살랑 손을 흔들었다. 또 뭔가 호의를 사게 된 모양이다. 뭐, 내 입으로 말하기도 뭐하지만 나는 성격적으로는 여러모로 문제가 있으니까, 나에 대한 덧없는 환상은 머잖아 부서지겠지. 참 안됐다고밖에 할 말이 없다.

"……이브 눈. 유클레드에서 왔어. 라나랑은 같은 고향. 잘 부탁해."

다음으로 자기소개를 한 이브는 뭐라고 해야 하나, 굉장히 텐션이 가라앉아 있는 아이였다. 이브도 업 리프트 마법에는 그다지 영향을 받지 않은 것 같았지만 라나와 정반대의 태도다. 이브는 긴 흑발을 땋아 내리고 있었다. 이 세계에선 아직 보기 드문 물건인 안경을 쓰고 있는 걸 봤을 때, 아마도 집안이 나름 유복하지 않을까 싶은 생각이 들었다.

거기까진 괜찮다.

다소 별난 점은 있어도 그건 그거대로 성격이나 개성이라고 할 수 있으니 나로선 아무런 불만도 없다. 그러나——.

"……."

어째서 나를 노려보고 있는 걸까. 이브는 부모의 원수라도 마주한 것 같은 눈으로 나를 노려보고 있었다. 나는 이 아이랑 한 번도 만난 적이 없을 텐데 말이지…….

"나는 요엘. 요엘 산타나. 출신지는 수도다."

그다음으로 자기소개를 한 아이는 키가 큰 남학생이었다. 푸른 머리카락에 갈색 눈동자. 어딘지 날렵한 늑대와도 같은 분위기를 풍겼다. 몸을 단련하고 있는 걸까, 쓸데없는 군살이 없다.

"군인 집안 출신이라 전투가 특기다. 공부는 좋아하지만 잘하진 못해. 잘 부탁한다."

요엘은 요점만 간결하게 담아서 자기소개를 마쳤다. 기계적이라는 인상이 느껴지는 자기소개였다. 그 후에는 특별히 언급할 만한 자기소개 없이 끝났다. 매번 강의 시작 전에 하는 준비운동을 가르치고 나자 마칠 시간이 됐다.

"자 그럼 다음 시간에 봐요."

""""감사합니다—!""""

인사를 마치고서 해산했다. 나도 교무실로 돌아가려고 했을 때, 라나가 다가왔다.

"레이 선생님——! 오늘 수업에서 잘 모르는 부분이 있었는데요——."

"아직 아무것도 가르친 게 없는 거 같은데?"

"그, 준비운동 말이에요! 이 부분이 어려워서—!"

말은 그렇게 하면서도 문제가 있어 보이진 않았다. 이건 그저 나랑 얘기를 나누고 싶을 뿐, 이려나? 나를 좋아해 주는 건 기쁘지만 나에게는 이미 클레어 님이 있으니까 미리 선을 그어 놓을 필요가 있다. 내가 속으로 난감해하고 있을 때, 등 뒤로 시선이 느껴졌다.

"……?"

"……."

뒤를 돌아보자, 이브가 또 노려보고 있었다. 이유는 잘 모르겠지만 학생과의 관계가 나쁜 건 좋은 일이 아니다. 내가 먼저 다가가 보자는 생각에 웃으면서 손을 흔들어 봤다. 그러나 이브는 대놓고 혐오감을 드러내는 표정을 지은 후, 휙 등을 돌리더니 그대로 교실을 나가버렸다.

"아아—— 이브도 참 못됐어~."

"라나는 이브랑 같은 고향이었지?"

"아하, 레이 선생님 내 이름 벌써 기억해 줬구나?"

"나도 유클레드 출신이지만 우리들 만난 적이 있던가?"

"없어! 우리들이 일방적으로 알고 있을 뿐! 오히려 팬이야!"

왠지 라나의 이 텐션, 겪어본 적 있는 거 같은데……. 기분 탓이겠지, 응.

"아 그렇지만 이브는 어쩐지 선생님한테 콤플렉스가 있는 모양이라는 말은 들어봤던가?"

"콤플렉스?"

"응. 자기 연인을 선생님한테 뺏겼다나 뭐라나."

"……미안. 전혀 짐작 가는 바가 없어."

나, 클레어 님 일편단심인걸.

"뭐, 이브에 관한 건 아무래도 좋으니까 제 이야기를 좀 더 들어주세요—!"

"미안해. 다음 수업이 있으니까."

"아앙~ 심술궂어~! 하지만 그런 점도 좋아—!"

무턱대고 달라붙어 오는 라나를 어떻게든 떼어놓고서 나는 교무실로 향했다. 교무실로 향하는 중에도 이브에 대해 생각했다.

(연인을 빼앗아……?)

분명 완전히 오해일 테지만, 문제는 어째서 그런 오해가 생겼는가, 그게 문제다. 나중에 확실하게 이야기를 나눠볼 필요가 있을 것 같다.

"……올해의 학생들은 다루기가 만만찮을 것 같네."

내 탄식은 한숨과 함께 봄 안개가 낀 하늘 속에 스며들었다.

"클레어 님, 준비 끝났습니다."

"좋아요. 그럼 가도록 하죠."

현재 시각 아침 8시.

아직 해가 높이 떠오르기도 전이고, 기온이 오르기엔 아직 이른 시간. 이제 벌써 4월이라고는 해도 아침은 아직 쌀쌀하다.

"외출이에요~."

"외출!"

메이랑 알레어가 춥지 않도록 윗옷을 든든하게 차려 입혔다. 무려 클레어 님이 손수 만든 옷이다. 재봉 길드에서 만든 제품과 비교해도 손색이 없는 완성도를 자랑하는 이 옷은 역시나 클레어 님이라는 말이 절로 나온다. 메이는 클레어 님 손, 알레어는 내 손을 잡고서 바우어 대성당으로 향하는 길을 함께 걸었다.

"마법, 어서 빨리 써 보고 싶어요~."

"메이는 클레어 엄마랑 똑같은…… 뭐더라, 적성~?이 좋아!"

우리들이 어째서 함께 외출하게 됐냐면 오늘은 두 사람의 마법 적성을 측정하는 날이기 때문이다. 혁명 후, 왕국은 마법을 더욱더 중요시하게 되었다. 그리하여 시민들은 6살이 되면 마법 적성을 의무적으로 측정하게 된 것이다.

마법 적성은 나이에 따라서 변동이 있다. 아직 아기일 때는 적성이 낮았던 사람도 성장하면서 적성 수준이 높아지는 경우도 있다. 일단 그 변동 폭이 안정되는 나이가 6살이라고 여겨지고 있다.

메이랑 알레어의 생일은 12월 13일.

벌써 4달 전쯤에 6살이 됐다.

아이들은 클레어 님이나 내가 마법을 쓰는 모습을 여러 번 봤기 때문에 자기들도 마법을 써 보고 싶다는 말을 입에 달고 있었다.

마법 적성을 측정할 때까지 기다릴 필요 없이 클레어 님이나 내가 기초적인 마법을 가르쳐 줘도 됐겠지만, 마법이라는 기술은 원래 초보일 때가 가장 무서운 법이다. 가르치는 사람이 자신과 다른 적성을 가진 사람에게 자기 감각에 의존해서 마법을 가르치게 되면, 생각지도 못한 사고로 직결될 수도 있기 때문이다. 나는 클레어 님과 논의해서, 두 사람에게 마법을 가르치는 건 적성이 안정되고, 측정이 가능해 진 뒤에 하기로 결정했다.

"클레어 엄마는 불꽃을 다룰 수 있는 거죠~?"

"맞아요. 저는 화속성 높음 적성이에요."

"저는 어떤 적성이라고 생각하세요~?"

알레어가 천진난만하게 물었다.

"그러네요. 알레어는 어쩐지 풍속성을 가지고 있을 거 같아요. 요령이 아주 좋은걸요."

클레어 님도 별달리 신경 쓰는 기색 없이 대답했다. 클레어 님이 말한 대로 알레어는 굉장히 요령이 좋다. 어린 나이 탓에 더 그렇게 보이는 걸지도 모르지만, 그걸 고려해도 여러 가지 것들을 익히는 속도가 아주 빠르다. 릴리 님에게 들은 말로는 읽고 쓰기나 산수도, 메이보다 훨씬 배우는 속도가 빨랐다고 한다.

"저기저기, 메이는~? 메이는 어떤 적성인거 같아~?"

맞잡은 손을 붕붕 흔들면서 메이도 클레어 님한테 물었다. 아무래도 좋긴 한데 두 사람 다 나한테는 절대 안 물어보네. 괜찮다고, 외롭지 않으니까. 훌쩍.

"후후, 메이는 화속성일지도 모르겠어요. 언제나 씩씩한걸요."

"신난다~! 클레어 엄마랑 똑같아~!"

아직 확정된 것도 아닌데도 메이는 기쁜 듯이 폴짝폴짝 뛰었다. 알레어가 내성적인 성격이라는 뜻은 아니지만, 메이가 훨씬 더 씩씩하다는 건 분명하다. 알레어가 어쩐지 항상 어른스러워 보이려고 하는 거에 비해서 메이는 아직까지 때 묻지 않은 순수함이 있다.

"저도 클레어 엄마랑 똑같은 게 좋아요~."

"아직 정해진 건 아니야, 알레어. 거기다가 만약 풍속성이라면 클레어 님이 존경하는 마나리아 님과 똑같은 적성인걸?"

"마나리아 언니랑?!"

실망한 표정으로 고개를 숙였던 알레어가 순식간에 밝아진 표정으로 번쩍 고개를 들더니 반짝이는 눈으로 나를 바라보았다.

"그럼 저도 쿼드 캐스터가 될 수 있는 거예요~?"

"아니 그건 좀 어떨까나. 쿼드 캐스터는 아직 세계에서 단 한 명, 마나리아 님 밖에 전례가 없으니까 말이지."

"하지만 가능성은 있는 거죠~?"

"그건…… 뭐 그렇지."

너무 기대하게 만드는 건 좋지 않다고 생각하지만, 조금 전의 실망감은 씻은 듯이 사라진 채 기뻐하는 알레어를 보고 있자면 사실을 말하기 망설여진다.

나는 정말로 이 아이들한테 약하다.

"이제 거의 다 왔네요."

클레어 님의 말에 앞을 바라보자 대성당의 장엄한 자태가 시야에 들어오기 시작했다. 이미 아이들을 데리고 온 가족들의 긴 줄이 만들어져 있었고, 모두들 기대감으로 눈을 빛내고 있었다.

"우리들도 줄을 서도록 하죠."

"알겠어요~."

"네~!"

맨 뒤로 가서 넷이서 나란히 줄을 섰다. 줄은 비교적 순조롭게 나아가고 있었다. 이 기세라면 그다지 오래 기다릴 필요 없이 끝날지도 모르겠다.

"메이, 끝말잇기 하지 않을래요~?"

"좋아!"

"그럼 끝말잇기의 기부터 할게요~."

"기도!"

"도착, 이에요."

"착,착,착…… 착시!"

"시장, 이에요."

"장, 장, 장…… 장기!"

"기쁨, 이에요. 메이가 졌어요~."

"아! 지금 건 연습이야!"

아직 줄 선지 얼마 안 됐는데도, 역시 애들은 애들이다. 메이랑 알레어는 벌써 지루해진 건지 끝말잇기를 시작했다. 어휘력을 늘리는 데는 이만한 놀이가 없어서 클레어 님과 나도 이걸로 놀아 줄 때가 많다.

"그럼 다시 한번의 번부터 시작할게요~."

"번, 번, 번…… 번밀!"

"밀이네요~. 밀알이에요~."

"알, 알, 알, 알콩달콩!"

"그것도 되는 건가요~?"

"되고말고! 그렇지만 클레어 엄마랑 레이 엄마도 침실에서 맨날 알콩달콩 하는 걸!"

잠깐 기다려봐, 너희들.

"메, 메이? 그 알콩달콩 이라는 건 무슨 의미로 말한 거니?"

"? 그 말 그대로인데? 알콩달콩 하는 거!"

"그, 그래……."

식은땀이 흘렀다. 은어로 쓰이는 말이지만 알콩달콩이라는 말에는 그렇고 그런 의미가 함축되어 있을 때도 있다. 슬쩍 보니, 클레어 님의 이마에도 한 줄기 땀이 흘러내리고 있었다. 아이들이란 뭐든지 덥석덥석 배우니까 무서워.

그 후로도 별 탈 없이 줄이 줄어들자, 오래지 않아 메이와 알레어의 차례가 됐다. 우리에게 다가온 담당자분은 낯익은 얼굴이었다.

"이거 클레어 님, 레이 씨."

"오랜만이에요, 사제장."

"그간 격조했습니다."

우리 애들을 담당해주는 사람은 혁명 전에 릴리 님과 함께 봉납무 연습을 지도해 줬던 사제장이었다. 고지식한 사람이고 연습 지도도 엄격했지만 신뢰할 수 있는 여성이다.

"사제장님, 안녕하세요~."

"안녕하세요!"

"……! 네, 네에, 안녕하세요."

사제장은 쌍둥이들을 본 적이 있는 모양이다. 다만 그 얼굴에는 깜짝 놀란 기색이 떠올라 있었다.

"깜짝 놀랐습니다. 아이들이 이렇게나 표정이 밝아지다니."

아아, 그렇구나. 사제장이 알고 있는 메이랑 알레어는 아직 마음의 문을 닫고 있었던 시절의 두 사람이겠지.

메이랑 알레어는 친부모를 잃고 나서, 고아가 되어 슬럼가에서 살았던 적이 있다. 애들 둘이서 어떻게 살아갈 수 있었냐면, 두 사람이 마법석을 팔아서 생활했기 때문이다.

메이랑 알레어에겐 피의 저주가 있다. 아이들의 피를 뒤집어쓴 물건은 마법석으로 변한다. 다행히도 마력이 강한 사람한테는 효과가 적기 때문에, 그런 연유로 아이들을 돌봐주게 된 게 우리들의 첫 시작이었지만 그 부분에 대해선 지금은 생략한다. 어쨌든, 메이와 알레어는 교회에 거둬져서 지냈던 시기가 있었다.

"클레어 님과 레이 씨가 아이들을 맡아주셔서 정말로 다행입니다."

사제장이 드물게도 딱딱한 표정을 무너뜨리며 웃었다. 그녀 나름대로 아이들을 걱정하고 있었던 거겠지. 교회도 여러 가지 문제점을 안고 있다고 릴리 님이 말한 적 있지만, 그녀 같은 사람이 있기 때문에 여전히 교회가 건재한 거다.

"자, 계측을 시작하도록 하죠. 두 사람은 여기 있는 수정 구슬에 손을 올리렴."

"이렇게?"

"이렇게 인가요~?"

수정처럼 생긴 마도구가 두 개 놓여있어서, 메이랑 알레어가 제각각 손을 올렸다. 마도구가 눈부신 빛을 발했다.

——다만, 빛이 난 건 메이 뿐.

"이상하네요……?"

사제장도 당황했다. 마도구가 고장 났을 수도 있어서 수정을 교체한 다음 한 번 더 계측을 실시했다. 그러나 역시 알레어의 수정은 빛이 나지 않았다.

"이건……."

사제장이 침통한 표정을 지었다.

"무슨 문제가?"

"아뇨, 지금 시점에서는 뭐라고도. 결과를 자세히 조사한 다음 말씀드리겠습니다."

클레어 님은 저도 모르게, 혹시나 문제가 있는지 물었지만, 사제장의 대답은 시원치 않았다. 결과는 며칠 후에 편지로 발송된다고 한다.

"계측은 이걸로 끝입니다. 수고하셨습니다."

클레어 님도 나도 불안한 예감이 들었지만 일단 오늘은 이만 돌아가기로 했다.

집으로 향하는 도중에,

"메이는 무슨 적성일까~?"

"저는 분명 바람일 거예요~. 클레어 엄마가 그렇게 말씀하셨는걸요~."

천진하게 떠드는 두 사람.

나는 두 사람의 미소에 그늘이 지게 되는 건 아닐까, 하고 우울한 기분에 사로잡혔다.

"피크닉, 피크닉."

"피크닉이에요~."

메이랑 알레어는 서로 손을 맞잡고 신난 듯이 폴짝폴짝 뛰며 앞장서서 걷고 있었다. 여름을 향해서 점차 초록색으로 단장하기 시작한 나무들이 바람에 흔들리자 잎사귀 스치는 소리가 가득 울린다.

"메이, 알레어 신이 난 건 좋지만 제대로 앞을 보면서 걷도록 하세요. 넘어지니까요."

외출복 차림의 클레어 님이 아이들에게 주의를 줬다.

"괜찮아요~."

"괜찮아, 괜찮아! ……앗!"

말하자마자 메이가 넘어졌다. 손을 잡고 있었던 알레어도 덩달아 넘어졌다. 옆에서 통통거리며 걷고 있던 레레어가 재빠르게 몸으로 받아내려고 했지만 늦었다.

"그러게 말했잖니. 둘 다 괜찮아?"

어서 달려가서 아이들을 일으켜 준 다음 혹시 상처는 없는지 꼼꼼히 확인했다. 이전에도 말한 적 있지만 두 사람은 피의 저주를 가지고 있다. 레레어 덕분에 지금은 효과를 무효화 할 수 있지만, 애초에 부상을 입지 않는 게 제일 좋다. 무엇보다 여자아이의 피부에 생채기라니 내가 절대 용납 못 한다.

"알레어는 아무렇지도 않네. 다치지 않게 조심했구나. 메이도 가볍게 쓸린 정도인 모양이야. 울지 않다니 장하다."

나는 두 사람을 칭찬하면서 수속성 마법으로 치료했다.

"고마워 레이 엄마."

"고마워요."

아이들은 넘어졌던 일은 벌써 까먹은 것처럼 다시금 손을 맞잡고 뛰어갔다.

"정말이지 참……."

"후후, 레이도 이제 완진히 애 엄마가 다 됐네요."

바구니를 든 채로 천천히 걸어오던 클레어 님이 그렇게 말했다.

"저는 아직 한참 멀었어요. 아이들한테 휘둘리기 일쑤입니다.

그것보다 클레어 님."

"뭔가요?"

"역시 짐은 제가 들겠다니까요."

오늘은 도시락을 싸서 피크닉을 나왔다. 돗자리나 도시락이 든 바구니에 물통까지, 들고 다닐 짐이 많다. 가장 무거운 바구니는 레레어가 맡아서 운반해주고 있지만, 그 밖에 다른 짐은 클레어 님이 들고 있다.

"안 돼요. 레이는 아침 일찍 일어나서 4인분의 도시락을 만들어 줬잖아요. 짐꾼 역할까지 시킬 수는 없어요."

클레어 님은 방긋 웃으면서 말했다. 내 아내가 너무 최고라서 곤란하다.

"레이 엄마, 오늘 도시락은 뭐야?"

"저는 주먹밥일 거라고 생각해요~."

우리들의 대화를 들은 건지 아이들이 물었다.

"오늘은 샌드위치야."

"샌드위치! 메이가 좋아하는 햄도 들어갔어?"

"응."

"제가 싫어하는 피망은 빼주셨죠~?"

"넣었어요."

"에이~."

알레어의 피망 편식은 클레어 님과 똑같다. 그런 부분까지 닮을 필요는 없는데 말이지.

"어째서 피망을 넣는 건가요~?"

"그야 몸에 좋으니까."
"하지만 몸에 좋은 채소는 피망 말고도 잔뜩 있잖아요~?"
"그건 그렇지만."
"그런데도 어째서 굳이 피망을 먹어야만 하는 건가요~?"
"언제나 피망의 대체재가 있을 거라고는 단언할 수 없잖아?"
"저도 피망밖에는 없을 경우엔 참고 먹겠어요~ 하지만 굳이 지금 그걸 먹어야만 하는 이유가 있나요~?"
"으으음……."
어쩌지. 6살 아이한테 말싸움에서 지게 생겼다.
"알레어, 그래서 그런 게 아니라 식사에서 편식은 좋지 않아요."
"어째서인가요~?"
"모든 식사는 정령신의 은혜예요. 그걸 자신의 선호로 먹을지 말지를 정하는 건 좋지 않은 거랍니다."
"잘 모르겠어요."
"모든 식사에 감사하는 마음을 가지는 게 중요한 거예요. 피망 또한 살아있는 생명이잖아요?"
"피망도 저랑 똑같은 건가요?"
"맞아요."
알레어는 잠시 생각에 잠겼다. 이건 클레어 님의 설득이 성공한 건가, 라고 생각했지만.
"그럼 저는 피망이 불쌍하니까 먹지 않겠어요~."
"……그렇게 나오는 거군요."

그렇게 해야 하니까, 이게 규칙이니까, 라고 강제하는 건 간단하지만, 클레어 님도 나도 되도록이면 이유를 붙여서 설득하려고 노력하고 있다. 하지만 이게 의외로 어렵다. 아이들은 아이들 나름대로 자신들만의 생각을 가지고 있다. 어른들이 생각하는 이유를 설명해도 아이들은 관점이 어른들과 다를 때가 많으니만큼, 대부분의 경우 어른들도 다시 한번 생각해보게 된다. 이건 또 이거대로 새롭게 깨닫게 되는 점이 많아서 재미있기는 하지만.

"그럼 알레어는 고기도 안 먹는 거네요?"

"어째서인가요~? 고기는 먹고 싶은데요~?"

"고기도 닭이나 돼지, 소 같은 동물에게서 얻는 음식이니까요. 저희들이 먹는 것들은 전부 다 생명인 거예요."

"……."

"닭도 돼지도 소도 그리고 피망도 소중한 생명을 알레어를 위해서 희생해 준 거랍니다. 그 사실에 알레어는 감사의 마음을 가져야 해요."

"……."

알레어는 다시금 생각에 잠겼다. 이번에야말로 성공한 건가 싶었는데.

"그럼 어째서 클레어 엄마도 피망을 먹을 때 먹기 싫은 표정을 하는 건가요~?"

아이들이란 만만한 상대가 아니다. 그 후로도 이게 어쩌니 저게 어쩌니 하는 대화를 하다 보니 집에서 조금 걸어가면 나오는 언덕에 도착했다. 그다지 깊지 않은 숲속을 빠져나오면 등장하는 그 언덕에는 작은 초목이 푸르게 펼쳐져 있었다.

"자 저걸 보세요, 메이, 알레어. 발밑을 조심하고요."

"와~!"

"아주 잘 보여요~!"

이 언덕에서는 바우어 왕국 수도가 한눈에 보인다. 높게 솟은 왕성과 대성당을 비롯해, 사람들이 북적이는 시장과 주택가도 전부 한눈에 담을 수 있다.

"우리 집은 어디야~?"

"저는 알아요. 저쪽이죠~?"

"아 정말이다~! 쪼끄매!"

아이들은 멀리 조그맣게 보이는 집 모습에 신이 나서 방방 뛰었다.

"이 근처에서 도시락을 먹도록 할까요. 레레어, 수고했어요. 바구니를 여기 놔주세요."

클레어 님의 말에 레레어가 바구니를 내려놨다. 나도 클레어 님을 도와 함께 돗자리를 폈다.

"메이, 알레어 이리 오세요. 식사를 하겠어요."

"신난다~!"

"밥이에요~."

경치에 푹 빠져있던 두 사람은 밥이라는 말을 듣자마자 서둘러 뛰어왔다. 신발을 벗고서 돗자리 위에 앉는다. 바구니를 바라보는 눈이 기대감으로 반짝이고 있었다.

"레이 엄마, 열어도 돼?"
"이제 못 기다리겠어요~."
"그래, 그래. 그럼 열게? 짜잔~."
나는 일부러 열듯 말 듯 하며 기대감을 끌어올린 후에 바구니를 덮고 있던 천을 벗겼다.
"와~ 너무 예쁘다, 알레어."
"정말이에요 메이."
아무래도 아이들의 기대에 부응하는데 성공한 모양인지 아이들은 기쁜 듯이 고개를 끄덕였다. 오늘의 메뉴는——.
계란과 양파의 마요네즈소스 샌드위치.
햄과 양배추의 바질소스 샌드위치.
닭고기와 피망의 달콤하면서도 짭조름한 소스 샌드위치.
닭튀김.
야채와 과일 스무디.
——라는 라인업이다. 닭튀김이 있으니까 샌드위치는 야채를 듬뿍 담아 만들었다. 도시락통에 담을 때도 보기 좋은 음식이 먹기도 좋게, 샌드위치를 어떻게 담을지 열심히 궁리해 봤다.
"저기저기, 빨리 잘 먹겠습니다, 하자!"
"어서 어서요~."
"그래그래, 자 그럼 두 손을 모으고?"
"하나, 둘."
"""""잘 먹겠습니다."""""
말이 채 끝나기도 전에 아이들은 요리에 손을 뻗었다. 메이는 햄과 양상추 샌드위치, 알레어는 닭튀김이다.
"맛있어!"
"맛있어요~."
"다행이네."
아이들이 얼굴에 웃음꽃이 활짝 핀 모습을 보니, 아침 일찍 일어나서 도시락을 싼 보람이 있다. 클레어 님도 닭고기와 피망 샌드위치를 집었다.
"어머. 이거 피망이 들어갔다고 하지 않았나요?"
"들어가 있습니다."
"그다지 피망 특유의 쓴맛이 느껴지지 않네요."
"피망을 잘게 다진 다음 달콤하고 짭조름한 소스에 잠깐 재워 놨으니까요."
"열심히 생각해서 만들어 준 거네요. 정말 고마워요. 알레어, 이것도 한번 먹어 보세요."
아까부터 열심히 닭튀김만 먹고 있는 알레어에게 클레어 님이 샌드위치를 권했다.
"피망이 안에 들어가 있나요……?"
내키지 않다는 표정을 짓는 알레어.
"이건 괜찮아요. 맛있으니까요."
"정말이에요~?"
머뭇거리면서 샌드위치를 입으로 가져가는 알레어. 몹시 주저하면서 조금씩 맛을 음미하더니…… 점차 표정이 밝아졌다.
"아, 맛있어요~."

그 한마디에 나는 속으로 해냈구나를 외쳤다.
“피망 같지 않아요~. 소스가 아주 맛있어요~.”
“후후 많이 먹으렴.”
“메이도, 메이도~!”
많이 걸었기 때문에 메이도 알레어도 배가 고팠는지, 샌드위치는 눈에 띄게 줄어들고 있었다. 눈 깜짝할 사이에 바구니가 텅 비어버렸다.
“맛있었어~!”
“맛있었어요~.”
“정말로요. 여전히 훌륭한 솜씨였어요, 레이.”
“변변찮았습니다.”
이렇게나 맛있게 먹어 주면 역시 만든 사람으로서 기쁘다. 정보교환을 위해서 근처 이웃 아주머니들과 동네 수다 모임에 때때로 끼어들 때가 있는데, 어떤 집 남편들은 고로케를 튀겨줘도 맛있다는 말 한마디도 않는 그런 사람도 있다는 모양이다. 고로케 만드는 거 진짜 손 많이 가는데 말이야. 참고로 고로케 레시피는 삿살 화산이 분화했을 때 내가 널리 퍼뜨렸다.
“조금 여유롭게 쉬다가 돌아가도록 할까요.”
“그러네요.”
“우리는 놀다 와도 돼~?”
“꽃 따러 다녀오고 싶어요~.”
“괜찮아요. 하지만 너무 멀리 가지는 않을 것. 레레어를 꼭 데리고 갈 것. 알겠죠?”

"""네~."""

아이들은 레레어를 데리고서 꽃이 피어있는 장소로 달려갔다.

"가족들끼리 이렇게 느긋하게 있는 것도 오랜만인 것 같은 기분이 드는군요."

부드럽게 불어오는 바람을 뺨으로 느끼면서 나는 조용히 독백하듯 말했다.

"그러네요. 평소에는 저나 레이 둘 중에 한 명은 집을 비울 때가 많은데다가 쉬는 날은 장을 보거나 밀린 집안일을 하느라 하루가 금방 지나가니까요."

"둘을 돌보는 것도 꽤나 쉽지 않으니까요."

"오늘은 여기 올 수 있어서 다행이에요. 고마워요, 레이."

클레어 님이 살짝 키스를 해주셨다. 사실 오늘 피크닉을 먼저 제안한 건 나다.

"마법 적성 때문에 걱정거리가 늘어나기도 했으니 이쯤에서 기분 전환이 필요할 거다 싶어서."

"정답이었네요. 메이도 알레어도 기뻐하고 있어요."

내 짐작이지만 적성 측정 결과는 아마 파란을 몰고 올 것이다. 그 파란에 대비하기 위해서 한 번쯤은 기분을 맑게 해줄 필요가 있다. 어쩌면, 아이들보다도 우리들을 위해서.

"안 좋은 일로 번지지 않았으면 좋겠는데요……."

"걱정해봤자 소용없습니다. 결과를 기다리면서 오늘은 오늘 나름대로 최선을 다해 즐기도록 하죠."

"……그 말이 맞아요."

클레어 님은 기분을 털어내려는 듯이 한번 고개를 젓고 나서는 나를 향해 웃었다.

"우리들은 그 혁명의 동란을 극복하는 것조차 해냈는걸요. 우리 둘이라면 분명 어떤 일이 닥쳐도 넘어설 수 있을 거예요."

"아니요, 클레어 님. 그게 아닙니다."

"?"

부정하는 내 말에 클레어 님은 어리둥절한 표정이었다. 나는 장난꾸러기처럼 웃고 나서.

"지금은 둘이 아니라 넷이서, 잖아요."

"……후후, 그랬었죠."

당했다는 표정을 지은 클레어 님이 너무나도 귀여운 나머지 이번엔 내가 먼저 클레어 님에게 키스를 선사했다. 봄에 걸맞은 평온하고 따뜻한 시간을 느끼면서 나는 클레어 님을 품에 안았다.

"메이랑 알레어는?"

"잘 재우고 왔습니다. 알레어는 역시 불안해하고 있었습니다만."

"그래요……. 불안해하는 것도 무리는 아니겠죠."

잠옷을 입은 클레어 님이 괴로운 듯이 눈살을 찌푸렸다. 자정이 된 시각. 클레어 님과 나는 앞으로의 일을 상의하기 위해서 거실 테이블을 사이에 두고 마주 앉았다. 아마도 금방은 끝나지 않을 거라는 생각에 나는 마실 차를 끓여왔다.

"설마하니 알레어에게 적성이 없을 줄이야……."

마법적성 계측 결과가 적힌 통지서가 도착했다. 결과는 역시 걱정했던 그대로였다.

"알레어는 그렇게나 마법을 쓰게 될 날을 기대하고 있었는데."

마법을 쓸 수 있기를 기대하고 있었던 건 메이도 마찬가지지만, 알레어 쪽이 누가 봐도 훨씬 더 마법에 대한 동경이 컸다. 평소 알레어가 하는 말만 봐도 알 수 있듯이, 알레어는 클레어 님을 정말 좋아해서 클레어 님이 하는 거라면 뭐든 따라 하고 싶어 한다. 알레어가 따라 하고 싶어 하는 것 중에는 클레어 님이 다루는 화려한 마법도 포함되어있다. 화속성 마법은 보기만 해도 화려한 마법들이 많기 때문에 아이들의 눈으로도 눈부시게 비쳤겠지.

"적성 결과를 아이들에게 어떻게 전해야 하는 걸까요……."

알레어에겐, 그리고 메이에게도 적성 측정 결과는 아직 말해주지 않았다. 우리들이 불안해하는 걸 예민한 눈치로 읽어낸 건지, 아이들도 적극적으로 물어보지 않았다.

"이럴 바엔 아예 둘 다 적성이 없다면 조금은 단순했겠지만, 말이죠…… 물론 이렇게 말하면 안 된다는 건 알지만."

그렇다. 두 아이의 적성이 너무 크게 격차가 난다는 게 문제였다. 만약에 메이도 적성이 없었다면 얘기가 그렇게 복잡해지지 않았을지도 모른다. 아이들로선 유감이겠지만 마법은 포기하도록 하고 다른 재능을 찾아준다—— 그냥 그걸로 끝났을 것이다.
“그러네요. 하지만 메이는 쿼드 캐스터. 오히려 메이에게는 적극적으로 마법을 쓸 수 있도록 밀어줘야겠죠.”
메이는 전 세계에서 두 번째로 확인된 쿼드 캐스터였다. 메이한테 마법을 가르치지 않는다는 선택지는 있을 수 없다.
마법은 선천적인 요인으로 인해 재능이 결정된다고 일컬어진다. 그 선천적인 재능은 후천적으로 쌓아 올린 노력만으로는 메울 수 없는 차이가 있다고 한다. 혈통의 문제가 아니다. 만약에 유전적인 문제였다면 같은 별 아래에서 태어난 메이와 알레어한테 이 정도로 큰 격차가 생겨날 리가 없다.
“언제까지고 계속 숨겨둘 수 있는 문제도 아니니까요. 오늘은 우리들의 기색을 살피고서 이상하게 여겼던 건지 둘 다 입을 다물고 있었지만, 적성 결과를 알고 싶어 하는 건 시간문제예요.”
클레어 님이 크게 한숨을 쉬었다. 아무리 총명한 클레어 님이라고 할지라도 이 문제는 그렇게 간단히 해결할 수 있는 문제가 아니다.
“솔직하게 얘기할 수밖에 없지 않겠습니까? 어쭙잖은 배려를 하거나, 이야기를 복잡하게 만드는 것보다도 솔직하게 얘기하는 쪽이 빠를 거라고 생각합니다만.”
“그건 재능에 대해 고민해 본 적 없는 사람의 말 아닌가요?”
클레어 님이 조금 노기를 띤 표정으로 나를 가볍게 째려보았다.
“재능에 고민해 본 적이 없다니…… 아니 그게 클레어 님이 하실 말씀인가요?”

내 입장에서 보면 클레어 님이야말로 재능의 결정체다. 요리라는 유일한 단점이 있긴 하지만 그 외의 분야에 관해선 거의 완벽한 미스 퍼펙트다.

"레이. 당신은 스스로가 듀얼 캐스터—— 거기다 초월 적성이라는 사실을 잊은 건가요? 저는 당신과 처음으로 학교 시험에서 싸웠을 때의 굴욕을 잊지 않았는데요?"

"뭐, 그건 그렇지만요."

그렇다곤 하나 내가 가진 재능이라곤 그것밖에 없다는 생각이 든다.

"그리고 저 또한 자신이 남들보다 그렇게 재능이 떨어진다고는 생각하지는 않지만, 그럼에도 역시 한 분야의 전문가는 도저히 이길 수 없어요. 저 같은 사람을 두고 다재무능(多才無能)이라고 하는 거예요."

"클레어 님의 그 넘치는 재능을 다재무능이라는 한마디로 정의하는 건 좀 아니라고 생각하지만 말이죠."

나는 벽에 장식된 자수를 보면서 그렇게 말했다.

"그렇다고 해도예요. 재능의 격차를 여실히 느끼게 되는 순간은 역시나 커다란 아픔을 동반하는 거예요."

"저도 매일 실감하고 있습니다."

"이휴, 지금 농담할 때가 아니에요."

클레어 님이 내 이마에 살짝 딱밤을 놨다. 나는 딱밤을 맞은 이마를 문지르면서도, 사실 조금 신경 쓰이는 게 있었다.

"클레어 님."

"뭔가요?"
"아이들의 적성에 대해서 제가 생각하는 걸 말해봐도 될까요."
"? 물론 좋아요. 뭔가요?"
클레어 님이 귀를 기울이려는 자세를 잡았다.
"알레어가 적성이 없다는 건 운이 없어서 그렇다고 쳐도, 메이까지 천문학적으로 희소한 확률을 뚫고서 쿼드캐스터 라는 건 너무 과하다고 생각하지 않으신가요?"
"너무 과하다……? 무슨 말인가요."
"애초에 알레어한테 적성이 아예 없다는 것도 부자연스러운 일이라고 생각합니다."
내 말에 클레어 님은 조금 쓴웃음을 지으면서,
"그건 팔불출이라서 그런 건?"
라고 말했다.
"아뇨, 그게 아닙니다. 잊으셨습니까? 두 사람에겐 피의 저주가 있잖아요?"
"아……."
닿은 대상을 마법석으로 바꾸는 피의 저주. 그 저주는 메이뿐만이 아니라 알레어도 해당된다.
"마법 적성과 마법석으로 만드는 저주에 어떤 인과관계가 있는지는 불명이지만, 전혀 관계가 없다곤 생각할 수 없지 않겠습니까?"
"그건…… 그러네요……. 하지만 만약 그렇다고 한다면 알레어가 적성을 가지지 못한 데에는 뭔가 이유가?"

"어디까지나 가설입니다만……."
"어서 말해 보세요."
클레어 님이 뒷말을 재촉했다. 그 눈에는 숨길 수 없는 기대감이 있었다. 그야 그렇겠지. 알레어만 적성을 가지지 못했다는 이 사태에 클레어 님 또한 가슴이 아프실 테니까.
"두 아이가 아직 어머니 배 속에 있었을 때, 적성에 관련된 어떤 인자가 한 아이에게 편중되어 버렸다, 라든가."
"그런 일이 있을 수 있나요?"
"없다……고는 단언할 수 없다고 생각합니다."
내가 전생에 봤던 영화 중에서 쌍둥이를 테마로 삼은 외국 영화가 있었다. 아윌비백을 외치는 마초 주지사 아저씨가 나오는 영화로, 우성 유전자를 몰아받은 동생과 열성 유전자만 몰아받은 형이 친어머니를 찾아 여행을 떠나는 이야기다. 이 이야기는 어디까지나 픽션이라서 과학적인 근거가 있는 건 아니지만, 이 영화는 쌍둥이 중 한 명한테 유익한 재능이 편중되어 버렸다는 그런 내용이었다. 마법이 존재하는 이 신기한 세계에선 그 영화와 비슷한 일이 일어날지도 모른다.
"하지만 그건 알레어에게 있어서는 아무런 위로도 되지 않네요."
"아뇨, 꼭 그렇지는 않다고 생각합니다."
"무슨 말인가요?"
가설에 가설을 거듭하는 일이 되겠습니다만, 나는 그렇게 전제를 깔고 이야기를 계속했다.

"만약에 알레어가 적성을 가지지 못한 게 정말 운이 없어서가 아니라, 변이의 결과라고 한다면 마법에 대한 어떤 다른 소양을 가지고 있을지도 모릅니다."

"하지만 실제로는 아무런 마법 적성도 없었잖아요."

"네. 하지만 그건 어디까지나 현재까지 알려진 마법학의 범주 내에서 입니다."

알레어가 가지고 있을지도 모르는 그 소양은 아직 알려지지 않은 미지의 무언가일 가능성도 있다.

"……너무 뜬구름 같은 이야기네요."

"역시 그런가요."

"적어도 알레어한테 들려줄 수 있을 만한 이야기는 아니에요. 괜한 희망을 품게 하기에는 너무 꿈같은 소리인걸요."

"그래도!"

나는 물고 늘어지려고 했지만 클레어 님의 손이 부드럽게 제지했다.

"진정해요, 레이. 저희들 지금 조금 냉정해야 할 필요가 있어요."

"……확실히. 너무 열이 올라 있었습니다. 죄송합니다."

이게 만약 나 자신의 일이었다면 조금 더 냉정했었겠지. 내가 과열된 이유는 다른 누구도 아닌 메이랑 알레어에 관한 일이기 때문이다.

"우리들이 여기서 언쟁을 벌여봤자 아무런 소용도 없어요."

"……그러네요. 무엇이 아이들에게 최선일지 생각해보죠."

말은 그렇게 해도 해결책이 전혀 보이지 않는다. 아니 애초에 해결책이라는 게 존재하긴 하는 걸까.

"먼저 뭘 어떻게 해도 직면할 수밖에 없는 사실을 확인해 보겠어요. 적성 계측 결과를 이야기한다. 이건 피할 수 없는 거겠죠?"

"그러네요. 말하지 않는다든가, 둘 중 한 명에게만 말한다는 선택지는 존재하지 않는다고 생각합니다."

"알레어가 지니고 있을지도 모르는 미지의 소양에 대한 가능성에 대해선 일단은 얘기하지 않는다."

"……그렇군요. 괜한 희망을 품게 하는 것도 잔혹한 일이니."

"그럼 다음은 어떻게 전달해야 할지를 고민할 수밖에 없는 걸까……. 하지만 어떻게 전달하느냐고 해도 그냥 평범하게 말하는 수밖에 없는 거겠죠……."

클레어 님은 괴로운 듯이 고민에 잠겼다. 두 아이를 위해서 조금이라도 더 좋은 방법을 찾아내기 위해 필사적이었다.

"그 점에 대해서입니다만. 적성치를 꾸며서 알려준다는 건?"

"소용없겠죠. 만약 메이의 적성치를 낮게 알려준다고 해도, 메이는 4속성을 전부 다룰 수 있잖아요? 그것만으로도 세계에서 단 두 명밖에 없는 재능이에요."

"거꾸로 알레어도 적성은 있지만 적성치가 낮을 뿐이라고 말하는 건?"

"그것도 좋은 방법은 아니라고 생각해요. 알레어는 적성이 없는걸요. 사용할 수 없는데도 나중엔 꼭 사용할 수 있을 거라고 거짓된 희망을 심어주는 건 잔혹한 일이라고 생각해요."

"……어렵네요."

속수무책이다. 아무리 생각해도 좋은 방법을 찾을 수 없다.

"……제 적성을 알레어한테도 나눠줄 수 있다면 얼마나 좋을까……."

문득, 혼잣말처럼 말한 클레어 님의 말에는, 쥐어 짜낸 것 같은 고뇌가 배어 있었다. 나도 정말 같은 마음이다. 부모라면 세상 누구나 이런 고민을 안고 있는 걸까.

잠시 동안 거실에 무거운 침묵이 흘렀다.

"클레어 님, 역시 솔직하게 말할 수밖에 없어요."

"레이…… 하지만——."

"예상입니다만, 유감스럽게도 이 문제는 알레어한테 상처를 주지 않고 끝내는 방법은 없습니다."

"……."

"저희들이 할 수 있는 건 상처 입은 알레어에게, 적성이 있고 없고와는 상관없이 사랑한다는 사실을 분명하게 보여주는 거 아닐까요."

"……그것 밖에는, 없는 걸까요……."

클레어 님은 고개를 숙였다.

나도 지금은 뭘 안다는 듯이 말하고는 있지만, 사실상 포기한 거나 마찬가지일지도 모른다. 하지만 이 방법 말고는 떠오르지 않았다. 아무리 두 아이를 사랑한다고 해도, 아무리 두 아이를 위해서 고민한다고 해도, 해결할 수 없는 문제라는 건 존재한다. 정말로 슬픈 일이지만 알레어의 마법 적성에 대한 문제는 그 해결할 수 없는 문제에 해당한다고 생각한다.

"……저는 무력해요. 혁명의 영웅이라니 어처구니없어요."

"클레어 님……."

클레어 님이 자조하는 모습을 보기가 괴롭다. 메이와 알레어도 중요하지만, 나에게 있어서는 그와 동등할 정도로 클레어 님이 소중하다. 나는 클레어 님을 옆에서 잘 지탱해 드려야겠다고 다시 한번 다짐했다.

그때.

"엄마들…… 싸우고 계시는 건가요……?"

"사이좋게 지내야 하는 거야~."

"너희들……."

알레어와 메이가 눈을 비비면서 거실로 나왔다.

"엄마들이 싸우시는 건 혹시 저 때문인가요……?"

"아니면 메이 때문에……?"

알레어와 메이가 울 것 같은 얼굴로 말했다. 클레어 님도 나도 당황했다.

"싸우거나 하지 않았어요. 잠깐 둘이서 얘기를 나눴을 뿐이라고요?"

"맞아맞아! 클레어 님이랑 내가 싸울 리가 없잖아. 러브러브라고, 초! 러브러브!"

클레어 님은 필사적으로, 나는 장난스러운 말투로 어떻게든 알레어를 달래려고 했다. 그러나,

"그렇지만 엄마들, 두 분 다 굉장히 무서운 얼굴이셔서……."

"목소리도 엄청 무서웠어……."

아이들이 코를 훌쩍였다. 울음을 터트리기 직전이다. 아니 그보다, 다 들렸던 거야……?

"겁먹게 해버린 거네요. 미안해요. 이리 와요. 메이, 알레어."

얼버무리는 건 무리라는 사실을 깨닫고 클레어 님은 솔직하게 사과한 뒤, 아이들을 향해 양팔을 벌렸다. 메이랑 알레어가 달려와서 안겼다. 그대로 잠시 동안, 흐느껴 우는 소리가 들려왔다. 클레어 님은 두 사람을 안아주면서 "괜찮아요, 괜찮아"라며 아이들에게 속삭이고, 몇 번이고 두 아이의 머리카락에 입술을 떨어트렸다. 아이들이 진정되기까지는 조금 시간이 걸렸다.

"메이, 알레어, 두 사람에게 말할 중요한 이야기가 있어요. 들어줄래요?"

메이랑 알레어가 눈물을 멈추고 어느 정도 진정될 때를 노려서, 클레어 님이 아이들과 눈을 맞추며 상냥한 목소리로 말했다. 아이들은 고개를 끄덕이며 자기 자리에 앉았다.

"구체적인 이야기를 시작하기 전에 먼저 이걸 명심해 주겠어요? 저도 레이도 무슨 일이 있어도 두 사람을 싫어하게 될 일은 없다는 것, 절대로 내버려 두지도 않을 거예요."

중요한 사실이니까 꼭 기억해 주세요, 클레어 님이 거듭 당부했다. 메이랑 알레어는 어리둥절해 하는 표정이었지만 일단은

그 말에 끄덕였다.

“요전에 대성당에서 마법 적성을 측정했었죠. 그 결과를 얘기해 줄게요.”

“! 어땠나요~?”

“듣고 싶어, 듣고 싶어!”

메이랑 알레어의 얼굴이 살짝 밝아졌다. 저 미소에 다시 그늘이 질 거라고 생각하니 가슴이 아프다.

“먼저 메이. 당신은 지수화풍 모든 속성에 적성이 있다는 모양이에요. 축하해요.”

“그 말은 마나리아 언니랑 똑같다는 거야?”

“맞아요.”

“신난다~!”

메이는 의자에서 튕겨 오르듯이 벌떡 일어나며 한껏 기쁨을 드러냈다. 어지간히도 기쁘겠지. 그 모습을 알레어가 부러운 듯이 쳐다보았다.

“그리고 알레어. 알레어는 유감스럽지만 마법 적성이 없었어요.”

“……네?”

“……?”

알레어는 의미를 이해하지 못한 얼굴이었다. 천진난만하게 방방 뛰던 메이도 입을 다물었다.

“적성이 없다는 건, 무슨 뜻인가요……?”

“알레어는 여러 가지 일들을 잘 할 수 있잖아요? 그중에서 마법만은 잘할 수 없다는 뜻이에요.”

"……."

알레어는 침묵에 잠기고 말았다. 클레어 님은 최대한 고민한 말투였지만, 그럼에도 알레어의 충격은 얼마나 클 것인가.

"엄마, 알레어는 마법을 쓸 수 없는 거야?"

"아쉽지만, 그래요."

"적성, 이라는 게 없으니까?"

"네에."

"어째서? 메이는 4개나 가지고 있는데?"

"이유는 정령신 말고는 몰라요."

"……."

메이는 조금 고민하더니, 좋은 생각을 떠올렸다는 것처럼 활짝 웃으며,

"그럼 메이, 알레어한테 두 개 나눠 줄래!"

순진무구하게 말했다. 알레어의 얼굴에도 기대의 빛이 스몄다. 이걸로 자신도 마법을 쓸 수 있게 되는 걸까, 그런 생각이겠지.

"메이는 상냥한 아이네요. 하지만 말이죠, 유감스럽지만 마법의 적성이라는 건 나눠주거나 할 수 없는 거랍니다."

"안 되는 거야……?"

"네에, 정말로 유감스럽지만."

메이는 몹시 실망한 표정이었다. 그리고 알레어는 그 이상으로 훨씬 크게 낙담한 기색이 농후했다.

"엄마, 저는 어떤 방법을 써도 마법을 쓸 수 없는 거예요?"

"네에, 정말로 유감이에요."

"어떻게 해도? 착한 아이로 있어도 안 돼?"

"……네에. 하지만 착한 아이로 있는 건 정말로 잘한 일이에요. 부디 앞으로도 계속 그렇게 있어 줄래요?"

"……."

알레어는 다시 침묵에 잠겼다. 무거운 분위기.

"알레어, 마법을 쓸 수 없어도 다른 일들을 노력하면 괜찮아. 알레어는 정말로 여러 가지 일들을 요령 있게 잘하니까 말이야."

"……."

"정말로 단 한 가지, 마법만 그런 거잖아. 한 가지쯤 못하는 게 있는 게 오히려 인간적이고 좋다니깐."

"레이 엄마는 잠깐 다물고 있어 주세요."

"……네."

나의 위로는 단칼에 두 동강 났다. 훌쩍.

알레어는 필사적으로 고민하는 것 같았다. 내 눈에는 그녀가 갑작스레 들이닥친 현실과 필사적으로 싸우고 있는 것처럼 보였다.

"엄마들은 제가 마법을 쓸 수 없으면 슬픈가요?"

"아니요. 마법 같은 거 쓸 수 없어도, 알레어만 몸 건강히 있어 준다면 그것만으로도 행복해요."

"미워하거나 하지 않아?"

"물론이에요."

"메이만 편애하지 않아?"

"결코."

"그렇군요……."
클레어 님의 대답을 듣고서 알레어는 조금 안도한 표정으로,
"그럼 괜찮아요. 엄마들이 저를 싫어하지 않아 주신다면야, 마법 같은 건 필요 없어요."
그렇게 말하면서 씩씩하게 웃어 보였다.
"알레어……."
"그 대신에 레이 엄마~?"
"왜 그러니, 알레어."
"저한테도 요리를 가르쳐 주세요~."
"요리? 괜찮기는 한데 어째서?"
"그야, 클레어 엄마도 못 하는 일을 제가 잘 할 수 있다면 마법 이상의 가치가 있다고 생각하지 않으세요~?"
그렇게 말하며 장난꾸러기처럼 쿡쿡, 웃었다.
"아~ 치사해! 메이도 배울래!"
"안 돼요, 메이. 메이는 마법을 잔뜩 쓸 수 있게 됐으니까 요리는 포기해 주세요."
"에이~."
알레어의 말에 메이가 불만스러운 듯이 뺨을 부풀렸다.
"응, 알았어. 메이에겐 클레어 님이 마법을 가르치고, 알레어한테는 내가 요리를 가르쳐주는 걸로 할까."
"그거 좋네요. 둘 다 그걸로 괜찮나요?"
"좋아요."
"네~."

어떻게든 좋은 쪽으로 진정된 모양이다. 한때는 어떻게 될지 불안했지만 역시 어떻게든 되는 법이다. 어떤 요리를, 어떤 마법을 배울까에 대해서 이야기를 나누고 있는 메이랑 알레어는, 처음에 걱정했던 것보다 훨씬 씩씩해 보였다. 역시 앉아서 걱정하기 보단 직접 행동에 나서야 하는 법이다.

"알레어는 장한 아이네요. 메이도 짓궂게 놀리거나 하지 않고 참 착해요."

"헤헤~ 예요."

"에헤헤!"

메이랑 알레어는 클레어 님에게 딱 붙어서 어리광을 부렸다. 나도 그제야 긴장했던 어깨에서 힘을 뺐다.

그렇다. 방심하고 있었다.

"저, 착하게 장한 일을 한 거네요?"

"? 네, 네에."

"열심히 한 거네요?"

"……알레어?"

"그러니까, 조금만…… 오늘만 용서해 주세요."

그렇게 말하는 알레어의 눈 끝에서는 방울방울 눈물이 고이기 시작했다.

"으……훌쩍……아……으아아아아앙————!!!!"

통곡. 그 작은 몸에 어디서 그렇게나 큰 목소리가 나오는 걸까, 하고 깜짝 놀랄 정도로 큰 목소리로 알레어는 불이 붙은 듯이 울었다. 거기에 이끌려서 메이도 그에 지지 않을 정도의 커다란 소리로 울음을 터뜨렸다. 두 아이의 커다란 눈에서 닭똥 같은 눈물이 뚝뚝 흘러나왔다. 온몸으로 슬픔을 드러내고 있었다.

"메이……! 알레어……!"

나는 참을 수 없는 마음에 아이들을 끌어안았다. 클레어 님도 나와 함께 아이들을 끌어안았다. 클레어 님과 나도 눈물을 흘렸다.

분명 이웃집에 폐를 끼쳤겠지. 하지만 그날 밤 우리는 넷이서 마음껏 울었다. 메이와 알레어의 울음소리는 둘 다 울다 지쳐서 잠들 때까지 계속해서 이어졌다.

"서른둘! ……서른셋!"

휴일의 오후.

우리 집 정원에서는 기합이 잔뜩 들어간 알레어의 목소리가 울려 퍼졌다. 알레어는 목도를 휘두르고 있었다.

"! ……마흔 아홉! ……쉰!"

"좋아 잘했구나. 쉬어도 좋아."

"네!"

씩씩하게 대답하는 알레어의 머리를 거친 손길로 쓰다듬는 사람은 가벼운 갑옷을 걸친 외팔의 남성이었다.

"알레어, 수고했어. 로드 님도 감사합니다."

"오우, 신경 쓰지 마."

나는 테라스에 놓인 테이블 위에 마실 차와 가벼운 식사를 준비한 후에 두 사람에게 말했다. 이제는 왕족에서 떨어져 나온 로드 님은 대범한 태도로 대답했다. 왕위 계승권을 포기하고서 군의 책임자가 된 그는, 이제 일반시민 신분이 된 걸 좋은 기회로 여기면서 이렇게 때때로 불쑥 놀러온다.

"레이 엄마, 저 어땠는지 보셨나요?!"

"물론 봤지, 열심히 했네."

"오늘은 50번이나 휘둘렀어요!"

흥분한 표정으로 들뜬 숨소리를 내며 달려오는 사랑스러운 우리 딸에게, 흘린 땀을 닦아주면서 칭찬을 건넸다. 알레어는 쑥스러워했지만 자기가 달성한 성과에 만족하고 있는 것 같았다.

"역시 너희들 딸이구나. 소질이 좋아."

로드 님은 알레어를 한쪽 팔로도 손쉽게 안아 올리면서 그대로 높이높이를 해줬다. 알레어는 꺄아꺄아 거리면서 기뻐하고 있었다.

"피는 이어지지 않았지만요."

"그럴 텐데도 피가 이어지지 않았다는 게 신기할 정도라고. 이 녀석한테서는 천성적인 싸움의 재능이 느껴져."

로드 님의 말에 알레어 뿐만 아니라 나도 기뻤다.

로드 님은 알레어에게 검을 가르치고 있다. 마물이라는 위협이 존재하는 이 세계에서 마법을 쓸 수 없는 알레어는 다른 수단으로 자신의 몸을 지킬 수밖에 없다. 바우어에 살고 있는 한 아마 만날 일은 없을 거라고 생각하지만, 이 세계에는 마족이라는 종족도 존재하는 모양이니.

몸을 지킬 수단에 대해서 로드 님과 상담해본 결과, 직접 알레어의 수련을 도와주겠다는 이야기가 된 것이다. 이전에는 주된 싸움법이 마법이었던 로드 님은 군의 책임자가 된 이후로는 검술 단련도 빠짐없이 해왔다고 한다. 원래부터 왕자님들은 호신술을 위해 기초적인 백병전 기술을 어렸을 때부터 익히고 있었다. 그런 로드 님에게 가르침을 받을 수 있다면 고마운 일이다.

그나저나 마족이라. 게임에서는 설정으로밖에 못 봤던 종족인데, 이 세계에서 계속 살아가는 이상 언젠가는 한 번쯤 만나겠지. 대책을 미리 생각해 둬야겠다.

"저, 검술에 소질이 있나요?"

"그럼. 너는 분명 나보다도 강해질 거다. 노력한다면 검신의 영역에 도달할지도 몰라."

"검신?"

들어본 적 없는 단어에 알레어가 고개를 갸웃거렸다.

"세상에서 가장 강한 검사를 말하는 거야. 구체적으로 말하면 나 제국의 황제지."

"황제는 강한가요~?"

"나도 소문으로 전해 들은 거라서 진짜인지는 잘 모르지만, 소문이 사실이라면 그 녀석은 검 한 자루로 스스 왕국의 일개 대대를 쳐부순 적도 있다더군."

대대라는 건 군대 조직의 단위 중 하나로, 대체로 300명~1,000명 정도의 부대를 말한다. 그런 많은 숫자를 검 한 자루로 상대했다니 역시나 헛소문이라고 여길지도 모르지만, 나는 그 소문이 사실이라는 걸 알고 있었다. 자세한 얘기는 또 다음에.

"황제라는 건 얼마나 강한가요?"

"그렇구나, 아마 세상에서 제일이겠지."

"로드 님 보다도?"

"분하지만 아마 그럴 거다."

"클레어 엄마랑 레이 엄마보다도?"

"마법을 빼면 그렇겠지."

"마나리아 언니보다요?!"

"글쎄, 마나리아는 검술도 엄청나다고 들었으니 말이지."

알레어는 눈을 반짝이고 있었다. 그 눈에 깃든 빛의 이름은 동경이다.

"저도 열심히 하면 검신이 될 수 있어요?"

"그야 될 수 있을지도 모르지. 하지만 그러기 위해서는 엄청 열심히 해야 할 거다."

"저 열심히 할게요!"

그 말과 함께 알레어는 다시 휘두르기를 시작했다. 로드 님과 나는 그 모습을 웃으면서 바라보았다.

"……알레어만 즐거워 보이고 치사해."

뺨을 부풀리면서 말하는 메이. 메이는 뜰에 앉아서 지그시 눈을 감고 있었다.

"메이가 지금 하고 있는 것도 훈련인데요?"

"재미없어~!"

벌써부터 짜증을 내기 시작한 메이를 보면서 클레어 님이 어쩔 수 없다는 듯이 쓴웃음을 지었다. 메이가 지금 하고 있는 건 마법을 쓰기 위한 첫 단계를 위한 훈련이다. 마법을 쓸 때 가장 어려운 건 마법이라는 감각을 손에 쥐는 그 과정이다. 옛날에 읽은 만화에 나오는 대사를 따라 하는 건 아니지만 센스가 없는 자는 평생 무리다. 아무리 메이가 쿼드 캐스터라도, 이 단계를 넘어서지 못하면 마법은 절대 쓸 수 없다.

"자 집중하세요."

"으……."

클레어 님의 말에 명상을 계속하는 메이. 몸을 움직이는 걸 좋아하는 메이로서는 이 이상 가는 고행이 없겠지.

"몸 안에서 열기와도 같은 감각이 느껴지지 않나요?"

"으~음…… 잘 모르겠어……."

"초조해할 필요는 없어요. 천천히, 확실하게, 메이의 페이스대로 하면 되는 거예요."

"우—……."

마법의 감각이라는 건 정말로 추상적인 것이다. 어휘가 발달한 후에는 조금쯤 이해에 도움이 될지도 모르지만 어쨌든 메이는 아직 6살이다. 이해하라고 말하는 쪽이 억지나 마찬가지다.

"마력의 감각은…… 그러네요. 메이가 정말로 기쁠 때 몸 안에서 느끼는 감각과 비슷해요."

"기쁠 때?"

"네에. 마음이 소용돌이치는 것 같은, 가슴이 요동치는 것 같은 그런 치밀어 오르는 감각이에요."

"으~음."

하지만 클레어 님도 바로 포기할 사람은 아니다. 학교에서 마법학 수업을 맡은 만큼 클레어 님의 교습법도 옛날보다 훨씬 능숙해졌다. 감각에만 의존하지 않고 정리된 이론을 배움으로써 어떻게 해야 상대에게 알기 쉽게 전달될지를 고민할 수 있게 된 것이다. 원래부터 총명한 클레어 님이니, 메이가 마법을 몸에 익히게 되는 것도 그다지 멀지 않은 이야기겠지.

"……모르겠어!!"

하지만 그 머지않은 미래가 오늘은 아닌 것 같다. 큰소리로 외치면서 메이는 대자로 뻗어버리고 말았다.

"하루 이틀로 몸에 익힐 수 있는 게 아니니까요. 어쩔 수 없어요."

클레어 님은 완전히 토라져 버린 메이를 안아 올린 후 테라스로 걸어왔다.

"수고했어, 메이. 클레어 님도요."

"……마법, 못 썼어."

"지금 당장은 무리예요. 조바심 내지 말고 천천히 가도록 하죠."

"앗핫하! 역사상 두 번째 쿼드캐스터도 아직 개화하려면 멀었구나!"

로드 님이 호쾌하게 웃었다. 그 목소리에 메이가 부루퉁한 얼굴이 됐다.

"금방 쓸 수 있게 된다구!"

"오오, 그러냐?"

"로드 님은 알레어만 편들어 주니까 싫어!"

"메이, 로드 님에게 알레어의 단련을 부탁드린 건 우리들인데요?"

"그런 거 몰라!"

메이는 완전히 심통을 부리기 시작했다.

"앗핫하! 미움받았구나! 좋아. 마법을 쓸 수 있게 된다면 제일 먼저 나한테 도전하러 와라."

"말했겠다~!"

메이의 심술도 로드 님의 웃음에 바로 막혀버렸다. 여전히 포용력 하나는 대단한 사람이다.

"로드 님, 최근에는 어떻게 지내세요?"

"예전에 말한 대규모 술식의 시험 운용이 시작돼서 말이야. 꽤나 바빠."

로드 님이 말하는 대규모 술식이라는 건, 그가 개발한 새로운 마법이다. 로드 님의 말로는 이제 마나리아한테도 지지 않을 거라나 뭐라나.

"그다음은 최근 묘하게 자주 일어나고 있는 지진에 대한 대책이지. 왕국민에게 있어선 트라우마를 자극하니까."

"아아, 최근 계속 이어지고 있네요."

원작지식에 의하면 이 지진은 샷살 화산의 분화와 관련된 여진은 아닐 텐데, 어째선지 요 몇 달간 지진이 자주 일어난다. 샷살 화산의 분화는 혁명의 계기가 됐을 정도로 왕국민에게 있어서는 굉장히 아픈 기억이라서, 시민들 사이에서는 또 그런 사건이 일어나는 거 아니냐고 불안이 확산하고 있다고 한다.

그렇다고는 하나 지진 대책이라는 건 이전에도 말했듯이 21세기 현대에서도 완벽한 대책을 세우지 못한 자연재해다. 현재 왕국이 할 수 있는 일에는 한계가 있으니, 로드 님은 골머리를 앓고 있는 모양이다.

"그 밖에도 외교와 관련된 부분에서도 이런저런 문제가 있어서 말이야."

"굳이 외교에? ……뒤숭숭한 이야기는 아니겠죠?"

혼잣말처럼 말한 로드 님의 말에 클레어 님은 걱정스러운 표정을 지었다. 왕국의 신정권이 안정된 이후로 클레어 님도 나도 정치 무대에서 빠져나왔다. 지금의 왕국이 어떤 외교를 행하고 있는지는 신문에서 전해 듣는 정도밖에 모른다.

"뭐…… 조금 말이지. 어쩌면 또 두 사람에게 폐를 끼칠만한 일이 될지도 몰라. 그렇게 되지 않도록 노력은 하겠지만."

"제발 그러지 말아주세요. 클레어 님과 저의 러브러브한 나날을 방해할 만한 일은."

"레이."

정말 진심으로 질색하는 표정을 짓는 나를 클레어 님이 나무랐다.

"앗핫하! 두 사람은 행복해 보이는구나. 이야~ 그거 좋은 일이지. 하지만 만약에라도 사이가 틀어지게 되면 나는 언제든지 기다리고 있단다, 레이."

“끈질긴 남자는 미움받는다고요.”

“앗핫하!”

웃음으로 무마한다. 아니 그보다 아직도 포기 안 한 건가 이 사람.

“뭐, 농담은 치워두고 그런 일(혁명)이 있은 후다. 되도록이면 시민들의 행복이 위협받지 않도록 할 거야.”

드물게도 복잡한 표정을 하고 있는 로드 님은 차를 후루룩 마시며 말했다. 클레어 님도 나도 서로 얼굴을 마주 보며 어쩐지 상황이 묘하게 돌아가고 있다는 사실을 느끼고 있었다.

왕립학교에서는 이 시기가 되면 항상 실력 테스트를 실시한다. 클레어 님과 내가 최초의 승부를 겨뤘던 그 시험이다. 혁명 후로 왕립학교에서는 다양한 개혁이 실시됐지만 실력 시험은 변함없이 남아 있었다.

“자 그럼 먼저 교양 시험부터 시작하겠습니다.”

오늘의 나는 시험 감독관이다. 학생들에게 시험지를 나눠주고, 시험 중에 부정행위는 없는지 감시하는 역할이다. 학생들의 모습을 살펴보자 6할은 긴장한 눈치고, 평소랑 다르지 않은 태도가 3할, 기타 1할이라는 느낌이다.

실력 시험의 존재 여부는 변하지 않았지만 시험 내용에는 변경이 있었다.

먼저 예법 시험이 사라졌다. 이건 이제 왕국에서 귀족제도가 폐지되게 된 영향이 컸다. 특권계급에는 필수 불가결이었던 예의 작법도, 귀족제도가 사라진 지금은 필수과목이 아니게 됐다.

그 대신에 마법 시험이 두 종류로 세분화됐다. 기초 마력 시험과 마도구 조작 시험이다. 이 과목들에 대한 자세한 설명은 이전에 클레어 님과 치렀던 시험을 떠올려주면 고맙겠다. 그 시험을 따로따로 독립시킨 것이다.

학생들이 지금 치르고 있는 교양 과목도 기본적으로는 기존 시험에서 달라지지 않았다. 학교는 미래를 이끌어갈 인재를 육성하는 장소이니만큼, 학생들도 일정 수준 이상의 교양을 갖춰야 할 필요가 있기 때문이다. 다만 시험에서 물어보는 문제들의 내용이 약간 달라졌다. 특히 역사 관련 논술 문제는 오랜 옛날 역사에 관련된 문제가 줄어들었고, 그만큼 근현대에 관련된 문제가 늘어났다. 이런 변화 기조는 현대 일본이랑 비슷하다고 말할 수 있을지도 모르겠다.

"제한 시간은 60분입니다. 자 그럼…… 시작."

학생들이 일제히 시험용지를 펼쳤다. 그 후는 사각거리는 연필 움직이는 소리만이 교실을 채웠다.

"……."

왕립학교에 입학 허가를 받은 우수한 학생들이 컨닝 같은 안이한 부정행위를 저지를 거라고는 생각하지 않지만, 일단 이게 내 일이니 진지하게 시험 감독에 임했다. 나는 일단 마법 저해 마도구가 제대로 작동하는지부터 확인했다. 문제없이 잘 작동하고 있다.

이건 주로 풍속성 마법인 텔레파시를 이용하는 부정행위에 대한 대책이다. 마나리아 님이 이전에 나한테 쓴 적 있는 걸 기억할 거라고 생각하지만, 텔레파시를 쓴다면 사용자들끼리 얼마든지 부정행위를 저지를 수 있다. 또 그 외에도 학교가 예상하지 못한 마법을 사용한 부정행위가 일어날 수도 있다. 그런 사태가 발생하지 않도록 교양 시험 중에는 마법사용을 엄격하게 금지하고 있다.

"……."

소리가 나지 않도록 조심하면서 천천히 학생들 사이를 걸어다녔다. 내가 담당하는 마법 실기 수업을 수강하는 학생들이 몇 명 보였다.

먼저 라나 라아나. 요전에 나한테 무작정 어프로치를 걸어오던 아이다. 시험이 시작한지 아직 얼마 지나지 않았는데 라나의 답안지는 벌써 반 이상 채워져 있었다. 공부는 잘하지 못한다고 하더니 그건 그저 겸손일 뿐이었나.

그렇게 생각하자마자 연필을 굴리기 시작했다. 얌마.

"~~~♪"

망설임 없이 해답란을 채워나가는 라나. 결과는 기대하기 힘들 것 같다.

그다음 학생은 라나랑 똑같이 유클레드 출신인 이브 눈이었다. 그녀의 답안지는 3분의 1 정도 채워져 있었다. 가볍게 슥 훑어보자 전부 정답이었다. 훌륭하다.

문득 이브와 눈이 마주쳤다.

"……!"

또다시 증오가 가득 남긴 눈으로 나를 노려보기 시작한다. 라나의 말로는 내가 이브의 연인을 뺏었다고 하는 모양인데 정말로 어째서 그런 오해가 생긴 걸까. 이브와는 언젠가 한 번 제대로 이야기를 해보고 싶지만 아직까지 그럴만한 기회는 찾아오지 않았다.

마지막으로 눈에 띈 사람은 요엘 산타나. 요엘은 자기 머리카락을 마구 헤집으면서 답안지를 노려보고 있었다. 아무래도 고전하고 있는 모양이다. 답안지를 슬쩍 훔쳐보자 아직 대부분이 빈칸인데다, 그나마 채워진 답안들도 여기저기 오답인 게 보였다. 공부는 서투르다고 말한 건 겸손이 아니었나 보다.

그 후로 별다른 문제없이 교양 시험이 끝났다. 나는 답안지를 회수하고서 교무실로 돌아왔다.

"아, 클레어 님."

"레이. 시험 감독 수고했어요."

교무실에는 클레어 님이 계셨다. 답안지 뭉치를 품에 안고 있는 걸 보아하니, 클레어 님도 교양 시험 감독이 막 끝난 참인가 보다.

"클레어 님도 수고하셨습니다."

"올해 학생들은 우수하네요. 평민이라고는 생각할 수 없는 정답률이에요."

"클레어 님 평민이 아닙니다. 시민이에요."

"아차. 그랬었죠. 실례했어요."

오호호, 웃으면서 얼버무리는 클레어 님. 살짝 덜렁대는 부분도 멋집니다.

"클레어 님네 반은 우수한 애들이 많으니까요. 제가 본 바로는 평범했는데요?"

"그런 건가요?"

"네."

학교에 있었던 개혁 중 하나가 수준별 반 편성이다. 학력에 따라 반을 세분화하는 것이다. 이 제도에는 반대의견도 많았지만, 최종적으로는 교장인 트레드 선생님이 밀어붙여서 통과됐다. 트레드 선생님이 누군지 까먹은 사람도 많을 거 같아서 설명하자면, 그는 왕국에서 유일한 트라이 캐스터이자, 왕국의 마법 문화에 다대한 공헌을 한 인물이다.

선생님은 예전부터 학생들을 획일적으로 편성하는 일에 반대해왔다고 한다. 물론 학생들을 전부 공평하게 대하는 게 가장 이상적이고 좋은 일이긴 하지만 현실적인 문제로서 학생마다 소질과 능력에는 개인차가 있다. 그 차이를 무시하고서 똑같은 레벨의 강의를 일괄적으로 실시하는 건 결국 모든 학생에게 불행한 일이다—— 그게 트레드 선생님의 주장이었다.

그 말에는 나도 찬성이다. 제각각 자신의 레벨에 맞게 수업을 받을 수 있는 쪽이 훨씬 더 실력향상에 도움이 될 거라고 생각한다. 낮은 단계에서 좌절을 맛본 사람이 그 좌절을 방치한 채로 계속 높은 단계의 수업을 받아봤자 좋을 리가 없다. 클레어 님은 다른 의견을 가지고 있는 모양이지만.

그런 생각을 하면서 답안지를 채점 담당 선생님에게 넘겼다.

"다음은 기초 마법이네요."

"네에. 올해는 또 어떤 훌륭한 인재가 숨어있을지 정말로 기대되는걸요."

그렇게 말하는 클레어 님은 정말로 즐거워 보였다. 클레어 님은 지금까지 진흙 속에 묻혀서 빛을 보지 못한 진주를 찾아서 찬란하게 빛나도록 도와주는 일에 크나큰 기쁨을 느낀다. 예전에 자신은 교사가 적성에 맞을지도 모른다고 말한 적이 있었는데, 나도 정말 그렇게 생각한다. 사실 클레어 님의 경우엔 학생에게 거는 기대가 너무 큰 나머지, 가르치는 방식이 좀 스파르타식인 게 옥에 티지만.

"클레어 님, 즐거워 보이시네요."

"? 네에. 뭐 문제라도 있나요?"

내 말에 클레어 님은 어리둥절한 표정이었다.

"아뇨 문제는 없습니다만."

"그럼 갑자기 뭔가요."

"……아뇨, 역시 아무것도 아니에요."

"뭐예요. 시원하게 말해보세요."

클레이 님이 나를 재촉했다. 음── 그렇지만 말이지.

"질색하지 않을 거죠?"

"질색할 만한 일이에요?"

"질문에 질문으로 대답하는 건 좋지 않아요."

"그렇게 따지면 애초에 먼저 질문한 사람은 저예요. 됐으니까 하고 싶은 말이 있으면 어서 말해보세요."

으—음 뭐 됐나, 그냥 말해 버리자.

"외로워요."

"네?"

"클레어 님이 매일 충실하게 교사 생활을 보내고 계시는 건, 저로서도 굉장히 기쁜 일이지만 저를 봐주시는 시간이 줄어든 건 솔직히 외롭읍읍읍."

"자, 잠깐잠깐……!"

클레어 님이 황급히 내 입을 막았다.

"레이! 여기는 학교, 거기다 교무실이라고요?! 갑자기 무슨 소리를 꺼내는 거예요?!"

"읍읍."

"아아, 미안해요."

클레어 님이 내 입을 막은 손을 뗐다.

"별로 상관없잖아요. 숨기고 있는 것도 아니고."

"그런 문제가 아니에요."

클레어 님과 나는 우리 사이를 일부러 숨기거나 하지 않고 있다. 아예 대놓고 어필하며 다니는 건 아니지만 이미 동료들은 전부 알고 있을 거라고 생각한다. 선생님들 중에는 우리들이 학생이었던 시절부터 계셨던 분도 있으니까 내가 클레어 님한테 맹렬하게 대시하던 걸 본 사람도 많다.

"공사 구분은 확실히 하세요. 성적소수자가 성적인 측면만 주목받아서 편견 어린 시선을 받는 건 레이도 싫겠죠? 그런데 자기가 편견을 조장하는 그런 짓을 하면 어쩌나요."

"그렇지만~."

클레어 님의 말이 전면적으로 다 옳다. 그렇지만 나, 꽤나 참았는걸. 클레어 님 성분이 공급 부족이라 이젠 한계다.

"……하아……. 오늘 하루만 참으세요. 나중에 집에 가면 듬뿍 귀여워해 줄 테니까요."

"정말인가요?!"

"기쁜가 봐요. 레이도 참, 가끔씩은 메이나 알레어보다도 정신연령이 어린 것처럼 보일 때가 있는 거 알아요?"

"클레어 님에게 모성애를 느껴요."

"모성애……?"

"아뇨, 아무것도 아닙니다."

어이쿠 이런. 자중하자, 자중.

"약속이에요, 클레어 님."

"네, 네. 그러니까 성실하게 일하는 거예요?"

"물론이죠!"

나는 오후 마법 관련 시험 감독도 성실하게 임했다. 그리고 그날 밤은 오랜만에 클레어 님을 만끽했다고 한다.

──딩동, 딩동.

현관 초인종이 울렸다. 현재 시각은 저녁. 오늘은 집 지키기 당번이었던 나는, 슬슬 돌아올 시간이 된 클레어 님을 기다리며 저녁 식사 준비를 하고 있었다. 돼지고기와 뿌리채소를 넣은 스프를 푹 끓이고 있는 냄비는 아직 완성되기까지 시간이 좀 걸린다. 가스레인지가 아니라서 쉽게 불을 켜고 끌 수 없기 때문에, 일단은 찾아온 손님을 맞이하는 걸 우선하기로 했다.

"네, 누구세요…… 아니, 매트잖아."

"오랜만이야, 레이."

문을 열자, 그곳에는 매트가 있었다. 매트 몬. 아마도 잊어버린 사람이 대부분일 것 같아서 설명하자면 그는 평민운동 때 중앙정원 사건으로 중상을 입었던 학생이다. 사건 직후, 사정 청취를 위해서 클레어 님과 함께 정령 교회의 치료소를 찾아갔을 때 만났다. 그는 혁명이 일어난 뒤로 학교를 졸업하고서, 분명 지금은 신정부의 관료였을 텐데.

"무슨 일이야? 뭐, 서서 이야기하는 것도 좀 그런데다, 지금 불 위에 냄비를 올려놔서 말이지. 일단 들어올래?"

"이거 미안하네. 그럼 실례할게."

매트를 거실로 안내한 다음 나는 다시 냄비를 젓기 시작했다. 좋아 눌어붙지 않았어.

"요리하면서 대화해도 될까?"

"응. 아마도 이야기가 길어질 테니까. 클레어 님은?"

중앙정원 사건 당시에는 귀족을 향한 반발심만 가지고 있었던 매트가, 지금은 클레어 님에게 경칭을 붙여서 불렀다. 나는 그 점이 살짝 의외라고 생각했다.

"아직 학교야. 클레어 님, 지금은 학교에서 교편을 잡고 계시니까."

"응, 알고 있어. 굉장하네. 혁명의 영웅인데도 신정권에서 완전히 은퇴하다니. 사리사욕으로 가득 찬 다른 귀족들과는 완전히 달라."

아아, 과연 그렇군. 평민운동에 참여했던 매트 입장에선 클레어 님이 존경의 대상이 된 것도 이상한 일은 아닌가. 귀족 신분이면서도 혁명을 성공으로 이끌었고, 그 후로는 일반 시민으로서 생활하고 있는 클레어 님은, 한마디로 그에겐 동경의 대상인 거겠지.

"뭐, 일단 그건 제쳐두고, 그래서 용건은?"

"……단도직입적으로 말할게."

매트의 목소리는 굳어있는 것 같았다. 나는 냄비에 뒀던 시선을 떼고 어깨 뒤에 있는 그를 돌아보았다. 그가 입을 열었다.

"클레어 님이 제국으로 가주셨으면 해."

"어째서 그런 이야기가 됐는지 설명해 주실 수 있나요?"

클레어 님이 진시한 얼굴로 매트에게 물었다.

매트가 찾아오고 얼마 지나지 않아 클레어 님이 돌아오셨다. 우리 집이 저녁 식사를 하기 전이었기 때문에 매트도 식사에 초대해서 아이들까지 다 함께 테이블에 둘러앉았고, 이제야 겨우 한숨 돌린 참이다. 메이랑 알레어는 매트와 처음 만나는 거라서 굉장히 신기해했지만, 이제는 흥미를 잃은 건지 아이들 방에서 놀고 있었다.

"네. 먼저 최근 몇 달간의 국제정세부터 설명해 드리겠습니다."

매트는 가방에서 세계지도를 꺼내고서 말을 이었다.

"나 제국은 최근 몇 년간 다른 나라를 향한 침략을 계속해왔습니다. 이미 몇몇 나라는 함락당했고, 나 제국의 속국이 되었습니다."

매트는 바우어 왕국의 동부에서 광대한 영토를 자랑하는 그 나라를 손가락으로 가리켰다.

"제국의 검은 손길은 왕국에도 미쳤습니다. 혁명 때, 이 나라는 나 제국의 꼭두각시가 되기 직전까지 갔습니다. 다행히도 클레어 님을 비롯한 여러분의 활약과 스스, 아파라치아 덕분에 위기를 넘겼습니다만."

"저에 대해서는 아무래도 좋아요. 그래서요?"

클레어 님이 뒷말을 재촉하자 매트가 계속 말했다.

"왕국뿐만 아니라 스스와 아파라치아도 제국의 침략행위에는 애를 먹고 있습니다. 거기서 스스의 마나리아 여왕이 앞장서서 3개국 연합군을 조직해 제국을 토벌하자는 계획이 만들어졌습니다."

"연합군…… 그런 계획이 세워지고 있었군요……."

클레어 님이 혼잣말처럼 말했다. 신정권 발족 직후에는 여러모로 손을 빌려줬던 우리들은, 요 몇 달간은 정부에 일절 관여하지 않았다. 그런데 어느새 이런 일이 벌어지고 있었다니.

"그런데 제국도 만만치 않습니다. 우리가 연합을 결성하기 전에 바우어 왕국 앞으로 화평 의사를 타전한 겁니다."

"……과연, 그런 거였군요."

클레어 님이 뭔가 납득한 것처럼 고개를 끄덕였지만, 나는 대체 뭐가 과연 이었는지 전혀 알 수 없었다.

"무슨 말인가요?"

"시간 벌이예요. 그렇죠, 매트?"

"그 말씀대로입니다."

클레어 님의 설명에 의하면 이런 것이다.

바우어, 스스, 아파라치아의 3개국을 동시에 상대하는 건 아무리 강대한 군사력을 가진 제국으로서도 승산이 적다. 만약 응전하려고 하더라도 그걸 위해선 군비를 확대할 시간을 벌 필요가 있다. 화평 제안은 아마도 그 시간을 벌기 위한 술책이다.

"화평 제안을 바우어에 보낸 것도 아마 바우어가 지금 제일 국력에 여유가 없기 때문이겠군요. 동맹국의 주도 때문에 일단 연합군에 동의한 바우어도 사실 내심으론 전쟁을 피하고 싶은 거 아닌가요?"

"……클레어 님께는 도저히 숨길 수가 없네요."

매트가 감탄한 듯이 말했다.

"하지만 그게 어째서 클레어 님이 제국으로 간다는 얘기가 되는 거야?"

나로선 그 점이 이해가 가지 않았다.

"제국은 화평의 일환으로 서로 양국 간 상호 교환 학생을 파견하자는 제안을 보내왔어. 그 후보 중에는 클레어 님의 이름이 올라 있었지."

"제가? 어째서인가요?"

클레어 님은 당혹감을 숨기지 않았다. 그야 그렇겠지. 혁명 이전이라면 또 모를까, 지금의 클레어 님은 일반 시민에 지나지 않는다.

"이건 완전히 정치적인 이야기입니다. 제국은 교환 학생으로서 제국의 황위 계승권 제1위인 황태자를 보내왔습니다. 바우어로서도 그에 합당한 인재를 파견해야만 합니다."

"그러니까 어째서 그게 제가 되는 건가요? 저는 이제 귀족이 아니잖아요?"

클레어 님이 거듭 묻자 매트도 설명을 이었다.

"분명 지금의 클레어 님은 한 사람의 일반시민일 뿐입니다. 그러나 제국 입장에선 다릅니다. 당신은 왕국의 체제를 바꾼 영웅적 인물입니다. 그리고 제국의 침략을 미연에 방지한 제국의 숙적이기도 하죠."

"클레어 님에게 인질이 되라고 말하는 거야?!"

무슨 이야기인지 보였다. 왕국은 클레어 님을 인신 공양으로 내놓으려고 하고 있다.

"웃기지 마! 매트, 이야기는 끝이야. 거절하겠습니다."

"레이, 마지막까지 이야기를 들어줘."

"아니. 더 들을 필요도 없어!"

나는 머리끝까지 피가 쏠려 있었다. 혁명을 뛰어넘어 간신히 평온한 일상을 손에 넣었는데 어째서 클레어 님이 그런 꼴을 당해야만 하는 건가. 그러나 그렇게 흥분한 나를 식히는 목소리가 있었다.

"레이, 진정하세요. 이야기를 마지막까지 듣도록 하겠어요."

"클레어 님?!"

클레어 님이었다. 그녀는 몹시 차분한 눈으로 나를 보고 있었다. 그 어떤 꾸짖음보다도, 클레어 님의 평온한 호수와도 같은 눈동자가 내 입을 다물게 만들었다.

"매트, 계속 이야기를."

"네. 일단 명목상 우리 쪽의 핵심은 제3왕자였던 유 님이 교환학생으로 파견되는 겁니다. 클레어 님은 거기에 수행원으로서 따라가는 형태가 됩니다."

"그거야 그렇겠죠. 아무리 그래도 황태자랑 일반 시민은 밸런스가 맞지 않는걸요."

"아마 눈치채셨겠지만, 우리 쪽이 고른 인선은 왕국 입장에선 잃더라도 가장 피해가 적은 사람, 그런 기준으로 골라냈습니다. 주요 각료의 관계자 등은 포함되어있지 않습니다. 왕국에는 아직 그럴만한 체력이 없기 때문입니다."

"네에. 유 님도 왕위계승권을 포기한 몸. 저도 지금은 일반 시민에 지나지 않죠. 정확한 인선이라고 생각해요."

나는 두 사람의 대화에서 완전히 꿔다놓은 보릿자루다. 클레어 님이 마치 내가 모르는 사람처럼 낯설어 보였다.

아니, 아니다. 나는 알고 있다. 이 클레어 님은 그때의 클레어 님이다.

——귀족으로서 처형대에 스스로의 몸을 던지려던 그때의.

"클레어 님에게 있어서는 아무런 메리트가 없는 이야기라는 사실은 잘 알고 있습니다. 물론 가능한 한 보수는 준비해 드리겠습니다만 클레어 님이 짊어질 리스크에 비하면 정말로 보잘것없겠죠."

"……."

"그러나 지금 왕국에게는 다른 선택지가 없습니다. 무리인 줄 알면서도 부탁드리겠습니다. 부디 이번 한 번만 클레어 님의 힘을 빌려주십시오."

그렇게 말하며 매트는 깊이깊이 고개를 숙였다. 나는 클레어 님의 입에서 거절의 말이 나오기를 빌고 또 빌었다. 그러나 클레어 님의 대답은,

"……일주일만 시간을 줄 수 있나요?"

보류의 대답이었다.

"대체 무슨 말인가요, 클레어 님!"

이야기를 마친 매트가 돌아간 후, 나는 바로 클레어 님에게 따졌다. 가만히 서 있는 클레어 님의 품에 매달리며 거칠어진 목소리로 외쳤다.

"목소리가 너무 커요, 레이. 메이랑 알레어가 무서워하잖아요."

몹시 격앙된 나와는 대조적으로 클레어 님은 침착해 보였다. 그 사실이 한층 더 내 마음을 초조하게 만들었다.

하지만 그렇다고 메이랑 알레어를 겁먹게 만들 수는 없었다. 나는 최대한 이성을 총동원해서 자제하려고 노력했다.

"정말 죄송합니다. 하지만 이번 이야기는 무조건 거절해야 합니다. 클레어 님에게는 아무런 메리트도 없어요."

"메리트는…… 그러네요. 한 사람의 시민으로선 아무런 메리트도 없네요."

"그렇죠?"

클레어 님의 대답에 나는 살짝 안도했다. 클레어 님도 그 점은 분명히 이해하고 있는 모양이다.

"일주일이나 기다릴 필요도 없습니다. 내일이라도 당장 거절을——."

"그러나 만약 제가 여기서 거절한다면, 어떻게 될 거라고 생각하나요?"

내가 말을 끝내기도 전에 클레어 님이 가로막았다. 나는 한순간 말을 잃었지만, 필사적으로 생각을 정리해서 대답했다.

"누군가 대신 갈 사람을 선발해서 가게 되는 거 아닐까요?"

"그 말대로네요. 제국이 납득할 수 있을 만한 이유가 있는 누군가가."

"그게 뭐가 문제인가요?"

나는 조금 전부터 클레어 님이 무슨 생각을 하고 있는 건지 알 수 없다. 알 수는 없지만 내 가슴속이 시끄럽게 경고음을 울리고 있었다. 이건 전혀 좋지 않은 흐름이라고.

"제국에 가는 게 위험하다는 건 알고 있어요."

"그렇죠? 그러니까——."

"즉, 제가 거절한다면 그 대신 다른 누군가가 위험해진다, 그런 거네요?"

클레어 님은 내 눈을 가만히 응시하면서 말했다. 아직, 이었던 건가, 싶었다. 혁명으로부터 1년이 넘는 세월이 지났으니까 클레어 님도 이제 완전히 한 명의 일반 시민으로 사는 삶의 방식에 익숙해졌다고 생각하고 있었다.

하지만 아니었던 것이다.

클레어 님의 본질은 혁명 전과 조금도 달라지지 않았다. 긍지 높고, 청렴하며, 누군가가 자기 대신에 불행에 빠지게 되는 걸 용납하지 못하는, 옛날의 모범적인 귀족으로 사는 삶의 방식. 클레어 님은 지금, 다시 한번 누군가를 위해서 스스로를 희생하려고 하고 있었다.

"클레어 님……. 클레어 님은 이제 귀족이 아니잖아요? 이제는 자신의 행복만을 생각해도 괜찮을 겁니다."

"그게 아니에요, 레이. 이건 저 스스로의 행복을 생각한 결과예요."

앉으세요, 클레어 님은 나에게 의자에 앉기를 권했다. 나는 아직 살짝 흥분해 있었지만, 스스로를 진정시키기 위해서라도 클레어 님의 말에 따랐다. 클레어 님도 다시 의자에 앉았다.

"저에게 있어서 제일가는 행복은 레이와 메이, 그리고 알레어가 행복하게 있어 주는 거예요."

"저 또한 그렇습니다. 그리고 우리들의 행복에는 클레어 님이 꼭 필요해요."

"고마워요. 레이, 하지만 말이죠. 우리들의 행복을 지키기 위해서는 이 나라가 평화로워야 하는 거예요."

클레어 님은 마치 떼를 쓰는 어린아이를 침착하게 타이르는 듯한 말투로 나에게 말했다.

"바우어는 아직 불안정해요. 혁명으로부터 겨우 1년밖에 지나지 않았는걸요. 당연한 거예요. 매트가 말했던 것처럼 다른 선택지는 없는 거겠죠."

"하지만 클레어 님이 희생할 필요는 없잖아요!"

또다시 내 목소리는 조금 거칠어지고 말았다.

"희생하는 게 아니에요. 저는 제 손으로 바우어의 평화를 쟁취하러 갈 수 있는 기회를 얻은 거예요."

의연한 태도로 거침없이 말하는 클레어 님은, 정말 어찌할 도리 없이 내가 정말 좋아하는 클레어 님이었다.

"만약 매트의 의뢰를 거절하면, 저는 가족들의 무엇과도 바꿀 수 없는 미래의 성패 여부를 알지도 못하는 타인에게 맡겨두는 꼴이 돼요. 그런 건 용납할 수 없어요."

"클레어 님……."

클레어 님이라는 사람은, 이런 사람이었다. 주어진 것들에만 만족하면서, 거기에 안주하는 그런 사람이 아니다. 그녀는 원하는 것은 자기 손으로 직접 손에 넣는 악역 영애였다.

"호락호락 개죽음당할 제가 아니에요. 저라면 제국 따위는 제 손바닥 위에서 춤추도록 만들겠어요."

그러니까 말이죠, 하고 클레어 님은 나에게 미소 지으면서,

"그러니까 저는 가겠어요. 가족들과 함께할 미래를 쟁취하러, 제국으로 가겠어요."

클레어 님의 눈에는 결의의 불꽃이 타오르고 있었다.

아아, 이건 무리다.

나는 또다시 막을 수 없는 거다.

나는 또, 그녀를 잃고 마는 건가.

나는 절망감에 힘이 쭉 빠졌다. 그래서 클레어 님의 이어진 한 마디는—— 완벽한 불의의 일격이었다.

"레이, 물론 당신도 함께 가주겠죠?"

"……네?"

"뭘 어리둥절하는 건가요. 당연한 거잖아요. 제가 가는 건데요? 당신이 안 간다는 선택지가 있겠어요?"

클레어 님은 일부러 나를 부추기는 듯한 말투로 말했다. 그러나 나로선 알 수 있었다. 그 말에 담겨있는 이 이상 없을 신뢰와 애정을.

"제가 혼자서 갈 거라고 생각한 건가요?"

"……죄송합니다."

"아뇨, 이건 제 잘못이네요. 저한텐 전과가 있는 걸요."

쓴웃음을 짓는 클레어 님. 그녀가 말하는 전과란, 혁명 전의

이별을 말하는 거겠지.

"그때는 그게 최선이라고 생각했었어요. 하지만 틀렸었죠. 처형장에서 당신이 울음을 터뜨렸을 때, 당신이 저에게 처음으로 진정한 의미로 본심 어린 어리광을 말해줬을 때, 저는 새롭게 눈이 뜨였어요."

그 말과 함께 클레어 님은 자리에서 일어나 나에게 다가오더니, 내 어깨를 부드럽게 감싸 안았다.

"저는 당신을 더는 외톨이가 되도록 만들지 않겠어요. 아무리 힘들고 위험한 장소라도 저 혼자가 아니라 당신과 함께 가겠어요."

거기서 일단 한번 말을 끊고서, 클레어 님은 내 이마에 이마를 가볍게 마주 대었다.

"따라와 주시겠어요?"

내 눈을 가까이서 들여다보며 말했다.

"당연하잖아요. 따라오지 말라고 말해도 반드시 따라갈 테니까요."

"후후, 좋아요."

서로 마주 웃으면서 우리들은 가볍게 키스를 나눴다.

"하지만 메이랑 알레어는 어떻게 하죠? 설마하니 데려갈 수는 없잖아요?"

"불쌍하긴 하지만 두 사람은 신뢰할 수 있는 사람한테 맡기도록 하죠. 그러네요…… 대성당의 사제장이나 로드 님에게——."

"싫어!"

"싫어요!"

클레어 님의 말을 자르면서 끼어드는 목소리가 있었다.

"당신들……."

"메이…… 알레어……."

우리들의 사랑스러운 딸들이었다. 아이들 방이 너무 조용하다 싶더라니 몰래 엿듣고 있었던 모양이다.

"엄마들이 어딘가 갈 거라면 메이도 갈래!"

"저도예요!"

두 사람은 울상을 지으면서, 그러면서도 강하게 주장했다.

"미안해요, 하지만 그건 무리예요. 우리들이 지금 가려는 곳은 정말로 위험한——."

"싫어어어어어어!!"

"싫어요오오오오!!"

메이와 알레어가 지금까지 한 번도 본 적 없을 정도로 격렬하게 반응하며, 잘 타이르려고 했던 클레어 님의 말을 잘랐다.

"메이…… 알레어……."

"버리지 말아줘어어어!!"

"또다시 우리 둘만 남겨지는 건 싫어어어!!"

클레어 님은 잊고 있던 걸 깨달은 듯한 표정이었다. 아마도 지금 나도 클레어 님과 똑같은 표정을 짓고 있겠지.

메이와 알레어는 양친을 잃고서, 그 이후로 친척 집을 전전한 끝에 샷살 화산의 분화로 고아가 됐고, 단둘이서 고아로 지내왔다. 처음 만났을 무렵에 두 사람은 지금 모습으로는 상상도 할 수 없을 정도로 무표정하고 무감각해서 마치 인간을 닮은 꼭두

각시 인형 같았다. 클레어 님——과 자화자찬 같지만 나도——이 아낌없이 진심 어린 애정을 퍼부은 결과, 지금은 이정도로 회복될 수 있었지만 두 사람에게 있어서 그 시절의 기억은 악몽이나 마찬가지겠지. 그 결과가 이 격렬한 거부 반응이다.

"엄마들도 메이랑 알레어를 버리는 거야……? 우리는 또 둘만 남아……?"

"함께가 좋아요…… 엄마들과 함께가 아니면 싫어요……."

흐느껴 우는 메이랑 알레어는 그 작은 몸을 떨면서 열심히 호소했다. 클레어 님은 어찌해야 할 줄 몰라 아연실색하고 있었다.

……좋아, 여기선 마음을 굳게 먹자.

"클레어 님, 메이랑 알레어도 데리고 가도록 하죠."

"레이, 지금 자기가 무슨 말을 하는 건지 알고 있나요?!"

클레어 님이 어림도 없다는 말투로 말했다. 나는 말을 이었다.

"괜찮습니다. 저도 각오를 다졌습니다. 이렇게 된 이상 우리가 다 함께 제국을 때려 부숴주죠."

"레, 레이……?"

당혹스러워하는 클레어 님은 일단 내버려 두고서, 메이랑 알레어를 향해 몸을 돌렸다.

"불안하게 만들어서 미안해, 메이, 알레어. 버리지 않아. 함께 가자."

"정말……?"

"정말인가요……?"

"응. 그 대신에 착한 아이로 있어야 한다?"

"응!"

"알겠어요!"

메이랑 알레어가 내 품으로 뛰어들었다. 아이들이 나한테 이렇게 해 주는 건 굉장히 드문 일이다. 그만큼이나 불안했던 거겠지.

"그저 수비만 하는 건 나답지 않아. 클레어 님도 메이도 알레어도, 내가 전부 지켜낼 테니까."

각오를 다졌다면 다음은 준비와 행동뿐이다. 나는 앞으로 어떻게 할지에 대해서, 오랜만에 두뇌를 풀가동 시키고 있었다.

"……파생 작품……?"

"네."

가족 모두가 제국으로 돌격하기로 결정하고서 그다음 날 밤, 나는 클레어 님에게 앞으로의 계획에 대해 상담했다. 메이와 알레어는 이미 잠들었다. 거실 테이블에는 내가 준비해 놓은 자료들이 펼쳐져 있었다.

"혁명 때도 한번 설명해 드린 적이 있지만 저는 이 세계에서 일어날 일들에 대해서 어느 정도 사전 지식을 가지고 있습니다."

"그렇게 말했었죠. 예언서 비슷한 걸 전생에서 봤다고 그랬던가요."

"그렇습니다."

실제로는 예언서가 아니라 여성향 게임이지만 클레어 님에겐 예언서라고 말했다.

"이 예언서는 Revolution이라고 합니다만, 파생 작품으로 Revolution Lily Side라는 게 있었습니다."

Revolution Lily Side——통칭 레보릴리는 여성향 게임인 Revolution에서 파생된 별개의 작품이다. 타이틀만 봐도 알 수 있겠지만 레보릴리는 백합 게임이다. 사실 나는 Revolution보다도 먼저 레보릴리부터 플레이했었다.

나는 게임이라면 뭐든 간에 거의 다 오케이인 잡식성 오타쿠였지만, 내 성적지향도 있고 해서 백합 게임도 꽤나 즐겼다. 당시는 아직 백합 게임이 많지 않았지만, 그중에서도 명작 백합 게임이라고 유명했던 게 이 레보릴리다.

"Revolution Lily Side—— 이름이 너무 길어서 레보릴리라고 줄여 부르겠습니다만, 레보릴리에는 제국에 대한 정보가 있었습니다. 그걸 활용해보려고 합니다."

레보릴리는 Revolution이 인기를 누리자 만들어진 여러 파생 작품 중 하나로, 나 제국을 무대로 삼고 있다. 주인공은 제국의 황녀가 돼서, 제국의 황제나 관료, 학교 동급생 등등과 연애를 펼친다. 물론 주요 등장인물은 전부 다 여자다. 나는 먼저 이 레보릴리를 플레이한 다음에, 거기서 게스트로 출연했던 국외로 추방당한 클레어 님에게 푹 빠졌고, 원작인 Revolution을 플레이하게 됐다는 흐름이었다.

"제국의 황녀는 필리네라고 합니다만, 그녀를 어떻게 잘 유도한다면 제국의 체제가 붕괴합니다."

"그, 그런 일이 가능한가요?"

"가능합니다."

이건 레보릴리에 있는 혁명 루트다. 레보릴리는 평범하게 공략대상들과 연애를 즐길 수도 있지만, 그 밖에도 원작과 똑같이 아무와도 사랑에 빠지는 일 없이 혁명의 상징이 돼서 제정을 타도하는 루트가 있다. 딱 내가 바우어에서 혁명 때 이용했던 루트랑 동일하다.

"뭐, 제국을 체제 붕괴시킨다면 그건 또 그거대로 여러모로 문제가 있으니까, 그 부분은 차차 생각해 보겠지만 일단 제국의 침략 방침을 없애는 걸 목표로 삼도록 하죠."

"좋아요. 이의는 없어요."

클레어 님 입장에서 본다면 완전히 뜬구름 잡는 이야기처럼 느껴질 게 분명한데도, 클레어 님은 내 의견에 동의해 주셨다.

"좋아합니다."

"뭐, 뭔가요, 갑자기."

"아뇨 그게, 나는 신뢰받고 있구나, 하는 생각이 들어서."

"당연한 거잖아요."

"쿠후후."

클레어 님의 애정을 재확인하고 나서 나는 다시 말을 이었다.

"제국을 무력화하는데 있어서 핵심이 되는 인물이 여럿 있습니다만, 가장 중요한 사람은 이 필리네입니다."

나는 자료에 있는 이름 목록 중 한 명을 손가락으로 가리켰다.

"그녀는 기본적으로 얌전하고, 숫기가 없고, 소심한 아이입니다."

"그런 사람이 혁명을 일으킬 수 있는 건가요?"

"아뇨 뭐, 그런 아이가 성장해 나가는 게 재밌는 거 아니겠어요?"

"……성장? 지금 우리 예언서 얘기를 하는 거 맞죠?"

"아아, 실례. 아무것도 아닙니다."

이건 아마도 내 독단적인 편견이 들어간 얘기겠지만 여성향 게임의 주인공은 몰개성하다고 해야 하나, 알맹이가 빈약한 애가 많다. 개성이 너무 강하면 플레이어가 감정이입하기가 힘들어서 그런 걸까, 나는 이런 타입 주인공들은 그다지 취향이 아니다.

레보릴리의 주인공인 필리네도 처음엔 그런 몰개성한 주인공처럼 행동한다. 그렇지만 이야기가 진행되면서 필리네는 점차 한 명의 여성으로서 자립하며 성장해 나간다. 공략 대상과의 스토리에서도 그런 경향이 강하게 나타나지만 가장 돋보이는 건 역시나 혁명 루트다.

참고로 게스트 출연한 클레어 님은 필리네 최대의 장애물로서 앞을 가로막는다. 원작과 동일한 악역 영애 포지션이지만 원작보다도 멋있는 장면이 많다. 필리네의 단죄를 받고 처형당하는 장면에서 소리 높여 웃으면서 목이 베어지는 장면은 몇 번을 봤는지 모를 정도다.

……뭐, 그걸 볼 때마다 3일 정도 우울해지기는 하지만 말이지.

"뭐 어쨌든 우리들은 필리네와 접촉해서 그녀를 잘 유도해 나갈 필요가 있습니다."

"이해했어요. 그래서 저는 뭘 하면 좋은 건가요? 레이에게 전부 떠넘기고 있을 수는 없어요."

믿음직스러운 한마디를 해주시는 클레어 님. 나 혼자서 분투했던 혁명 전과는 천지 차이인 안심감이다. 이거라면 뭐든지 해낼 수 있을 것 같은 느낌이 든다.

"먼저 제가 알고 있는 역사와 지금의 역사의 차이부터 확인할게요. 제가 알고 있는 역사에서는 클레어 님은 제국의 유력귀족입니다."

"제국의?! 도대체 어떻게 흘러가야 그런 일이 일어나는 거예요?!"

"뭐, 그건 일단 제쳐두고요."

"너무 신경 쓰이는데요?!"

"제쳐두고요."

"……이해가 안 가요."

그렇지만 이야기가 길어지는걸.

"어쨌든, 지금의 클레어 님과는 입장이 다릅니다. 예언서의 클레어 님은 굳이 말하자면 제국의 체제 쪽 사람입니다만, 지금 클레어 님은 완전 정반대니까요."

"그러네요. 그렇다는 건 레이의 지식은 이번 일에 그다지 도움이 안 되나요?"

"이전 혁명 때와 비교하면 분명 그렇죠. 하지만 아무런 도움도 되지 않는 건 아니라고 생각합니다."

"의지하고 있어요."

어쩌지, 무진장 기뻐. 아무런 맥락도 없이 클레어 님을 끌어안고 싶어졌지만 진지한 이야기 도중이니까 꾹 참았다.

"뭐, 그러니까 클레어 님은 입장이 전혀 다르지만 그건 또 그거대로 행동하기 쉽다는 말도 됩니다."

"무슨 말이에요?"

클레어 님이 고개를 갸웃거리면서 뒷말을 재촉했다. 네, 귀여워요.

"필리네는 소심한 아이지만 동시에 상냥한 아이기도 합니다. 지금 제국의 침략적인 외교방침에는 부정적이에요."

"그래서?"

"그런 그녀 입장에서 제국에 정면으로 맞서서 반대를 외치고 있고, 무혈혁명을 성공시킨 이력이 있는 클레어 님은 굉장히 매력적으로 비춰질 겁니다."

"그럴까요……?"

클레어 님은 여전히 고개를 갸웃거리고 있었다.

"뭐, 이야기가 그렇게 단순하지는 않다고 생각하지만 적어도 그녀는 관심을 가져줄 게 분명합니다. 그 부분을 이용하도록 하죠."

"어쩐지 순진한 아이를 꾀어서 속이는 나쁜 어른처럼 됐어요, 레이."

"실제로 크게 틀린 말은 아닙니다. 어디 한번 나쁜 어른이 되어보자고요."

"……뭐, 지금은 체면을 따지고 있을 때가 아닌걸요."

일단 클레어 님한테서 대략적인 방침에 대한 동의를 얻어낸 것 같다. 클레어 님이 홍차를 한 모금 마시는 모습을 보면서 말을 이었다.

"우리들은 교환 학생으로서 제국으로 가는 거니까 아마도 거기서 필리네와 접촉할 수 있습니다. 거기서부터는 흐름에 맡기는 거죠."

"결국 그때그때 되는 대로 하는 거네요."

"임기응변이라고 불러주세요. 그리고 클레어 님은 이제부터 제가 써드리는 레보릴리의 내용을 빈틈없이 암기해 주십시오."

"괜찮은 건가요? 분명 제가 미래를 알게 되면 레이의 어드밴티지가 사라져 버린다고 그런 말을 하지 않았나요?"

클레어 님, 잘 기억하고 계시네.

"그때는 사태가 클레어 님과 직접 관련된 일이었기 때문입니다. 이번에는 함께 협력해서 필리네를 공략해보죠."

"그 공략이라는 표현은 그만둬 주세요. 어쩐지 음흉하잖아요."

"……클레어 님 야해."

"그래요, 뜨거운 맛을 보고 싶은 거네요?"

"농담입니다, 클레어 님. 매직 레이는 제발 봐주세요. 집이 타버려요."

머리 위에 떠 있는 프랑소와 가의 문장에 벌벌 떨면서 나는 클레어 님을 달랬다.

“일단은 필리네와 관련된 사항들부터 시작하죠. 제법 많이 있어요.”

“암기하는 건 자신 있어요. 맡겨만 주세요.”

그렇게 그날부터 우리들의 제국농락 작전이 시작되었다.

“……그런 일이 있었다고 합니다.”

“누구한테 말하는 건가요, 레이?”

“아, 실례했습니다. 혼잣말입니다.”

이제 다시 시점은 클레어 님이 수제 요리를 만들어줬던 때로 되돌아간다.

“할 수 있는 준비는 다 마쳤습니다. 이제는 열심히 노력할 뿐입니다.”

“그러네요. 여러 가지로 예상 밖의 일들도 있었지만 뭐, 어떻게든 되겠죠…… 아니, 어떻게든 되게 만들겠어요.”

“바로 그 자세입니다, 클레어 님. 멋져요!!”

“놀리지 말아 주세요.”

말은 그렇게 하면서도 은근히 기분이 좋아 보이는 클레어 님. 쉽죠잉.

준비에는 여러 가지 것들이 있었다. 예를 들면, 단골 상인——예전에도 신세를 졌었던 한스 씨다——으로부터 제국의 정보를 넘겨받기도 했다. 이 세계가 게임의 세계라고 확신하고는 있지만, 제국의 상황까지도 레보릴리를 충실히 따르고 있을지 어떨지는 의문의 여지가 있었기 때문이다. 만약 나 혼자서 가는 거였다면 이렇게까지는 안 했을 거라고 생각하지만, 이 일에는 클레어 님이나 메이, 알레어도 함께다. 조심해서 나쁠 건 없다.

한스 씨 외에도 로드 님과 도르 님에게도 협력을 부탁드려서 최선을 다해 제국의 현재 상태를 면밀하고 꼼꼼하게 조사했다. 그 결과, 모든 요소가 전부 검증된 건 아니지만 제국은 내가 알고 있는 지식과 거의 똑같다는 결론을 얻을 수 있었다. 이걸로 안심…… 은 할 수 없지만, 어느 정도는 편안한 마음으로 제국을 향해 갈 수 있게 됐다.

"그래서 레이, 결국 유학단은 어느 정도 규모가 됐나요? 제가 레보릴리의 공부에 매진하느라, 유학단에 대해선 완전히 떠넘겨 버리고 있었는데."

"아아, 다 정해졌습니다. 대충 50명 정도쯤이에요."

우리 유학단의 핵심 인물은 매트가 이미 말했던 대로 유 님이다. 유 님은 전 왕위계승자, 현 정령교회 추기경이다. 인질 교환의 의미도 있는 이 교환 유학에서 절대 빠질 수 없는 인물이다. 유 님의 심복인 미샤도 물론 함께다. 그 밖에, 내가 담당한 클래스에서 라나, 이브, 요엘이 함께 간다.

메이와 알레어도 제국 국학관 유치원에 입학하기로 정해졌다. 제국의 교육이 어떤 식으로 이루어지는지에 대해, 일단 어느 정도 알고는 있어서 약간의 불안감도 든다. 그렇다곤 하나 클레어 님과 내가 제국을 농락하기 위해 활발하게 움직이기 위해서라도, 아이들을 교육시설에 맡길 수 있는 건 고마울 따름이다.

"스스와 아파라치아에서도 유학생이 파견된다는 모양입니다. 레네도 온다고 해요."

"어머!"

레네의 이름을 꺼내자마자, 클레어 님의 안색이 눈에 띄게 밝아졌다. 클레어 님, 변함없이 레네를 정말 좋아하는구나. 조금 질투.

내가 마음에 들지 않는다는 표정을 짓자,

"어머, 질투인가요?"

"몰라요. 흥."

"기분 푸세요. 레네는 친구지만 레이는 연인이잖아요?"

"그거야 그렇지만, 그래도 역시 질투가 나는 건 나는 거예요."

"후후, 귀엽네요."

클레어 님은 매력적으로 웃으면서 나에게 키스해주었다.

"아~ 레이 엄마만 치사해! 메이도, 메이도!"

"저한테도 해주셨으면 해요~."

"네, 네. 순서대로예요."

클레어 님은 방긋 웃으면서 메이랑 알레어의 머리카락에 입술을 떨어트렸다. 두 사람은 간지러운 듯, 그러면서도 기쁜 듯이 클레어 님의 키스를 받았다.

"친구들도 생기려나~?"

"조금은 불안이에요~."

내일 출발을 앞두고, 조금 낯가림이 있는 메이랑 알레어는 살짝 불안한 것 같았다.

"괜찮을 거예요. 메이도 알레어도 이렇게나 귀여운걸요."

"메이 귀여워?"

"저도요~?"

"네에, 정말요."

"와~."

"후후, 칭찬받았어요~."

이번엔 메이랑 알레어가 먼저 클레어 님의 뺨에 키스를 했다. 클레어 님도 눈을 가늘게 뜨며 아이들의 키스를 기쁘게 받았다.

"나한테는 안 해주는 거야?"

"해줬으면 해~?"

"그럼 부탁해보실래요~?"

"해주세요."

"어쩔 수 없네~."

"어쩔 수가 없네요~."

어쩐지 내 취급에 석연치 않은 느낌이 들지만, 어쨌든 두 사람은 나한테도 키스를 해줬다. 나는 아이들을 붙잡은 다음, 강제로 두 사람의 마시멜로 같은 뺨에 소나기처럼 키스를 퍼부었다.

"싫~은거야~!"

"놔주세요~."

진심으로 싫어하는 눈치라서 어쩔 수 없이 아이들을 놔줬다. 조금 시무룩.

"이 집안의 계급구조가 보인 거 같아요."

클레어 님이 맨 꼭대기, 그 밑에 메이랑 알레어, 제일 꼴등이 나다.

"후후, 그렇지 않아요. 아이들도 레이를 분명 존경하고 있다고요. 그쵸?"

클레어 님이 사이에서 중재하듯 말했다.

"레이 엄마의 밥, 정말로 좋아!"

"요리를 배우면 배울수록 레이 엄마의 굉장함을 알게 돼요~."

아이들의 마음속에서 나의 가장 큰 가치는 요리인 모양이다. 다시금 살짝 슬퍼지기 시작했다. 아니, 기쁘기야 기쁘다. 요리하는 건 좋아하는 데다, 요리는 훌륭한 생활 스킬이라고 생각하니까. 하지만 좀 더 뭐랄까, 좀 더 이렇게…… 그치?

"자, 둘 다 그만 잠자리에 드세요. 내일은 일찍 일어나야 한다고요."

벌써 자정이 다 되어간다. 메이랑 알레어는 자야 할 시간이다.

"싫어~ 조금만 더 깨어 있을래."

"아직 안 졸려요~."

평소에는 그다지 떼를 쓰지 않는 아이들이, 오늘은 드물게도 한목소리로 반대를 외쳤다.

"말은 그렇게 해도 둘 다 이제 졸리잖아요? 방금 전부터 눈꺼풀이 무거운 거 같은데요?"

"으…… 싫어……."

"깨어 있어요……."

밤에 자는 걸로 이렇게까지 고집을 피우는 일은 거의 없었다. 왜 그러는 걸까.

"그렇지만, 내일이 되면 이 집과도 작별이잖아?"

"쓸쓸해요."

"아……."

과연, 수긍이 갔다.

메이랑 알레어에게 있어서 이 집은 처음으로 가진 '우리 집'이다. 슬럼가에 있었던 시절에는 노숙 생활을 했다고 그랬고, 수도원도 집단생활이었으니까 자기 집이라는 느낌은 거의 없었겠지. 아이들에게는 이 집이 처음으로 '내 집'이라고 인식할 수 있는 집이었다. 그러니 확실히 이별하기 힘들만도 하지.

"아니에요, 메이, 알레어. 이 집과 작별하게 되는 게 아니라고요?"

""?""

아이들은 어리둥절한 표정이었다. 졸려서 반쯤 잠에 빠진 얼굴을 보고 웃으면서 클레어 님이 말을 이었다.

"이럴 때는 안녕이라고 말하는 게 아니에요. 다녀오겠습니다, 라고 해야죠?"

"그런 거야?"

"우리들, 금방 다시 이 집으로 돌아올 수 있는 건가요~?"

"네에. 이 집은 메이랑 알레어가 다녀올 수 있도록 계속 기다려 줄 거예요."

그 말과 함께 클레어 님은 아이들을 안아 올렸다.

"오늘은 다 같이 잘까요. 우리들 방에서."

"! 그거 좋아!"

"다 함께 잘 자요, 하는 거네요!"

"네에. 레이도 그래도 괜찮죠?"

"물론이죠. 이불을 가져오겠습니다."

"부탁해요."

메이랑 알레어를 클레어 님에게 맡기고 나는 아이들의 이불을 침실로 옮겼다. 가벼운 깃털 이불을 옮기면서 앞으로의 일들을 생각했다.

"메이, 알레어, 그리고 클레어 님을 위해서라도 우리들은 반드시 살아서 이 집으로 돌아온다."

제국에서 생활은 지금처럼 평온하지 못하겠지. 필리네와 접촉하는 걸로 시작하게 될 제국농락 작전도, 혁명의 때보다도 훨씬 어려운 판단을 강요받을 게 분명하다.

그렇다고 해도——.

"미래를 쟁취해내겠어. 다른 누구도 아닌, 클레어 님과 가족들을 위해서."

그날은 가족들이 다 함께 내 천(川)자로 잤다. 양쪽 외곽에는 나와 클레어 님, 가운데에는 메이와 알레어다. 누가 클레어 님 쪽에서 잘 건지를 가지고 아이들이 살짝 다퉜지만, 메이가 가위바위보에서 이겨서 승부가 났다. 서운하거나 하지 않다고.

다음 날 아침, 짐을 다 꾸린 우리들은 집 앞에서 우리를 태울 마차를 기다렸다. 클레어 님이 마지막으로 문단속을 마쳤다. 가자, 제국으로. 하지만 그 전에.

“““““다녀오겠습니다!”””””

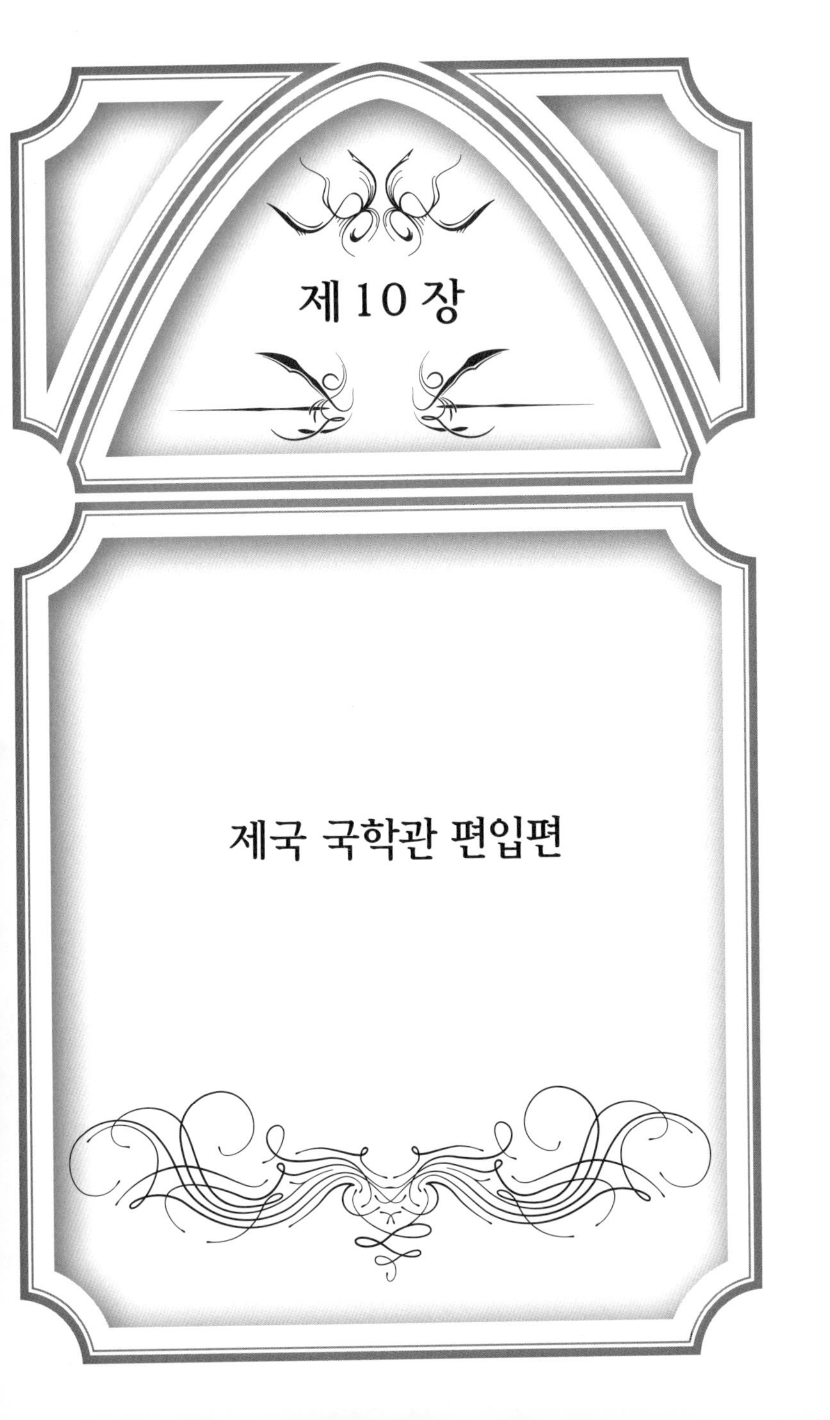

제 10 장

제국 국학관 편입편

나 제국이라는 나라는 바우어 왕국 동쪽에 위치하고 있다. 지금까지 우리들과 얽힌 적이 있었던 나라들이 어디에 위치해 있는 지 열거해 보면, 바우어 왕국의 바로 서쪽에 아파라치아, 바로 남쪽에 스스, 로로는 아파라치아보다 더 서쪽에 있는 사막지대 너머에 위치해있다.

이 지리적 위치를 보면 알 수 있듯이 연합군 계획에 가담한 나라 중에서 제국과 가장 가까이 있는 나라는 바우어 왕국이다. 결국 가장 큰 위험부담을 지게 되는 나라도 바우어라는 뜻이다.

연합군을 제안한 사람은 마나리아 님이니까 바우어 왕국한테만 무거운 부담을 지게 하지는 않을 거라고 생각하지만, 외교라는 건 기본적으로 개인의 감정 같은 건 고려할 가치가 없는 요소로 취급하는 약육강식의 세계다. 마나리아 님 개인은 몰라도 스스 왕국이 어떻게 생각할지는 알 수 없다.

물론 그건 바우어도 마찬가지라서, 의리와 인정만 놓고 봤다면 바우어는 제국의 화평 교섭에 퇴짜를 놓고 3개국 연합군을 토대로 제국과 정면 대결을 한다는 선택지도 있었다. 하지만 현재 바우어의 국력으로 봤을 때, 제국과의 정면 대결은 그다지 현명한 선택지라고 할 수 없다.

어쩔 수 없이 일단은 겉으로라도 화평 교섭에 응하려는 자세를 보여줄 수밖에 없나.

그런 점을 봤을 때, 3개국 연합 중에서 가장 약한 부분을 찌르고 들어온 제국의 외교술은 굉장히 교활하다고 말할 수밖에 없다.

뭐, 그래서 바우어 입장에선 눈엣가시 같은 제국이지만, 실제로 제국이 어떤 나라냐고 묻는다면 바우어 왕국 국민 대부분이 가진 인식과는 꽤나 차이가 난다. 아마도 민중을 착취하고, 오로지 군비에만 투자하는 독재국가를 상상하는 사람들이 많지 않을까.

"……어쩐지 제 상상과는 다르네요."

나 제국의 수도, 제도 룸에 도착한 우리들은, 여기서부터는 마차에서 내려서 도보로 황성을 향해 걸어가고 있었다. 저 대사는, 길을 걸어가면서 제도의 거리 풍경을 둘러본 클레어 님의 한마디였다.

"거리에는 활기가 넘치고, 군인들의 모습은 거의 찾아볼 수 없네요."

"뭐, 여기는 중앙시장이 있는 큰길이니까요. 이런 거리에 활기가 없다면 제국은 외국을 침략할 여력 따위 없다는 말이겠죠."

호객을 하는 사람도, 장을 보는 손님도, 다들 표정이 밝다. 거리는 사람들의 활기로 넘쳐나고 있었다. 길을 따라 세워진 여러 점포에는 다양한 상품이 진열되어 있고, 제도 인근에서 생산되는 물건들뿐만 아니라 제국에 병합된 나라들의 특산품도 쉽게 찾아볼 수 있었다.

"거기다 거리를 오가는 사람들의 인종이 다양하다는 사실에 놀랐어요. 왕국에서는 쉽게 볼 수 없는 머리색이나 피부색을 한 사람들도 많이 있네요. 그리고 특별히 혹사당하고 있거나 예속됐다는 분위기도 아니고요. 다른 시민들과 구별 없이 대우받고 있는 걸로 보여요."

이건 검은 눈에 검은 머리카락이 기본인 일본에서 태어난 나에게도 조금 신선한 광경이었다. 물론 나로서는 바우어 왕국도 처음엔 이국적인 정취로 넘쳐흐르고 있다고 느꼈지만, 그 점을 고려해도 제국은 오고 가는 사람들의 인종이 다양하다. 여기에는 제국이 표방한 정치의 기본방침과 큰 연관이 있다.

"클레어 님, 제국의 정치방침의 원칙이 뭐였는지 기억하고 계시는가요?"

"능력주의잖아요? 로세이유 전 국왕 전하의 정책과 똑같이요."

역시나 뛰어난 교양을 자랑하는 클레어 님. 인접국의 정치에도 식견이 있다. 하지만 저 말은 틀리진 않지만 완벽한 정답이라곤 할 수 없다.

"제국의 능력주의는 바우어 왕국의 정책보다도 더욱 철저하게 시행되고 있습니다."

"무슨 뜻이죠?"

"제국이 여러 나라를 침략, 병합하고 있다는 사실은 익히 알고 계시죠?"

"네에."

"제국은 병합시킨 나라를 속국으로 삼지만, 유능한 사람은 국적을 따지지 않고 채용합니다."

제국의 속국이 된 나라의 지배계층은 이 방침을 진저리를 치며 싫어하지만, 의외로 피지배계층 사람들에겐 호의적으로 받아들여졌다. 능력이 있는데도 빛을 보지 못하고 있었던 인재들로선, 조국이 제국에 복속되는 게 오히려 희소식이나 마찬가지인 경우도 있었다. 물론 어디까지나 그런 케이스도 있었다는 거지, 모두가 다 그렇게 생각한 건 당연히 아니지만.

"현재 제국의 외무장관도 원래는 제국의 속국이 된 라샤라는 나라 출신이었을 겁니다."

"외교를 본국 태생이 아닌 외국인에게 맡겨두고 있다는 말이에요?!"

"네. 물론 옛날부터 이랬던 건 아닙니다. 이렇게까지 철저하게 방침이 유지되기 시작한 건 지금의 황제에 들어서부터 최근 십수 년 동안의 이야기입니다."

원래부터 제국은 공격적인 외교를 펼치는 나라이기는 했지만, 거기에 모종의 합리성과 통일성이 가미되기 시작한 건 현재의 황제인 도로테아의 대에 들어와서부터다.

도로테아 나 황제는 선대 황제의 제2황녀로 태어났다. 그렇다. 지금의 황제는 여황제인 것이다. 나 제국은 대대로 적남이 황위를 물려받아 왔지만 도로테아는 스스로의 재능과 가히 폭력적인 정치 수완, 그리고 엄격할 정도의 합리성을 통해 아버지의 제위를 찬탈했다. 아버지를 자신의 손으로 없애버렸을 때, 도로테아는 이렇게 말했다고 한다.

——이게 제일 빠르고, 손쉬운 방법이었다.

당시 겨우 7살이었을 때 했던 말이다. 물론 당시는 뒷배가 되어주었던 어른이 있었겠지만, 그저 뒷배 덕분에 제위에 올랐다고 보기에는 이후 그녀가 제국에 끼친 영향이 너무나도 막대했다.

"무서운 이야기네요."

"하지만 그 능력은 보증수표입니다. 도로테아는 정치적인 수완뿐만 아니라, 무인으로서의 능력도 출중했습니다. 로드 님한테 들었잖아요? 그녀에게 붙은 여러 수식어중 하나는 검신입니다."

"스스의 일개 대대를 단독으로 패주시켰다고 했었죠. 그건——."

"조금의 과장도 없습니다. 사실 그대로죠."

도로테아는 소위 말하는 카리스마적 존재다. 제국은 독재국가인 건 맞지만, 군주인 도로테아가 매우 유능한 덕분에 체제에 흔들림이 없다.

혹시 들어본 적 없는가. 무능한 주권자를 가진 민주국가보다는 유능한 군주가 이끄는 독재국가가 낫다는 소리를. 나는 그 말에 반대하는 편이지만, 조금쯤 귀 기울여 들을 부분도 있다고 생각한다.

"도로테아 님은 그렇게까지 무서운 분은 아니라고요."

우리들을 안내해주던 제국 남성이 쓴웃음을 지으며 말했다. 그 말속에는 우리를 타박하는 기색은 없었고, 흔히 있는 착각을 타이르는데 익숙해진 느낌이었다.

"분명 도로테아 님에게는 뒤숭숭한 일화들이 많이 있습니다. 하지만 직접 대화를 나눠본 사람이라면 모두들 도로테아 님을 좋아하게 되죠. 정말로 매력적인 분입니다. 여러분들도 만나보시면 분명 알게 되실 겁니다."

남성의 말속에는 친근감마저 스며들어 있을 정도였다. 그는 도로테아를 알현한 적이 있는 거겠지. 남자는 마치 친한 친구를 소개하는 듯이 거리낌 없는 말투로 말했다.

"저도 옛날에는 제국에 반발했습니다. 저는 남쪽의 시시라는 나라 출신입니다. 제국이 시시를 속국으로 만들었을 때는 데모나 반대운동에 뛰어들기도 했습니다만, 그런 활동들은 금방 잦아들었죠. 시시의 귀족들보다도 도로테아 님의 치세가 훨씬 더 살기 좋았기 때문입니다."

"그래서 원망하고 있지 않다는?"

클레어 님이 조심스럽게 물었다. 남자는 웃으면서,

"네에. 오히려 감사하고 있습니다."

라고 말했다. 이 남자처럼 생각하는 사람이 다수파라는 뜻은 아니겠지만, 어쨌든 이정도 말이 나오게 만드는 도로테아라는 여성은——.

"슬슬 황성이 보이기 시작하네요."

남성이 손가락으로 가리키는 방향을 보자, 거대한 건축물이 모습을 드러냈다.

"저게…… 황성……."

황제 도로테아가 기거하는 성—— 그건 바우어 왕궁과는 다르게, 궁성이라기보다는 요새처럼 보였다. 마치 권위를 내세우기보다도 외적의 침입에 대비하고 있는 것처럼 견고함과 실용성으로 무장한 건물이다. 그 위용은 아직 만나지도 않은 황제의 사람됨을 암시적으로 보여주고 있는 것처럼 느껴졌다.

"말씀드리는 걸 깜빡했네요."

남성은 걸음을 멈추고 우리 쪽을 돌아보면서 이렇게 말했다.
"잘 오셨습니다, 나 제국에."

몹시 거친 외관에 비해, 황성의 내부는 국가의 중심부에 걸맞은 내부 장식을 갖추고 있었다. 화려한 가구들과 예술품들은 보이지 않았지만, 고급스런 소재를 아낌없이 사용해서 꾸며놓은 성 안쪽은, 안목이 있는 사람이라면 누구나 그 가치를 알아볼 수 있을 만한 인테리어로 꾸며져 있었다. 바우어 왕국의 왕성과 대성당과는 다른 타입의 성이다.

황성에 도착한 우리들은 지금 황제와 알현하기 위해 대기실에 모여 있었다. 아무리 그래도 50명 가까이 되는 인원이 전부 알현하는 건 무리였기 때문에 실제로 황제를 만나는 사람은 대표자뿐이다. 대표로 뽑힌 멤버는 유 님, 미샤, 클레어 님, 나까지 총 4명이다. 우리 넷은 각자 정장으로 갈아입고 황제에게 바칠 진상품을 다시 한번 점검하면서 알현을 기다리고 있었다.

"자 그럼, 이제 드디어 소문으로만 듣던 황제와 면회하게 됐다만, 어떻게 되려나?"

상석에서 부드러운 소파에 몸을 기댄 채로 말하는 유 님. 이제 머리카락도 많이 길어졌고, 미샤가 정성스레 메이크업까지 해준 덕분에 예전에 남성이었던 시절의 인상은 조금도 남아 있지 않았다. 단아한 몸짓으로 흥미롭다는 듯이 고개를 기울이는 모습에서는 우아한 아름다움이 느껴졌다. 유 님은 원래부터 중성적인 인상이 있기는 했지만, 이제 완전히 여성이 되자 본래 가지고 있던 아름다움이 활짝 개화한 것만 같았다.

"유 님, 부디 장난은 치지 말아주세요. 유 님은 바우어의 대표로서 이곳에 계시는 거니까요."

유 님의 옆에서 가만히 대기하고 있던 수녀복 차림의 여성이 입에 침이 마르도록 타일렀다. 물론 미샤다. 미샤도 이제는 수녀복이 완전히 몸에 익었다. 타고난 성격부터가 매사에 진지하고 착실했기 때문에 이제는 어디 내놔도 부끄럽지 않은 수녀님이다.

"대표라? 나는 희생양이 될 생각으로 여기에 왔는데?"

"큰일 날 소리 하지 말아주세요. 이건 정식 외교입니다. 옥체에 무슨 일이라도 생긴다면 바우어와 제국은 그 즉시 전쟁이 일어날 거예요."

"나도 알고 있어. 하지만 미샤가 걱정하는 건 외교뿐인 거야? 혹시 내 걱정은 안 해주는 거니?"

"때와 장소를 생각해서 발언해주세요. 유 님."

"매정하네."

미샤의 쌀쌀맞은 태도에 유 님의 어깨가 축 처지는 게 보였다. 애정행각은 좀 둘이 있을 때 해줬으면 좋겠다.

"그건 그렇고 클레어도 레이도 오랜만이네. 마지막으로 만났던 건 반년 전쯤이었던가? 메이랑 알레어는 잘 지내?"

"걱정해 주신 덕분이에요. 그때는 신세 많이 졌습니다."

클레어 님이 고개를 숙였다.

"아냐 오히려 힘이 되어주지 못해서 미안했어. 그 후로 저주는?"

"여전히 해결법은 찾지 못했습니다. 여기저기 손을 써 보고는 있지만요."

내 대답에 유 님도 눈썹을 찡그렸다.

반년 전에 클레어 님과 나는 달의 눈물을 쓰게 해달라고 유 님에게 부탁했다. 메이와 알레어의 피의 저주를 고치기 위해서였다. 정령교회의 가장 큰 비밀인 달의 눈물을 사용하게 해달라는 건, 본래 일개 시민이 부탁해본들 이루어질 리 없는 바람이겠지만, 유 님과 교회는 우리들에게 빚이 있다. 교회 상층부는 우리들의 부탁을 끝까지 탐탁지 않아 했지만, 결국 최종적으로는 유 님의 조력과 교황 성하의 한마디 덕분에 사용 허가를 받았다.

그러나 달의 눈물로도 메이와 알레어의 피의 저주를 풀 수 없었다. 달의 눈물은 다양한 디버프 상태를 풀어주는 마도구지만, 그 힘은 흡수한 달빛의 양에 비례해서 강해진다. 메이와 알레어 전에 마지막으로 사용했던 게 유 님의 사건 때였으니, 약 반년 남짓한 시간이 있었다. 그러니 혹시 조금 더 긴 시간을 들여 달빛을 모으면 저주를 풀 수 있을 지도 모른다. 하지만 어쨌든 지금 당장은 손쓸 방법이 없다.

"대체 그 저주는 뭘까. 반년 분량의 달빛이라면 웬만한 저주는 전부 풀 수 있을 텐데 말이야."

"잘 모르겠어요. 하지만 반드시 저주를 풀어낼 거예요. 아이들의 저주를 이대로 가만히 놔둘 수는 없는걸요."

클레어 님이 침울한 표정으로도 결의를 다지며 말했다. 물론 나도 클레어 님과 똑같은 마음이다.

"미샤도 여러모로 조사를 해주고 있어. 교회가 보관하고 있는 오래된 문헌들을 살펴본다든가."

"그랬군요. 감사드려요, 미샤."

"아뇨, 도움이 되지 못해서 죄송합니다."

"달의 눈물의 사용 이력 열람도 허가가 나왔으니까 뭔가 단서가 나온다면 바로 알려줄게."

"잘 부탁드립니다."

클레어 님과 마찬가지로 나도 두 사람에게 고개를 숙였다.

"그나저나…… 사람은 바뀌는 법이네. 그 클레어와 레이가 서로 부부가 되고, 거기다 아이들까지 입양하다니. 학교에서 투덕거리던 때가 엊그제 같은데 말이야."

유 님은 쿡쿡 웃었다. 클레어 님의 뺨이 빨개졌다.

"누구보다도 제가 제일 놀라고 있는데요? 레이랑 만나고 나서부터는 뭔가 폭주하는 말 위에 올라탄 채로 달려온 느낌인걸요."

"그래서 싫었어?"

"그건……."

유 님의 장난스러운 한마디에 클레어 님은 대답할 말이 없었다.

"잘됐네, 레이. 마음이 보답받아서."

"네! 하루하루가 천국입니다!"

"레이!"
방금 전의 애정행각에 갚아주려는 듯이 진심을 담아 우리 사이를 뽐냈더니 클레어 님한테 발을 밟혔다. 아프다. 우리 업계에서는 포상입니다.
"……하아……. 피차 고생이 많네요, 미샤."
"……그 마음 이해합니다. 클레어 님."
어쩐지 서로 공감대를 형성하고 있는 클레어 님과 미샤. 참 이상하네. 나도 유 님도 그저 자기 연인이 너무 사랑스러울 뿐인데 말이야.
"다시 얘기를 되돌려볼까. 두 사람은 황제에 대해서 얼마나 알고 있어?"
"저는 최저한의 정보 밖에……."
"폭군이지만 합리적, 정치적 수완도 뛰어나고 능력도 훌륭한 카리스마 있는 인물, 이 정도일까요."
"그 말대로지. 나도 그 정도밖에 몰라. 하지만 그녀와 직접 만나본 사람들은 다들 입을 모아 이렇게 말하지. 매력적인 인물, 이라고."
그러고 보면 여기까지 안내해줬던 남자도 그런 말을 했었다.
"내 생각엔 말이지. 이건 혹시 어떤 마법은 아닐까 의심하고 있어."
"황제의 카리스마의 정체가 마법……?"
클레어 님이 미간을 찌푸렸다.
"다시 말해, 나 제국의 통치는 황제가 마법으로 정신지배를 하고 있을 가능성이 있다는?"

"부정은 할 수 없잖아? 무엇보다 그녀가 황위를 찬탈했던 게 겨우 7살 때야. 아무리 조숙하다고 해도 겨우 그 나이에 실력만으로 뒷배를 손에 넣을 수 있었을 거라고는 생각하기 힘들어."

"어, 잠깐만 기다려주세요. 그럼 위험하잖아요."

나는 엄청난 사실을 깨달았다.

"만약에 그 가설이 사실이라고 친다면 큰일이에요. 오늘 우리 네 명이 한꺼번에 세뇌된다면 유학단은 그대로 납치되는 거나 마찬가지잖아요?"

"앗……."

클레어 님도 깨달은 모양이다.

바로 그렇다. 오늘 황제를 알현하는 네 명은 누구라고 할 것 없이 유학단의 중요 인물들이기 때문이다. 물론 유학단 중에는 사무작업을 담당하는 실무 스태프나 다른 학생들도 있지만, 우리 넷이 유학단의 브레인이라고 말해도 과언이 아니다. 우리 모두가 마법에 세뇌당하게 된다면 그 순간 바로 바우어의 외교적 패배가 결정된다. 레보릴리에서 황제한테 그런 설정은 없었다고 생각하지만, 유 님이 걱정하는 가설도 가능성이 아예 없지는 않다.

"그렇지. 그래서 이걸 가지고 왔어. 미샤."

"네."

미샤가 아무렇지도 않은 듯 오른손을 내밀었다. 그 손바닥 위에는 작은 반지가 한 개.

“이건 뭔가요……?”

“달의 눈물이야.”

“네……?!”

유 님의 말에 클레어 님이 경악을 금치 못했다.

“하지만…… 메이랑 알레어한테 사용했을 때는 좀 더 커다란…….”

“그건 가짜라고 해야 할까, 미끼지. 진짜는 이 작은 반지야.”

즉, 아이들한테 사용했을 때 우리가 봤던 그 커다란 도구는 페이크였다는 뜻이다.

“설마……, 아이들이 낫지 않은 것도…….”

“그건 아닙니다, 클레어 님. 교회는 우리들을 속이지 않았습니다.”

클레어 님이 불신의 기색을 띠자 내가 재빠르게 안심시켜드렸다.

“레이는 알고 있었구나.”

“네. 미끼를 사용했을 때, 유 님은 손가락에 반지를 끼고 계셨죠.”

“어떻게 달의 눈물의 정체를 알고 있는지에 대해서는 묻지 않는 편이 좋겠지?”

“그렇게 해주시면 감사하죠.”

“알겠어.”

유 님은 쓴웃음을 지었다. 사실 속으로는 엄청나게 궁금하겠지.

“뭐, 어쨌든. 이걸 끼고 있으면 적어도 한 명은 황제의 세뇌를 피할 수 있을 거라고 생각해. 우리 중에서 가장 강한 레이한테 이걸 맡길게."

"괜찮나요? 저를 신뢰하셔도?"

"너의 사람됨은 아주 자~알 알고 있으니까. 왕국과 교회의 상층부는 나보고 끼고 있으라고 말했지만."

그 말과 함께 유 님은 찡긋하고 윙크했다.

"미샤, 말리지 않아도 괜찮아?"

"내 입장상으로는 당연히 그래야겠지만, 이번엔 유 님의 말이 맞아. 단순히 전력으로만 따지면 클레어 님도 나쁘진 않지만 클레어 님은 세뇌를 푸는 수속성 마법을 쓸 수 없으니까. 결국 네가 적임자야."

미샤는 한숨 섞인 말투로 말했다.

그 직후, 똑똑하는 노크 소리가 울렸다.

"바우어 왕국 여러분, 오래 기다리셨습니다. 도로테아 님이 만나겠다고 하십니다."

시간이 된 모양이다. 유 님이 일어섰다.

"자아, 그럼 소문이 자자한 황제 폐하를 만나러 가볼까."

알현실. 그 사람은 알현실 끝의 옥좌에 깊이 허리를 기댄 채 앉아있었다.

심홍색의 긴 머리카락과 타오르는 불꽃과도 같은 붉은 눈동

자. 칠흑의 갑주를 입고서, 그 위로 검은 망토를 걸치고 있고, 허리에는 두 자루의 검을 차고 있었다. 옥좌의 팔걸이에 나른한 듯 팔꿈치를 괴고서, 뺨을 기댄 채로 우리를 느긋한 시선으로 바라보고 있다.

"먼 길 오느라 수고했다. 짐이 나 제국의 도로테아 나 황제다."

여성치고는 낮은 알토. 남자 같은 말투에 허스키한 저음이었지만 틀림없는 여성의 목소리였다. 다만 그 목소리에는 절묘한 위엄이 서려 있었다. 상대를 무조건적으로 복종하게 만들 것만 같은 신비한 목소리였다.

"처음 뵙겠습니다. 바우어 왕국 유학단 대표, 유 바우어라고 합니다. 오늘은 이렇게——."

"됐다. 시시한 외교적 의례에 따르는 겉치레뿐인 인사 따위 짐에겐 필요 없다. 시간 낭비다."

본래 성격을 숨기고서 두, 세 겹으로 내숭을 뒤집어쓴 유 님이 인사를 하려고 하자, 도로테아가 답답하다는 듯이 손을 내저으며 말을 끊었다. 의표를 찔린건지 유 님이 입을 다물었다. 그 틈을 메우듯 도로테아가 말을 이었다.

"제도를 구경했겠지. 감상을 말해봐라."

"아주 멋진 도시입니다. 사람들은 활기로 넘치——."

"아부노 필요 없어. 시간 낭비다. 두 번 말하게 하지 말라 유 바우어. 다음은 용서하지 않겠다."

도로테아는 뺨을 기대고 있던 오른손은 그대로 둔 채, 왼손으로 초조한 듯 옥좌를 톡톡 두드렸다.

"아무래도 너로는 안 되겠군. 네가 대답해 봐라, 레이 테일러."

"네?"

"뭘 얼빠져 있는 거냐. 제도를 본 감상을 말해보라고 하고 있다."

나는 갑자기 지명 당해서 살짝 동요하긴 했지만, 그저 입을 다물고 있을 수도 없는 노릇이라 생각한 바를 입에 담았다.

"폐하는 아무라고 말씀하셨지만 지금 막 도착한 도시에 이렇다 할 감상은 없다고요. 그냥 활기차구나── 싶은 정도죠."

"레이!"

레보릴리의 지식을 토대로 시험 삼아 도로테아의 성격에 맞춰서 대답을 해봤더니, 클레어 님이 질책을 날렸다.

"짐의 도시가 그대들을 깜짝 놀라게 하기에는 부족했다고?"

"바우어도 나름대로 활기로 넘치는 도시니까요."

"인종의 전시장과도 같은 광경은 어떠냐. 바우어에선 볼 수 없겠지."

"아아, 그건 확실히. 능력주의라는 건 정말이었네요. 그건 조금 흥미롭다고 생각했습니다."

한 나라의 군주와 나누는 대화라고는 상상도 못 할 정도로 난폭한 말투로 말하는 나. 클레어 님은 그 모습을 조마조마한 시선으로 바라보고 있었다. 하지만 분명 이게 정답일 것이다.

"흐음……. 이 정도로는 놀라게 할 수 없는 건가. 의외로 바우어도 제법이군. 평가를 새로이 해야겠어."

"가장 놀랐던 점은 폐하가 국민에게 사랑받고 있다는 사실이네요. 좀 더 두려움의 대상일 거라고 생각했습니다."

"공포를 통한 지배도 하나의 합리이기는 하지만 경애에는 미치지 못한다. 짐은 합리를 사랑한다."

"네에, 정말로 훌륭한 방식이라고 생각합니다. 그나저나 폐하는 세뇌계열의 마법을 사용하고 계십니까?"

"레이?!"

"잠깐, 너."

내 한마디에 이번엔 유 님과 미샤까지 눈을 부라렸다. 아무리 그래도 너무 솔직했던 걸까. 도로테아의 반응을 살펴보고 있자니,

"후……, 후후……."

도로테아는 고개를 숙이고서, 어깨를 떨고 있었다.

"후하하하! 레이 테일러, 그대는 짐의 성격을 잘 알고 있구나. 소문 그대로 신기함 그 자체다."

"허어."

"세뇌라. 그걸 의심하고 있었기 때문에 종교가게 골동품 따위를 들고 온 건가. 주의 깊은 녀석."

도로테아가 야유하듯 말했다. 유 님이 깜짝 놀라서 눈을 크게 떴다. 알고 있는 것이다. 도로테아는 달의 눈물의 정체를 알고 있다.

유 님은 황급히 고개를 숙였다.

"이건…… 굉장히 실례를……."

"됐다. 당연하다면 당연한 대비지. 하지만, 어떠냐? 짐을 눈앞에 두고서 뭔가 이상한 낌새를 느꼈는가?"

"아뇨, 딱히. 클레어 님, 어떠세요? 도로테아 폐하 러브가 되셨나요?"

"레이!!"

"됐다 됐어. 어떤가, 클레어 프랑소와. 그대의 연인은 저렇게 말하고 있다만? 짐에게 매료당했는가?"

도로테아는 오히려 아까전보다 훨씬 즐거운 듯이 클레어 님에게 물었다. 이 여제는 클레어 님과 나와의 사이도 알고 있는 모양이다.

"폐하는 매우 흥미로운 분이라고 생각합니다만, 작위적으로 매료당했다고는 생각하지 않습니다."

"그야 그렇죠. 클레어 님은 저랑 러브러브인걸요."

"레이!"

"후하하하! 그런가, 그런가. 짐은 안중에도 없는 건가. 이건 조금 분하기도 하구나."

도로테아가 자리에서 일어났다. 그대로 망토를 휘날리며 우리 쪽으로 걸어오더니 나와 클레어 님의 앞에 섰다. 가까이서 마주한 도로테아는 박력과 두려움을 느끼게 하는 미모였다. 30대 후반이라고 들었는데 어딜 어떻게 봐도 20대 중반쯤으로 밖에 안 보인다.

"역시 바우어 혁명의 핵심은 너희들인가."

도로테아는 자신만만하게 웃으면서 그렇게 물었다.

"아니요, 폐하. 혁명은 민중들의 힘으로 이룬 것. 저나 레이와 같은 개인의 힘만으로는 도저히 이뤄낼 수 없었던 일이에요."

"겸손은 좋아하지 않아. 짐은 너희들을 높게 평가하고 있다. 몇 년이라는 세월 동안 짐이 준비한 책략들을 그대들이 깨부쉈으니까."

지금 이 자리에서 그 얘기를 꺼내는 건가. 화평 교섭의 가장 첫 걸음이 될 이 자리에서, 혁명 때 자신이 펼친 모략의 이야기를.

"그대들은 이대로 짐의 사람이 될 생각은 없는가?"

"……하?"

"두 번 말하게 하지 말라. 짐의 신민이 돼서 짐을 위해 일할 생각은 없냐고 묻고 있다. 그대들이라면 이 몸의 휘하에 들어오기에 부족함이 없다. 그에 상응하는 대가도 보장하지. 어떠냐?"

클레어 님이 당황하고 있었다. 그야 그렇겠지. 처음에는 그냥 잠깐 인사나 나눈다는 기분으로 왔었는데, 제국으로 오라고 스카우트를 당했으니까.

"농담은……."

"클레어 님은 제 거니까 남의 아내를 꼬시는 건 참아주세요."

"레, 레이!"

"크크크…… 정말로 네 녀석은 소문 그대로 익살꾼이구나, 레이 테일러. 용서하마. 좀 더 짐을 즐겁게 해다오."

"저는 딱히 폐하를 즐겁게 만들어 드리려고 여기에 있는 건 아닙니다만."

내 말에 도로테아는 깨달았다는 듯이 손바닥을 톡 쳤다.

"오오, 그랬었지. 이건 짐이 바우어를 손에 넣기 위한 회유 정책의 일환이었다."

"속셈을 그렇게 죄다 드러내지 말아 주세요. 그게 아니라 교환 유학생의 인사입니다, 폐하."

"아아, 그러고 보니 그런 이야기였지. 용서해라, 시시한 겉치레는 기억할 가치를 느끼지 못해서 말이다."

괜찮은 거냐, 이 황제. 아, 측근으로 보이는 사람이 머리를 감싸 쥐고 있다.

"폐하!"

"입 다물어라, 할아범. 잔소리는 나중에 해라."

도르 님보다도 연상으로 보이는 초로의 측근이 도로테아의 한마디에 입을 다물었다. 아니, 이건 측근이 쓴소리를 하는 게 당연한 상황이라고 생각하는데. 고생이 많아 보인다.

"뭐, 인사라면 이 정도로도 괜찮겠지. 그대들은 뭔가 할 말이 있는가?"

"귀국을 방문하며 준비한 진상품이 있습니다. 부디 받아주십시오."

유 님이 다시금 미리 준비한 대사를 입에 담았다. 도로테아는 지루하다는 듯 손을 휘저었다.

"그딴 건 적당히 두고 가라. 짐의 나라에서도 뭔가 적당한 답례를 보내도록 하지. 그밖에는?"

"저로선 별다른――."

"그럼 한 가지, 괜찮을까요?"

알현을 마치려고 하는 유 님의 말보다 빠르게 클레어 님이 입을 열었다.

"폐하는 타국을 향한 침략을 그만두실 생각은 없으신가요?"
"클레어?!"
유 님이 당황했다. 어지간한 일로는 꿈쩍도 하지 않는 나조차도 클레어 님의 발언에 조금 놀랐다. 그 정도로, 클레어 님의 질문은 너무나도 직설적이었다.
"흥……. 대담한 말을 입에 담는구나, 클레어 프랑소와."
"부디 무례를 용서해 주시길. 어떠신가요?"
역시나 이 질문에는 경솔히 대답할 수 없다고 여긴 건지, 이번엔 황제도 조금 생각에 잠긴 기색이었다.
"침략, 이라. 그대들에게는 그렇게 보이는 건가."
"다르다는 말씀이신가요?"
"아니, 다르지 않다. 짐의 진의가 어찌 됐든 너희들 입장에서 보면 그렇게 되겠지. 맞는 말이다."
"진의라고 하심은?"
"그건 아직 말할 수 없다. 짐의 산하에 들어온다면 이야기해 주지."
"그럼 이 이야기는 여기까지겠네요."
도로테아로서도 이 자리에서 우리들을 영입할 수 있을 거라고 진심으로 생각하지는 않았겠지. 이 이야기는 여기서 끝이다.
"그런가, 유감이다."
기분 탓인지 살짝 기운이 없어 보이는 도로테아. 연기 맞지?
"또 있는가?"
"없습니다."

유 님이 대답에 이번에는 누구도 이론을 제기하지 않았다.

"음. 그럼 알현은 여기까지로 하지. 이 몸의 나라를 만끽하도록. 물러가라."

도로테아와의 첫 만남은 이렇게 끝났다.

"과연……, 저게 황제 도로테아인가. 확실히 폭군이야."

유 님이 음미하듯 말했다. 미샤는 유 님이 옷을 갈아입는 걸 돕고 있었다. 이곳은 바우어 유학단에게 부여된 기숙사 방이다. 기숙사라고는 해도 학생 기숙사 용도로 세워진 건물이 아니라, 원래는 숙박업소였던 곳을 이번 교환 유학을 위해서 새롭게 단장했다는 설명을 들었다. 어느 방이나 할 것 없이 왕립학교 기숙사보다 훨씬 넓어서, 제국의 국력을 엿볼 수 있었다.

도로테아와의 알현을 마친 우리 넷은 기숙사의 넓은 방에 모여서 옷을 갈아입으며 도로테아와 만나 본 감상을 나누고 있었다.

"설마하니 외교 의례를 전부 무시할 거라고는 생각도 못 했네요."

"그녀로서는 그게 합리적인 거겠지. 배짱에만 의지해야 하는 우리로서는 정말로 대하기 어려운 상대야."

미샤의 손을 빌려 예복을 벗으면서 유 님이 한숨을 내쉬었다. 확실히 유 님은 오늘의 알현에서 좋은 모습을 보여주지 못했다.

도로테아한테 농락당한 끝에 시시하다는 소리까지 듣고는 반쯤 무시당했다.

“레이랑은 상성이 괜찮아 보였지. 앞으로 도로테아를 상대하는 건 레이한테 맡길게.”

“그런 말씀은 하지 말아주세요. 레이가 객기를 부릴 수 있었던 것도 유 님이 최소한의 외교적 예의를 다 했으니까 그런 거예요.”

드물게도 풀이 죽어있는 유 님을 향해 미샤가 위로의 말을 건넸다. 정말로 사이가 좋구나.

“클레어 님, 저도 위로해 주세요.”

“어째서인가요. 당신은 딱히 풀이 죽은 것도 아니잖아요.”

클레어 님한테 장난을 걸려고 했더니 매정하게 거절당했다. 슬프다.

“도로테아를 만나보니 모두들 어떤 인상이었어? 먼저, 미샤?”

유 님이 우리들에게 의견을 구했다. 미샤는 신중한 얼굴로 조금 생각한 후에 입을 열었다.

“방약무인하기는 하지만, 군주로서는 저런 모습도 하나의 형태겠지, 하고 생각했습니다.”

“그 말은?”

“밑 사람들의 의견에 진지하게 귀를 기울이는 타입의 군주는 아니지만, 확고한 목표를 가지고 모두를 이끌어 나가는 데에는 오히려 저런 성격이 아니고서야 불가능할지도 모릅니다.”

로세이유 전하나 세인 님과는 정반대의 모습이네요, 미샤는 황제를 그렇게 평가했다.

"확실히 그러네. 도로테아는 신하의 의견을 한데 모으지 못한다든가, 세력들 사이에 껴서 고뇌한다든가, 그런 일과는 연이 없어 보이지. 좋은 의미로도 나쁜 의미로도 망설임이 없어."

"네."

"단순히 말하면 독재자라고 할 수 있겠지만, 오로지 그런 일면만 있는 건 아닌데다 백성을 소홀히 여기는 것도 아니야. 미샤의 말대로 저것도 군주로서 한 가지 형태일지도. 클레어는 어때?"

자기 차례가 되자, 클레어 님의 얼굴이 어두워졌다.

"저와는 양립할 수 없다, 그렇게 생각했어요."

"그건 어떤 의미에서?"

"가치관의 차이겠네요. 도로테아에게선 상대방에게 표하는 경의라는 걸 느낄 수 없었어요. 저는 예절을 경시하는 상대를 싫어해요."

이전에 클레어 님은 메이랑 알레어에게 예절에 대해서 설명해줄 때, 예의범절을 모른다는 건 옷을 벗고 돌아다니는 거나 마찬가지라고 설명했다. 옛날 귀족 시절의 가치관을 가지고 있는 클레어 님에게 있어서 그런 방약무인함은 용납할 수 없는 모습이겠지.

"다만 매력적인 인물이라고 평가받는 이유도 조금은 알 거 같아요. 저런 인물과 함께하고 싶다고 생각하는 사람도 있는 거겠죠. 특히 능력은 있어도 목적을 가지지 못한 사람으로선."

그건 제국의 능력주의의 근본을 나타내주는 말이기도 했다. 황제가 명확한 목적을 설정하면 국민들이 그 목적을 실현하기 위해서 협력, 매진한다. 그걸 위해서라면 국적을 불문하고 인재를 등용하고, 차별을 결코 용납하지 않는다.

"그러네. 솔직히 나도 스스로 목표를 설정하지 못하는 타입이니까 저런 인물에게 일종의 동경심도 있어. 우리들 남매 중에서는 로드 오빠가 가장 가까울까."

분명 로드 님과 도르테아는 비슷한 부분이 느껴진다. 둘 다 주위 사람들을 이끄는 타입이고, 스스로 힘차게 나아가는 점도 닮았다.

"레이는 어떻게 생각했어?"

"어쩐지…… 어린아이 같은 사람이었네요."

"……어린아이?"

내 감상이 그다지 와 닿지 못했던 걸까, 유 님이 고개를 갸웃거렸다. 미샤와 클레어 님도 의아한 표정이었다.

"하지만 그렇잖아요. 자기가 하고 싶은 걸 한다. 주변 사람들 말을 듣지 않는다. 그런 주제에 남들의 도움은 받는다. 어린아이 그 자체라고 생각합니다만."

"……그런 사고방식은 맹점이었어."

도로테아는 다 큰 어른인데다, 두려움마저 느껴지는 미모 탓에 가려지고 있지만, 내 가장 첫 인상은 그런 느낌이었다. 유 님이 쓴웃음을 지으면서 분명 그런 측면도 있을지도 모르겠다며 고개를 끄덕였다.

도로테아는 황제라는 지위도 있으니 여러모로 신격화되고 있고, 그 방약무인한 행동에 농락당하기 쉽지만, 그녀의 핵심적인 부분은 심플하다고 생각한다. 그녀가 말하는 합리적이라는 것도, 분명 자기가 하고 싶은 걸 하고 쓸데없는 건 하기 싫다. 그저 그뿐인 거 아닐까 싶다.

"뭐, 일단은 이러니저러니 해도 국가의 정점에 있으니만큼 어디 동네 꼬맹이보다야 낫다고 생각합니다만, 그렇게 따지면 우리 애들도 훌륭한 아이들이니."

"그건 팔불출적인 발언으로 받아둘게."

유 님이 쓴웃음을 지었다. 팔불출이 아닌데 말이지.

"결국 황제의 매력이 혹시 마법은 아닐까, 라는 의혹은 풀렸다고 봐도 좋을까요?"

"그렇겠지. 그건 결국 그녀가 매력적이었을 뿐이라는 이야기 아닐까. 그녀한테는 확실히 카리스마가 있어."

레이한테는 통하지 않았던 모양이지만 말이야. 유 님이 웃었다.

"모처럼 가져온 달의 눈물인데, 쓸모없어졌네."

"아니요, 여기는 적국이에요. 앞으로 분명 쓸 기회가 있을거예요."

반지를 넣어 놓은 상자로 손장난을 치며 말하는 유 님의 한마디에, 미샤가 이론을 제기했다. 유감이지만 미샤의 말이 옳겠지. 방심은 금물이다.

"어쨌든 다들 수고했어. 내일부터는 제국 국학관이네. 오늘 밤은 푹 쉬면서 내일을 대비해둬."
유 님의 말에 오늘은 이만 자리를 파하기로 했다.
"클레어 님, 피곤하지는 않으신가요?"
방으로 향하는 길을 걸으며, 나는 클레어 님에게 염려의 말을 건넸다. 운동능력은 남들보다 배로 뛰어나고 체력도 있는 클레어 님이지만, 여기까지 긴 여행을 거친 뒤에 알현까지 마쳤다. 정신적 피로를 느끼고 있지는 않을까, 하는 생각이 들었다.
"괜찮아요. 고마워요."
"정말인가요? 허세를 부리는 거 아니죠?"
"레이한테 허세를 부려봤자 무슨 소용인가요. 정말로 괜찮아요. 그보다 짐은 이미 방에 도착해 있으려나요?"
"네에, 아마 그럴 겁니다. 메이랑 알레어가 못된 장난을 쳐놓지 않았으면 좋겠는데요."
그렇게 말하며 나는 방문을 열었다. 제일 먼저 널찍한 방 안이 눈에 들어왔다. 실내에는 가져온 짐들이 운반되어 있었고, 메이랑 알레어의 모습은 보이지 않았다.
클레어 님과 나, 그리고 메이랑 알레어는 같은 방에서 묵게 되었다. 유 님의 배려로 커다란 방을 양보받은 덕분이다. 왕국에 있는 우리 집만큼의 애착은 가지지 못하겠지만, 오늘부터 이곳이 우리들의 집이다.
"메이~, 알레어~?"
"네~!"
"네에요~!"

아이들을 부르자, 안쪽에서 두 사람이 달려 나왔다. 그리고 그대로 클레어 님의 가슴으로 뛰어든다.

"쿵~!"

"잘 다녀오셨어요~."

"다녀왔어요, 메이, 알레어. 말 잘 듣고 있었나요?"

"응!"

"물론이에요~."

분명 꽤 긴 시간동안 아이들만 남겨두고 기다리게 만들었는데도 메이랑 알레어는 딱히 기분이 상한 기색은 보이지 않았다. 곰곰이 생각해보면 왕국에서도 클레어 님과 함께 집을 비우고서 아이들한테 집 보기를 맡겨놓을 때가 많았으니까, 이쯤은 별거 아닐지도 모른다.

"자, 식사를 하도록 하죠. 레이, 부탁할 수 있을까요?"

"맡겨만 주세요."

황제와의 알현이라는 딱딱한 이벤트로 고생했던 참이다. 클레어 님이나 아이들도 피곤하지 않을 리가 없다.

오늘은 한층 더 솜씨를 발휘하자고 생각하면서, 나는 부엌으로 향했다.

"제, 제국에 거역하는 거냐?!"

"어머, 이상한 소리를 하는군요? 저도 당신도 그저 학생이에요. 아니면 당신의 이름은 제국이었던 걸까요?"

자신만만하게 웃으면서 도발하는 클레어 님. 전 악역 영애답게 몹시도 사악한 표정이었다. 상대 남학생은 기가 꺾여서 되돌려줄 말을 찾지 못하고 있었다.

이곳은 제국이 운영하는 교육기관인 제국 국학관이다. 팔짱을 낀 채로 당당히 서 있는 클레어 님의 뒤편으로 필리네가 주저앉은 채로 떨고 있었다.

"저, 저기……."

"괜찮습니다. 여기는 클레어 님에게 맡기도록 하죠."

나는 필리네의 손을 잡아 일으켜 세운 다음, 그녀에게 속삭였다. 필리네는 여전히 혼란스러워 보였지만 일단은 내 말에 고개를 끄덕였다.

"내가 누군지는 알고 그런 소릴 하는 거냐?!"

"이거 면목 없네요. 저는 오늘 막 편입한 참이라 당신에 대해선 손톱만큼도 모르겠거든요."

"젠장……. 바보 취급하다니."

3류 양아치 같은 대사를 하는 남학생이 적의를 가득 담은 눈으로 우리를 노려봤다. 편입 첫날부터 어째서 이런 상황이 됐는가에 대해서 말하자면, 이야기는 몇 시간 전으로 거슬러 올라간다.

"오늘부터 제군들과 함께 공부를 하게 된 편입생들이다. 모두들 사이좋게 지낼 수 있도록."

교사는 우리를 간단히 소개한 뒤, 자리에 앉히고선 바로 강의를 시작했다. 첫날이니 자기소개나 뭐 그런 비슷한 걸 할 거라고 생각하고 있었던 우리들은 조금 당황하면서도 일단 그대로 수업을 들었다.

편입생을 위해서 지금까지의 수업 진도를 복습한다든가, 그런 배려는 전혀 없었다. 지금 시간은 교양 강의인데, 왕립학교보다 내용도 충실하고 수업 진도도 빨랐다. 편입생들은 기본적으로 제국에 대한 교양 지식이 거의 없었기 때문에 일부의 예외를 제외하면 편입생들은 그저 수업을 따라가는 데에도 필사적이었다. 수업 종료를 알리는 종소리가 울렸을 때는 대부분의 학생들이 진이 빠져서 녹초가 됐다.

"이상이다. 그럼 또 다음 시간에."

교사는 사무적으로 말하고선 그대로 교실을 나갔다. 이 강의를 따라가는 건 꽤나 힘들 것 같구나, 편입생들이 그런 생각을 하고 있을 때.

"이봐, 너희들 바우어에서 왔다며?"

"혁명이 일어났다는 게 진짜야?"

"저기, 이름 가르쳐주라."

점점 우리 주변으로 사람들이 몰려들기 시작했다. 선생님은 무뚝뚝한 느낌이었지만, 국학관의 학생들은 왕립학교랑 그다지 다르지 않을지도 모르겠다.

"잠깐만 기다려 주세요. 순서대로 자기소개를 할게요."

이 반에 소속된 바우어 편입생은 다섯 명. 클레어 님, 나, 그리고 라나, 이브, 요엘이다. 유 님이나, 아파라치아에서 국학관으로 왔을 레네의 모습은 보이지 않았다. 다들 다른 반인 모양이다.

"저는 클레어 프랑소와. 부디 기억해 주시면 감사하겠어요."

먼저 클레어 님이 자기소개를 했다. 클레어 님이 자신의 이름을 대자, 교실 안이 술렁였다.

"혁명의 영웅이잖아!"

"혼자서 천 명의 왕국 병사를 격퇴했다는 게 정말이야?"

역시 클레어 님은 제국에서도 제법 유명한가 보다. 살짝 부풀려진 부분도 있는 모양이긴 하지만.

"저는 그렇게까지 대단한 사람이 아니에요. 혁명은 시민들이 일으킨 거고요."

"하지만 엄청 강하다며?"

"아무리 그래도 천 명을 상대할 수는 없어요. 그건 과장이네요."

"저기저기, 도로테아 폐하랑 비교하면 누가 더 강해?"

클레어 님, 첫날부터 엄청난 인기다.

"일단은 자기소개를 마저 할 수 있도록 해주세요. 레이?"

클레어 님의 재촉에, 나도 자리에서 일어났다.

"레이 테일러입니다. 클레어 님의 아내입니다. 클레어 님은 제 신부니까 넘보지 말아 주세요. 확 깨물어버릴 거예요. 크르릉."

"잠깐 레이, 당신?!"

클레어 님이 당황스러워했다. 원래 이런 건 처음이 중요하다. 확실하게 내 거라고 소유권을 주장해놔야 한다.

"어, 뭐야뭐야? 클레어는 연인이 있었어?"

"경어를 붙여서 부르네."

"헤에~ 레이는 재밌네!"

어쩐지 반응이 좋다. 농담이나 장난이라고 생각하는 걸까.

"다, 다음 사람이에요. 라나?"

"네~."

라나가 자리에서 일어났다.

"라나 라아나입니다. 레이 선생님을 클레어 선생님한테서 뺏으려고 획책하고 있습니다~. 악녀입니당. 잘 부탁해~."

라나는 찡긋, 하고 윙크까지 붙이며 그렇게 말했다.

"어, 삼각관계?"

"쩔어, 여자끼리의 수라장이잖아."

"점심 드라마 같아."

이번에도 어째 반응이 좋다. 아니 근데 잠깐만 기다려봐.

"점심 드라마?"

"어? 모르는 거야? 점심 무렵의 드라마라는 소설. 질척질척하고 복잡한 인간관계를 그려낸 걸작이야. 다음에 빌려줄게."

"아, 응. 고마워."

사람 헷갈리게 하고 있어!

"자 다음, 이브?"

"이브 눈입니다. 잘 부탁해."

이브는 여기서도 냉담한 태도다.

"빙설계 미소녀 떴다!"

"저기저기, 사탕 먹을래?"

"밟히고 싶어."

이브까지도 좋은 반응. 아니 그보다 방금 이상한 애도 섞여 있었지?

"마지막으로 요엘?"

"……요엘 산타나다. 힘쓰는 일에는 자신이 있다. 잘 부탁한다."

요엘은 무난하게 자기소개를 마쳤다. 살짝 붙임성이 결여되어 있기는 했지만.

"쿨한 남자애네."

"무뚝뚝한 태도도 나름의 맛이 있지."

"밟히고 싶어."

요엘도 나쁘지 않은 반응이다. 아니 근데 역시 이상한 애가 섞여 있잖아.

뭐, 대충 그런 느낌으로 우리들은 어려움 없이 섞여들 수 있었다. 엄청 경계 당하거나 고립 당할 거라고 생각했는데, 역시 다양한 이민족들이 함께하는 국가라서 그런가. 우리가 먼저 친근하게 다가가려고만 한다면 쉽게 받아들여 주는 모양이다.

"우리들도 자기소개를 해볼까——."

"나는 요한!"

"잠깐, 새치기 하지 말라고!"

시끌벅적한 자기소개가 이어졌다. 그렇게 소란스러운 와중에, 혼자서 조용히 떨어져 있는 학생이 한 명 있었다.

"필리네, 너도 자기소개 해봐——."

"아……, 네, 네에."

필리네라는 이름에 클레어 님과 내가 시선을 교환했다. 내가 고개를 끄덕였다.

"피, 필리네 나입니다. 자, 잘 부탁드립니다……."

심약해 보이는 분위기를 두른 소녀는, 쭈뼛거리며 자기소개를 마쳤다. 곧바로 다시 자리에 앉더니 책 뒤로 숨어버렸다. 내성적인 아이인 모양이다.

"필리네는 말이지, 저렇게 보여도 도로테아 폐하의 딸이야. 하나도 안 닮았지만."

"그렇군요."

역시 그녀가 맞았다. 우리들이 공략할 상대다. 조금 더 그녀와 대화를 나눠봐야겠다고 생각했을 때.

"아까부터 시끄럽다고!"

난폭한 외침이 울렸다. 목소리가 난 쪽을 보자, 척 보기에도 양아치처럼 보이는 남학생이 책상 위에 다리를 걸치고서 욕설을 내뱉고 있었다.

"오, 오토…… 있었구나. 너도 자기소개를 하면――."

"아앙?! 얕보는 거냐, 짜샤!"

"아, 아니, 미안……."

교실이 순식간에 조용해졌다. 오토라고 불린 남학생은 아무래도 문제아인 모양이다.

"그보다 말이지―? 저 롤머리 자식들은 제국의 적이잖아? 환영 분위기 내지 말란 말이다."

오토는 시끄러운 소리를 내며 자리에서 일어나더니, 불량한 걸음걸이로 우리를 향해 걸어왔다. 키가 크다. 180cm는 되지 않을까. 체격도 다부져서 마치 바윗덩어리가 움직이고 있는 것 같았다.

"오토 씨라고 하는군요. 저는 클레어 프랑소와라고 합니다. 잘 부탁드려요."

"칫, 잘난 체하지 말란 말이다, 계집애가. 어차피 네 녀석도 저기 필리네처럼 장식품 아가씨 아니냐?"

불쑥 얼굴을 내밀면서 클레어 님을 내려다보는 오토. 내가 당장이라도 마법을 때려 박아 줄까, 생각했을 때 클레어 님이 눈짓으로 나를 제지했다.

"장식? 그러네요. 아주 틀린 말은 아닐지도 모르겠어요."

"헷, 역시 그렇구만."

"하지만 당신 머리보다는 훨씬 낫지요. 장식으로 달고 다니는 머리에 비하면 별거 아니에요."

오토는 한순간 벙찐 표정이었다. 하지만 바로 붉으락푸르락 달아올랐다.

"이 새끼, 죽고 싶냐?!"

"어머머, 정말로 그 머리는 장식이네요. 우리들한테 손을 댄다면 외교 문제로 번질 거라는 사실조차 모르는 건가요?"

"알게 뭐냐!"

오토는 곧바로 팔을 올리더니 클레어 님을 때리려고 덤벼들었다. 그러자 클레어 님은 부드럽게 몸을 피하면서 스치듯 발을 걸었다. 오토는 그대로 꼼짝없이 바닥을 굴렀다.

"이, 이 자식……."

"어머, 죄송하게 됐네요."

"이젠 안 봐준다――!"

오토는 격분해서 다시금 클레어 님에게 덤벼들었다. 그러나――.

"허억……, 허억……헉……. 이 자식…… 젠장……."

몇 분 후, 클레어 님에게 스치지도 못한 채 일방적으로 농락당한 건 오토 쪽이었다.

"대단한 것도 없네요. 그 불량해 보이는 모습도 장식이었군요."

클레어 님은 툭툭 어깨를 털고 있었다. 내가 보기에 오토는 뭔가 격투기를 배웠을 거라고 생각한다. 하지만 어릴 때부터 철저하게 호신술을 교육받았고, 혁명에 이르기까지 온갖 사건들을 겪으면서 실전을 경험해온 클레어 님과 비교할 수는 없었다.

"젠장…… 이렇게 된 이상……!"

오토는 품속에서 지팡이를 꺼내 들었다. 마법 지팡이――!

"클레어 님, 위험――."

나도 모르게 그 사이로 끼어들려고 했을 때,

"안 됩니다!"

클레어 님의 앞을 가로막으며 선 사람이 있었다. 필리네였다.

"앙?! 뭐냐 필리네, 방해하지 말라고!"

"아무리 그래도 너무 지나쳐요. 마법을 쓰다니!"

"시끄러워!"

"꺄악!"

오토가 필리네를 냅다 밀쳐버렸다. 그 순간, 나는 그가 뭔가 말하는 걸 눈으로 볼 수 있었다. 엉덩방아를 찧은 필리네 앞으로 클레어 님이 가로막듯 나섰다.

"마법인가요. 좋아요. 어디 한번 써 보는 게 어때요?"

"바……바보 취급하다니……."

자, 여기서 처음의 장면으로 돌아간다.

"이거나 먹어라!"

오토가 마법 지팡이를 휘둘렀다. 지팡이 끝에서 화염 화살이 발사되며 클레어 님을 향해 날아갔다. 클레어 님은 그 화살을 향해 뛰어들었다.

"위험해!"

필리네의 비명이 울렸다. 그러나——.

"뭐라고?!"

고속 영창으로 생성한 화염 화살로 오토의 화염 화살을 상쇄시킨 다음, 클레어 님은 그대로 오토에게 달려들더니 그 배를 걷어찼다.

"커헉……!"

"자 그럼 이제 벌을 받을 시간이에요."

쓰러진 오토를 향해 빙긋 미소 짓는 클레어 님. 아, 저건 엄청 열 받은 거네. 웃고는 있지만, 완전히 머리끝까지 화난 상태다. 아마 오토가 필리네를 밀쳐 넘어뜨린 것 때문에 인내심의 끈이 끊어진 거겠지.

"자, 잠깐! 국제문제가 될 텐데?!"

"걱정 없어요. 그저 학생들끼리 다퉜을 뿐. 그렇죠, 여러분?"

매력적인 웃음과 함께 손가락 관절을 뚜둑뚜둑 꺾는 클레어 님. 주변 학생들은 그 박력에 압도당해서 찍소리도 못했다. 이야~ 클레어 님, 오늘도 기운이 넘치시네!

"외교 문제를 들먹인 건 네가 먼저잖아?!"

"그야 허풍인 게 당연하잖아요. 겨우 그 정도도 모르니까 당신 머리가 장식품이라는 소리를 듣는 거예요."

클레어 님은 마법 지팡이를 꺼내서 오토에게 들이밀었다. 아니, 오히려 허풍은 아무 문제도 없을 거라는 클레어 님의 말이겠지만. 아무리 학생끼리라고는 해도, 사망자라도 나왔다가는 큰일이 나겠지.

"참고로 저는 장식일지는 몰라도, 마법 적성은 화속성 높음 적성이에요. 조금 아플지도 모르겠지만 그건 용서해 주시겠어요?"

"그, 그만둬……!"

"자, 잠깐 기다려 주세요!"

겁을 집어먹은 오토의 면상을 향해, 클레어 님이 지팡이를 휘두르려고 했던 바로 그때, 필리네가 클레어 님의 팔을 붙잡았다.

"뭔가요?"

"이제 그쯤에서, 부디……!"

"괜찮나요? 당신도 꽤나 저 사람한테 호되게 당했을 텐데요."

"오토는…… 난폭한 부분도 있지만 뿌리까지 나쁜 사람은 아니에요. 오늘은 조금, 평소보다 예민했을 뿐이라……."

필리네는 열심히 호소했다. 그 눈에는 눈물이 맺혀있었다. 분명 클레어 님이 무서운 거겠지. 나는 화내는 클레어 님도 정말로 좋아하지만, 진심으로 화내는 클레어 님을 처음 보는 사람들은 거의 대부분 겁을 먹는다. 실제로 우리 주변의 제국 학생들은 가까이 다가올 생각도 못 하고 있었다.

"좋아요. 여기선 당신을 봐서 넘어가겠어요. 조금 과격한 자기소개가 되어버렸네요. 여러분, 평안하시길."

그 말만 남기고, 클레어 님은 가방을 챙겨서 교실을 나갔다.

"……빌어먹을……."

"오토……, 지금 치료를……."

"필요 없어!"

치료 마법을 걸려고 하는 필리네를 뿌리치고서 오토도 교실 밖으로 나갔다. 나는 그런 자초지종을 가만히 지켜보았다.

"저, 저기, 레이 선생님. 클레어 선생님은…… 저렇게 무서운 분이셨어……?"

"응? 어디가?"

"어디라니……."

리니가 힐 말을 잃었다. 어, 나는 오랜만에 좋은 구경을 했다는 생각밖에 안 드는데.

"클레어 님은 뭐, 화내면 무섭지만 그래도 평소엔 아무렇지도 않은데? 오히려 너무 사랑스러워."

“그, 그렇지만…….”
“예를 들면, 저기 봐봐.”
나는 교실 문 쪽을 손가락으로 가리켰다. 그러자 클레어 님이 몹시 겸연쩍은 표정으로 교실로 되돌아왔다.
“무, 무슨 일이야 클레어……?”
“아직도 뭔가……?”
겁먹은 채로 물어보는 제국 학생들. 그리고 클레어 님의 대답은,
“……아직 수업이 남아 있다는 걸 깜빡했어요.”
어이쿠, 부끄러워라. 귀여워.

편입 첫날부터 어수선한 하루를 보냈지만, 그 후로는 순탄하게 국학관에서의 학교생활이 시작됐다. 여전히 강의는 난이도도 높고 진도도 빨랐지만 클레어 님은 타고난 두뇌로, 나는 원작 지식을 기반으로 큰 어려움 없이 수업을 따라갈 수 있었다. 그러나 다른 편입생들은 온갖 고통을 다 겪고 있는 모양이었다.
국학관은 왕립학교와 다르게 기숙사제가 아니다. 학생들은 다들 자기 집에서 학교로 통학하고 있다. 지방 출신 학생 중에는 하숙집에서 지내며 통학하는 학생도 있는데, 거기에 드는 집세와 생활비는 제국에서 보조금을 지급하고 있다고 한다.
등교 시간은 아침 9시까지라서 왕립학교보다 여유가 있다. 다만 그건 일반학생들한테만 해당하는 이야기다.

“자, 메이도 알레어도 어서 빨리 갈아입으세요. 유치원에 갈 시간이에요.”

“클레어 님, 오늘은 악기연주 시간이 있는 거 같으니 이것도.”

“아직 밥 다 안 먹었어~.”

“아직 졸린 거예요~.”

우리들의 아침은 날마다 전쟁터나 마찬가지다. 아이들이 등교할 준비를 챙겨주고, 국학관 유치부까지 데려다줘야 하기 때문이다. 아침밥을 만들고, 양치도 시켜주고, 옷도 갈아입혀 준 다음, 유치원까지 데려다주고 나면 이미 우리들의 등교 시간은 아슬아슬하다. 정작 우리는 아침밥도 챙겨 먹지 못할 때도 많다.

아무튼, 그렇게 허둥지둥 바쁜 아침을 마치고 등교하면 8시 30분에서 딱 9시쯤. 클레어 님과 내가 교실에 도착할 때면 이미 반 친구들은 거의 다 모여 있는 경우가 대부분이다.

“레이 선생님 늦어~ 클레어 선생님도 좋은 아침~.”

“좋은 아침, 라나.”

“좋은 아침이에요, 라나. 하지만 선생님이라는 호칭은 이제 됐어요. 우리들은 이제 라나의 선생님이 아니라 같은 동급생이니까요.”

“그러네요. 애초에 나이도 거의 비슷하니까요.”

“으~.”

우리의 말에, 라나는 불만스러운 표정이었다.

“그렇지만 나는 선생님들을 존경하고 있는걸. 선생님은 선생님이야, 역시.”

"……뭐, 좋을 대로 하세요."

뭔 소린지 잘 모르겠는 라나는 일단 방치.

"이브도 안녕."

"……안녕하세요."

이브한테 인사했더니 일단 대답이 돌아오기는 했지만, 이브는 즉시 고개를 돌려 버렸다. 여전히 미움받고 있구나.

"잠깐만요 이브, 그 태도는 뭔가요. 존경을 표하라고는 말하지 않겠지만 최소한의 예의라는 게 있잖아요."

"……죄송합니다."

예의범절에는 까다로운 클레어 님이 이브의 태도에 혼을 냈지만, 이브는 마음이 담기지 않은 사과만 입에 담을 뿐 태도를 고칠 생각은 없어 보였다.

"자자, 클레어 님. 어쩐지 이브는 저에 대해 오해를 하고 있는 모양이라서요."

"오해?"

"이브, 다음에 잠깐 이야기 좀 할까? 분명 우리 서로 오해가 있을 거라고 생각해."

바우어에 있을 때는 결국 이야기할 찬스를 만들지 못했기 때문에, 아직 나는 이브의 오해를 풀지 못했다. 이건 좋은 기회다 싶어서 서로 이야기할 기회를 갖자는 제안을 했지만,

"오해의 여지 같은 건 없어요."

냉담한 태도로 말하고선 이브는 휙, 하고 고개를 돌려버렸다. 어디 말을 붙여볼 틈조차 없다.

(이거야 만만치 않겠네.)

최악의 경우에는 이대로 미움받는 것도 어쩔 수 없다고 생각하지만, 오해를 남긴 채로 그렇게 되는 건 안타까운 일이다. 어떻게든 마주 보고 대화할 기회를 얻을 수 있었으면 좋겠는데.

"……좋은 아침."

"어머, 요엘. 좋은 아침이에요."

요엘도 작은 목소리로 아침 인사를 했다. 요엘은 얼굴이 무서운 편이지만, 사실은 그렇게까지 무서운 사람이 아니라는 사실을 클레어 님도 나도 잘 알고 있다. 요엘은 우리에게 같은 동급생을 상대하는 말투로 바꿔서 말하고 있는데, 나는 오히려 그쪽이 대하기 편하다.

"매일 아침 고생이 많아 보이네. 아이들이 있으면 역시 아침이 바쁜가."

"그야, 쉽지는 않네. 하지만 하루하루가 자극적이야."

"……잘 이해가 가질 않는데."

뭐, 이거야 사람마다 제각각일 테니까.

수업이 시작되는 건 9시 반, 그 후로 한 시간 반 동안 수업이 이어진다. 이미 말했지만 수업 내용은 난이도도 높고 진도도 빠르다. 실제로 강의를 들어본 느낌으로는, 반에서 상위권 학생들에게 맞춘 내용과 진도로 강의가 진행되고 있는 것 같았다. 이런 점은 철저한 능력주의 정책을 실시하고 있는 제국답구나 싶었다.

조금 의외였던 부분은 오토에 대해서였다.

"그럼 이 문제를…… 오토, 대답해 봐라."
"앙? 그딴 시시한 문제는 다른 녀석한테 시키라고."
"평가를 떨어트리고 싶은가 보지?"
"칫……."
교사한테 지명된 오토는 혀를 한번 차더니 일어나서 칠판 앞으로 성큼성큼 걸어갔다. 칠판에 쓰인 수학 문제를 한번 슬쩍 보더니, 거침없이 정답을 적었다.
"이걸로 됐겠지."
"좋아. 오토, 너는 타고난 머리는 좋으니까 강의 태도만 좀 고치도록."
"쓸데없는 참견이야."
오토는 주머니에 손을 쑤셔 넣은 채로 자리로 돌아갔다. 그렇다, 오토는 문제 학생이기는 했지만 열등생은 아니었다. 요 며칠간 관찰한 결과로는 오히려 성적이 좋은 편이었다. 강의 중에도 껄렁한 태도였지만 수업은 제대로 듣고 있는 데다 지목받은 질문에 대답할 때도 전부 정답이었다. 첫날 있었던 일로 이상한 인상이 붙기는 했지만, 제법 우수한 모양이다.
레보릴리에서 오토라는 등장인물은 등장하지 않았다. 그래서 소위 말하는 엑스트라 캐릭터라고 생각하고 있었는데 꽤나 독특한 캐릭터를 가진 학생이다.
오전 수업을 마치고 나면 거의 정오다. 국학관에는 식당도 있지만 그다지 인기가 없어서 대부분의 학생들은 도시락을 지참해 온다. 여기에 관련된 사정은 또 다음 기회에 이야기할 일이 있겠지.

어쨌든 클레어 님도 나도 도시락이다. 어차피 메이랑 알레어 도시락도 만들어야 하기 때문에 그다지 수고가 많이 드는 일은 아니지만, 매일매일 식단을 짜는 건 쉽지 않았다. 스마트폰이랑 요리 레시피 사이트가 그립기만 하다.

"필리네 님, 함께 점심을 드시지 않으시겠어요?"

"아……, 저기……."

클레어 님이 필리네에게 말을 걸었다. 필리네는 아무래도 외톨이인지, 거의 언제나 혼자서 도시락을 먹고 있다. 클레어 님도 나도 필리네와 접촉할 기회를 호시탐탐 살피고 있었기 때문에 이건 좋은 찬스다 싶었는데,

"저, 저는…… 실례할게요!"

필리네는 겁을 먹었는지 도망쳐버리고 말았다. 책상 위에 도시락도 그냥 내버려 두고서.

"……그녀가 내성적인 성격이라는 건 레이한테 이미 듣기는 했지만, 이 정도예요?"

"으—음……. 어쩐지 더 악화됐네요."

분명 레보릴리에서는 다른 공략대상 여자애랑 함께 도시락을 먹는 장면도 있었다. 이 정도로 극적인 반응을 보여주는 데에는 뭔가 다른 이유가 있는 거 아닐까.

"혹시, 첫날 있었던 그거 때문일까요?"

"그거라니, 어떤 건가요."

"에이 클레어 님도 참, 첫날에 오토랑 한바탕하셨잖아요."

"아아……. 하지만 군이 말하면 저는 필리네를 도와주려고 했었는데요?"

클레어 님이 불만스러운 표정을 지었다.

"네, 그건 그녀도 잘 알고 있을 거라고 생각하지만, 그 사실은 제쳐두고서라도 그때의 클레어 님은 정말 찬란하게 빛나——가 아니라 조금 무서웠으니까요."

"지금 고쳐서 말할 방향이 잘못된 거 아니에요?"

엇차 이러면 안 되지. 내가 느낀 감각대로 말해버렸다.

"하지만 만약 그렇다면 곤란하게 됐네요. 우리들의 1차 목표는 그녀와 친해지는 거잖아요?"

"그러네요. 뭐, 초조해져봤자 소용없습니다. 차근차근 공략해보도록 하죠."

"그러니까 그 공략이라는 단어는 쓰지 말아 주세요."

점심시간이 끝나기까지 약 30분 남았다. 점심시간이 끝나면 다시 한 시간 반짜리 강의가 두 개 있다. 모든 수업이 다 끝나면 대충 6시쯤이다. 강의를 마치고 나면 클레어 님은 유치원으로 가서 메이랑 알레어를 데리고 오고, 나는 도중에 장을 보고서 바우어 유학단 기숙사로 돌아온 다음 그대로 식사 준비를 시작한다. 그 후의 시간은 바우어에 있을 때랑 크게 다르지 않다. 아이들과 놀아주거나 목욕을 마친 후 잠자리에 들 뿐이다.

"제국에서의 생활도 점점 익숙해지기 시작했네요."

"네에. 하지만 제일 중요한 필리네와의 접촉이 쉽지 않아요."

"뭐, 그것도 차차. 그나저나 클레어 님?"

"뭔가요?"

불을 끈 방 안에서 클레어 님이 내 쪽을 바라보고 있는 걸 알 수 있었다.

"오랜만에…… 어떠신가요?"

"정말이지…… 어쩔 수 없는 사람이네요. 이리 오세요."

그런 식으로 밤이 점점 깊어가고 있었다.

"저기……, 점심 함께 먹어도 괜찮을까요?"

어느 날 점심시간, 드물게도 혼자서 점심을 먹고 있었던 나한테 걸려온 목소리가 있었다. 고개를 들자, 거기에는 주뼛거리는 한 사람의 소녀가 있었다. 필리네였다. 별일이다. 그 소심한 필리네가 먼저 권유를 해올 줄이야.

"네, 물론이죠."

"감사합니다."

필리네는 앞자리 책상을 빌려서 내 책상에 붙인 다음 자기 도시락을 펼쳐서 먹기 시작했다. 그녀의 도시락은 십중팔구 황실의 요리 담당이 만들어준 거겠지. 작은 도시락통 안에는 음식들이 보기 좋게 담겨있었다.

"필리네 님의 도시락, 아주 맛있어 보이네요."

"에……? 아, 그런가요? 저기……, 고맙습니다?"

필리네는 곤혹스러운 모양이다. 대화 자체가 그다지 익숙하지 않아보였다.

"그 완자 하나만 먹어도 될까요?"

"아, 네……. 이런 거라도 괜찮으시다면야 얼마든지."

"감사히 받겠습니다."

나는 필리네의 도시락에서 메추리알 크기의 완자 하나를 집었다. ……생각보다 별로 맛이 없다. 제국의 식사 사정에는 조금 문제가 있다. 하지만 그렇다고 여기서 괜히 불평을 토할 생각은 없었다.

"맛있네요."

"그런가요, 다행이네요."

"완자의 답례로, 필리네 님이 물어보고 싶으신 게 있다면 뭐든지 대답해 드리겠습니다."

"넷……?"

필리네는 깜짝 놀란 표정이었다. 어떻게 알았냐는 심정이 표정에 그대로 나타나 있었다.

"필리네 님이 먼저 이렇게 일부러 말을 걸어주셨다는 건, 뭔가 하고 싶은 이야기가 있으신 거죠?"

"저기…… 그게……. 네……."

필리네는 우물쭈물 망설이고 있었다. 그 얼굴에선 어쩐지 죄책감도 엿보였다. 어떻게 된 걸까?

"클레어에 대해 가르쳐 주셨으면 해요."

"클레어 님?"

"네, 네에……."

클레어 님은 지금 옆 반의 레네를 만나러 갔다. 레네를 정말 좋아하는 클레어 님이니 사실은 좀 더 빈번하게 교류를 가지고 싶었겠지만, 클레어 님도 레네도 각자 국가의 외교적 사명을 짊어지고 여기에 왔으니만큼 여유롭게 있을 수만도 없다. 오늘은 드물게도 둘 다 시간이 맞은 모양이라 둘만의 시간을 보내고 있는 것 같다.

"제가 대답해 드릴 수 있는 거라면 얼마든지. 하지만 본인에게 직접 물어보는 건 어때요?"

"저기……, 클레어는…… 아직 조금, 무서워서……."

아아, 역시 첫날의 그 사건의 영향이 있는 건가. 나는 일단 이야기를 경청할 자세를 잡았다.

"그래서 어떤 이야기를 물어보고 싶으신가요?"

"저기……, 그러네요. 예를 들면 클레어는 어째서 혁명이라는 엄청난 일을 일으켰던 건가, 라든가."

여전히 머뭇거리는 태도로 필리네가 물었다. 클레어 님을 무서워하면서도 역시나 신경이 쓰였던 모양이다.

"혁명인가요. 저기, 일단 먼저 오해부터 풀고 싶습니다만 혁명을 일으킨 건 클레어 님이 아닙니다."

"네……? 하지만 클레어는 혁명의 영웅이라고 불리고 있잖아요?"

필리네는 의외라는 표정이다.

"분명 클레어 님은 혁명에서 가장 중요한 역할을 수행했습니다. 하지만 혁명 그 자체를 일으킨 주체는 다른 누군가가 아닌 바우어의 시민들입니다. 그 부분은 착각하지 말아 주세요."
"네, 네에……."
필리네는 납득이 간 듯, 납득이 안간 듯, 미묘한 표정이었다.
"그러면 질문을 바꿀게요. 클레어는 어째서 혁명에 가담한 건가요? 원래 클레어도 구체제에 속해있던 사람이잖아요? 왕국의 귀족, 그것도 상당히 고위 귀족이었죠?"
"그 질문에 대답해 드리는 건 상당히 어려운 일이지만, 한마디로 말하면 클레어 님이 귀족이었기 때문이죠."
"잘 모르겠어요."
필리네가 고개를 갸웃거렸다. 음, 귀엽네.
"클레어 님도 처음부터 혁명이라는 행동을 이해하거나 받아들였던 건 아닙니다. 처음에는 오히려 혁명 따위 터무니없는 짓이라는 입장이었습니다."
"……그랬는데 어째서 그렇게 됐죠?"
"클레어 님이 처음으로 귀족과 평민이라는 이분법에 의문을 품기 시작했던 건 한 사건이 계기가 되었습니다."
나는 유클레드에서 일어났던 유령선 사건에 대해서 이야기했다. 가족을 인질로 잡혔던 루이가 클레어 님과 나를 노리고 일으켰던, 그 슬픈 사건에 대해서.
"그런 일이……."
"그 사건으로 클레어 님은 처음으로 빈곤이라는 현실의 생생한 실태를 알게 됐습니다. 그리고 귀족으로서 이걸 그대로 내버려 둘 수는 없다, 그렇게 생각하게 됐던 겁니다."

그 후로 클레어 님은 빈곤을 해결하기 위해서는 어떻게 해야 할지를 고민하기 시작했다. 그리고 바우어의 귀족제도가 빈곤 문제와 밀접하게 연결되어 있다는 모순에 고뇌했다.

"클레어 님은 백성들에 대해서 깊이 고민하고 있었습니다. 귀족과 민중들의 사이에 있는 빈부 격차를 바로잡기 위해서는 어떻게 해야 할까, 자신이 할 수 있는 일은 무엇인가를 필사적으로 찾았습니다."

"……자신이 할 수 있는 일."

그 말이 필리네에게 뭔가 특별한 감개를 불러일으킨 모양이다. 그녀는 생각에 잠긴 것처럼 보였다.

"그다음은 시대의 흐름도 있었네요. 클레어 님은 부정 귀족의 적발로 공적을 세워서 민중의 지지를 얻었습니다. 샷살 화산의 분화가 일어난 후, 악화한 국정 상황을 그냥 넘기지 않고 언제나 평민들의 편에서 함께했습니다."

그 결과가 혁명입니다. 그 말로 설명을 마무리 지었다. 군데군데 생략한 부분도 있고, 모든 사실을 말하지는 않았지만 분명 거짓말은 하지 않았다.

"클레어는…… 강한 사람이네요."

"그 의견에는 저도 전면적으로 동감입니다만 클레어 님 혼자서는 분명 이겨낼 수 없었겠죠."

"그런 건가요?"

"네. 클레어 님은 유능한 분이지만 뭐든지 전부 혼자서 해낼 수는 없습니다. 많은 사람의 조력을 얻어서 오늘날까지 살아올 수 있었습니다."

만약에 클레어 님 혼자뿐이었다면, 그 공개 처형을 극복할 수 없었을 게 분명하다. 클레어 님은 지금쯤 부패 귀족의 상징으로서 단죄당하고, 역사의 오명을 뒤집어쓴 채로 있었겠지.

"뭔가를 성취해내려고 한다면 먼저 동료를 늘리는 게 중요하다고 생각합니다."

"동료……."

"혹시 필리네 님이 제국의 현 상황에 대해서 뭔가 생각하고 계시는 게 있다면 클레어 님도 저도 협력을 아끼지 않겠습니다."

"!"

내 말에 필리네의 표정이 딱딱하게 굳어버렸다. 너무 깊숙이 발을 디뎠던 걸까.

"저, 저는, 조금 배가 아파져서, 이만 실례하겠습니다!"

"아, 필리네 님……."

"그럼 이만!"

가버렸다. 제법 좋은 분위기로 대화를 나눴는데 말이지. 조금 조바심을 냈던 걸지도 모른다. 반성하자.

하지만 클레어 님에 대해 가르쳐 줄 수 있었던 건 다행이다. 적어도 무섭기만 한 사람이라는 이미지는 옅어졌을 게 분명하다. 이걸로 다음엔 본인들끼리 직접 대화를 나눌 기회가 있다면 좋을 텐데.

"무슨 일 있었나요? 필리네가 엄청난 기세로 교실을 나가버렸는데요."

필리네와 교대하듯이 클레어 님이 다가왔다.
“함께 점심을 먹었습니다. 클레어 님에 관해서 물어봤어요. 이건 좋은 조짐입니다.”
“저에 대해?”
“네.”
나는 무슨 일이 있었는지 클레어 님에게 설명했다.
“그래요…….”
“필리네도 제국에 대해 뭔가 생각하는 바가 있는 게 분명합니다. 그녀가 품고 있는 문제의식을 키워내고 싶네요.”
“그러네요. 우리들에게는 제국을 농락하려는 속셈이 있기는 하지만요.”
“그건 어쩔 수 없습니다.”
외교는 깨끗한 일만으로 이루어지지 않는다.
“클레어 님, 점심은?”
“레네와 함께 먹었어요. 플라텔의 최신 요리를 대접받았어요.”
“헤에, 어떤 요리인가요?”
“레이에게는 비밀로 해달라는 말을 들었어요. 이미 아는 요리라는 소리를 들으면 좌절할 거라는데요.”
“아하하…….”
지금까지 너무 많이 놀렸던 걸까.
“레이도 어서 마저 먹도록 하세요. 이제 곧 오후 수업 종이 울릴 거예요.”
“그러네요.”

나는 맹렬한 기세로 도시락을 먹기 시작했다. 조금 품위가 없긴 하지만 뱃가죽이 등에 붙기 직전이다.

"그건 그렇고……. 필리네는 지금 누구의 공략 루트에 있는 걸까요?"

그렇다, 그건 정말로 중요한 점이다.

레보릴리에는 3명의 공략대상이 등장한다.

먼저 첫 번째는 앞서 만난 적 있는 제국 황제 도로테아다. 주인공인 필리네 입장에선 친어머니에 해당하는 인물이지만, 모녀 간의 금단의 사랑이라는 게 이 루트의 매력 포인트였다. 내가 직접 도로테아를 만나보니 저 도로테아랑 연애라니 고생길이 훤해 보였지만, 뭐 그래도 플레이어들 사이에서는 꽤 인기가 있었다.

도로테아도 방약무인한 성격이라서 클레어 님에게 홀딱 빠진 나의 심금을 울리는 인물 아닐까 생각했는데, 실제로 만나보니 내 마음은 미동도 없었다. 내 마음속에선 클레어 님과 도로테아의 사이에 명확한 차이가 있다. 도로테아는 내 취향이 아니다.

두 번째는 제국의 관료인 힐데가르트 아이히로트다. 제국의 여성 관료인 그녀는 자신의 성공을 위해서 필리네를 이용하려는 속셈으로 접근해 오는 야심가다. 힐데가르트 루트는 야심과 타산으로 가득 찬 관계로 시작해서, 진정한 사랑으로 관계성이 변화하는 게 이 루트의 매력 포인트라서, 나는 힐데가르트 시나리오가 싫지 않았다. 그녀와는 아직 만나보지 못했지만 머지않아 만날 기회가 있겠지.

그리고 마지막 한 명, 세 번째는 국학관 학생인 프리데린데 아이마다. 그녀가 지금, 눈앞에 있다. 밤색 머리카락과 다갈색 눈동자를 가진 여성이다.

"Hi, 레이. 좋은 아침이에Yo."

"좋은 아침, 프리데린데."

"논논, 저를 그냥 프리다라고 불러주세Yo."

"알겠어요, 프리다."

이 엄청나게 특징적인 억양을 구사하는 여자아이가 바로 프리데린데—— 애칭으로 프리다다. 이름만 보면 전형적인 제국 사람이지만, 그녀는 우리와 마찬가지로 타국 출신이다.

현재 시각은 아침, 장소는 국학관 교실이다. 오늘 아침은 메이랑 알레어가 정말로 말을 잘 들어준 덕분에 꽤나 빨리 등교할 수 있었다.

"Oh, 레이도 클레어도 오늘도 정말로 아름다운 겁니다. 제 눈이 호강하네Yo."

"칭찬 고마워요. 예쁘게 낳아주신 어머님 덕분이네요."

"고마워……."

프리다가 누가 봐도 아부에 불과한 말을 입에 담았다. 클레어님은 대범한 태도로 흘려 넘겼지만, 나로선 좀 거북하다. 아니 그보다, 만나자마자 갑자기 남의 외모를 언급하는 사람은 좀 그렇지 않나.

이미 보면 충분히 알 거라고 생각하지만, 프리다는 조금 껄렁한 면이 있다. 여자아이를 정말 좋아하며 머릿속은 연애로만 꽉 차 있고, 틈만 나면 아무한테나 작업을 걸고 있다. 게임 속 공략 대상으로서 봤을 때야 뭐 괜찮았지만, 실제 인물로서 만나보자 꽤나 버겁다.

"두 분 다, 오늘 밤의 예정은 있습니까? 시간이 있다면 저랑 함께 디너라도 어떠합니까?"

"권유해줘서 고마워요. 하지만 유감스럽게도 저도 레이도 아이들을 돌봐야 해서요."

"What?! 두 분은 이미 결혼하셨음이 있습니까?! 그 나이에 벌써 아이가?!"

"네에, 피는 이어지지 않았지만요."

그러고 보니 아직 반 친구들한테 메이랑 알레어에 대해서 얘기한 적이 없었다.

"Wonderful! 분명 두 사람의 아이라면 엄청 예쁜 아이들이겠Jyo!"

"아니, 그러니까 피는 이어지지 않았다니까요."

"논논, 설령 피는 이어지지 않았더라도 아이는 부모를 닮는 법입니Da. 어떻습니까, 아이들까지도 함께 디너를 하는 건?"

"아뇨, 사양할게요."

나는 프리다가 우리 애들한테 다가오게 두고 싶지 않았다. 프리다 시나리오는 상당히 독특한데, 소위 말하는 얀데레 루트다.

프리다는 밝고 명랑해 보이지만 지금까지의 인생역정은 파란

만장하다. 원래 그녀는 조국에서는 왕가의 딸이었다. 그녀의 조국인 메리카는 마지막까지 제국에 저항했고, 그 결과 속국화가 아니라 멸망해버리고 말았다. 프리다는 조국의 멸망에 마음 깊이 한을 품고 있어서, 필리네를 향해 몹시도 복잡한 감정을 품게 된다.

프리다 시나리오 속 여러 베드엔딩들은 굉장히 무섭기로 유명하다. 그런 사람을 우리 딸들에게 가까이 접근하게 두고 싶지 않다.

"Oh, 유감입니다. 그렇다면 그건 또 다음 기회겠네Yo. 두 분은 이제 제국에는 익숙해지셨습니까?"

프리다는 끈질기게 물고 늘어지지 않고 깔끔하게 화제를 바꾸더니, 이번에는 우리들을 배려하는 것처럼 말했다. 얀데레 캐릭터이긴 하지만 평범하게 대할 때는 좋은 사람이다.

"네에, 제법요. 생각했던 것보다 살기 좋은 나라네요. 제국은."

클레어 님이 자신이 느낀 소감을 그대로 입에 담았다. 그 대답에 프리다는 한순간, 알아채기 힘들 정도로 살짝 표정이 굳었다. 금방 웃음으로 치장된 가면을 다시금 뒤집어썼지만, 나는 그 표정을 놓치지 않았다. 클레어 님은 전혀 눈치채지 못한 모양이다. 얀데레는 업보가 깊다.

"예쓰, 제국은 베리베리 살기 좋은 나라네Yo. 바우어도 베리 좋은 나라라고 들었지만 제국도 정말로 좋은 나라예Yo."

밝게 웃으면서 프리다는 친근한 태도로 클레어 님의 어깨를 두드렸다.

“프리다, 클레어 님은 제 거니까 그렇게 거리낌 없이 만지지 말아주세요.”

“Oh, 이건 쏘리입니다. 하지만 이 정도쯤은 친구끼리의 스킨십 아닌가Yo?”

“그 말이 맞아요, 레이. 당신은 너무 과민 반응이에요.”

“레이는 독점욕이 강하군Yo. 상대를 너무 속박하는 건 노 굿인데Yo?”

너한테서 만큼은 듣고 싶지 않아.

“Oh, 필리네! 좋은 아침이에Yo!”

“아, 안녕하세요…….”

드물게도 필리네가 우리들보다 늦게 등교했다. 기분 탓일까 어쩐지 기운이 없다. 그러고 보니, 그녀는 저혈압이었던가. 프리다의 높은 텐션에 압도당한 것처럼도 보인다.

“필리네, 당신은 오늘도 아름답네Yo. 제 눈이 호강합니Da.”

저 대사, 만나는 여자마다 전부 써먹는 거겠지.

“가, 감사합니다…….”

필리네는 쩔쩔매고 있었다. 불쌍하게도. 프리다의 타겟이 필리네로 옮겨갔기 때문에 나는 이제야 겨우 한숨 돌릴 수 있었다.

“도로테아도 그렇고, 프리다도 그렇고, 그 공략대상이라는 사람들은 누구 하나 쉽게 풀릴 거 같지 않은 사람들뿐이네요.”

“네. 공략대상이라는 건 캐릭터가 독특하지 않으면 안 되거든요.”

하지만 그걸 감안하더라도 레보릴리의 등장인물들은 몹시도 개성적이다. 실제로 레보릴리의 캐릭터에 대한 평가는 호불호가 뚜렷했다. 좀 더 평범한 캐릭터가 있었으면 했다든가, 왕도적 캐릭터가 없다든가, 그런 의견이 많았다. 그럼에도 레보릴리가 명작이라고 불릴 수 있었던 이유는 시나리오가 좋고, 혁명 루트의 완성도가 훌륭했기 때문이다.

"그래서, 우리들이 목표로 하는 건 혁명 루트로 괜찮은 건가요?"

"네."

혁명 루트로 진입하는 조건은 여러 가지가 있지만, 먼저 최저한의 조건으로서 특정 캐릭터의 개별 루트에 진입하지 않아야 한다는 점을 꼽을 수 있다. 지금은 5월이니까, 개별 루트 분기점은 아직 멀었다. 그렇지만 일단 현시점에서 필리네의 호감도를 체크해두고 싶다.

"어떻게 확인할 수 있나요?"

"**그녀**에게 물어보겠습니다. 아나, 잠깐 얘기 좀 나눌 수 있을까?"

나는 필리네 뒷자리에 앉아있는 붉은 머리카락을 가진 여자아이에게 말을 걸었다.

"아, 레이. 안녕."

"안녕. 잠깐 물어보고 싶은 게 있는데."

"뭔데?"

"응, 필리네 님에 대해서 말인데."

"필리네?"

내가 꺼낸 말에, 고개를 갸웃거렸다.

"아나는 필리네 님이랑 친하잖아?"

"응, 뭐 그렇지."

"지금 혹시 필리네 님이 누구 좋아하는 사람 있어?"

"어? 연애 이야기?"

아나의 태도가 적극적으로 바뀌었다. 이 아나라는 아이는 Revolution으로 치면 미샤에 해당하는 캐릭터―― 즉, 주인공의 친구 포지션이다. 그녀한테서 여러 가지 정보를 얻을 수 있는데, 특히 중요한 정보가 공략대상의 호감도 정보다.

"그러네. 아마 지금으로선 콕 집어 이 사람이다 싶은 사람은 없다고 생각해."

"그래? 그럼 가장 사이가 좋아 보이는 사람은?"

"역시 프리다 아닐까나. 프리다가 일방적으로 호감을 나타낸다는 느낌이기는 하지만 소극적인 필리네가 이야기를 나누는 몇 안 되는 사람이니까."

흐음, 프리다인가.

"도로테아 님이랑은 어때?"

"폐하? 폐하는……으—음. 조금 잘 풀리지 않는 모양이야. 어쩐지 응어리가 있는 거 같아."

도로테아와는 아직 멀었나.

"그렇구나? 힐데가르트 님이랑은 어때?"

"응? 레이는 힐데가르트 님이랑 면식이 있었던가?"

“면식은 없지만 어쩐지 필리네 님한테 관심을 보이고 있다는 소문을 들어서 말이야.”

“아 그렇구나. 힐데가르트 님이랑은…… 뭐, 평범하지 않을까? 일방적으로 호감을 나타낸다는 점에선 프리다도 마찬가지지만, 힐데가르트 님은 조금 무서운 모양이야.”

“흐음—?”

정리하자만, 프리다 〉 힐데가르트 〉 도로테아, 순서로 호감도가 높다는 뜻인가.

“아아, 그러고 보니 필리네가 더 큰 호감을 가지고 있는 사람이 있어.”

“누구?”

“클레어야.”

“뭐……라고……?”

잠깐만 기다려 줘.

“필리네 님, 클레어 님을 무서워하지 않았어?”

“응, 무서운 건 무서운 거지만 한편으로는 크게 흥미를 가지고 있는 거 같아. 봐봐, 필리네는 상냥하지만 소심한 아이잖아? 클레어 같은 타입에 동경을 품고 있거든.”

힐데가르트 님 같은 차가운 태도도 아니고 말이야, 아나가 그렇게 알려줬다.

이건 어쩐지 묘한 일이 되었는데. 주인공과 악역 영애가 서로 들러붙어서야 어쩌자는 거야.

아니, 내가 그런 소리를 할 자격은 없었다.

"뭐, 클레어한테는 레이가 있다는 걸 알고 있을 테니까, 연인 관계로 발전하고 싶다든가 그런 건 아니라고 생각해. 어디까지나 친구로서의 흥미인 거 아닐까나."

"흐—음……."

그렇다곤 하나, 경계해 둬서 나쁠 건 없다. 만에 하나라도 클레어 님 루트로 돌입이라도 했다가는 나와 피로 피를 씻는 전쟁을 벌여야 할 테니까. 아니, 그런 뒤숭숭한 일이 벌어지지는 않을 거라고 믿고 있지만.

"어쩐지, 묘한 일이 되어버렸네……."

"필리네 님, 잠깐 이야기라도——."

"죄, 죄송합니다! 저 지금 급해서!"

클레어 님이 친교를 다지려는 목적으로 말을 걸었지만 필리네는 눈길 하나 주지 않고 빠른 걸음으로 도망쳐버리고 말았다.

"벌써 몇 번째일까요……. 정말로 필리네는 저한테 흥미가 있는 거예요?"

"그 점은 틀림없다고 생각합니다만…… 이거 곤란하게 됐네요……."

현재 필리네의 호감도 1위가 클레어 님이라는 걸 알게 된 다음 날부터 우리들은 적극적으로 필리네에게 접근하려고 시도했다. 그런데 필리네는 계속해서 도망칠 뿐, 한 번도 붙잡히지 않았다. 우리로선 한시라도 빨리 필리네가 클레어 님에게 품은 공포심을 없애고 싶은데.

클레어 님은 넘겨주지 않을 거지만.

"뭔가 좋은 방법은 없으려나……."

"그러게 말이에요……."

클레어 님과 내가 서로 얼굴을 마주하고 있자니.

"Hey, 클레어, 레이! 어쩐지 기운 없어 보이는데 무슨 일인가Yo? 귀여운 얼굴이 엉망이잖아Yo."

시끄러운 녀석이 왔다.

"아, 프리다인가요. 아니 그게, 필리네 님과 사이가 좋아지려면 어떻게 해야 할지 고민하고 있었어요."

"Oh? 클레어는 필리네한테 러브입니까? 레이와는 파국을 맞이했나Yo?"

"그럴리가없잖아요한대때릴거예요."

"오, Oh……?"

앗, 나도 모르게 본심이.

"실례, 조금 품위 없는 소리를 해버렸습니다."

"Oh, 예스, 어쩐지 엄청난 매도를 당한 기분입니다만, 신경 쓰지 않도록 할게Yo."

프리다가 단순해서 다행이다. 사실 저건 꾸며낸 내숭이지만.

"농담은 이 정도로 해두고Yo, 두 사람은 필리네와 사이가 좋아지고 싶은 겁니까? 그렇다면 좋은 방법이 있습니Da."

"어떤 방법인가요?"

"괜찮다면 가르쳐주세요."

지금은 지푸라기라도 잡고 싶은 심정이다.

"간단한 거예Yo. 먹을 거로 낚는 겁니Da."

"필리네 님, 잠깐 괜찮을까요?"

"죄, 죄송합니다. 저 오늘도 조금 볼일이……."

방과 후, 오늘도 클레어 님의 권유를 뿌리치고서 돌아가려고 하는 필리네에게 내가 가방에서 **그것**을 꺼내 들며 말했다.

"자자, 그러지 말고 잠깐만 기다려 주세요. 괜찮으시다면 이거 좀 드셔보시겠어요?"

"?"

필리네의 발걸음이 우뚝 멈췄다. 시선은 내 손을 향해 고정되어 있었다.

"그, 그건…… 블루메의!"

"네, 초콜릿입니다."

내가 꺼내든 물건은 바우어에서 가져온 초콜릿이다. 블루메는 현재 바우어와 아파라치아에만 지점을 냈기 때문에 제국에는 아직 지점이 없다. 하지만 필리네도 일단은 황녀님이다. 제국 지점이 없어도 최신 유행품에 대한 정보에는 민감한 거겠지. 역시나 초콜릿을 알고 있는 모양이다.

"그, 그걸 저에게 주시는 건가요?"

"네에, 차라도 한잔 하지 않으시겠어요?"

"저녁때의 이 시간에는 식당도 비어있을 거라고 생각합니다. 함께 어떠세요?"

"저기…… 하지만……."

필리네는 망설이고 있었다. 이제 한 발짝 남았나.

"거기다가 이런 것도 있습니다."

나는 가방에서 초콜릿에 이어 하나를 더 꺼내 들었다.

"그건……?"

"블루메가 저번 달에 발표한 신작 디저트입니다. 라쿠간이라고 합니다."

"라쿠간?"

왕국을 떠나오면서 최신 레시피로 블루메에 제공한 게 바로 이 라쿠간이다. 라쿠간은 일본의 전통 화과자로, 아마 수학여행 기념 선물 같은 걸로 본 적 있는 사람도 있지 않을까. 여러 가지 색깔과 형태가 있는 달콤한 히가시── 즉, 화과자인데, 이런 종류의 과자는 제국에선 거의 찾아볼 수 없다.

재료나 만드는 법 자체는 의외로 단순하다. 먼저 재료는 슈거 파우더, 쌀가루, 물에 푼 식용색소. 슈거 파우더는 시판되는 설탕을 절구에 넣고 으깨서 만들었다. 쌀가루는 바우어에서도 쌀이 유통되고 있었던 덕분에 어떻게든 마련할 수 있었다. 문제는 식용색소였는데, 이건 코코아 파우더와 찻잎을 갈아 으깬 걸 대용품으로 삼았다.

만드는 방법은 슈거 파우더와 색소가루를 함께 섞고, 거기에 아주 살짝 물을 넣어서 풀어준다. 그다음 쌀가루를 넣고 다시

한번 섞은 뒤, 소쿠리로 체를 친다. 이때, 너무 시간이 걸리면 굳어버리기 때문에 되도록 빠르게. 걸러낸 가루를 나무로 만든 틀에 넣은 다음 꾹 눌러준다. 틀에서 빼낸 다음 하룻밤 동안 건조하면 완성이다.

식용색소의 색과 나무틀 모양만 바꿔주면 얼마든지 다양한 베리에이션을 만들어 낼 수 있기 때문에 눈으로도 즐길 수 있는 디저트다.

필리네는 흥미 깊게 라쿠간을 바라보았다.

“저기, 필리네 님. 잠깐 이야기를 나눌 뿐이니까요.”

“아, 알겠습니다…….”

필리네, 넌 내꺼야!

“하아~~~ 달콤~~~해…….”

달콤하게 녹아내리는 목소리를 내는 사람은 초콜릿을 맛본 필리네였다. 블루메에서 판매하는 초콜릿 중에는 당분을 적게 넣은 품목도 있었는데, 일부러 달콤한 걸로 가져온 게 정답이었다. 필리네가 맛본 초콜릿은 설탕을 듬뿍 넣은 아주 달콤한 초콜릿이다.

“이 라쿠간도 맛있어……. 고급스러운 단맛이네요…….”

라쿠간이 과연 잘 먹힐지 아닐지, 일말의 불안이 있었는데 아무래도 호평인 것 같다. 나는 가슴을 쓸어내렸다.

“마음에 드셨나요, 필리네 님?”

"네에, 정말로요! 이렇게 맛있는 디저트가 세상에 존재하고 있었다니……."

감동으로 눈을 반짝반짝 빛내는 필리네. 프리다의 말을 듣고서야 생각난 거지만 필리네는 먹보였다. 특히 달콤한 음식에는 사족을 못 써서, 그것 때문에 여러 가지 트러블을 일으키기도 하지만 뭐, 그 점에 대해선 또 다음에.

황녀라는 신분이니까 얼마든지 원하는 만큼 먹을 수 있을 거라고 생각할 수도 있겠지만, 도로테아가 달콤한 음식을 별로 좋아하지 않아서 딸인 필리네도 단것을 입에 댈 기회가 별로 없었다.

설마하니 달콤한 음식이 돌파구가 될 줄은 몰랐기 때문에 이번만큼은 프리다에게 감사해야겠다.

"후후, 다행이에요. 필리네 님도 달콤한 음식을 좋아하시네요. 저도 초콜릿이라면 사족을 못 쓴답니다."

"클레어도? 역시 그렇죠, 달콤한 음식이야말로 정의죠!"

"네에."

클레어 님, 처음으로 필리네와 제대로 된 이야기를 나누는 데 성공이다.

"이렇게 대화를 나눌 수 있어서 다행이에요. 아무래도 필리네 님은 저를 무서워하고 계시는 모양이었으니까."

"그, 그렇지는……!"

"아니었나요?"

"……죄송합니다. 조금 무서워하고 있었어요."

필리네는 솔직하게 인정했다.

"아뇨, 익숙한 일이에요. 저는 오해를 사기 쉬운 모양이라서."
"오해라고 해야 하나, 진심 빡침 모드가 된 클레어 님은 누가 봐도 무섭다고 생각하는데요?"
"레이는 입 좀 다무세요."
네엥.
"사실은 저도 클레어와 얘기를 나누고 싶었어요. 클레어는 어쩐지 어머님과 비슷해서……."
"도로테아 폐하와?"
필리네의 말에 클레어 님이 고개를 갸웃거렸다.
확실히 도로테아와 클레어 님 사이에는 공통된 부분이 있다. 확고한 자신의 심지를 가지고 있다는 점, 방약무인한 점, 그 밖에 성격이 사납다는 점도 닮았다. 다만, 나보고 말해보라고 한다면 도로테아보다도 클레어 님 쪽이 한층 더 어른스럽다. 다른 사람에게 표하는 경의나, 높은 뜻, 스스로를 다스리는 고결함 같은 건 도로테아에게 없는 것이다.
그래서 무슨 말이 하고 싶냐면 클레어 님이 엄청 대단하다는 말이다.
"도로테아 폐하와 비견될 수 있다는 건 영광이네요. 그러는 필리네 님은 도로테아 폐하와는 그다지 닮지 않으셨네요."
"……그런 말 자주 들어요."
아하하, 필리네가 힘없이 웃었다.
"저는 도저히 어머님처럼은 될 수 없어요. 저는 형제 중에 낙오자기도 하고."

"필리네 님……."

자조하는 필리네를 클레어 님이 동정 어린 눈으로 바라보았다.

"클레어, 어떻게 하면 당신처럼 될 수 있나요? 저, 좀 더 스스로에게 자신감을 가질 수 있게 되고 싶어요."

결심한 것처럼 말을 꺼낸 필리네의 표정엔 매달리는 듯 절박한 기색이 느껴졌다. 클레어 님은 필리네 님의 말을 듣고서 조금 생각에 잠기더니, 진지하게 입을 열었다.

"그러네요……. 어려운 일이기는 하지만 저는 조그만 성공을 하나하나 쌓아나가는 체험이 중요하다고 생각해요."

"작은 성공?"

"네에. 일단 뭐든 좋으니 자기가 좋아하는 일이나 잘하는 일을 해보는 거예요. 처음에는 실패할 때도 있겠지만 언젠가는 뭔가 결과를 남길 수 있을 거예요."

"……과연 그렇군요."

"그건 사소한 결과라도 상관없어요. 하나의 결과를 남긴다면 다시금 실패를 반복하면서 다음 일을. 그걸 계속 반복하다 보면 어느새 조금씩 자신감을 쌓아나갈 수 있을 거라고 생각해요."

"……."

필리네는 클레어 님의 말을 곱씹고 있었다. 그 모습을 관찰하면서, 클레어 님이 말을 이었다.

"시작부터 자신감을 가지고 있는 사람은 없는데다, 처음부터 엄청난 자신감을 갖게 되는 것도 아마 불가능할 거예요. 설령 가지고 있다고 해도 그건 그저 착각이겠죠."

"……확실히……."

필리네는 흐음흐음, 하고 고개를 끄덕였다.

"실패를 두려워하지 말고, 일단은 발을 내디뎌 본다. 뛰어들어 본다. 이야기는 그다음부터라고 생각해요."

"……저도 알 것 같은 기분이 들어요."

필리네는 크게 한번 고개를 끄덕이면서,

"저는 기가 약해요. 그러나 그걸 핑계 삼아 그저 아무것도 하지 않았어요. 아무것도 하지 않아서야 아무리 세월이 지나도 자신감이 붙을 리가 없겠죠."

"그러네요."

"……몹시 귀중한 이야기였어요. 고마워요, 클레어."

"아니요, 도움이 될 수 있었다니 저로서도 기뻐요."

필리네가 손을 내밀었다. 클레어 님은 그 손을 꼭 마주 잡았다.

"또 이야기 나눌 수 있을까요?"

"네에, 물론. 우리 친구가 되도록 해요. 필리네 님."

"네!"

이렇게 우리들은 필리네와 인연을 맺는데 성공했다.

막간 • 새장 속, 새의 지저귐. (필리네 나)

레이, 클레어와 헤어진 뒤 황성으로 귀가한 나는, 시종에게 짐을 맡기고 곧장 내 방으로 향했다.

나는 살짝 기분이 고양되어있었다. 클레어가 가르쳐 준 말이 아직도 내 가슴속에 남아있었기 때문이다. 이런 나 자신이라도, 뭔가 할 수 있는 일이 있는 게 아닐까. 그런 생각과 동시에 무언가가 달라질 거라는 예감이 들었다.

"이거 공주 전하. 평안하십니까."

"안녕, 힐다."

나에게 말을 건 사람은 여성이면서 제국의 관료를 역임하고 있는 힐데가르트 아이히로트였다. 은발에 붉은 눈동자를 가진 그녀는, 여성으로선 드물게도 외눈 안경을 쓰고 있었다. 차가운 인상을 주는 외모지만 사실은 상냥한 사람이다. 내가 기르는 고양이가 성안에서 미아가 되었을 때 나를 도와준 걸 계기로 이야기를 나누는 사이가 됐다.

"학관에서 돌아오시는 건가요."

"네에. 지금 막 돌아온 참이에요."

"수고하셨습니다. ……뭔가 좋은 일이라도 있으셨나요?"

"네? 제 표정에 드러났나요……?"

힐다의 말에 나는 양손으로 뺨을 감쌌다. 나도 모르게 얼굴이 풀어져 있었던 걸까.

"표정이라기보다는 분위기가 그래서요. 어쩐지 기뻐 보이셨습니다. 저는 언제나 필리네 님을 유심히 보고 있으니까요."

"그, 그래요……? 부끄러워요……."

이렇게 들떠있어선 안 된다고 마음을 다잡았다. 그럼에도 클레어한테 건네받은 '열기'가 아직도 가슴 안쪽에서 뜨겁게 타오르고 있는 것 같았다.

"무슨 일이 있으셨나요? 괜찮다면 여쭤보고 싶습니다."

"사실은――."

나는 힐다에게 오늘 있었던 일을 얘기했다. 귀한 과자를 선물받은 일. 클레어한테서 굉장히 좋은 이야기를 듣게 된 일. 그녀와 친구가 됐다는 사실. 분명 나는 누군가한테 이 얘기를 들려주고 싶었던 거겠지. 나 스스로도 웬일이라는 생각이 들 정도로 들뜬 목소리로 이야기했다.

"――그런 일이 있었어요. 이런 나라도 뭔가 할 수 있는 걸까."

"필리네 님, 한 가지만 말씀드려도 될까요?"

"?"

내가 이야기를 마치자 힐다가 굳은 목소리로 말했다. 나는 의아하게 생각했다.

"뭔가요?"

"그다지 그 사람들과 가까이 지내지 않는 편이 좋을 거라고 생각합니다."

"어, 어째서?"

나는 낭패감을 느꼈다. 모처럼 친구들이 생겼는데 가까이 지내지 말라니.

"그자들은 바우어의 인간. 섣불리 다가가는 건 위험합니다."

"위험하다니……. 클레어는 그런 사람이 아니에요."

"그럴지도 모릅니다. 하지만 그 클레어 프랑소와는 혁명의 영웅. 일개 학생이라고는 말할 수 없겠죠. 꿍꿍이속을 품고서 공주님께 접근했을 가능성도 있습니다."

그 지적에 뜨끔했다. 나 자신도 깜빡할 뻔했지만 나는 이 나라의 황녀. 악의를 품고서 다가오는 무리들이 적지 않다. 나는 그게 성가셔서 지금까지는 타인과 그다지 가까이 지내려고 하지 않았지만…….

"하지만 클레어는 달라요. 그녀는 정말 진지하게 제 얘기를 들어줬어요."

"그것도 이미 손해 득실을 따져본 다음일지도 모릅니다. 공주님의 약점을 잡고 이용하는 걸지도."

"!"

그 말에 나는 대답이 궁해졌다. 분명 나는 스스로에게 자신감이 없다. 클레어가 나한테 용기를 불어넣어 준 사실에 정말로 감사하고 있고 그녀와 좀 더 친해지고 싶다고 생각한다.

……그런 마음도, 내가 지금 이용당하고 있기 때문에 그런 걸까?

"공주님, 상담이라면 부디 저한테 털어놔 주십시오. 저라면 그자들과 다르게 위험성도 없습니다. 안전합니다."

힐다는 아주 살짝 눈꼬리가 풀어지면서 미소 지었다. 그러자 그녀의 차가운 미모가 부드럽게 달라졌다. 힐다는 나를 걱정해 주고 있는 거겠지.

"그러네요……. 네, 힐다에게도 상담하도록 할게요. 하지만 저는 클레어와 사이좋게 지내고 싶어요."

"사이좋게 지내는 건 좋은 일입니다. 외교적으로도 큰 의미가 있는 일이죠. 하지만 일선을 넘지 않는 편이 좋다고 생각합니다. 공주님을 위해서도, 이 나라를 위해서도."

나라를 위해서── 그 명분을 꺼내들면 나는 약해진다. 장식품인, 그저 존재할 뿐인 황녀라도 나는 황족의 일원이니까. 클레어와 이야기를 나누고 나서 들떴던 기분이 한순간에 가라앉았다.

"죄송합니다, 공주님. 공주님의 기분을 해칠만한 말씀을 드렸습니다. 하지만 공주님의 상냥한 마음에 상처가 갈만한 일이 생기면 저로선 견딜 수 없습니다."

"네에, 잘 알고 있어요, 힐다. 고마워요."

힐다로서도 이런 말을 꺼내고 싶지는 않았겠지. 그녀는 나를 위한 마음에 충고를 올린 거다.

"이해해 주셔서 감사합니다. 방까지 함께 가도록 하죠. 학관에서 무슨 일이 있었는지 꼭 듣고 싶습니다."

"아니에요, 힐다. 바쁜 당신의 시간을 뺏는 건 너무 미안한걸요. 혼자서도 갈 수 있어요."

"그런 건 신경써주시지 않아도……."

"조금 생각하고 싶은 것도 있으니까요. 그럼 또 봐요."

상냥한 힐다의 모처럼의 제안도 거절하고서 나는 내 방까지 빠른 발걸음으로 돌아왔다. 사용인들을 전부 물러가게 하면서 나 혼자 있게 해달라고 부탁했다. 교복도 갈아입지 않은 채로 침대위로 쓰러졌다.

"클레어……."

힐다의 따끔한 충고에도 불구하고 나는 좀 더 클레어와 얘기하고 싶었다. 좀 더, 좀 더 여러 가지 일들을—— 별거 아닌 이야기부터 깊은 이야기까지. 그녀에 대해서 알고 싶다고 생각한다. 예감이 들었기 때문이다.

"클레어라면 내 힘이 되어줄지도 몰라."

나도 황가의 일원. 나름대로 이 나라에 대해서 진지하게 생각하고 있다. 어머님은 굉장히 유능한 분이지만 과연 정말 지금 이대로도 괜찮은 걸까. 나 제국의 외교방침은 초 적극외교—— 아니, 침략외교다. 강대한 국력을 바탕으로 한 침략외교는 지금까지는 잘 이루어져 왔지만 앞으로도 그렇게 될 거라고는 장담할 수 없다.

나 제국은 지나치게 적을 만들고 있다. 바우어를 향한 국정 간섭의 실패는 3개국 연합이라는 반 제국 운동으로 이어지기 직전까지 갔다. 지금은 시간 벌이를 한 다음 군사력을 확충하고 있지만, 군비의 확충은 다른 예산을 압박하고 있다. 다른 지배지역을 향한 주의와 경계도 상대적으로 소홀히 하게 되겠지. 만약

반 제국 운동의 불길이 다른 나라들에까지 번진다면 나 제국은 적대 국가들에게 포위당하고 만다. 그렇게 된다면 아무리 나 제국이라도 상대할 수 없게 될 터.

"침략외교에는 한계가 있어……."

나 제국은 어느 시점에서 융화외교로 방향을 전환할 필요가 있다. 그 시점이란 딱 지금이 아닐까.

"하지만 어머님이 내 말에 귀를 기울여 주실 리가 없어."

어머님은 스스로의 신념을 굽히지 않는 분이다. 어지간한 일이 아니고서야 지금의 외교방침을 고치지 않고 유지하겠지. 분명 어머님에게는 어머님 나름대로의 생각이 있을 것이다. 그 생각을 흔드는 건 결코 쉬운 일이 아니다.

"내가 뭘 할 수 있을까……."

황녀라고는 하지만 내가 할 수 있는 일은 그다지 많지 않다. 힐다 같은 정치적인 재능도 없고 프리다처럼 사람을 끌어당기는 매력을 가진 것도 아니다. 그럼에도 이대로 가만히 있을 수는 없다고 생각한다.

"그런 일을 되풀이해서는 안 돼."

머릿속에서 되살아나는 붉은 기억. 어렸던 내 마음속에 깊이 새겨진 그 광경. 나는 그걸 잊지 않도록 다시 한번 되새기면서도 그 아픔에 가슴이 미어졌다.

"클레어……."

또 이야기를 나누고 싶어. 그녀와 만나서 고민을 털어놓고 싶어. 클레어의 자신감으로 넘치는 미소가 머릿속에서 떠나지 않았다.

"저…… 대체 어떻게 된 걸까요……."

가슴속이 괴롭다. 클레어의 얼굴을 떠올리면 몹시도 애달픈 마음이 든다. 힐다가 꾸짖더라도, 좀 더, 좀 더 그녀를 원하게 된다.

"빨리 내일이 오지 않으려나."

학관으로 가면 클레어를 만날 수 있어. 나는 해야 할 일들을 빠르게 끝내고서 오늘은 어서 잠자리에 들기로 했다. 느릿느릿 몸을 일으킨 다음, 옷을 갈아입기 위해서 초인종을 울렸다. 일단 옷을 갈아입고, 그다음은 공부다.

"자기가 할 수 있는 일들을 조금씩, 이야."

클레어가 가르쳐 준 말을 곱씹으면서 침대에서 일어났다.

"클레어, 좋은 아침이에요."

"안녕하세요, 필리네 님."

"좋은 아침입――."

"안녕하세요, 레이. 클레어 들어보세요, 저기 말이죠――."

필리네는 내 인사는 반쯤 듣는 둥, 마는 둥 하면서 미소로 넘겨버리고, 바로 클레어 님과 이야기하기 시작했다. 요 며칠간 계속 이런 상태다. 클레어 님에게 품었던 두려움은 이제 완전히 옅어진 모양이다. 아니 옅어진 정도가 아니라 이제 완전히 클레어 님한테 철썩 달라붙어 있다. 지금와선 이제 나는 꿔다 놓은 보릿자루 신세고 둘이서 대화에 빠져 있을 때가 많다. 두 사람이 많이 친해진 거야 기쁜 일이지만 나는 치밀어 오르는 질투심을 억누르느라 큰일이었다.

딩—동—댕—동.

수업 시작종이 울렸다. 아무래도 좋지만 이런 부분도 묘하게 현대 일본스럽네.

"벌써 시간이. 그러면 클레어, 또 나중에 봐요."

"네에."

아쉬움을 감추지 못하며 자기 자리로 돌아가는 필리네를 미소로 배웅하고서, 클레어 님은 그녀가 보이지 않게 되자 지친 얼굴이었다.

"수고하셨습니다, 클레어 님."

"고마워요, 레이. 필리네는 나쁜 아이는 아니긴 하지만 너무나도 순수해서 조금 상대하기 힘든 부분도 있어요."

"온실에서 키워진 순수배양 된 공주님이니까요."

그렇게 따지면 클레어 님도 크게 다를 건 없지만, 이제 더 이상 클레어 님은 세상 물정 모르는 악역 영애가 아니다. 개인적으로는 좀 더 악역 영애다운 행동을 해주셨으면 하고 바랄 정도지만.

"거기다가 우리들한테는 속내가 따로 있다는 사실이 자꾸 마음에 걸려서요. 속이고 있는 거나 마찬가지인걸요."

"클레어 님, 그건 좀 다릅니다. 사실을 전부 이야기하지 않는 것과 거짓말은 다른 겁니다."

"저로서는 그렇게 딱 잘라 구분할 수 없어요."

클레어 님은 한숨을 푹 내쉬었다.

"뭐, 저와 레이, 그리고 메이랑 알레어의 미래가 걸려 있으니까 열심히 해야겠죠."

"그 말이 맞아요. 그나저나 클레어 님, 필리네 참 귀엽네~ 같은 생각 하시는 건 아니죠?"

"? 필리네는 실제로 귀엽잖아요."

"쿠—궁."

"아, 그게 아니고요! 일반적! 일반적으로 말이에요."

"클레어 님이 불륜을……."

"누가 들으면 오해할 소리 하지 말아줄래요?!"

국학관에는 기본적으로 HR시간 같은 건 없지만 이날은 전달사항이 있었다.

"다음 달에 우리나라로 교황 성하가 방문하게 됐다. 그래서 우리 학관도 할 일을 배정받았다."

교황이라는 건 정령교회의 최고지도자를 말한다. 보통은 바우어 대성당에 머물지만, 정령교회는 바우어뿐만이 아니라 전 세계에 신앙이 널리 퍼져있기 때문에 신도들을 위해서 세계 각지로 발걸음을 할때도 있다.

교사의 설명에 의하면 이번에는 도로테아와의 회담을 위해서 제도를 방문한다고 한다. 교회를 어디 구멍가게처럼 취급하는 도로테아에게 신앙심이 있을 거라고는 도저히 생각할 수 없는데 대체 무슨 얘기를 하려는 걸까.

"할 일이라는 건 어떤 건가요—?"

학생이 질문을 던졌다.

"교황 성하가 지나가게 될 가도의 마물 청소다. 물론 군대도 마물 구제작업을 하겠지만 군대는 좀 더 위험한 구획을 담당하므로 비교적 안전한 길 주변을 우리들이 담당한다."

마물 구제인가. 바우어에서 아모르의 제사 때도 했었지만 마물 구제는 군대만으로는 일손이 부족할 때가 많다. 그래서 마을의 자경단 등, 싸울 수 있는 사람들을 총동원해서 실시한다. 거기다 제국은 마물들의 우두머리들이 있는 지역, 마족령과 가깝다. 마물의 숫자도, 강력함도, 바우어를 훨씬 상회한다.

"4인 1조로 파티를 짜서 작업에 나서도록 하겠다. 방과 후가 되기 전에 파티를 짜서 보고하러 올 수 있도록. 그럼 수업을 시작한다."

그 후로는 평소처럼 강의를 시작했다. 여전히 이 선생님은 쓸데없는 낭비를 싫어하나 보다. 그렇지만 학생들은 달랐던 모양인지,

(Hey, 레이, 클레어, 우리들도 파티를 짜지 않을래Yo?)

(저, 저도 있어요.)

갑자기 머릿속으로 목소리가 울렸다. 염화 마법이다. 그러고 보니 프리다는 풍속성 마법사였다. 함께 대화에 참여하고 있는 사람은 필리네다.

(저희들 4명인가요?)

(예스. 전력으로는 충분해Yo!)

(그거야 그렇지만 괜찮은 겁니까? 우리들은 일단 바우어 왕국 사람들인데도.)

(What, 그게 무슨 문제라도?)

(필리네 님은 제국의 황녀 전하예요. 바로 얼마 전까지만 해도 적이었던 우리들과 함께 파티를 짜는 게 과연 허용될지를 말하는 거예요.)

우리로서는 친목을 돈독히 다질 좋은 기회지만 제국이 보기엔 과연 괜찮을까.

(지금은 이미 친구 사이잖아요. 아무런 문제도 없어요.)

(예스. 노 프로블럼입니다.)

과연 정말이려나.

교사한테서 안 된다는 소리를 듣게 되는 거 아닐까나.

그렇게 생각하고 있었는데 방과 후에 보고하러 갔더니 선생님도 별다른 말은 없었다. 이래도 되는 거냐, 나 제국.

교사한테 보고하러 갔을 때, 나는 밑져야 본전이라는 심정으로 혹시 마물 구제작업을 다른 일로 대체할 수 없을지 말을 꺼내 봤다. 마물 구제작업을 구실 삼아서 제국한테 암살당하는 상황을 염려했기 때문이다. 하지만 제국에게도 바우어에게도 체면이라고 해야 하나, 외교상의 명목이라는 게 있다. 내 요청은 일언지하에 거절당했고, 나는 무슨 일이 있어도 클레어 님만큼은 지키겠다고 굳게 다짐했다.

"각자의 전투 능력을 확인해두도록 해요. 저는 마법이 화속성 높음 적성, 그 외에도 백병전도 조금은 할 수 있어요."

"저는 토속성과 수속성입니다. 백병전은 서툽니다."

"What?! 레이는 듀얼 캐스터였습니까?!"

"괴, 굉장하네요……."

마법 선진국인 제국에서도 듀얼 캐스터는 보기 드문 모양이다.

"Me는 풍속성 중간 적성이지만 백병전은 특기예Yo."

"저는 수속성 중간 적성입니다. 백병전은 자신 없어요."

사실 우리들은 이미 알고 있는 정보였지만 그걸 알고 있다는 사실을 부자연스럽지 않게 만들어두는 건 중요하다.

"두 사람이 잘하는 마법은? 저는 공격마법 특화랍니다. 레이는 뭐하나 빠짐없이 전부 다 할 수 있어요."

클레어 님한테 칭찬받았다. 신난다.

"저는 신체능력 강화가 특기예Yo. 다만 남한테 걸어주는 건 서투릅니다."

"저는 치료 마법이 특기예요."

각자 자신의 특기 분야를 공유했다.

"그럼 저와 프리다가 전위, 레이와 필리네 님이 후열이네요."

"그게 무난할 거라고 생각합니다."

"저도 불만 없습니Da."

"저도 없어요."

순조롭게 이야기가 마무리됐다.

"마물 구제는 내일부터였죠?"

"그렇게 들었죠."

"그게 왜요?"

"그럼 조금 서로 손발을 맞춰보도록 할까요."

"Oh? 손발을 맞춰본다고Yo?"

모두의 시선을 한 몸에 받으면서 클레어 님이 말을 이었다.

"다짜고짜 실전에서 마물과 싸우는 것도 조금 불안하잖아요? 팀워크를 연습해 두는 거예요."

"아아, 그렇군요."

제국에도 마법 위력 감소 효과를 가진 결계가 펼쳐진 운동장이 있었다. 실전에 나가기 전에 거기서 연습을 해보자는 거겠지.

"좋은 생각입니다."

"재밌어 보이네Yo."

"저도 이의 없어요."

그런고로 운동장으로 이동해서 전투 연습을 하게 되었다.

결론부터 말하자면 이 파티는 굉장히 밸런스가 좋았다. 클레어 님의 전투 능력이야 두말할 것 없고, 프리다와 필리네도 충분한 전력이었다.

프리다의 전투 스타일은 세인 전하와 비슷하다. 마법으로 자신에게 버프를 걸고 백병전으로 싸우는 스타일이다. 세인 전하와 다른 점은, 세인 님은 육탄전을 선호하는 점에 비해 프리다는 검을 쓴다는 점이다. 프리다는 검에도 마법을 부여해서 예리함을 끌어올렸다. 허수아비 대용으로 세운 내가 만든 흙 인형을 그야말로 버터 썰듯이 썩둑 썩둑 양단해버렸다.

필리네의 치료마법도 굉장했다. 적성은 중간 적성이라고는 해도 필리네는 다룰 수 있는 마법의 종류가 굉장히 많았다. 평범하게 상처 치료 마법부터, 잠을 쫓는 마법, 해독 마법, 마비 무효화나 집중력 증가 등, 다룰 수 있는 범위가 매우 넓었다.

일단 자랑삼아 말하자면 나는 주요 디버프를 전부 회복할 수 있는 상급 치유마법을 쓸 수 있기 때문에 다룰 수 있는 마법 범위를 늘리지 않아도 대처 가능하다. 하지만 필리네처럼 중급 마법으로도 대응할 수 있다면 그만큼 마력 소비를 아낄 수 있으니까, 굳이 말하면 필리네 쪽이 정답에 가깝다.

나중에 마법을 가르쳐달라고 해야겠다고 생각했다. 참고로 필리네의 치유마법이든 내 상급 치유마법이든 달의 눈물에는 미치지 못한다.

"뭐, 이런 느낌이겠네요."

어느 정도 연습을 마친 다음 클레어 님이 말했다.

"이 정도로 움직일 수 있다면 괜찮겠죠. 실전에선 잘 부탁할게요."

"클레어 님은 제가 꼭 지켜드리겠습니다."

"레이? 저희들도 지켜주지 않을래Yo?"

"아하하……."

그야 지켜주겠다고 생각이야 하지만 우선순위라는 게 있잖아, 그렇지?

날이 저물기 시작해서 이날은 여기까지 하기로 했다. 나는 오랜만에 격렬한 운동을 한 탓에 다음 날 근육통에 시달렸다. 덧붙여 클레어 님은 전혀 아무렇지도 않았다는 점도 밝혀두겠다.

가도의 마물 토벌은 다음 날 오후부터 시작됐다. 매일 한 시간 반 정도씩 시간을 들여서 마물을 퇴치한다. 구제 활동은 마법 실기 강의 학점으로 환산해준다는 모양이다.

"프리다! 그쪽이에요."

"맡겨만 주는 겁니Da!"

곰처럼 생긴 마물이 프리다에게 덮쳐들었다. 그녀의 밤색 머리카락을 향해 예리한 발톱을 휘둘렀다.

"논논, 무르군Yo."

프리다가 능숙하게 검을 휘둘러서 공격을 흘러내자 마물의 자세가 무너졌다.

"클레어!"

"네에, 이걸로 끝이에요!"

빈틈투성이가 된 마물의 옆구리를 클레어 님이 발사한 화염창이 꿰뚫었다. 마물이 단말마를 내질렀다. 마물의 거대한 몸이 쓰러지고 마법석만 남긴 채 소멸했다.

"후우. 이 주변은 이 정도인 것 같네요."

클레어 님이 그렇게 말하며 이마의 땀을 닦았다. 아직 그렇게까지 더운 날씨는 아니지만 이렇게 움직이면서 돌아다니다 보면 자연스레 땀이 배어 나온다.

"수고하셨습니다, 클레어 님, 프리다. 상처는 없으신가요?"
"고마워요, 레이. 저는 괜찮아요."
"저도 괜찮은 겁니Da~."
"두 분 다 강하시네요."
필리네가 감탄하며 말했다. 실전에 익숙한 클레어 님은 그렇다 쳐도 프리다도 제법이었다. 지금까지 입은 상처라고 해봤자 조그만 생채기 정도다.
이 주변은 마물의 수가 적은 대신, 비교적 몸집이 크고 강한 마물이 있는 것 같았다. 지금까지 워터 슬라임이나 라지 워스프, 그리즐리 등을 쓰러트렸다. 집단으로 한꺼번에 덮쳐온다면 위험하겠지만 한 마리씩 상대할 수 있다면 우리들의 적수가 되지 못한다.
"다른 학생들도 열심히 하고 있는 모양이네요."
주변을 둘러보니 조금 떨어진 곳에서 다른 파티가 마물과 싸우고 있는 모습이 보였다. 제국 학생들은 싸움에 익숙한 건지, 어디든 별다른 위기 상황 없이 적을 격퇴하고 있었다.
"라나와 다른 아이들은 괜찮을까요."
"괜찮겠죠. 라나는 둘째 치고 이브와 요엘이 있는 걸요."
학교에서 강의를 했을 때를 돌이켜보면 라나는 아직 마법 초심자였지만 이브와 요엘은 나름대로 마법을 쓸 수 있었다. 특히 요엘은 군인 집안이라고 말했던 만큼 싸우는 법에 익숙한 느낌이었다. 그 점을 고려했을 때 아마도 괜찮을 거라고 생각하고 싶지만,

"나머지 한 명의 팀워크가 걱정이에요."

"아아, 마지막 한 명은 오토였죠."

그 문제아와는 아무도 파티를 짜고 싶어 하지 않아서 마지막까지 남아 있었던 모양인데, 라나가 오토에게 말을 걸었다. 오토는 내키지 않아 했지만 라나가 타고난 커뮤니케이션 능력으로 잘 구슬린 것 같다. 불량아와 갸루라니, 재미있는 조합이다.

"괜찮지 않겠어요? 오토는 전투 능력도 뛰어나다고 들었는데요?"

그렇다. 오토는 문제아는 맞지만, 성적뿐만 아니라 전투도 우수하다는 모양이다. 들은 바로는 아버지가 제국 군인이라나. 요엘이 대화를 나눠보고 싶어 했다.

"뭐, 별일은 일어나지 않겠죠. 다른 파티도 주변에 있을 테고요."

그것도 그렇다. 여차하면 도망쳐서 도움을 요청하면 되는 거니까. 하지만 어쩐지 걱정이다.

"Hey, 레이. 고향 친구들을 걱정하는 것도 좋지만 추가 주문이 들어왔어Yo."

프리다의 말에 의식을 되돌리자 이번에는 늑대형 마물이 나타났다. 하나의 몸통에 세 개의 머리── 케르베로스다.

"저건 제법 강해요. 다들 주의를!"

"알겠어요."

"네에──."

"Yes, 정신 똑바로 차리는 겁니Da."

필리네의 경고에 다들 전투에 집중했다.
케르베로스는 늑대의 모습을 하고 있지만 몸집은 황소만한 녀석도 있다. 날카로운 발톱과 송곳니를 이용한 공격뿐만 아니라, 거대한 몸통에 부딪히기만 해도 상당한 데미지를 입겠지. 나는 방심하지 않고 녀석을 주시했다.
"와요!"
클레어 님의 외침보다 한 발짝 빠르게 케르베로스가 달려들었다. 녀석이 노리는 건── 필리네.
"그렇게 두지 않아Yo!"
프리다가 재빠르게 돌아 들어가서 진로를 막았다. 하지만 케르베로스는 멈출 기색이 없었다. 그 기세 그대로 프리다를 들이받으려는 모양이었다.
그렇게 놔둘 수는 없지.
"마쉬!"
나는 토속성 마법을 케르베로스의 발밑에 발동시켰다. 단단했던 지면이 순식간에 진흙탕처럼 질퍽였다. 케르베로스의 발걸음이 눈에 띄게 둔해졌다.
"마무리는 저입니Da!"
그 모습을 본 프리다가 검을 내리쳤다. 이걸로 끝인가, 싶었는데.
"What?!"
프리다의 검은 케르베로스에게 막혔다── 날카로운 송곳니에,

“떨어지세요, 프리다!”

프리다가 검을 손에서 놓은 채 뒤로 점프하며 물러섬과 동시에 케르베로스가 화염을 토해냈다. 간발의 차로 화염을 회피한 프리다.

“Hu…… 제법 하는군Yo.”

거리를 두는데 성공했지만 무기를 잃고 말았다. 그녀의 검은 케르베로스의 머리 하나가 입에 물고 있었다. 진검 칼날 잡기라니 깜짝 놀랐다.

“돌려받겠습니Da! 그건 꽤나 좋은 검입니Da!”

“프리다는 물러나세요. 제가 상대해주겠어요.”

“Oh, 쏘리입니다, 클레어. 부탁하겠습니다.”

클레어 님이 마법 지팡이를 겨누면서 케르베로스와 대치했다. 케르베로스는 상황을 살피고 있는 것 같았다.

“이거라도 받아보세요!”

클레어 님은 순식간에 5개의 화염창을 생성하더니 케르베로스를 향해 발사했다. 하나하나가 제각각 다른 궤적을 그리면서 케르베로스에게 쇄도했다.

“크르르…….”

케르베로스는 거친 신음 소리를 내면서 크게 옆으로 도약하며 화염창을 전부 회피했다. 커다란 몸집에 어울리지 않게 민첩한 녀석이다. 그렇지만 이걸로 그냥 끝낼 클레어 님이── 그리고 내가 아니다.

“움직임을 막겠습니다! 저에게 맞춰 주세요!”

"네에!"

나는 케르베로스가 도약해서 물러난 곳에 수직 낙하 구멍을 만들었다. 케르베로스의 커다란 몸이 구멍 아래로 떨어졌다. 녀석이 아무리 민첩하다고 해도 금방 빠져나올 수는 없다.

발버둥 치는 케르베로스는 거들떠보지도 않고서, 클레어 님의 머리 위로 프랑소와 가문의 문장이 떠올랐다. 클레어 님의 주특기인 매직 레이다.

"이걸로 끝이에요!"

문장에서 쏘아진 열선이 케르베로스에게 직격했다. 케르베로스는 까맣게 숯덩어리가 돼서 더 이상 움직이지 않았다. 그리고는 마법석만 남기고 소멸했다.

"후우, 조금 수고를 끼치는 녀석이었네요."

"훌륭했습니다, 클레어 님."

클레어 님에게 수고의 한마디를 건넸다. 클레어 님은 케르베로스의 마법석과 함께 프리다의 검도 회수했다.

"여기요, 프리다. 다음번에는 방심하지 않도록 하세요."

"Thanks, 클레어. 그렇게 하겠어Yo."

프리다가 검을 받아든 다음 칼집에 넣었다.

"아주 멋졌어요, 클레어. 그건 그렇고 두 사람은 호흡이 척척 맞았네요."

필리네가 뒤늦게 다가왔다. 그 얼굴에는 미묘한 기색이 엿보였다. 이건…… 질투인가?

"네에, 레이와 함께 콤비를 이룬 지 오래됐으니까요."

"사이좋은 부부랍니다."
"누가 남편인가요."
"둘 다 아내입니다."
"바보 같은 소리 하지 말고 다음으로 이동하자고요."
거칠게 다뤄지는 것도 사랑이 느껴져서 좋네!
"하아…… 좋겠다……."
작게 읊조린 필리네의 말에는 부러움의 기색이 짙게 묻어 있었다. 설마 필리네는 정말로 클레어 님 루트를 향해 가고 있는 걸까?
"필리네 님."
"어? 아, 네?"
"안 줄 거니까요."
"으…… 네에……."
기를 죽이고 말았다. 조금은 미안하다는 마음도 들지만, 이것만큼은 양보할 수 없다.
"슬슬 돌아가도록 하죠. 그다지 고전하지는 않았지만, 체력도 마력도 꽤 소비했습니다."
"그러네요."
"이의 없는 겁니다."
"돌아가도록 할까요."
그렇게 이야기를 마무리 지으려고 했을 때,
"흐음…… 케르베로스를 물리쳤나. 제법이구나."
감탄하는 목소리가 울렸다. 우리 넷은 깜짝 놀라면서 목소리가 들려온 방향을 돌아보았다. 전혀 기척을 느끼지 못했다.

"아직 성체가 아닌데도 이 정도의 전투력을……. 나이에 비해서는 훌륭하다."

그 목소리의 주인은 얼핏 사람처럼 보였다. 프록코트를 닮은 검은색 의복을 걸치고서 조금 떨어진 암벽 위에 앉은 채로 우리들을 바라보고 있었다. 그러나 사람과 결정적으로 다른 부분은 그 등에 솟은 날개였다. 박쥐를 닮은 그 날개는 명백하게 사람의 것이 아니었다. 지성이 느껴지는 눈에도 눈동자가 세로로 찢어져 있었다.

"마족……!"

필리네가 날카롭게 외쳤다. 마물들을 통솔하는 상위존재. 나는 그들과 처음으로 마주했다.

"당신은……?"

클레어 님이 험악한 표정으로 마족을 노려봤다. 마족은 살짝 미간을 찌푸리면서,

"자네는 분명 예전엔 귀족이었을 텐데 말이지. 남의 이름을 물어볼 때는 먼저 자신의 이름부터 밝히라고 배우지 않은 걸까?"

마족은 여전히 암벽 위에 앉은 채로 조롱하듯 말했다. 클레어 님은 경계를 늦추지 않으면서도 살짝 웃으며 대답했다.

"이거 실례했네요. 저는 클레어 프랑소와. 그 말대로 전 바우어 왕국 귀족이에요."

"흠, 역시나 자네였던 건가. 나는 아리스토. 인간과는 달리 성씨는 없어. 마족의 장군—— 삼대 마공 중 한 사람이야."

"!"

마족은 자신을 아리스토라고 소개하면서, 천천히 몸을 일으켰다.

자신의 수염——이라고 불러도 될지는 잘 모르겠지만——을 만지작거리면서 느긋한 시선으로 우리를 쳐다보았다.

마족에 대해서는 모르는 부분이 많다. 원작 지식을 가지고 있는 나로서도 마족에 대한 정보는 그다지 아는 게 없기 때문이다.

레볼루션에서도 레보릴리에서도 마족의 존재를 명시하고는 있지만 실제로 만나게 되는 장면은 없다. 설정자료집에서도 마족은 자신들의 영지——나 제국보다 훨씬 동쪽——에 틀어박혀 있다는 사실과 나 제국이 오랜 세월동안 마족과 싸움을 이어왔다는 사실, 마물은 마족의 지배하에 있다는 것—— 그 정도만 실려 있었다. 삼대 마공이라는 이름도 들어본 적이 없었다.

그러나 그 명칭을 봤을 때 마족 내에서도 높은 위치에 있다는 건 쉬이 알 수 있었다. 단순한 엑스트라 마족이라고는 볼 수 없다. 이건 혹시 위기 상황이라고 봐야하는 걸까.

"정중한 인사에 감사드려요. 그래서 아리스토 씨. 당신은 무슨 용무로?"

“흐음……. 아니 그저 주군의 명령을 하나 받아서 이 근처까지 왔더니 인간들의 모습을 발견해서 말이지. 겸사겸사 일을 마무리 지어놓을까 싶은 생각이 들었어.”

아리스토는 느릿느릿한 발걸음으로 우리를 향해 걸어왔다. 얼핏 보기엔 빈틈투성이였다. 하지만 우리가 먼저 선수를 취해도 될지 아닐지 판단이 서지 않았다.

“일인가요. 그것참 큰일이겠어요. 그래서 일의 내용은 뭔지 여쭤봐도 될까요?”

“뭐, 대단한 일은 아니야. 클레어 프랑소와. 자네한테 부탁하고 싶은 게 있어서.”

“저한테?”

“음. 솔직하게 말하지. 클레어. 자네——.”

아리스토는 웃었다.

“조금 죽어주지 않겠나?”

“클레어 님!”

나는 재빠르게 클레어 님의 발밑을 함몰시켰다. 클레어 님의 몸이 땅속으로 가라앉았다. 그와 거의 동시에 클레어 님이 있던 자리를 검은 섬광이 베고 지나갔다.

“오호, 잘도 피했구나.”

“당신……!”

내가 지면을 원래대로 되돌리자 다시금 얼굴을 내민 클레어 님이 분노를 감추지 못하며 아리스토를 노려보았다. 아리스토는 태연한 표정이었다.

지금 건…… 마법? 지금까지 본 적 없는 기술이었다.

"클레어, 도망치는 거예Yo!"

"마족을 상대로 겨우 이 정도 인원수로는 불리해요!"

프리다와 필리네가 입을 모아 도망치자고 제안했다. 나도 찬성이었다.

"네에, 저도 그러고 싶어요. 하지만 아무래도 저쪽은 우리가 도망치게 놔둘 생각이 없어 보이는데요?"

"그 말대로고 말고. 뭐, 도망치고 싶은 녀석은 도망치는 게 좋아. 어차피 인간이란 언젠간 죽을 테니까."

"잘도 말하는군요. 하지만 그렇게 뜻대로 될 거라고는 생각하지 마세요!"

클레어 님이 화염창을 쏘았다. 방금 전 케르베로스를 향해 발사했던 화염창의 두 배, 10개쯤 되는 화염창이 아리스토를 향해 쇄도했다.

"유치하군."

아리스토는 피하려는 시늉조차 하지 않았다. 모든 화염창이 전부 명중했다.

"무슨……."

클레어 님의 넋이 나간 목소리가 들렸다. 아리스토는 상처 하나 없었다.

"그런 하급 마법으로는 나한테 상처를 입힐 수 없단다. 얌전히 목을 내놓도록."

아리스토가 손을 수평으로 휘두르자 어둠을 응축시켜놓은 것 같은 탄환이 클레어 님을 향해 날아갔다.
"놔둘까 보냐!"
나는 재빠르게 클레어 님 앞에 흙으로 된 방벽을 만들었다.
그러나——.
"유치하다고 말했을 텐데."
탄환은 흙으로 된 방벽을 산산조각 내면서 클레어 님에게 덮쳐들었다.
"하앗!"
클레어 님에게 닿기 직전에 프리다가 모든 탄환을 검으로 쳐냈다.
"호오, 지금 공격도 막아낸 건가. 제법 하는 모양이군."
"그거 감사하군Yo!"
프리다는 증폭된 각력으로 마족과 단숨에 거리를 좁힌 다음 마력을 담은 검을 사선으로 내리그었다.
"흠, 그건 좀 아프겠는데."
아리스토는 한 발짝 물러나면서 검을 피했다. 그리고 그 자리를.
"어스 팡!"
내 토속성 중급 공격마법이 아리스토의 발을 붙잡았다. 이걸로 움직임을 봉쇄했다.
"잡았습니Da."
프리다는 방금 전에 내려친 검을 이번엔 사선으로 올려 베었다. 이번에야말로——!

"What?!"
"아깝구나. 그러나 아직 멀었다."
프리다의 검은 길게 자라난 아리스토의 손톱에 붙들렸다.
"축복을 건 무기에다 중급마법까지 쓰는 건가. 그럼 나도 조금 실력을 발휘해 볼까."
그 말과 함께 아리스토는 아무렇지도 않다는 듯이 돌로 된 덫을 짓밟아 부쉈다. 중급마법인데도 저렇게 쉽게.
"위에서 가겠다. 어디 받아낼 수 있다면 받아내 보도록."
아리스토가 오른팔을 휘둘렀다. 프리다는 검으로 받아내려고 했다.
"안 돼 프리다! 피해!"
나는 맹렬하게 닥쳐오는 나쁜 예감에 다급히 외쳤다. 프리다는 아슬아슬하게 방어행동에서 회피기동으로 전환했다.
"Oh……, 거짓말이죠……?"
몸은 간신히 피했지만, 공격을 받은 프리다의 검은 두 동강이 나고 말았다. 저 손톱은 마력을 담은 프리다의 검보다도 훨씬 예리한 모양이었다.
"프리다, 물러나세요!"
클레어 님의 날카로운 목소리에 프리다가 후방으로 도약했다. 그 직후,
"빛이여!"
이미 발사할 준비를 마쳐둔 클레어 님의 매직 레이가 아리스토를 향해 날아갔다.

그러나,

"흥."

아리스토도 검은 섬광을 발사해서 매직레이를 상쇄시켰다. 빛과 어둠이 잠시 힘겨루기를 하더니 둘 다 소멸했다.

"매직레이로도 마무리를 짓지 못하다니……."

클레어 님이 분한 듯이 입술을 깨물었다.

우리들이 마물을 퇴치하느라 지쳐있었다는 걸 고려해도 아리스토의 강력함은 의심할 여지가 없다. 현재 상태로는 도무지 이길 수 있는 상대가 아니다.

"제가 발을 묶겠습니다! 그 틈에 퇴각을——."

"그렇게 놔둘 수는 없지."

내 말을 자르면서 아리스토가 허공을 향해 손을 뻗었다. 그를 중심으로 어둠이 부풀어 올랐다.

그 직후 퍼져나가는 충격.

——나는 몇 초 정도 기절했다.

정신이 들자 주변 일대의 지면이 움푹 패여 있어서 마치 무언가가 대폭발을 일으킨 것 같았다. 프리다, 필리네가 지면에 쓰러져 있는 게 보였다. 두 사람은 어떻게든 일어나려고 하고 있었지만 상처가 깊은 모양이었다.

"클레어 님!"

"큿……."

무릎을 꿇은 클레어 님의 눈앞에는 아리스토가 있었다. 클레어 님은 여전히 굴하지 않고 굳센 눈으로 아리스토를 노려보고 있었지만 아리스토는 전혀 개의치 않는 모습이었다.

"끝이다, 클레어 프랑소와. 사라져라, 모든 것의 원흉."

손톱을 내려치는 모습이 잔혹할 정도로 뚜렷하게 보였다.

나는 바보다. 마족은 게임 내에서는 있으나 마나 한 설정이었기 때문에 맞닥뜨리지 않을 거라고 생각하고 있었던 건가. 마물이라는 인간사회를 향한 침략행위가 대놓고 계속되고 있었는데도. 제국으로 올 때, 어떤 위험이라도 물리치겠다고 맹세했던 건 거짓말이었나.

그래도 어떻게든 발버둥 치기 위해서 남은 마력을 짜내 고퀴토스를 발동해보려고 했지만 이미 늦었다!

모든 게 다 끝나버리기 직전이었던 그때, 무언가가 아리스토의 손톱을 튕겨냈다.

"그, 그렇게 두지 않아요!"

두 사람 사이에 뛰어드는 작은 인영을 볼 수 있었다.

"당신……."

"오, 오랜만이에요. 클레어 님."

양손에 밝게 빛나는 단검을 쥐고 있는 그 사람은 수녀복을 몸에 걸치고 있었다. 나부끼는 수녀모 아래에는 은빛 머리카락과 붉은 눈동자가. 나는 그 사람이 누군지 알고 있었다.

"릴리 님!"

그렇다. 아슬아슬한 위기에서 클레어 님을 구해준 사람은 릴리 릴리움 전 추기경이었다.

"느, 늦지 않아서 다행이에요."
"또 네 녀석인가, 성녀."
"그, 그 호칭으로 부르지 말아주세요."
"네 녀석은 항상 타이밍 좋게 오는군. 뭔가 비법이라도 있는 건가?"
"그, 그러네요. 사랑일까요."
말투만 보면 예전과 달라지지 않은 머뭇거리는 말투였지만, 릴리 님은 마족을 상대로도 한 발자국도 물러서지 않는 의연한 자세를 보여줬다.
"릴리 님……."
나는 어떻게든 일어서려고 했지만 마력이 다 떨어져서 쉽게 움직일 수 없었다. 이래서야 치료마법도 쓸 수 없다.
"레, 레이 씨. 무리하지 말아 주세요. 이 마족은 릴리가 상대할게요."
릴리 님은 살짝 미소 지으며 빛나는 단검을 손에 쥐고 겨누면서 아리스토와 마주 섰다.
"아, 아리스토. 여기선 물러나 주지 않겠어요? 곧 지원이 올 거예요. 당신도 이런 곳에서 죽고 싶지는 않겠죠?"
"어지간히 얕보인 모양이군. 인간이 조금 모여든다고 해서 나를 쓰러트릴 수 있다고?"
"리, 릴리도 있으니까요."

"흠, 확실히 네 녀석은 쉽지 않지. 성녀."

아리스토가 한쪽 눈썹을 꿈틀 치켜올렸다. 녀석은 릴리 님을 경계하고 있는 모양이다.

"그러나 네 녀석 또한 나와 싸운다면 무사하지는 못할 텐데?"

"마, 맞아요. 그러니까 여기선 서로 비긴 걸로……."

"뭐, 그렇게 사양하지 말고 조금쯤은 놀아달라고."

그러나 아리스토는 물러날 기색이 없어 보였다. 릴리 님을 향해 방금 전의 검은 탄환을 발사했다.

"리, 릴리는 이래봬도 꽤 바쁜데 말이죠!"

릴리 님은 탄환들을 회피하거나 쌍검으로 쳐내면서 아리스토를 향해 거리를 좁히고는 사정거리에 들어오자마자 오른손에 든 단검으로 베어 올렸다.

"흠. 축복을 건 단검인가. 그건 확실히 제법 아프지."

아리스토는 프리다의 공격을 막았을 때처럼 손톱으로 붙잡지 않고서 뒤로 훌쩍 물러나며 거리를 벌렸다.

"레, 레이 씨. 이틈에 이걸."

릴리 님이 주머니에서 무언가를 4개 꺼내더니 나에게 던졌다. 데굴데굴 굴러온 그게 뭔지 보니 포션 병이었다.

"사, 상급 포션이에요. 다른 분들의 치료를."

"감사합니다."

내가 포션 뚜껑을 열고 단숨에 들이키자 몸 안에 마력이 돌아오는 게 느껴졌다. 일어나자마자 제일 먼저 클레어 님 곁으로 달려갔다.

"클레어 님…… 지금 바로 회복하겠습니다."

"저는 나중에 해도 괜찮아요. 다른 두 사람을 먼저──."

"됐으니까 가만히 계셔주세요."

나는 클레어 님에게 포션을 먹였다. 클레어 님의 몸에서 상처들이 사라지기 시작했다.

"고마워요, 레이."

"인사라면 릴리 님에게."

"그러네요."

그 말과 함께 클레어 님이 자리에서 일어나면서 릴리 님에게 시선을 돌렸다.

"저도 가세하겠어요."

"부탁드립니다. 저는 필리네와 프리다를."

"네에."

클레어 님 곁을 떠나 이번엔 필리네에게 향했다. 등을 대고 쓰러져 있는 필리네에게 포션을 먹였다.

"……이제 괜찮아요. 고맙습니다, 레이."

"아뇨. 클레어 님과 제가 아는 지인이 함께 마족과 싸우고 있습니다. 저도 가세하러 갈 테니 프리다의 회복을 부탁드려도 될까요?"

"네에. 저한테 맡겨주세요."

고개를 끄덕이는 필리네에게 포션 병을 넘긴 다음, 나는 릴리 님과 클레어 님 곁으로 달려갔다.

"저, 전위는 릴리가 맡을게요! 클레어 님과 레이 씨는 후방에서 마법 공격과 원호를.”

“알겠어요!”

“네!”

이렇게 우리 셋이 함께 싸우는 건 처음이다.

“……!”

릴리 님이 단검을 쥐고서 아리스토에게 접근했다. 역시나 단검을 경계하고 있는 건지 아리스토는 손톱으로 막을 생각을 하지 않고 아슬아슬하게 회피하고 있었다.

릴리 님이 단검을 다루는 솜씨는 매우 훌륭했다. 옛날에도 강했지만 그건 그녀 속의 다른 인격의 기술이었을 텐데. 지금의 릴리 님은 다른 인격이었을 때와 비슷하거나 그 이상의 솜씨였다.

“건방진.”

아리스토가 가까운 거리에서 암흑탄을 발사했다. 아무리 해도 피할 수 있는 거리가 아니었다.

그러나,

“……!”

릴리 님은 그걸 전부 피해냈다. 이 무슨 엄청난 반사 신경과 신체 능력일까. 마법으로 강화했다고는 해도 대단한 대응력이다.

“촐랑촐랑 귀찮게.”

그러나 회피하느라 릴리 님은 자세가 흐트러져있었다. 그 틈을 타고 아리스토가 손톱을 휘둘렀다.

"그렇게 두지 않아요!"

클레어 님이 매직레이를 발사했다. 아리스토는 내리치려던 손톱을 멈추고서 매직레이에 대응해야 했다. 검은 섬광을 발사해 상쇄시켰다.

"어스 파이크!"

지면에서 바위로 된 창이 솟아오르면서 아리스토를 꿰뚫으려고 했다. 그러나 아리스토는 가볍게 공중으로 날아오르는 걸로 피해냈다.

"흠……. 방금 전에는 지친 상태였던 건가. 아까 전과는 비교도 안 되는 위력이군. 만전의 상태로는 이쪽이 불리하구나."

"이대로 산산조각을 내주겠어요."

"아니아니, 그건 사양하도록 하지. 성녀도 있고 하니까 여기선 물러나도록 하겠다."

아리스토는 그대로 날개를 펄럭이면서 동쪽으로 날아갔다.

"놓치지 않겠어요!"

"안돼요, 클레어 님! 여, 여기서는 보내주도록 해요. 일단은 마족이 나타난 걸 사람들한테 전해야 해요."

"큿……."

릴리 님의 말에 클레어 님이 이를 갈았다. 분하겠지. 클레어 님은 프라이드가 높은 사람이다. 이정도로 일방적으로 당했던 경험은 거의 없었을 테니까.

"……후우. 어쩔 수 없네요."

"릴리 님, 도와주셔서 정말 감사합니다."

"저도 감사 인사를 드리겠어요. 릴리가 없었더라면 위험한 상황이었는걸요."

솔직히 나는 이제 다 틀렸다고 생각했다. 릴리 님에게는 아무리 감사해도 모자라지 않다.

"아, 아뇨, 릴리가 두 분에게 받은 은혜에 비하면 이 정도는 아무것도 아니――."

"Wonderful!"

"꺄악?!"

수줍게 웃던 릴리 님은 갑자기 옆에서 돌격해온 프리다에게 깔려 넘어졌다.

"이렇게나 큐트한데도 어찌나 쿨한지! 저를 궁지에서 구해준 당신은 대체 어떤 천사님인가Yo?"

"저, 저기?"

엄청난 텐션으로 재잘재잘 말하는 프리다를 보며 릴리 님은 당혹스러운 표정이었다. 시선으로 도와달라는 요청을 보내고 있었지만 나는 이 상황이 재밌어서 조금 지켜보기로 했다.

"천사님, 이름은Yo?"

"리, 릴리 릴리움이라고 해요."

"Oh, 이름까지 큐트합니다! 저는 프리데린데 아이마라고 합니Da! 프리다라고 불러주세Yo!"

"아, 저기…… 네. 프리다 씨."

"경칭따위 논논! 우리 사이에 그런 건 필요 없어Yo!"

"오, 오늘 처음 만난 거잖아요?!"

릴리 님에게 맹렬한 기세로 작업을 거는 프리다. 이건 릴리 님에게 프리다 플래그가 섰다는 뜻인가? 방금 릴리 님 엄청 멋있었으니까. 프리다가 홀딱 반하는 것도 어쩔 수 없을 정도로.

"프리다, 일단은 이 자리를 떠나겠어요. 이제 위험은 없다고 생각하지만 이 일을 제국에…… 그리고 바우어에도 보고해야겠어요."

"Oh, 쏘리. 릴리가 너무나도 큐트해서 한순간 정신을 잃은 겁니다. 돌아가도록 해Yo."

"필리네 님도 괜찮으시죠?"

"네."

필리네도 이견이 없어 보였으니 어서 돌아가기로 했다.

그건 그렇고 마족…… 마족인가. 저렇게나 강할 거라고는 상상도 못 했다. 이 주변의 마물과는 차원이 달랐다. 강함으로 따지자면 지금까지 싸웠던 적 중에서도 톱클래스였다.

(대책을 세워두지 않으면…….)

돌아가는 길에 내 머릿속을 꽉 채우고 있던 건 어떻게 해야 클레어 님을 마족의 위협으로부터 지켜낼 수 있을까에 대한 생각이었다.

"다, 다시 한번 인사드릴게요. 오랜만이에요, 레이 씨, 클레어 님."

릴리 님은 고개를 깊이 숙이면서 인사했다. 이곳은 바우어 왕국 유학단이 머물고 있는 기숙사다. 우리들은 국학관을 통해서 마족에 대한 보고를 마친 뒤 정보 공유를 위해서 기숙사로 돌아왔다.

우리의 보고에 제국이 당황할 거라고 생각했는데, 그들 입장에선 마족의 습격이 그다지 드문 일이 아니었던 모양이라 특별히 소란을 일으킬 만한 사건은 아닌 것 같았다. 보고를 받기는 했지만 어쩐지 사무적인 반응이라서 좋은 의미로든 나쁜 의미로든 익숙한 일이라는 느낌이었다.

"인사는 그쯤 해두기로 하고, 일단 어째서 릴리가 제국에 있는 건가요?"

클레어 님이 대표로 나서서 물었다. 이 자리에는 클레어 님, 유 님, 미샤, 나까지 바우어의 주요 인물들이 모여 있었다.

"네, 네에. 릴리는 지금 대성당에 복귀했는데, 이번에는 교황 성하의 방문을 알리기 위해 혼자서 이곳에 왔어요."

"아아, 과연 그렇군요."

애초에 마물 구제작업부터가 교황 성하의 행차를 위해서였다. 세계적인 종교의 지도자가 갑자기 단독으로 올 리가 없으니, 누군가가 먼저 와서 여기저기서 교섭도 하고 절차도 밟는 거겠지. 그리고 그 누군가가 릴리 님이었다는 거다.

"그렇다는 말은 릴리는 다시 추기경으로 복직한 건가요?"

"아, 아뇨. 교회 내의 지위는 평범한 일반 수녀예요. 교황 성하는 이제 용서한다고 말씀해주셨지만 아무리 그래도 그 말씀에 어리광을 부릴 수는 없으니까요."

릴리 님은 쓴웃음을 지었다. 그녀는 자신이 저지른 죄를 여전히 용서하지 못한 모양이다. 릴리 님답다면 릴리 님다운 일이다.

"이, 이야기를 되돌릴게요. 릴리는 주로 제국 내에서 활동하고 있는 고위 마물이나 마족들에 대한 대책을 세우기 위해서 이곳에 왔어요. 아시다시피 제국은 마족의 영지와 맞닿아있기 때문에 바우어보다도 그들과 마주칠 확률이 높아요."

나도 그런 사실 자체는 알고 있었지만 설마하니 마족이라는 존재가 그렇게나 강한 상대일 거라고는 생각도 못 했다. 지친 상태였다고는 해도, 다섯 명이서 덤볐는데 쓰러트리지 못할 줄이야.

릴리 님이 타이밍 좋게 와주지 않았다면 전멸했을 것이다. 클레어 님을 향해 손톱이 내려쳐지던 그 광경을 떠올리면서 나는 몸을 떨었다.

"마족들은 모두들 그렇게나 강한가요?"

내가 가장 묻고 싶었던 점을 물어봤다.

"아, 아뇨. 그 아리스토라는 마족은 특별해요. 그는 삼대 마공이라고 불리는 가장 강한 세 마족 중 한 사람이에요. 여러분은 운이 나빴네요."

그 말은 듣고 나는 조금 안심했다. 모든 마족이 다들 그 정도로 강하다면 도저히 당해 낼 수가 없을 거다. 역시 그건 예외라고 해야 할까, 드문 케이스다.

"사, 삼대 마공은…… 아니 정확히는 마족들 자체가 원래는 자기들 영지 밖으로 나오는 일이 거의 없어요. 분쟁이나 전투에는 휘하 마물을 내보낼 때가 많아요."

"그런데 어째서 이번에는 그렇게나 강한 마족이……."

유 님이 걱정스럽게 말했다.

"아, 아마 짐작이지만 교황 성하의 방문과 관계가 있을 거라고 생각해요. 교회와 마족은 역사적으로도 계속 대립해왔으니까요."

폐를 끼쳐서 드릴 말씀이 없어요, 하고 릴리 님이 머리를 숙였다.

글쎄 과연 그럴까. 그 마족은 오히려 클레어 님을 노리고 있었다는 느낌이었다. 아리스토의 기색을 봤을 때, 뭔가 자기 일을 하던 도중에 때마침 클레어 님을 발견하고서 습격해 왔다는 말투였다.

내가 생각에 빠져있을 때 릴리 님이 말을 이었다.

"교, 교회는 교리를 통해서 마족의 존재를 인정하지 않아요. 멸해야 할 존재로 정의하고 있어요. 그들과는 대화나 교섭의 여지가 없습니다. 그들의 목적은 이 세계의 멸망이니까요."

나는 평등과 박애를 주장하는 교회조차도 문답 무용으로 마족을 적대한다는 점에서 조금 위화감을 느꼈다. 애초에 마족은 세계 멸망 따위를 추구해서 어쩌자는 걸까. 나와 같은 의문을 품은 건지 클레어 님이 의아한 표정을 지었다.

"세계의 멸망? 그건 인간사회와 문명을 없애겠다는 그런 의미인가요?"

"아니요, 클레어 님. 마족이 말하는 세계의 멸망이라는 건 그

말 그대로 자신들까지 포함한 이 세계 전체의 멸망입니다."
클레어 님의 질문에 미샤가 대답했다. 미샤도 교회 소속이니 마족에 대해서 어느 정도 지식이 있는 모양이다.
"자신들도 포함해서? 그런 짓을 한다면 자기들까지 죽어버리는 거잖아요."
"마, 맞아요. 마족의 가치관은 인간으로선 이해 불능이에요. 그렇기 때문에 대화나 교섭의 여지가 없는 거예요."
확실히 모든 세계의 멸망을 바라는 상대와 대화를 나누거나 교섭하는 건 무리겠지.
"마, 마족령과 가까이 있는 제국 입장에선 때때로 마족과 조우할 때가 있어요. 먼저 나서서 마족령에 접근하지 않는 한 이번처럼 거물 마족과 만날 일은 더 이상 없을 거라고 생각하기는 하지만, 그래도 여러분들은 부디 충분한 주의를 부탁드려요."
"주의하라고 말해도 저런 걸 어떻게 주의해야 좋은 건가요."
클레어 님이 중얼거리듯이 말했다.
클레어 님 말대로 저 정도의 강력함을 뽐내는 존재가 습격해 온다면, 그때마다 있는 힘껏 전력으로 맞서는 것 말고는 뾰쪽한 대책이 없을 것 같다.
"마족에게 대항하는 노하우에 대해서는 교회가 조금 나을 거예요. 그 노하우 중에 하나가 이거예요."

릴리 님은 단검을 뽑아서 보여줬다.
"이, 이 단검은 축복이라고 불리는 수속성 마법을 걸어놓은 마도구 무기예요. 축복이 걸려 있는 무기는 마족에게 상처를 입히기 쉬워져요. 아까 전의 전투에서는 프리다 씨의 무기에도 약한 축복이 걸려있었던 것 같네요."

그러고 보니 프리다도 자기 무기를 꽤 좋은 검이라고 말했었다. 그건 축복이 걸린 무기라는 의미였던 걸까. 그런 무기를 두 동강 낸 아리스토라는 마족은 역시나 보통이 아니다.

"이, 이번에 제가 선행 파견되면서 대성당으로부터 여러분들에게 축복받은 마도구를 대여해 주라는 명령을 받았습니다. 여기 계신 분들은 마법사니까 마법 지팡이를 건네 드릴게요."

릴리 님은 함께 온 교회 관계자에게 짐을 옮겨오게 시켰다. 하나씩 천에 싸인 꾸러미들이 보였다. 릴리 님은 그중 하나를 열고서 나에게 내밀었다.

"이, 이 마법 지팡이의 마법석에는 축복이 걸려 있어요. 이 축복 자체는 수속성 마법이지만 사용하는 마법의 속성에 영향을 주지는 않아요. 그 부분은 안심해주세요."

릴리 님은 어디까지나 마족용 대책이라고 말했다.

"릴리 님, 이 축복이라는 마법 자체를 가르쳐 주실 수는 없는 건가요?"

"그, 그건 아무래도 조금……. 축복 마법 구성식은 교회의 비기라서요……. 달의 눈물 이상 가는 특급 기밀 사항이에요. 축복을 사용할 수 있는 사람은 대대로 교황 성하뿐이에요."

릴리 님이 말하기를, 축복이 걸린 마법석은 교회의 귀중한 수입원이기도 하다는 모양이다. 내가 직접 축복을 쓸 수 있게 된다면 여러모로 응용할 수 있을 거라고 생각했는데, 역시 그렇게 쉽게 배울 수는 없는 것 같다.

"추, 축복을 받은 마도구는 귀하기 때문에 죄송하지만 한 사람당 한 개씩만 대여해드리게 됐어요. 부디 소중하게 다뤄주세요."

우리들은 릴리 님한테서 마법 지팡이를 받았다. 살펴보자 축복이 걸린 마법 지팡이는 끝부분에 있는 마법석이 4대속성의 상징색과 다르게 무색투명했다. 순수한 수속성 마법이라면 푸르게 변했을 테니까 확실히 이건 조금 특이한 마법인 것 같았다.

"마, 마족의 약점은 마물과 똑같이 핵이 되는 마법석이에요. 이유는 알 수 없지만 위치는 대체로 사람의 심장과 똑같은 위치에 있는 경우가 많아요. 잘 기억해 주세요."

그 말과 함께 릴리 님은 마족 강좌를 마쳤다.

"릴리 님, 여러 가지로 가르쳐주셔서 감사합니다."

"아, 아뇨. 천만의 말씀이세요."

레보릴리의 원작 지식 덕분에 존재 자체는 알고 있었지만 마족의 생태에 대한 지식은 전무한 거나 마찬가지인 상태였기 때문에 큰 도움이 되었다. 거기다가 축복이 걸린 무기 대여까지.

"뭔가 답례를……."

"그, 그런…… 이건 릴리의 일이기도 하고……. 아, 하지만——."

"뭔가요? 뭐든지 말씀만 해주세요."

"그, 그럼 이다음에 잠깐 시간 있으신가요? 오랜만에 같이 차라도——."

"기쁘게 함께하겠습니다. 쌓인 이야기들도 있으니까요."

이런 걸로도 괜찮다면 얼마든지.

나는 선뜻 릴리 님의 제안을 받아들였지만,

"릴리, 그 자리에는 당연히 저도 함께 동석해도 괜찮은 거겠죠?"

정실부인께서 무서운 얼굴로 째려보고 있었다.

"무, 물론이에요. 클레어 님의 눈을 피해, 잘하면 레이 씨와의 사이를 어떻게 해보려고…… 어버버버……."

릴리 님, 알아서 자백하고 있다.

"정말이지. 방심할 틈을 안 주네요."

"……칫, 망했구만."

"……릴리 님?"

"릴리?"

"아, 죄송합니다. 죄송합니다!"

오랜만에 듣는 릴리 님의 매도 섞인 말버릇이었다.

"다, 다른 인격은 마나리아 님이 해제해 주셨지만, 요즘 들어서 또 그 버릇이 나오게 돼서……."

"……뭐어, 괜찮기는 하지만요……."

"어쩐지 이제는 릴리 님은 그 버릇이 없으면 안 된다는 기분도 드네요."

"그, 그런……."

눈물을 글썽이는 릴리 님을 방으로 초대해서 우리들은 밤까지 수다를 떨었다. 릴리 님은 아이들과 함께 저녁을 먹은 뒤 돌아갔다.

“그, 그럼 또 둘이서 몰래 밀회를 나누기로 해요, 레이 씨.”

“얼른 돌아가세요.”

돌아갈 때 릴리 님과 클레어 님이 사이에 작은 토닥거림이 있었다는 사실도 밝혀둔다.

아침, 국학관 교실에서.

“클레어, 그 후로 몸은 좀 어떠세요?”

마족과의 전투 이후로 필리네는 끊임없이 클레어 님을 염려해 주고 있었다. 분명 자신도 중상을 입었을 텐데도 자기 몸은 거의 아랑곳 하지 않고서 그저 클레어 님만 신경 쓰고 있다.

“걱정해 줘서 고마워요, 필리네 님. 하지만 어제도 말씀드렸듯이 이제는 아무런 문제도 없어요.”

필리네와 양호한 관계를 구축하려는 목적이 있기 때문에 클레어 님은 되도록 상냥하게 대응을 이어가고 있었지만 역시나 이렇게 매일같이 걱정을 받고 있자면 슬슬 조금 귀찮아 보인다.

“말은 그렇게 해도 그 정도로 큰일이 있었는걸요. 몸의 상처는 낫더라도 아픈 기억이 자꾸 떠오른다든가 하지는 않나요?”

“저는 그렇게 약하지 않아요. 오히려 다음에 또 만난다면 반드시 쓰러트리겠다고 다짐할 정도인걸요.”

“어머나.”

매일 아침마다 저런 대화를 나누고 있었다.

필리네와 친구 사이가 된 건 축하할 일이지만 어쩐지 그녀는 거리를 좁히는 방법이 조금 이상하다. 뭔가 가깝다. 엄청나게 가깝다. 걸핏하면 클레어 님과 스킨십을 하고 싶어 하는 필리네를 보면서 나는 위기감을 느끼고 있었다. 클레어 님에게 보이는 그녀의 태도는 친구를 대하는 태도를 한참 벗어나 있는 것 같았다.

아니 정확히는 이미 익숙하다. 구체적으로는 거울을 볼 때마다.

"저기~ 필리네 님? 몇 번이나 말씀드렸지만, 클레어 님은 제 거니까 너무 들러붙지 말아 주셨으면……."

"아…… 그, 그러네요. 미안해요, 레이. 참 저도 모르게……."

뭐가 저도 모르게인 건데. 뺨을 붉히면서 몸을 배배 꼬는 필리네를 보며 나는 경계심을 한층 더 끌어올렸다.

"레이도 너무 호들갑이에요. 필리네 님과 저는 친구니까 이 정도야 평범하잖아요?"

"고, 고마워요, 클레어!"

쓴웃음을 지으면서 중재에 나선 클레어 님을 향해, 풀이 죽어서 축 늘어져 있던 꼬리를 다시금 신나게 흔들기 시작한 필리네.

잠깐만요, 클레어 님. 당신은 둔감한 라이트 노벨 주인공입니까. 누가 봐도 호의를 품고 있다는 게 딱 보이잖아요.

"필리네 님은 황족이시잖아요. 이미 약혼하신 분도 계시나요?"

"아뇨, 아직 없어요."

"그건 의외네요. 황녀라고 하면 유력한 외교 카드인거 아닌가요?"

그런 지체 높은 분들의 사정에 대해서는 나보다 훨씬 잘 알고 있는 클레어 님이 말했다.

"어머님은 타국에 외교보다도 무력으로 호소하는 분이니까요……."

필리네가 슬픈 듯이 말했다. 분명 도로테아는 원하는 게 있다면 힘으로 빼앗는 여성이다. 성가신 외교 따위, 쓸데없다는 한마디로 정리해 버릴 거 같은 느낌이다. 뭐, 아무리 그래도 그 정도로 근육 뇌는 아니겠지만.

"그러니까, 저는 지금 솔로인데요?"

"네, 네에, 그렇군요……."

"어째서 그 부분에서 클레어 님한테 프리하다는 걸 어필하는 건데요."

필리네는 100퍼센트 클레어 님한테 마음이 있는 거겠지. 소심하다는 설정 어디 갔어. 아니 뭐, 나한테는 여전히 머뭇거리는 태도를 보여주긴 하지만.

"어필이라니, 그런……. 그저 저는 클레어와 좀 더 사이좋아지고 싶을 뿐이라……."

"지금도 충분히 여봐란듯이 어필하고 있는데요……."

"그런가요……? 어머나 나도 참……."

또다시 몸을 배배 꼬고 있다. 귀엽지 않다고~ 귀엽기는 한데, 귀엽지 않다고~.

"필리네 님, 이미 임자 있는 클레어 님을 연모하는 건가요?"

"잠깐만요 레이?!"

이제 다 귀찮아져서 몸 안쪽 꽉 찬 돌직구로 물어봤더니 클레어 님이 당황했다. 아니, 그치만 더 이상 눈뜨고 볼 수가 없는걸.

"조, 좋아한다니 그런……."

어이~ 이미 임자가 있다고 말했잖아. 자연스럽게 단어의 의미를 자기 입맛대로 해석하지 말아줬으면 좋겠다. 이러니까 세상 물정 모르는 공주님은…….

"황족분이 이미 짝이 있는 사람에게 어프로치를 건다는 건 겉보기에 좋지 않은 거 같은데요?"

"아뇨, 제국은 다부다처제니까, 딱히."

"아……."

그러고 보니까 그랬다. 제국은 바우어와 혼인제도가 다르다. 일부일처제도 아닌데다 동성혼도 인정하고 있다. 그 점은 레보릴리라는 게임의 특성과 관련이 있다.

"거기다 클레어와 레이는 법률상으로는 아직 남남이죠?"

"그, 그렇긴 한데……."

"가문의 이름값을 따져도 황족인 제가 더, 옛날엔 상급 귀족이었던 클레어와 잘 맞을 거라고 생각해요."

어라? 나 어쩐지 밀리고 있지 않아?

"필리네 님, 그건 틀려요."

조금 할 말이 궁해진 나를 두고 볼 수 없었던 건지 클레어 님이 부드럽게 필리네를 타일렀다.

"저와 레이는 분명 법률상으로는 아직 타인이고 나고 자란 환경도 완전히 달라요."

"그러네요."

"하지만 저는 깨달았어요. 결혼이라는 건 정치의 도구나 저를 길러준 부모님을 향한 보은을 위한 것만이 아니라는 걸. 제 개인의 행복에 있어서도 정말로 중요한 일이라는 걸."

"자기 자신의…… 행복……."

필리네는 조용히 읊조리듯 말했다. 그 모습을 바라보면서 클레어 님이 말을 이었다.

"정략결혼이나 가문 간의 결속, 부모님을 향한 보은이라는 측면을 부정하지 않아요. 하지만 그와 동시에 상대가 저에게 있어서 얼마나 소중한지도 무시할 수 없어요."

"……네."

"그런 의미에서 레이는 더할 나위 없을 상대예요. 법률적인 배경이 없다고 해도 레이는 저에게 있어서 누구와도 바꿀 수 없는 최고의 반려예요. 그 점은 부디 이해해 주세요."

딱 잘라 말하면서 클레어 님은 빙긋 웃었다. 나는 어떠냐면 이 이상 없을 정도로 콧대를 세운 채 뽐내고 있었다.

"그런가요……. 과연 그렇군요……."

이 정도로 확실하게 말해 놓으면 아무리 필리네라도 생각을 고쳐먹겠지. 애초에 윤리관이 강한 아이기도 하고, 처음으로 친해진 상대에게 들뜬 마음을 품었을 뿐이지 금방 원래대로——.

"잘 알겠어요. 그렇다면 저는 다시금 클레어의 반려로 입후보

하겠어요."

네?

"무, 무슨 말씀을 하시는 건가요, 필리네 님? 방금 제 얘기를 들으셨나요?"

"네에, 물론. 저도 후회 없는, 무엇과도 바꿀 수 없는 사랑을 하겠어요."

상상도 못 한 반응이었다. 클레어 님도 나도, 저도 모르게 입을 딱 벌리고 말았다.

"클레어에게 있어서 레이가 정말로 소중한 상대라는 건 잘 알았어요. 저도 클레어에게 그런 사람이 될 수 있도록 있는 힘껏 노력하겠어요."

"아, 아뇨, 그런 이야기를 하고 싶은 게 아니라 말이죠?"

"괜찮아요. 클레어한테서 배웠어요. 중요한 건 한 가지씩 쌓아 올리는 거라고."

"아니, 그 얘기도 이럴 때 쓰는 얘기가 아니고요……."

클레어 님이 허둥지둥하고 있었다. 필리네는 이렇게나 저돌적으로 달려드는 부분도 있었던 건가. 역시나 그 도로테아의 딸이다.

"그렇게 됐으니 오늘부터 다시 한번 잘 부탁드릴게요, 클레어, 레이. 저는 두 분에게 부끄럽지 않은 훌륭한 숙녀가 되겠어요."

콧김을 빵빵하게 내뿜으면서 선언하는 필리네. 클레어 님과 나는 어째서 이렇게 된 걸까, 하고 얼굴을 마주 보았다.

과정은 어찌 됐든, 현실이 이렇다. 아무래도 나한테 연적이 출현한 모양이다. 거기에다 하필이면 앞으로 협력을 구해야만 하는 상대가 연적이 될 줄이야.

이거야 원.

내가 몰려오는 피로감에 진저리를 치고 있을 때, 유 님이 다가왔다. 그녀가 다른 반으로 찾아오는 건 드문 일이다.

"클레어, 레이."

"어머, 유 님. 어쩐 일이세요?"

"바우어에서 편지가 왔어. 아마도 나쁜 소식…… 이라고 해야겠지, 이건."

유 님은 험악한 얼굴로 이렇게 말했다.

"바우어 왕국 전 재상, 사라스 릴리움이 모습을 감췄다. 탈옥했다는 모양이야."

제 11 장

교황 암살편

"사라스가……?"

그 음험한 전 재상이 탈옥……. 그러니까 그딴 자식한테 감형 처분 같은 걸 내리면 안 된다고 주장했던 건데.

이거야 또 성가신 일이 일어날 것 같은 예감이 든다.

"하지만 대체 어떻게 탈옥한 거죠? 사라스는 다른 죄수들과는 달리 특별히 엄중한 감시가 붙은 뇌옥에 수용됐다고 들었는데요."

"거기에 대해선 사정을 잘 알고 있는 사람이 설명해 줄 거야. 방과 후에 기숙사 방에서 만나자."

"알겠어요."

유 님은 그 말만 남기고서 자기 반으로 돌아갔다.

"클레어 님……."

"네에, 안 좋은 예감이 드네요."

클레어 님과 나는 씁쓸한 표정으로 마주 보며 고개를 끄덕였다.

"허허, 클레어, 레이, 오랜만이구나!"

"아버님?!"

"도르 님……."

방과 후, 기숙사로 돌아오자, 우리 앞에 나타난 사정을 잘 알고 있는 사람이란 내 장인어른인 도르 프랑소와 님이었다.

"메이와 알레어는 어디 갔니? 못 본 새에 벌써 많이들 컸겠구나."

“아이들은 우리 방에 있어요. 그리고 바우어에서 떠나온 지 이제 겨우 두 달 밖에 안 지났다고요.”

“무슨 소리냐. 한 달만 지나도 아이들은 몰라보게 성장하는 법이다. 클레어도 어렸을 때는——.”

도르 님이 팔불출 할아버지이자 아버지라는 사실을 유감없이 발휘하려고 했을 때,

“도르, 미안하지만 그 전에 사정부터 설명해 줘. 우리들은 아직 전혀 상황을 모르니까.”

유 님이 부드럽게 제지하면서 말했다.

“엇차, 이거 실례했습니다. 클레어도 손녀들도 너무나도 귀엽다 보니——.”

“그 이야기는 됐으니까 빨리 본제로 들어가 주세요.”

“깐깐하구나, 클레어. 그런 부분은 정말로 밀리아를 닮았어.”

밀리아란 지금은 돌아가신 클레어 님의 어머님 이름이다. 도르 님은 아쉬운 듯이 말하고서, 어흠 하고 한번 헛기침을 한 뒤 표정을 다잡았다.

“저번 달 중순, 왕궁의 특별 감옥에 수용됐던 사라스 릴리움이 모습을 감췄습니다. 탈옥한 걸로 보입니다.”

사라스가 사라진 건 우리들이 바우어를 떠나고서 얼마 지나지 않았을 때라고 한다. 특별 감옥이란 유 님의 성별 폭로 사건 직후에 내가 잠시 수용되어 있었던 감옥이다. 일반 죄수와 별도의 관리가 필요한 죄인들을 수감하는 감옥으로, 경계도 다른 일반 감옥보다 훨씬 삼엄하다.

"탈옥 수법은 아직 밝혀지지 않았지만 왕궁 내에서 영향력을 가진 누군가가 도와줬을 거라고 생각합니다. 지금 현재 가장 수상한 인물은……."

도르 님은 거기서 잠깐 말을 머뭇거리면서 유 님 쪽을 바라보았다.

"어머님이네."

유 님은 무슨 말인지 깨달은 듯 한숨을 내쉬었다. 도르 님이 고개를 끄덕인다.

"네. 유감스럽지만 리세 님이 가장 큰 용의자입니다. 리세 님은 사라스를…… 그게, 꽤나 높이 사고 있었으니까요."

이때도 도르 님은 말끝을 흐렸다.

"툭 까놓고 말해도 괜찮아, 도르. 어머님은 사라스를 사랑하고 있었어. 사라스가 감옥에 들어간 이후로도 계속해서 면회를 갔었다고 들었으니까."

사라스의 대체 어디가 그렇게 좋은 건지 나로선 도무지 이해가 안 가지만, 녀석은 정말로 여성들에게 인기가 있다. 세인 전하의 어머님이신 루루 님도 사라스와 불륜관계에 있었고, 리세 님도 그 녀석을 몰래 짝사랑하고 있었던 것이다.

돌아가신 로세이유 전하는 현왕이라고 불릴 정도로 우수한 분이셨지만 여성을 끌어당기는 매력은 부족했던 모양이다. 나는 사라스 같은 놈보다도 로세이유 전하 쪽이 백배는 더 좋았지만. 그도 그럴게 사라스의 장점이라고 해봤자 얼굴뿐 아니야?

"아직 확실해진 건 아닙니다. 어디까지나 용의선상에 있을 뿐입니다. 그러나 리세 님은 최근 들어 불온한 움직임을 취하고 계시기 때문에 경계해둬야 합니다."

"아버님, 불온한 움직임이라니요?"

클레어 님이 물었다.

"리세 님이 황태후의 자리를 반납했다는 건 알고 있겠지?"

"네에, 지금은 교회로 돌아가서 이전 추기경의 지위로 복직했었죠."

잊어버린 사람도 있을 거라고 생각하기 때문에 확인해두고 넘어가자면, 리세 님은 원래 정령교회의 추기경이었다. 그리고 로세이유 전하와는 왕국이 교회 세력을 끌어들이기 위해서 정략결혼을 맺었다.

로세이유 전하가 돌아가신 이후, 리세 님은 황태후가 됐지만 얼마 지나지 않아 지위를 반납하고 정령교회로 돌아갔고, 지금은 다시 추기경으로 활동하고 있다. 지위로만 보면 유 님과 동렬이지만, 황태후였다는 점 덕분에 실질적으로는 교황 다음가는 유력자라고 봐도 좋을 것이다.

"리세 님은 추기경이 된 뒤로 정치적인 움직임을 활발히 이어갔습니다. 구체적으로는 교회 내에서 지위를 확립하고 교황 파벌을 와해시켰죠."

"그건 즉…… 그런 뜻인가요?"

클레어 님이 유 님을 걱정스러운 듯이 쳐다보았다. 도르 님도 침통한 얼굴로 끄덕였다.

"그런 뜻이라는 게 무슨 말인가요?"

나는 무슨 소리인지 전혀 알 수 없었기 때문에 클레어 님한테 물었다.

"리세 님은 아직 유 님을 포기하지 못한 거예요, 분명. 바우어 국왕으로 만드는 건 포기했지만 이번에는 유 님을 차기 교황으로 삼으려는 거죠."

아아, 그런 말인가. 왕궁에서 내세우는 명분은 둘째 쳐도, 현재 유 님이 여성이라는 사실은 이미 시민들한테도 알려진 사실이다. 세인 전하는 국내외를 가리지 않고 높은 평가를 받고 있으니, 현재로서 유 님이 왕위에 오를 가능성은 거의 없다.

그러나 유 님은 지금 정령교회 내에서 자신의 지위를 확고히 했다. 교회 내에 남아있었던 리세 님 파벌이 뒤에서 밀어준 점도 있어서 추기경까지 올랐다. 이전에도 말했듯이 정령교회는 여성을 후하게 대하는 문화가 있기 때문에 유 님의 성별도 긍정적으로 작용한다. 차기 교황으로 가장 유력한 후보였던 릴리 님도 실각했으니, 그야말로 승산이 있다고 보는 것이다.

"하지만 분명 지금 교황 성하는 아직 젊었을 텐데요? 그렇게나 빨리 자리 교체가 될 리는 없는 거 아닌가요?"

"그 부분에 대해서 좋지 않은 소문이 있단다, 레이."

도르 님이 미간을 찌푸리면서 말했다.

"좋지 않은 소문인가요?"

"……어디까지나 소문이기는 하지만. 교황 성하를 해하려고 획책하는 자들이 있다는 모양이다."

"!"

교황 성하의 암살이라니, 이건 또 불온하기 그지없다.

"레이도 알고 있겠지? 다음 달에 성하가 나 제국으로 향한다. 암살에는 최적의 상황이야."

도르 님이 쓰디쓴 벌레라도 삼킨 것 같은 표정으로 한탄스럽다는 듯이 고개를 절레절레 흔들었다.

"거기까지 알고 있다면야 리세 님을 체포하는 건 어떨까요?"

나는 소박한 의문을 던져봤다.

"그건 무리예요. 상대는 정령교회의 추기경. 거기다 전 황태후잖아요? 그렇게 간단히 손댈 수 있는 상대가 아니에요."

"거기다 리세 님은 머리회전이 빠른 분이다. 자기 손을 더럽히는 행동은 일절 하지 않았겠지. 현재로선 결정적인 증거도 아무것도 없어."

체포할 수 있었다면 진즉에 했을 거라는 소리다. 그런 분야의 행동거지는 도르 님 자신이 귀족 시절에 직접 했던 일이기도 하니까, 그런 상대를 체포하는 게 얼마나 어려운지도 아마 누구보다도 잘 알고 있겠지.

"그리고 방금 전에도 말했지만 리세 님이 흑막이라고는 아직 확정된 게 아니야."

"그렇게나 의심스러운데도?"

"리세 님은 이번 교황 성하의 방문에 경비 책임자를 자진해서 떠맡았어. 그녀가 흑막이라면 일부러 그런 역할을 받아들일 필요는 없으니까."

과연 그렇군. 만약 이번 행차에서 교황 성하한테 무슨 일이 생긴다면 그 책임은 경비책임자인 리세 님에게까지 미치겠지. 그런 리스크를 일부러 떠맡을 필요는 없을 거라는 뜻이다.

"보여주기식 모습이거나, 혹은 교황 성하를 노리기 쉽게 만들기 위해서인 건 아닐까요? 경비책임자라면 누구보다도 교황 성하의 경비에 대한 허점도 잘 알고 있을 테니."

"물론 그럴 가능성도 있지. 하지만 리세 님은 경비에 대한 책임은 자기가 지되, 실질적인 경비는 다른 사람에게 맡기고 싶다고까지 말하고 있다. 구체적으로는——."

도르 님은 어째선지 그 부분에서 나를 쳐다보았다. 나는 엄청나게 나쁜 예감이 들었다.

"구체적으로는…… 레이, 너에게 경비에서 가장 중요한 역할을 맡기고 싶다고 말씀하셨다."

우째서냐.

나는 그 말을 듣자마자 속으로 태클을 걸지 않을 수가 없었다. 또 귀찮은 일이 생길 모양이다.

"잘 와주셨습니다, 여러분."

전 황태후이자 이제는 추기경인 리세 바우어 님이 싱긋 웃으면서 우리들의 방문을 맞이해주셨다.

이곳은 제도 룸에 있는 정령교회 건물이다. 바우어 대성당 정도의 규모는 아니지만 여기도 제법 큰 규모다. 우리들은 건물

안에서 리세 님을 알현하고 있었다. 멤버는 유 님, 클레어 님, 미샤와 나까지 도로테아를 만났을 때와 동일한 네 사람이다.

리세 님은 교황 성하의 행차에 앞서서 릴리 님과 똑같은 시기에 제국에 왔다고 한다. 도르 님한테서 리세 님이 암약하고 있다는 의혹을 전해들은 그 다음날, 우리들은 리세 님에게서 부름을 받았다.

"오랜만입니다, 어머님. 별고 없으신가요."

우리들을 대표해서 유 님이 인사했다. 유 님을 제외한 세 명은 무릎을 꿇고서 고개를 숙인 채였다.

"고마워요, 유. 다들 편히 계세요."

나는 고개를 들었다. 이전에는 부채로 얼굴을 가리고 있었기 때문에 자세히 볼 수 없었던 리세 님의 외모를 잘 볼 수 있었다. 유 님과 똑같은 푸른 눈동자는 온화하게 웃고 있는 것처럼 보였다. 예전엔 길게 늘어뜨렸던 금발을 수녀모로 감추고서, 추기경다운 복장을 갖추고 있었다. 일반 수녀인 릴리 님이나 미샤의 수녀복과는 다르게 리세 님이 입고 있는 옷은 유 님이 입고 있는 옷처럼 아름다운 자수가 수놓아져 있었다. 예전에 뵀을 때는 조금 차가운 인상이었지만 오늘은 기분이 좋은 탓인지 전체적으로 부드러운 인상이다.

"그래서……. 오늘 이렇게 와주셨으면 했던 건 다른 게 아닙니다. 여러분들에게 부탁드리고 싶은 일이 있습니다."

리세 님은 천천히 본론을 꺼냈다. 사전에 도르 님한테서 이야기를 들었던 우리들은 왔구나 싶어서 마음의 준비를 했다.

"이미 들었을지도 모르겠지만 다음 달에 교황 성하께서 나 제국을 방문합니다. 여러분들에게는 성하의 호위를 부탁드리고 싶습니다.

리세 님의 의뢰는 도르 님한테 들었던 내용 그대로였다. 리세 님은 여전히 미소를 지우지 않고서 말을 이었다.

"특히 클레어 프랑소와, 당신에게는 호위의 실질적 책임자로서 전체를 지휘해 줬으면 좋겠습니다."

"제가 말인가요?"

클레어 님이 되물었다. 어라? 도르 님의 말로는 나한테 맡기려고 했었을 텐데, 표적이 바뀐 걸까.

"외람된 말씀이지만, 저는 요인 경호에 대한 지식이 없으니, 좀 더 호위에 걸맞은 다른 적임자가 있지 않을까요?"

"확실히 그것도 맞는 말이지만 교황 성하가 꼭 그렇게 해달라고 말씀하고 계세요. 부탁드릴 수 없을까요."

리세 님은 이거 곤란하네요, 라고 말하고 싶어 하는 표정으로 거듭해서 클레어 님에게 부탁했다.

"……레이와 미샤도 함께해도 괜찮다면 받아들이겠어요."

"어머, 다행이에요! 물론 레이와 미샤도 함께해도 괜찮아요. 특히 레이에게는 부탁하고 싶은 일이 있어요."

"어떤 일인가요."

내가 고개를 갸웃거리자, 리세 님은 시종을 부르더니 무언가를 건네받았다.

"지금부터 보여드릴 건 비밀입니다. 절대로 누설하지 않도록 하세요."

시종이 공손한 태도로 무언가를 앞에 내걸었다. 그건 아무래도 그림인 것 같았다. 튼튼하게 만들어진 액자 속에 한 사람의 인물화가 그려져 있었다.

"……나?"

거기에 그려진 사람은 나였다. 어째서 나 같은 사람의 인물화를 이런 식으로 애지중지 취급하는 걸까 싶어서 고개를 갸우뚱하며 의아하게 여기고 있었더니,

"여기 그려져 있는 사람은 레이가 아닙니다."

리세 님이 말했다. 내가 아니라면 대체 누구라는 걸까.

"이 어진은 교황이신 클라리스 레페테 3세 성하의 것입니다."

"!"

우리 모두가 깜짝 놀랐다.

물론 나도 놀라긴 마찬가지였다. 남남이라고 치기에는 교황 성하의 얼굴은 나와 너무나도 똑 닮았다. 예전에 릴리 님이 여행 중에 나와 똑같이 생긴 사람과 만났다고 말했는데, 혹시 내 얼굴은 이 세계에서 흔히 있는 얼굴인 걸까. 돌이켜보면 내가 릴리 님과 처음 만났을 때, 릴리 님이 내 얼굴을 본 적 있는 것 같다고 말했던 것도 교황 성하를 두고 한 말이었을까.

"보시는 대로 교황 성하와 레이는 쏙 빼닮았습니다. 그래서 레이에게는 교황 성하의 카게무샤(적의 눈을 속이기 위해서 주요 인물을 대신해 똑같은 옷을 입고 대역을 맡는 무사)를 부탁하고 싶습니다."

"카게무샤…… 인가요."

이 세계에는 무사가 존재하지 않을 텐데도 어째서 카게무샤라는 단어가 있는 건지 신경 쓰이기는 하지만 일단 그 사실은 제쳐두고서, 나는 제안 받은 내용을 곰곰이 생각해봤다. 교황 성하의 대역을 세워둔다는 건, 그만큼 교황 성하가 위험한 일에 맞닥뜨리게 될 거라고 상정하고 있는 거나 마찬가지라고 생각해도 될 것이다. 도르 님도 말했듯이 교황 암살이라는 게 단순한 뜬소문이 아닌 모양이다.

리세 님의 제안 자체는 그런 상황 때문이라고 충분히 이해할 수 있다. 다만 리세 님한테도 혐의가 걸려있는 이상, 대역을 받아들인다면 어느 정도 위험이 수반될 것도 각오해둬야겠지.

"……한 가지, 여쭤보고 싶어요."

"뭔가요, 클레어."

어진을 본 클레어 님이 리세 님에게 물었다.

"리세 님은 교황 성하와 레이의 얼굴이 쏙 빼닮았다는 사실에 아무런 의문도 느끼지 않으시나요?"

"아아, 그거 말인가요. 이 사실은 교회 내의 비밀이긴 하지만 이 세상에는 레이…… 아니 교황 성하와 비슷한 얼굴을 한 여성이 아주 가끔씩 태어난답니다."

리세 님은 익숙한 듯이 설명을 이어갔다.

"저희들은 그걸 정령신의 축복을 받은 얼굴이라고 여기고 있습니다. 역대 교황 중에도 이와 똑같은 얼굴을 가진 여자아이가 교황으로 선택됐던 사례가 여러 번 있었습니다. 교회로서는 이렇게 생긴 사람을 적극적으로 보호하고 있어요."

역시 이 얼굴은 이쪽 세계에선 흔한 얼굴인 모양이다. 하지만 어째서?

주인공 얼굴이라서?

"어디까지나 혹시나, 싶은 얘기지만…… 레이, 당신은 교회 사람이었을 가능성도 있는 겁니다."

"허어……."

듣고 보니 이리에도 교회 쪽 사람이었다고 들었다. 나도 지금 부모님이 거둬주시지 않았더라면 교회에서 신세를 지고 있었겠지.

뭐어, 내 얼굴에 대해선 어쨌든 간에, 한 가지 더 확인하고 넘어가야 하는 게 있다.

"저도 한 가지 여쭤봐도 될까요."

"물론이죠."

"교황 성하를 노리는 자들이 있다는 소문은 진짜입니까?"

"……그건……."

내 질문에 리세 님은 입을 다물었다. 이 반응은 어떤 의미일까. 판단하기 힘들다.

"……아마도 도르겠죠? 입이 가볍군요. 하지만 결국 언젠가는 알아둬야 하는 사실이네요. 네, 진짜예요. 정말 송구스러운 일이지만 성하의 목숨을 노리는 자들이 있다는 소문이 있습니다."

개탄스러운 일이라는 듯이 리세 님은 고개를 절레절레 흔들었다.

"떠들기를 좋아하는 자들 중에서는 제가 교황 성하의 목숨을 노리고 있다는 소리를 하는 자들도 있는 모양입니다만, 정말 말도 안 됩니다. 성하는 정령교회의 정점에 서 계시는 분. 그런 분에게 해를 입히거나 하면 온 세상의 정령교도들에게 미움을 받겠죠."

저는 그런 어리석은 짓을 하지 않습니다. 리세 님은 단호하게 부정했다.

"물론 그렇다고 카게무샤 역할이 위험하다는 사실은 변치 않겠죠. 하지만 이 역할은 레이, 당신만이 할 수 있는 일입니다. 당신이 그저 평범한 일반인이라면 이런 위험한 역할을 부탁드리지 않겠지만, 다행스럽게도 당신은 충분한 전투 능력을 갖추고 있습니다."

리세 님은 나를 매우 높이 사는 모양이다.

"그러니 부디 부탁드립니다. 교황 성하의 힘이 되어주세요."

리세 님은 깊이 고개를 숙이며 말했다. 그 모습을 보고 유 님과 미샤가 놀라움을 감추지 못했다. 나중에 듣자 하니 리세 님이 고개를 숙이는 모습을 처음 봤다고 한다.

"……알겠습니다. 받아들이겠습니다."

나는 고민 끝에 대답했다. 암살을 꾸미고 있는 자가 결국 누군지는 알 수 없지만, 사건의 당사자가 될 수 있다면 대처하기도 쉬워질 거라고 생각했기 때문이다. 예전의 나였다면 쓸데없는 불똥이 튀는 건 단연코 사양하겠다고 생각했을 게 틀림없다. 분명 클레어 님의 영향을 받은 거네. 이거 참.

"……놀랐습니다. 당신은 저를 원망하고 있을 거라고 생각했습니다."

내가 카게무샤 제안을 승낙한 게 리세 님으로선 상당히 의외였던 모양이다.

"유의 몸에 대한 사건 직후에 저는 부하들을 시켜서 당신을 해하려고 했습니다. 아마 분명 당신도 그 사실을 알고 있었을 테지요."

감옥에 갇혔을 때, 식사에 독을 탔던 걸 말하는 거겠지. 나는 리세 님이 그걸 스스로 인정했다는 사실에 살짝 놀랐다.

"리세 님 입장에서 본다면 미워하는 것도 당연하다고 생각했습니다. 저는 유 님의 마음을 최우선으로 삼았지만 리세 님으로선 괴로우셨겠죠."

나는 일단 무난한 대답을 던졌다. 리세 님의 진의가 어디에 있든지 간에, 쓸데없이 적대 관계가 되는 건 피하고 싶었다.

"……저는 당신을 오해하고 있었던 걸지도 모르겠습니다, 레이 테일러. 과거의 제 얕은 마음으로 저지른 행위를 부디 용서해 주시길."

그렇게 말하며 리세 님은 다시금 고개를 숙였다.

"그럼 클레어, 레이. 두 분에게 경비를 맡기겠습니다. 책임은 제가 지겠으니 최선을 다해 주세요. 유, 미샤. 당신들도 두 사람을 도와주기를."

리세 님의 말에 우리 네 사람이 평복하며 그날의 회담을 마쳤다.

"미샤는 너무 생각이 완고하다고!"

"유 님은 조금 냉정해지실 필요가 있어요."

저녁, 웬일인지 옆방에서 노성이 울려 퍼졌다. 식사를 하던 중이었던 클레어 님, 메이, 알레어, 그리고 나는 저도 모르게 서로의 얼굴을 마주 보았다.

"유 님이랑 미샤 언니가 싸움~?"

"두 사람 다 무서운 목소리예요~."

아이들이 걱정스러운 표정을 지었다.

저 두 사람이 서로 목청 높여 화를 내다니 좀처럼 없는 일이다. 거기다 미샤는 소리를 조종할 수 있는 마법사다. 즉, 지금은 소리를 죽일 여유조차 잃어버렸다는 뜻이다.

"레이, 잠깐 상황을 보러 다녀와 주세요."

"아, 하지만 뒷정리가."

"그 정도는 제가 해둘게요. 됐으니까 빨리요."

"네, 그럼."

나는 "괜찮으니까" 하고 메이와 알레어의 머리를 가볍게 쓰다듬어 주고 나서 옆방으로 향했다. 초인종을 누른다. 계속해서 터져 나오던 성난 목소리가 순식간에 잦아들더니, 이윽고 누군가가 문을 향해 걸어오는 기척이 있었다.

"……어머, 레이……."

"안녕, 미샤. 무슨 일 있었어? 드물게도 둘이서 다투고 있는 것 같은 목소리가 들렸는데."

"거기까지 들릴 정도였네. 미안해. 그다지 큰일은 아니야."

미샤는 쓴웃음을 지으면서 얼버무리려고 했지만 눈이 빨개져 있었다. 울었던 흔적이다.

"조금 이야기를 들려주지 않을래? 만약 방해라면 그냥 돌아가겠지만."

"……."

"잘 됐잖아, 미샤. 레이한테도 물어보자."

미샤와 내가 나누는 대화를 들은 모양인지 안쪽에서 유 님의 목소리가 들렸다.

"……들어와."

"실례할게."

유 님과 미샤의 방에 들어온 건 제국에 왔던 첫날 이후로 처음이다. 그때는 아직 텅 비어있었지만 지금은 가구들도 들여놨고, 생활감이 느껴진다. 두 사람 다 신앙을 가지고 살아가는지라 종교적인 의미를 가진 물품들이 많았고, 검소하고 소박한 생활을 보내고 있다는 사실을 잘 알 수 있었다.

"지금 차라도 끓여올게."

"아, 신경 쓰지 않아도."

"괜찮아. 나도 조금 머리를 식히고 싶으니까."

그렇게 말하며 미샤는 부엌으로 가서 차를 끓이기 시작했다. 말다툼을 한 직후라서 날카로워져 있었던 분위기가 홍차의 향기 덕분에 조금씩 누그러졌다.

"미안하게 됐어, 레이. 너희들 방까지 들릴 정도로 큰 소리를 낼 생각은 없었는데."

"아뇨, 그건 괜찮지만 별일이네요. 두 사람이 그렇게 거친 목소리를 내다니."

유 님도 미샤도 부드러운 성품을 가진 사람들이니만큼, 그런 노성을 듣게 될 날이 올 거라고는 생각도 안 해봤다.

"조금…… 어머님과 관련해서 의견 차이가 말이지."

"리세 님 말인가요?"

"유 님도 참, 리세 님을 하나부터 열까지 전부 다 의심하려고 드는걸."

미샤가 찻잔을 실은 트레이와 함께 거실로 나왔다. 얼굴에는 불만스러운 기색이 뚜렷했다.

"당연한 대비잖아? 어머니는 사라스의 탈옥에도 연관되어 있을 가능성이 높아. 그런 상대를 경계하는 건 당연한 일이라고 생각한다만."

"피가 이어진 친어머니잖아요? 리세 님이 무언가의 부정이나 음모에 관련되어 있을지도 모른다고 해도 친딸인 유 님이 그걸 믿어주지 않는다니."

"믿을 수 있을 거라고 생각해? 지금까지 나한테 계속해서 자신의 욕심을 강요해 온 모친인데?"

"설령 그렇다고 해도——."

두 사람이 또다시 격양되려고 하고 있었다.

"자자, 스톱. 유 님도 미샤도 진정해."

"……그러네, 미안."

"……미안해."

내가 제지하자 두 사람이 겸연쩍은 표정을 지었다. 이 둘은 서로 알콩달콩할 때도, 옥신각신할 때도, 둘만의 세계에 빠져들기 일쑤네.

"유 님은 리세 님을 믿을 수 없다. 미샤는 리세 님을 믿고 싶다. 요약하자면 그런 거야?"

두 사람에게 물어보자 둘 다 고개를 끄덕였다.

"레이도 내 의견에 찬성해 주겠지? 어머니는 지금까지도 줄곧 자기 자신만을 생각해왔어. 이번도 보나 마나 마찬가지야."

"리세 님의 성격은 어쨌든 간에, 리세 님은 리세 님 나름대로 유 님에게 계속 마음을 쓰고 있었다고 생각합니다."

"나를 생각한 결과가 남성으로 살아가게 했던 걸까나?"

"그건……."

"자자, 스톱."

벌써 세 번째로 달아오르려고 하는 두 사람을 달랬다. 정말이지 손이 많이 가네.

"리세 님을 믿을지 어떨지에 대해서는 지금 현재로선 뭐라고도 말할 수 없다고 생각합니다. 무엇보다 정보가 너무 적어요."

나는 둘을 진정시키려는 듯이 말을 이었다.

"사라스의 탈옥에 대해서는 상당히 확신에 가까운 의심이 들지만, 이번 일에 대해서는 아직 판단을 보류해야 하지 않을까요? 괜한 선입견을 가지고서 일을 마주 보면 예상하지 못한 함정에 빠질 수도 있다고요."

내 말에 두 사람은 침묵에 잠겼다. 둘 다 총명한 사람들이기도 하니 머리로는 알고 있겠지. 다만 심정적으로 따라가지 못할 뿐이다.

"유 님의 마음은 이해할 수 있습니다. 유 님은 리세 님이 한 행동 탓에 지금까지 계속 자유를 박탈당해 왔으니까 리세 님을 믿으라고 하는 쪽이 무리겠죠."

"바로 그래."

"하지만!"

"반대로 미샤는 갑자기 왜 그러는 거야. 이전에는 리세 님을 그다지 좋아하지 않았지?"

유 님의 신체의 성별을 원래대로 되돌릴 때도 같이 동참해 줬었고 말이지.

"리세 님이 거북한 건 지금도 마찬가지야. 수도원에 있을 때도 나에게 은근히 심술을 부리기도 했으니까."

이야기를 듣자 하니, 유 님의 바람에 따라 곁에 붙어 있었던 미샤를 리세 님은 무슨 일이 있을 때마다 어떻게든 떨어트려 놓으려고 했다고 한다.

그때마다 유 님이 방파제가 돼서 리세 님에게서 미샤를 지켜냈다는 모양이지만.

"하지만 슬픈 일이잖아. 피가 이어진 친자식과 어머니가 서로를 미워하다니. 나는 유 님이 그 무엇보다도 소중하지만 그렇기 때문에 더욱더 리세 님과의 관계가 이렇게 일그러진 채로 있는 게 슬픈 거야."

미샤는 조금씩, 조금씩 비집고 나오는 것처럼 말을 이었다.

"딱히 부모 자식은 당연히 사이가 좋아야 한다든가, 그런 일반론을 내세울 생각은 없어. 만약 다른 집안 이야기였다면 나 또한 유 님의 의견에 동의했을 거라 생각해. 하지만 이게 유 님과 직접 연관이 있는 일인 이상 이야기가 달라."

나는 유 님이 행복해졌으면 좋겠어, 미샤가 말했다.

"미샤는 유 님의 행복에는 리세 님과의 관계 개선이 필수 불가결하다고 생각하는 거야?"

"앞으로도 사사건건 두 사람이 대립하는 건 양쪽 다 불행한 일이라고 생각해."

"즉, 리세 님을 믿고 싶다기보다는 유 님이 행복해지길 바라고 있다는 말이네?"

"응, 그 말대로야."

미샤의 이야기는 잘 알았다. 나는 유 님을 돌아보면서,

"유 님."

"왜 그러니?"

"미샤의 걱정은 저로서도 어느 정도 이해할 수 있습니다. 리세 님은 권력을 가진 분이기도 하니, 그런 분과 사사건건 계속 대립각을 세운다면 유 님이 곤란해질 거라는 건 쉽게 예측할 수 있어요."

"……."

"반대로 유 님은 어째서 그렇게까지 리세 님을 경계하는 건가

요? 신체에 관한 일은 분명 원망스러울지도 모르지만, 이미 다 끝난 일입니다. 왕위계승권을 포기한 걸로 어느 정도 속이 시원해졌다고도 직접 말씀하셨잖아요."

나도 역시 리세 님을 경계해서 나쁠 거 없다고 생각하지만, 미샤와 서로 다툴 정도로 유 님이 거부 반응을 나타내다니, 그건 또 어딘가 너무 나갔다는 생각이 들었다.

"그렇지만…… 나의 미샤를 그런 식으로 함부로 취급하는 건 용서할 수 없어."

"수도원에 있었을 때 미샤에게 했던 취급이 마음에 들지 않는 거네요?"

"맞아. 미샤는 내 전부야. 미샤를 상처 입힌다면 상대가 어머니라고 해도 용서는 없어."

"……."

유 님의 이야기도 잘 알았다. 나는 두 사람을 바라보며 말했다.

"결국 두 사람이 아웅다웅하고 있는 건, 서로가 서로를 위했던 마음의 결과, 라는 결론으로 좋은 거죠?"

"……."

"……."

두 사람, 침묵. 두 사람 다 푹 숙이고 있는 얼굴이 빨갛게 물들어 있었다. 저요? 제 심정은 이렇게 표현할 수 있습니다.

리얼충 폭발해라.

"어쨌든 두 사람 다 서로를 무엇보다도 우선해서 생각하고 있다는 게 명확해졌으니까 조금 진정하고서 서로 속내를 털어놓고 이야기를 나눠봐야 해요. 본심에다 괜한 이유를 덧붙여서 말하면 대화가 엇나갑니다."

"……그런 모양이네."

"……앞으로 조심할게."

시무룩해진 두 사람을 보면서, 이제는 괜찮겠구나 싶었다.

"자 그럼 저는 이만 돌아가겠지만 이제 너무 뜨거워지지 말아주세요? 아아, 다른 의미로 서로 뜨거워지는 건 의외로 좋은 방법이라고 생각하지만."

"레이!"

"……하하하."

내 농담에 쌍심지를 치켜뜨는 미샤와 그저 쓴웃음을 짓는 유님을 놔두고서 방으로 돌아왔다.

"어땠어요? 뭔가 심각한 일이라도 있었나요?"

걱정스러운 말투로 묻는 클레어 님에게 내가 대답했다.

"별일 아닙니다. 그냥 단순한 부부싸움이었습니다."

정말이지…… 덕분에 잘 먹었습니다!

리세 님이 부탁한 교황 성하 방문의 경비 의뢰를 수락한 다음날부터 우리들은 바로 준비에 매달렸다. 경비 인원을 배치하거나, 경비 스케줄 표를 재검토하거나, 회담이 거행되는 공회당의

겨냥도를 체크하는 등, 해야 할 일들이 산더미 같았다.

당연하게도 학관은 당분간 쉬게 됐다. 나중에 평가에 영향이 갈 거라고 생각했는데, 우리들의 사정을 봐준다는 모양이라 고마울 따름이다. 다만 시험은 치러야 하기 때문에 학관을 쉬는 동안 밀린 공부는 스스로 보충해야겠지.

"힐데가르트 아이히로트입니다. 부디 힐다라고 불러주세요."

레보릴리의 공략대상 중 마지막 한 사람과도 얼굴을 익힐 수 있었다. 힐다는 제국 측의 경비 책임자로서 인사차 찾아왔다. 당연하지만 이번 회담의 경비는 교회 측에서만 맡은 게 아니다. 회담에는 황제도 출석하니까 당연한 일이지. 그리고 그 제국의 경비 책임자가 바로 힐다다.

제국이 내세우는 국력 중 하나는 강대한 군사력이다. 제국은 다른 나라들보다 한발 앞서서 마법 기술에 힘을 쏟았고, 그 결과 마법 선진국이 되었다. 바우어와는 반대 패턴이다. 도로테아가 없었더라면 제국의 마법 기술 부문이야말로 권력의 핵심이 됐을지도 모른다. 그리고 힐다는 그 마법 기술 부문에 두터운 연결고리를 가지고 있다.

힐다는 누가 봐도 유능함이 물씬 느껴지는 풍모를 가졌고, 여성으로선 드물게도 외눈 안경을 쓰고 있었다. 은색 머리카락과 붉은 눈동자는 릴리 님을 떠오르게 하지만, 연약한 작은 동물을 연상시키는 릴리 님과는 다르게 힐다에게는 그럴듯한 위엄이 있었다. 필리네 말로는,

"힐다는 얼핏 보기엔 무서워 보여도, 사실은 상냥한 사람이에요."

라고 했지만 나는 레보릴리의 지식을 통해 힐다의 본성을 알고 있다. 그녀는 야심가로서, 목적을 이루기 위해서라면 수단과 방법을 가리지 않는 타입이다. 필리네가 왜 힐다를 저렇게 평가하느냐면 필리네가 힐다의 출세를 위한 씨앗이기 때문이다. 힐다는 필리네 앞에서는 내숭을 떨고 있다.

"이게 제국 측의 경비 계획입니다. 확인해 주십시오."

그런 만만치 않은 성격을 가진 힐다지만, 능력 면에서는 더할 나위 없이 우수했다. 우리들은 공회당 내부에 마련된 경비부서 공동회의실에서 첫 대면을 하는 중이다. 많은 사람이 들락날락하는 곳이기 때문에 실내는 상당히 넓었다. 책상과 의자들이 잔뜩 마련되어있고, 벽에는 경비에 필요한 자료들이 여러 장 붙어 있었다.

"고마워요, 힐다. 이게 교회 측의 경비 계획이에요. 함께 조정을 해보도록 하죠."

교회 측 또한 클레어 님을 필두로 열심히 분투하고 있다. 익숙하지 않은 일이기는 했지만 교회 분들은 릴리 님을 비롯해 경험자들로 갖춰져 있었다. 믿음직스러운 아군들의 도움을 받아 경비 계획은 순조롭게 진행됐다.

"이번에도 교황 성하의 존안은 뵐 수 없는 건가요."

"정말 죄송해요. 교황 성하는 기본적으로 사람들 앞에 모습을 나타내지 않으시기 때문에……."

클레어 님과 내가 교황 성하의 얼굴을 보고 놀란 이유는 바로 그 점도 있다. 기본적으로 일반인은 성하의 얼굴을 볼 기회가 없는 것이다. 회담을 할 때도, 사람을 만날 때도, 성하는 언제나 휘장 뒤에서 모습을 감추고 있다. 이동할 때도 가마에 타서 이동하기 때문에 사람들이 직접 모습을 볼 일이 없다.

"그렇습니까……. 전하를 설득하는데 또 한 고생할 거 같군요."

힐다의 말로는, 도로테아는 교황 성하가 얼굴을 숨긴 채로 회담에 임하는 게 마음에 들지 않는 모양이라, 혹여나 이상한 행동을 하지 않도록 당부하느라 고생하고 있다는 모양이다. 그냥 내버려 두면 휘장을 칼로 잘라내서라도 억지로 얼굴을 한번 보려고 들지도 모른다고 한다.

"도로테아 전하는 성미가 급하신 분이라. 회담 준비를 맡은 신하들이 악전고투하고 있답니다."

그렇게 말하며 힐다는 어깨를 늘어뜨렸지만, 정작 얼굴은 말만큼 곤란해 보이는 표정으로는 보이지 않았다. 힐다에게 그 점을 물어봤더니,

"뭐, 도로테아 전하도 이런 상황에서 교황 성하에게 난폭한 행동을 할 정도로 외교치는 아니겠지요. 지금 이럴 때 정령교도들에게 반감을 산다면 제국은 순식간에 곤란한 상황에 빠질 테니까요."

"전하를 신뢰하고 계시는 거네요."

"그건 물론이죠. 전하는 합리를 사랑하는 분입니다. 어지간한 일이 아닌 이상 교황 성하에게 실례를 저지를 일은 없어요."

부디 안심해주세요, 라며 힐다가 웃었다. 그건 그렇고 먼저 불안감을 부채질할 만한 말을 꺼낸 사람은 그쪽인데 말이죠.

"그나저나 필리네 님은 어떠신가요? 이미 만나보셨죠?"

"네에. 무척 상냥하신 분이네요. 그 격렬한 도로테아 전하의 여식이라고는 생각할 수 없을 정도로."

"후후, 다들 그렇게 말씀하시네요. 하지만 의외로 닮은 부분도 있다고요."

"예를 들면 어떤 부분인가요?"

"필리네 님도 심지가 굳은 분이죠. 별거 아닌 일로 낙담할 때도 있지만, 이때다 싶은 중요한 상황에선 한 걸음도 물러서지 않는 분입니다."

힐다는 필리네를 칭찬했다. 뭐어, 그건 나도 동의하는 바다.

"바우어 여러분도 부디 꼭 필리네 님의 좋은 친구가 되어주셨으면 좋겠다고 생각합니다. 특히 혁명의 기수였던 당신들 두 분과."

힐다는 부드러운 표정으로 웃었다. 그러자 차가웠던 인상이 의외일 정도로 씻은 듯이 사라졌다. 저 미소에 당해버린 플레이어들이 산더미다.

하지만 절대 속아서는 안 된다. 분명 힐다는 뒤에선 필리네에게 정반대의 말을 했을 거다. 우리들에게 쉬이 접근하지 말라거나 그런 식으로 못을 박아뒀을 게 틀림없다. 그녀는 자신이 필리네에게 1순위가 되기를 바라고 있으니까.

"네에, 물론이에요. 꼭 친하게 지내고 싶다고 생각해요."

제국 유학을 위한 사전 준비를 통해 클레어 님도 힐다의 성격에 대해서 예습을 마쳤다. 힐다가 지금 내숭을 떨고 있다는 사실은 클레어 님도 잘 알고 있을 텐데, 역시나 클레어 님이다. 빈틈없는 웃음으로 외교에 임하고 있었다.

"그건 그렇고…… 교회 측은 물론 알고 계시겠죠? 교황 성하의 암살을 꾀하는 무리가 있다는 소문."

힐다가 살짝 낮아진 목소리 톤으로 물었다.

"단언하겠습니다만 흉적은 제국 쪽 사람이 아닙니다. 방금 전에도 말씀드렸지만, 제국은 교회를 적으로 돌릴 수는 없어요. 이번 회담도 도로테아 전하에게 있어선 조금 굴욕적이긴 하지만 제국이 현재 놓인 상황을 생각해보면 받아들일 수밖에 없습니다."

이번에 교황 성하의 행차 목적은 타국을 향한 침략을 이어가는 제국에게 일침을 가하기 위해서다. 전쟁을 지속해서 백성이 고통받는 일은 있어서는 안 된다고 제국에게 충고하기 위해서 교황 성하가 직접 제국으로 향하기로 한 것이다. 그 배경에는 바우어, 스스, 아파라치아의 3개국 연합 vs 제국이라는 강대국 간의 전쟁이 터질지도 모르는 현재의 구도가 있다.

제국만을 겨냥하고 있는 게 아니다. 교황 성하는 이미 바우어에서 세인 전하와도 회담을 마쳤고, 제국 다음으로 스스와 아파라치아도 방문할 예정이다. 릴리 님 말로는 교황 성하는 전쟁의 분위기가 짙어지고 있는 지금 상황을 몹시 안타깝게 여기고 있다고 한다.

도로테아 입장에서 보면, 종교쟁이의 내정간섭이라고 단언하며 회담 자체를 거부하고 싶은 참이겠지만 제국이 현재 놓인 상황이 그걸 용납하지 않는다. 3개국 연합군과 전쟁을 벌일 가능성이 있는데, 거기다가 정령교도까지 적으로 돌린다면 아무리 제국의 국력이 크다고 한들 역시 감당할 수 없다.

"그러니까 교회 측도 부디 경비에 엄중한 주의를 기울여 주세요. 성하에게 무슨 일이라도 생겼을 경우, 가장 곤란해지는 건 제국이니까요."

"잘 알고 있어요."

"전 재상의 행방에 대해선, 그 후로 뭔가 정보는 있습니까?"

"거기에 대해서는…… 드릴 말씀이 없어요. 아직 수색중이에요."

제국은 사라스의 탈옥에 대해서도 알고 있는 모양이다.

"최대한 빨리…… 가능하면 성하의 행차보다 먼저 붙잡고 싶네요. 불안 요소는 적은 편이 좋으니."

"네에, 동감이에요."

"듣자하니 그 재상, 교회의 중요 인물과 끈이 있다든가. 교황 성하를 해하려고 하는 건 의외로 그——."

"힐다, 거기까지예요."

뒤이어 '용의자'의 이름을 거론하려고 했던 힐다를 클레어 님이 제지했다.

"저희들 또한 바보는 아닙니다. 제국이 염려할 만한 일들에는 저희 쪽 또한 확실하게 대책을 세우고 있습니다. 그러니까 피차 억측에 근거한 발언은 하지 말도록 하지요."

"……이거 실례를. 깊이 사과드리겠습니다."

그렇게 말하며 힐다는 가볍게 고개를 숙였다.

애초에 사라스는 제국과도 끈이 있었던 인물이다. 그걸 근거로 의심을 받는 건 저쪽으로서도 싫겠지.

"아뇨, 경비책임자로서는 당연한 걱정이네요. 충분히 이해해요."

"고마워요. 그럼 조정을 계속하도록 하죠."

교회와 제국의 첫 회합은 그 후로는 별다른 일 없이 끝났다. 클레어 님은 역시나 지친 모양인지 기숙사에 돌아오자마자 축 늘어지고 말았다.

"……어쩐지 예정에 없던 여러 가지 일들이 일어나네요. 분명 처음에는 제국을 농락하는 게 목적이었을 텐데."

"어쩔 수 없습니다. 제가 가진 원작 지식과는 꽤나 상황이 다르기도 하니."

나는 메이와 알레어의 머리를 빗어 주면서 클레어 님에게 대답했다. 메이와 알레어의 헤어스타일은 메이가 나, 알레어가 클레어 님과 닮았다. 처음 만났을 때는 메이는 숏 헤어, 알레어는 롱 헤어였지, 같은 생각을 하면서.

"그래도 어떻게든 해내야죠. 일단은 눈앞의 일들을 하나하나 정리해 나가도록 할까요."

"제가 옆에서 돕겠습니다."

메이와 알레어의 머리를 다 빗겨준 다음에 이번에는 클레어 님의 머리카락을 빗겨 드렸다. 조금 머리카락 끝이 갈라진 게 눈에 띄네. 스트레스겠지, 분명.

"의지하고 있으니까요."

"맡겨만 주세요."

조금이라도 클레어 님의 부담이 줄어들 수 있도록 나도 열심히 해야지. 나는 클레어 님의 머리카락에 몇 번이고 입을 맞추면서 새로이 결의를 다졌다.

막힘없이 착착 준비를 진행하다 보니, 어느새 교황 성하가 도착하는 날이 찾아왔다.

하늘은 구름 한 점 없이 푸르고, 부드러운 햇볕이 내리쬐고 있었다. 클레어 님을 대표로, 제도의 경비 담당자들은 교황 성하를 맞이하기 위해 제도의 서쪽 성문까지 나와 있었다. 릴리 님은 다른 용무가 있는 모양이라서 이 자리에 없었다. 그밖에, 마중을 나온 인원 중에는 유 님과 미샤, 리세 님의 모습도 보였다.

"늦네요……."

클레어 님의 혼잣말처럼, 벌써 도착 예정 시각을 한 시간 가까이 넘겼다. 21세기 지구처럼 스케줄을 분 단위로 쪼개는 건 아니지만, 그래도 슬슬 무슨 일이 생긴 거 아닐까 싶은 걱정이 들 만큼 늦어졌다.

"걱정되시나요?"

"당연하죠. 교황 성하는 지금 암사…… 흠흠, 그 소문이 있잖아요?"

클레어 님은 암살이라는 단어를 꺼내려고 했다가 바로 얼버무렸다. 경비 담당자들은 이미 다들 알고 있는 사항이지만, 다른 사람들의 이목이 있는 곳에서 그걸 입 밖에 내는 건 그다지 달갑지 않았다.

"의외로 오는 도중에 늦잠을 잤다든가 그런 걸지도 몰라요."

"늦잠이라니 무슨 레이도 아니고, 교황 성하가 그런 얼빠진 짓을 할 리가 없어요."

클레어 님은 여전히 걱정을 풀지 못하고 있었다.

"너무해. 언제나 아침 일찍 일어나서 식사를 차리고 있는데."

나는 손으로 얼굴을 덮으며 우는 시늉을 했다.

"자, 잠깐만요. 아뇨, 제가 정말 잘못했어요, 레이. 당신한테는 언제나 감사하고 있어요. 지금 건 실언이었어요. 철회하고 사과할게요. 그러니까 울음을 멈추고──."

"아니요! 저 상처받았어요! 클레어 님이 키스해줄 때까지 멈추지 않을 거예요!"

나는 꺼흑꺼흑 우는 시늉을 계속했다.

"바, 바보 같은 소리 하지 마세요. 집 안이라면 또 모를까 남들 눈앞에서 키스는 안 된다고 그렇게나."

"싫─다─구─요! 쪽쪽 해주지 않으면 용서 안 할 거예요~."

계속해서 생떼를 부려봤지만,

"……레이. 당신 사실은 우는 거 아니죠."

아, 클레어 님의 눈이 날카로워졌다.

"데헷."

"데헷이 아니라고요. 지금 무슨 장난을 치는 건가요. 지금은 아주 중요한 일을 하는 중이잖아요."

나는 익살을 멈추고서 말했다.

"너무 낙관적인 것도 좀 그렇지만, 너무 비관적이어도 안 됩니다. 옛날에 어떤 책에서 읽었던 거지만 이럴 때는 최악의 사태를 상정하면서도 낙관적으로 행동하는 게 중요하다고 해요."

"간단한 듯하면서도 어려운 일이네요……."

클레어 님이 말을 이었다.

"그럼 한번 생각해볼게요. 현재 상황에서 최악의 사태라고 말할 수 있는 건?"

"교황 성하가 이미 돌아가신 상황일까요."

"그 상황에서 낙관적으로 행동한다면?"

"상황을 살피러 누군가를 보낸다든가."

그렇게 우리들이 대화를 주고받고 있었을 때,

"전합니다! 교황 성하 일행이 마물들에게 공격받고 있습니다! 지금 당장 원군을!"

긴장감이 퍼져나갔다.

"적의 규모는?!"

클레어 님이 날카로운 목소리로 물었다.

"위협도 중급 정도의 마물이 열 마리쯤 됩니다!"

"1번 경비대부터 3번 경비대를 원군으로 파견합니다. 남은 부대는 문을 지키도록 하세요."

클레어 님의 지시에 따라 원군이 편성됐다.

"당신도 원군과 함께 가주겠어요, 레이?"

"하명하신다면."

"부탁할게요."

"네."

나는 원군에 동행하게 되었다. 원군 구성을 들여다보면, 제국 교회가 소유한 50명쯤 되는 병사와, 제국 측 병사가 100명 정도. 바우어에서 온 유학생들은 이번엔 나 말고 전부 제도에서 대기다. 풍속성 마법사가 원군 전체에 행군 속도 상승 버프를 걸어서 굉장한 스피드로 가도를 달렸다.

"저기 보인다!"

선두에서 달리던 누군가가 외쳤다. 교황 성하 일행이 마물에 포위되어있었다. 방진을 짜고서 어떻게든 버텨내던 상황으로 보였다.

"공격하라!"

원군을 이끄는 책임자가 각 부대에 지시를 날렸다. 부대는 대부분 마법사로 구성되어 있지만 개중에는 검을 쓰는 자도 있는 것 같았다. 백병전을 거는 자들이 전위로 나서고, 후위를 맡은 마법사들이 마법탄을 발사했다. 마물들은 눈앞의 상대에게 집중하고 있었기 때문인지 배후를 찌르는 공격에 뒤늦은 반응을 보였다. 순식간에 적의 3할 정도가 쓰러졌다.

"우리도 공격한다!"

교황 성하의 호위병들도 공세에 나서자 협공하는 모양새가 됐다. 마물의 숫자가 계속해서 줄어들었다.

"사, 살았다……."

마지막 한 마리를 쓰러트리자, 호위병이 안도의 한숨을 내쉬는 게 들렸다.

그러나,

"아직입니다!"

나는 뒤에서 소리 없이 다가오는 검은 그림자를 향해서 얼음 화살을 날렸다.

"쳇…… 감이 좋은 녀석이 있구만."

공중으로 훌쩍 뛰어올라서 내 공격을 피한 검은 그림자의 등에는 커다란 날개가 보였다.

"마족이라고?!"

"인간 따위가 이 몸을 어떻게 부르든 상관은 없지만, 이 몸에게는 플라토라는 이름이 있다고. 똑똑히 기억해둬."

"플라토?! 삼대 마공 중 한 사람이잖아!"

아리스토와 복장이 다르다고 말하기보단, 그냥 짐승 가죽을 몸에 둘렀을 뿐인 모습을 한 그 마족은 아무래도 삼대 마공의 일원인 모양이다. 말투도 그렇고, 분위기도 그렇고, 아리스토보다도 상당히 야만적인 느낌이다. 삼대 마공과는 좀처럼 마주할 일이 없다고 들었는데 연전 연투잖아.

"자아 그럼 이 몸의 힘을 똑똑히 보도록! 그리고 죽어라!"

플라토는 몽둥이처럼 생긴 무기를 휘둘러서 지면을 내리쳤다. 지면이 파도치듯 터져나가고, 사람들 전원이 그 충격에 뒤로 넘어가면서 단번에 행동 불능에 빠졌다.

"처먹어라!"

플라토가 손을 위로 치켜들자, 그 손짓에 따라 지면에서 송곳처럼 생긴 돌들이 솟아올랐다. 토속성 중급 마법인 어스파이크였는데 말도 안 되는 숫자다. 플라토가 발동한 어스파이크의 수는 적어도 100개는 넘었다.

"머드 소일!"

돌로 된 송곳이 사람들을 공격하려는 찰나의 틈새를 찌르며, 나는 어스파이크를 부드러운 진흙으로 바꿨다. 아무리 내 마법 적성이 높다고는 해도 100개를 넘는 어스파이크를 새로이 덮어쓰는 일은 꽤나 힘이 들었지만, 그렇다고 그냥 놔두면 전멸했을 것이다.

"제법이잖냐. 그렇군, 네놈이 레이 테일러구만? 아리스토 자식이 놓쳐버렸던 놈인가."

마력이 급격히 소모되는 걸 느끼고 있자니, 플라토가 나를 눈여겨본 모양이었다.

큰일이다.

"아리스토 자식은 분명 여유를 부리다가 실수를 했겠지만, 이 몸에겐 어림도 없다. 확실하게 죽여줄 테니까 말이다."

플라토는 몽둥이를 고쳐 쥐더니, 그대로 휘두르면서 나를 향해 돌진해왔다.

빠르다!

"그렇게 놔두지 않는다!"

경비병 몇 명이 플라토의 진로를 막아서며 창을 겨누고, 검을 휘두르고, 마법을 발사했다.

“시건방진 놈들!”

그러나 플라토는 그 모든 공격을 그냥 **몸으로 받아내면서** 앞을 가로막는 병사들을 아랑곳하지 않고 전부 날려버렸다.

“자아, 끝이다—!”

코앞까지 닥쳐온 플라토는 승리를 확신한 듯이 웃으며 나에게 몽둥이를 내리쳤다.

“쥬데카!”

플라토가 몽둥이를 내리치는 자세 그대로 얼음덩어리가 됐다.

“어스파이크!”

그리고 방금 플라토도 썼었던 어스파이크가 얼음덩어리를 향해 솟아오르며 플라토를 산산조각 내려고했다. 내 주특기, 연속 마법 고퀴토스다.

“어이쿠 위험했군.”

그러나 어스파이크가 얼음을 꿰뚫기 직전에 플라토가 빙결상태에서 빠져나왔다. 힘으로 얼음을 부순 다음 날개를 이용해 공중으로 도망쳤다.

“이 몸이 이런 실수를…… 방심하지 않겠다고 말하자마자 이 꼴이냐고. 인간 녀석들은 무섭구만, 정말이지.”

플라토는 공중에 뜬 채로 나를 노려보았다.

“그래도 뭐, 슬슬 한계 아닐까나? 인간은 마족과 달리 마력 용량이 작으니까. 그 정도로 마법을 써댔으면 슬슬 마력도 텅텅 비었겠지?”

분하지만 플라토의 말이 맞았다. 100개가 넘는 마법을 동시

발동한데다 적이 사용한 마법을 강제로 덮어씌웠고, 거기에 상급 마법을 2연속으로 쓰면서 마력을 연이어 소모했다. 완전히 바닥난 건 아니지만, 저 녀석한테 데미지를 줄 수 있을 만한 마법은 앞으로 잘해야 한두 번이다.

이건 큰일이다.

내가 퇴각을 고민하기 시작했을 때, 엄숙한 목소리가 전장에 울려 퍼졌다.

"차올라라."

주변이 빛에 휩싸였다. 그 빛은 마치 질량을 가지고 있는 것처럼 포근하면서 부드러웠고, 빛이 닿은 자리에서부터 힘이 넘쳐흘렀다. 쓰러져있던 병사들이 하나둘씩 일어났다. 나도 바닥나 있던 마력이 완전히 회복되고 있다는 걸 깨달았다.

"교황 성하의 축복이다! 모두들, 우리에게 패배는 없다! 마족을 토벌하라!"

교황 성하와 가장 가까이 있던 성직자가 소리 높여 외쳤다. 그와 동시에 호위병과 교회의 병사, 제국 병사들이 우렁찬 외침을 터트렸다.

지금 건…… 범위 회복? 그것도 마력까지?

"칫…… 결국 죽이지 못했나. 뭐 됐어, 오늘은 인사나 마찬가지였다고. 그럼 이만."

우리들이 태세를 정비하는 걸 보자마자 플라토는 미련 없이 발걸음을 돌렸다.

"도망가는 거야?"

"헷, 값싼 도발이구만, 엉? 그 건방진 입은 이 몸과 대등하게 싸울 수 있게 되고 나서나 놀리라고."

이대로 녀석을 쓰러트리고 싶었지만 플라토는 아무래도 도발에 넘어가 주지 않을 모양이다.

마치 비웃듯이 말하고서 동쪽 하늘로 날아갔다.

"방금 그건 교황 성하의 힘인가……?"

"기적이다……."

병사들이 힘을 모아 교황 성하를 칭송했다. 당연하겠지. 여차하면 전멸할 뻔했던 상황이었으니까.

궁지에 몰린 상황을 구해낸 교황 성하의 마법은 병사들에게 크나큰 영향을 끼친 모양이다.

"레이 테일러, 이쪽으로."

방금 전에 병사들을 독려하며 외쳤던 성직자가 나에게 손짓했다. 나는 무슨 용무일까, 싶어서 고개를 갸웃거렸지만 일단 성직자를 따라갔다.

"시간을 벌어주신 덕분에 살았습니다. 교황 성하의 그 마법은 효과는 발군이지만 발동까지 시간이 걸리거든요."

그렇게 말하며 성직자 씨는——어디서 본 기억이 있다——내 노고를 치하했다.

"아뇨, 저야말로 덕분에 살았습니다. 정말 굉장하네요, 교황 성하의 마법은."

"——그렇지도 않습니다."

그 목소리는 안쪽에서 들려왔다.

"교, 교황 성하?!"

"괜찮아요, 로나 사제. 저는 어차피 언젠가는 그녀와 얼굴을 마주해야 하니까요."

안쪽의 휘장이 위로 젖혀졌다. 그곳에는 나와 꼭 닮은, 그러나 결정적으로 분위기가 다른 소녀가 있었다.

"처음 뵙겠습니다, 레이 테일러. 제가 교황입니다."

그 소녀는 아주 약간의 표정 변화도 없이, 깜짝 놀랄 정도로 담담한 목소리로 자신을 클라리스 레페테 3세라고 소개했다.

"위험했던 상황에서 구해주신 걸 다시 한번 감사드립니다."

제도의 정령교회. 우리들은 그곳에서 교황 성하와 대면하고 있었다. 대면이라고는 해도 이미 발(簾)을 내려둔 상태라 교황 성하의 얼굴을 볼 수는 없었다. 클레어 님과 나는 교황 성하 앞에서 무릎을 꿇었다.

교황 성하 주변으로는 가장 가까이에 있는 리세 님을 비롯해, 유 님, 미샤, 그리고 릴리 님의 모습도 보였고, 그 밖에 여러 교회 관계자가 집결해 있었다. 습격이 있었던 직후인 탓인지, 다들 하나같이 긴장한 표정이다.

그런 상황에서 우리들에게 감사 인사를 건네는 교황 성하의 목소리는 침착했다—— 아니, 정확히는 침착함을 훨씬 넘어서서 기계적으로 느껴질 정도였다. 극단적일 정도로 억양이 없었고,

전혀 감정이 담기지 않은 목소리. 그럼에도 불구하고 듣는 사람에게 불쾌함을 주지 않는 신기한 음색이었다. 나와 닮은 얼굴을 하고 있는 데다, 목소리까지도 잘 들어보면 나랑 쏙 빼닮았는데도, 주는 인상은 나와 완전히 달랐다.

"성하를 만나 뵙게 되어서 지극히 영광입니다. 이번 성하의 행차에서 경비를 담당하게 된 클레어 프랑소와라고 합니다. 성하의 안전을 지켜드릴 수 있었던 사실에 무엇보다도 안도하고 있습니다."

클레어 님이 인사를 올렸다. 나는 가만히 예를 갖추고 있었다.

"당신에 대한 소문은 듣고 있습니다. 정말로 유능한 분이시라고요. 이번에 경비의 중책을 맡아달라고 부탁드린 것도, 모두들 입을 모아 당신을 칭찬했기 때문입니다."

클레어 님이 황송해했다. 변함없이 이런 공적인 자리에서는 깜짝 놀랄 정도로 완벽한 영애의 몸가짐이다. 집에서 메이나 알레어가 울 때는 허둥지둥하던 사람과 동일 인물이라고 생각할 수 없을 정도다. 뭐, 아이들이 울기라도 하면 허둥지둥하는 건 나도 마찬가지지만.

"당신의 반려는 정말로 강한 사람이네요. 레이 테일러가 없었더라면 저는 지금 이렇게 이곳에 있을 수 없었겠지요."

"칭찬의 말씀, 정말로 감사합니다."

클레어 님의 말에 맞춰서 나도 다시금 깊이 고개를 숙였다.

"이미 리세 추기경으로부터 들었을 거라고 생각하지만, 제 목숨을 노리는 자가 있는듯합니다. 제 부덕의 소치입니다만, 아직 저는 제 목숨을 내놓을 수는 없습니다. 부디 여러분들의 힘을 빌려주세요."

"과분하신 말씀이세요. 미력하나마 있는 힘을 다하겠습니다."

"정말 감사드립니다. 그러면 이전의 그 건에 대해 할 이야기가 있으니, 리세와 유 추기경, 그리고 릴리와 미샤 이외에는 잠시 자리를 비켜주시기를."

교황 성하의 말에 교회 관계자들이 술렁였다.

"당신들은 성하의 말씀이 들리지 않는 건가요?"

갈팡질팡하고 있는 사람들을 향해서 리세 님이 날카롭게 일갈했다. 저번에 우리들에게 의뢰를 했을 때는 꽤나 부드러운 어조로 말했지만, 역시나 리세 님은 이런 모습이 더 잘 어울리는 느낌이다. 편견일지도 모르겠지만.

리세 님의 재촉에 교회관계자들이 다들 방을 나갔다. 교황 성하가 지목한 사람들을 제외한 모든 사람들이 자리를 비운 걸 확인하고서 리세 님이 입을 열었다.

"그럼 지금부터 성하와 레이를 서로 바꾸도록 하겠습니다. 미샤, 발을 걷어주세요."

"알겠습니다."

교황 성하와 우리들 사이에 놓인 발이 천천히 위로 올라갔다. 그곳에는 간소한 하얀색 의자에 앉은 작은 체구를 가진 사람이 있었다. 아까 전에도 봤던, 교황 클라리스 레페테 3세다. 교황 성하는 금색 자수가 수놓아져 있는 하얀색 법의를 몸에 걸치고

있었다.

"교황 성하. 옷차림을 바꿔 입겠습니다. 죄송하지만 잠시만 일어나 주십시오."

"알겠어요."

교황 성하는 조금의 표정 변화도 없이 일어섰다. 그리고 사뿐사뿐 걸어 나왔다.

이렇게 말하면 내 얼굴에 금칠하는 것처럼 들릴지도 모르겠지만 교황 성하는 미인이다. 원판인 얼굴 생김새는 확실히 나와 똑같긴 하지만, 더없이 신비한 분위기를 자아내고 있기 때문이다. 여차하면 차가운 인상으로 보일 표정 하나 없는 얼굴이, 아슬아슬한 경계에서 성스러움이 느껴지는 인상을 주고 있었다. 교황 성하쯤 되면 자기가 짓는 표정 하나까지도 주의를 기울이고 있는 걸지도 모른다.

그런 생각을 하며 내가 감개에 잠겨있었을 때,

꽈당.

"……."

"……."

넘어졌다. 교황 성하가. 그것도 안면부터 화려하게. 클레어 님과 나는 지금 무슨 일이 일어난 건지 알 수 없어서, 어서 가서 손을 내밀어 줘야겠다는 생각조차 하지 못한 채로 그저 멍하니 그 모습을 바라보고 말았다.

"……."

교황 성하는 아무 일도 없었다는 듯이 일어난 다음, 시치미 뚝

뗀 얼굴로 다시 사뿐사뿐 걷기 시작했다.

꽈당.

그리고 몇 걸음 걷자마자 다시 넘어졌다. 이번에도 안면부터.

"교황 성하?!"

이번에는 빠르게 제정신을 차린 클레어 님이 서둘러 달려가서 몸을 부축해드렸다. 교황 성하는 어디까지나 무표정인 채로 클레어 님의 손을 빌려서 몸을 일으켰다.

"드릴 말씀이 없습니다. 저는 운동이 서툴거든요."

그냥 걸었을 뿐인데요? 보통은 그냥 걷는 걸 가지고 운동이라고는 말 안 하지?

교황 성하는 잘 보면 무거운 법의를 질질 끌면서 걷고 있었다. 이마에 땀방울을 흘리고 있진 않아도 꽤나 고생스러운 모양이었다. 사뿐사뿐 걷는다기보다는, 조금씩밖에 못 걷는 거겠지.

……교황 성하는 설마하니 빼도 박도 못할 운동치?

어떻게든 우리가 있는 곳까지 걸어오자, 교황 성하는 아주 깊이 심호흡을 했다. 뭔가 대단한 일을 해낸 것 같은 분위기를 내고 있었지만 거리로 따지면 겨우 10m 남짓 걸어왔을 뿐이다.

"그럼, 환복을. 미샤, 릴리."

"알겠습니다."

"네, 네에."

릴리 님이 다가와서 교황 성하가 입은 무거워 보이는 법의를 한 장씩 벗겨냈다. 나도 옷을 벗은 다음, 미샤한테서 건네받은 법의를 몸에 걸쳤다. 아, 이거 제법 무겁네. 장식성을 중시했기 때문인지, 관절의 움직임을 방해하는 것처럼 만들어져 있어서 굉장히 움직이기 불편하다. 교황 성하가 넘어진 데는 운동치인 것도 있겠지만, 분명히 이 법의 탓도 있다.

"이걸 받아주세요, 성하."

아무리 그래도 내가 지금 벗은 옷을 그대로 교황님께 입힐 수는 없었으므로, 클레어 님이 집에서 가져온 깨끗하게 세탁된 옷을 교황 성하에게 건네 드렸다.

"이건 어떻게 입어야 하는 건가요?"

교황 성하는 신기한 무언가를 바라보는 것 같은 표정으로 갸우뚱 고갯짓을 했다.

"리, 릴리가 갈아입혀 드리겠습니다."

"아니요, 릴리. 이제부터 앞으로 성하도 레이로서 생활해야 합니다. 옷을 입는 방법을 가르쳐 드리세요."

"잘 부탁할게요, 릴리."

"네, 네에."

교황 성하는 온실 속 화초처럼 자라온 건지, 아무래도 상식이 부족한 부분이 있는 모양이었다. 나는 교황 성하가 운동치인 것도, 지금까지 포크보다 무거운 물건을 들어 본적 없어서 그런 건 아닐까, 싶은 의심이 들었다.

다행히도 교황 성하는 배우는 속도가 빨라서 평상복을 입는 법도 금방 익히셨다. 흥미로운 듯이 손발을 이리저리 움직여보고 있는 교황 성하는 조금 귀여웠다. 이 말도 자화자찬이 되려나.

“가볍네요. 아주 움직이기 편한 옷이에요. 조금 춥긴 하지만.”
“추울 거 같다면 이 겉옷을 걸쳐 입어주세요.”
“클레어, 이제부터 저는 레이로서 지내게 되는 거니까, 말투도 새로이 해주셔야죠.”
“아…… 그, 그러네요……. 그럼, 이걸 입으세요, 레이.”
“네, 클레어 님.”
클레어 님이 내민 겉옷에 팔을 넣으면서 말하는 교황 성하. 나는 평소에도 클레어 님한테 경어를 사용하고 있기 때문에, 교황 성하도 말투로만 보면 그다지 위화감이 없을 거다.
“자 그럼 레이…… 가 아니지, 교황 성하도 앞으로는 말투나 몸가짐에 주의해 주십시오.”
미샤가 나한테 신신당부했다. 이거, 혹시 처음에 생각했던 것보다 귀찮은 거 아냐? 나는 이제 와서 새삼스레 후회하고 있었다.

교황 성하와 서로 뒤바꾸고 며칠이 지났다.
도로테아와의 회담까지는 아직 멀었지만 회담 말고도 자잘한 이벤트들이 잔뜩 있다. 나는 대부분의 일들은 주변에 맡겨둔 채, 최대한 의심받을 만한 부분이 드러나지 않도록 노력했다. 다행히도 교황 성하는 평소에도 남들과 직접 접촉하는 일이 거의 없었기 때문에 치명적인 미스를 저지르는 사고는 없었다. 그

럼에도 세세한 단어 선택을 실수하거나, 절차를 틀리는 등, 작은 실수들은 있었지만.

"하아~~~~~~, 지쳤다~~~~~~~~."

제국 교회의 관계자와 면담을 마치고서 내 방으로 돌아왔다. 돌아오자마자 예의범절 따위 내팽개치고, 법의도 벗지 않고서 그대로 침대 위로 몸을 던진 뒤 크게 한숨을 내쉬었다. 아마 다들 짐작하겠지만 교황으로서의 몸가짐이란 평소 내가 하는 행동들과는 아주 거리가 멀었다. 우스꽝스러운 짓은 절대 엄금인데다, 언제나 긴장의 끈을 단단히 조이고 있어야 한다. 무엇보다도 괴로운 건, 내 곁에 클레어 님이 없다는 사실이다.

이 짓이 끝나면 마음껏 클레어 님으로 놀아야겠다고 새로이 결의를 다지고 있자니.

똑똑.

문을 노크하는 소리가 들렸다. 나는 황급히 자세를 고치고, 침대 위에 바르게 앉은 뒤에 "들어오세요" 하고 대답했다.

"실례하겠습니다. 성하."

방에 들어온 사람은 리세 님이었다. 나를 보고서 한순간 눈썹을 치켜떴지만 금방 표정을 고쳤다.

"오늘의 공무는 이걸로 끝입니다. 수고하셨습니다. 지금 갈아입을 옷을 준비해 놨으니 금방 갈아입혀 드리겠습니다."

리세 님은 그 말과 함께, 평상복으로 쓰이는 간이 법의를 펼쳐 들었다.

"그리고…… 웬만하면 법의를 입은 채로 침대 위에 눕지 않도록 하세요. 주름이 지니까요."

아, 들켰다. 어찌 보면 당연한가. 진짜 교황 성하라면 침대 위에 걸터앉는 짓도 하지 않았을 테니.

"정말 죄송합니다, 리세 님."

"말투."

"리세."

"네, 교황 성하."

짧은 주의를 듣자마자 황급히 말투를 고쳤다. 리세 님은 만족스러운 듯 미소 짓고서 내가 옷을 갈아입는 걸 돕기 시작했다.

"……그렇지만 역시 지칠 만도 하죠. 교황 성하로서 행동하는 건 많이 갑갑한가요?"

우리 둘만 들을 수 있는 작은 목소리로 리세 님이 물었다. 그 목소리에는 나를 향한 배려와 노고를 위로하는 기색이 묻어나왔다.

"네, 역시 좀. 평소엔 야생동물처럼 행동하고 살았더니."

"그건 너무 농담이 과하네요. 당신은 학창 시절에 예의범절 성적도 꽤 좋았다고 들었다고요."

나는 법의의 무거운 겉옷을 벗으면서 대답했다.

"그래도 진짜 귀족님들과는 거리가 멀었습니다. 아무래도 사는 세계가 달랐으니까요."

"……그것도 지금은 다 옛날이야기예요. 지금은 귀족도 평민도 없잖아요."

그게 좋은 건지 나쁜 건지는 저로선 잘 모르겠습니다만, 리세 님은 마치 혼잣말처럼 말했다.

"리세 님은 원래는 교회 소속이셨죠."

"네에. 그렇다고 해도 혈통을 따져보면 출신은 바우어에서도 나름대로 고위 귀족이었지만요."

뭐, 아무리 추기경이라고는 해도, 단순한 성직자가 왕비가 될 수 있었을 리가 없다.

"왕궁에 들어오셨을 때, 당혹스럽거나 하지는 않으셨나요?"

"그야 나름대로요. 교회에서도 예법을 배우긴 했지만, 왕족으로서 갖추어야 할 수준은 차원이 달랐으니까요."

필사적으로 연습을 거듭한 결과예요, 리세 님은 그 당시를 떠올리듯이 말했다.

"저를 도와주는 사람들도 제법 있었고요. 당신으로선 좋은 인상이 없겠지만 사라스는 그 당시에 정말로 저에게 잘해줬답니다."

리세 님의 설명에 의하면 사라스는 리세 님이 왕비가 되기 전부터 적극적으로 그녀의 힘이 되어줬다고 한다.

"혁명이 일어나고, 투옥된 이후로 모두들 사라스를 폄훼하며 말합니다. 물론 제국과 내통해서 왕국을 궁지에 몰아넣은 건 용서받을 수 없는 일입니다. 하지만 저는 그가 왕국에 남긴 여러 공적들 또한 부정할 수 없는 사실이라고 생각해요."

확실히 사라스는 재상으로서는 굉장히 우수한 인물이었다. 그가 재상을 맡게 된 후로 왕궁의 정치는 안정됐다. 현왕 로세이유 전하의 능력주의 정책 또한, 자칫하면 탁상공론으로 끝나버릴지도 몰랐던 정책의 현실적인 타협점을 찾아서 실현한 것도 다름 아닌 사라스였다.

"옛날의 그는 순수한 이상을 품고 있던 몽상가와도 같은 사람이었어요. 그랬던 그가 변해버린 건…… 그분—— 루루 님 때문입니다."

루루 님이란 리세 님 전에 계셨던 왕비님이다. 로세이유 전하의 비였지만 동시에 사라스와 부적절한 관계를 가져서 세인 님을 낳은 분이다.

"루루 님은 굉장히 연애에 자유분방한 분이셨어요. 전형적인 귀족 아가씨였네요. 그분은 순박했던 사라스를 꾀어낸 거예요."

그 부분에 관련된 사정에 대한 리세 님의 평가는 내가 가진 생각과 상당히 차이가 있긴 했지만, 나는 거기에 토를 달지 않고 다른 걸 물어봤다.

"리세 님은 사라스를 좋아하셨나요?"

"……."

리세 님은 그 질문에 바로 대답하지 못했다. 잠시 동안 옷을 갈아입는 소리만이 방 안을 채웠다.

"제 개인적인 호오 따위 정치의 세계에서는 쓸데없는 사항입니다. 저는 로세이유 전하의 비였고 사라스와는 이어질 수 없었다. 그뿐입니다."

나에겐 그 말이 마치 자기 스스로를 타이르는 것처럼 들렸다.

"어쨌든 간에 저는 왕비가 되었습니다. 유를 낳았고, 유야말로 제 삶의 보람이 되었지요. 당신은…… 그리고 분명 유도 저를 좋게 생각하고 있지 않겠지만, 저는 유를 마음속 깊이 사랑하고 있습니다."

유 님의 이름을 입에 올렸을 때, 리세 님은 정말로 상냥한 표정을 지었다. 그 얼굴이 몹시도 인상에 남았다.

"유의 성별에 대해선, 저는 용서받지 못할 짓을 저질렀습니다. 분명 저는 부모로서도 좋은 어머니는 아니었겠죠. 하지만 그래도 저는 유를 가장 우선으로 생각해왔습니다. 누가 무슨 말을 해도 그것만큼은 사실입니다."

리세 님은 그렇게 말하면서 나를 바라보았다. 나는 그 얼굴을 보며 한 점의 거짓도 느낄 수 없었다.

"미샤에 대해서는 어떻게 생각하고 계시나요?"

예전부터 꼭 한번 물어보고 싶었던 질문을 던졌다. 리세 님은 쓴웃음을 지으면서,

"미샤는 정말로 우수한 아이입니다. 원래 그녀의 가문은 고위 귀족이었고, 유의 성별에 관해서도 옛날부터 협력해 왔었죠. 믿을 수 없을지도 모르겠습니다만, 저는 그녀의 집이 몰락하기 전에는 그녀야말로 장래에 유의 반려가 될 거라고 확신하고 있었어요."

마치 옛날을 그리워하는 것처럼 말했다. 지금 리세 님은 머릿속으로 어렸을 적 유 님과 미샤의 모습을 떠올리고 있을지도 모른다.

"지금은 어떤가요?"

"지금은…… 잘 모르겠습니다. 유는 여성이 되었고, 미샤를 평생의 반려로 삼고 싶어 하니까요……. 클레어와 당신도 그렇

지만 동성을 연애 대상으로 고른다는 감각을 저로선 아무리 해도 이해할 수 없어요."

혹시 기분을 상하게 했다면 미안해요, 하고 리세 님은 면목 없다는 듯이 말했다. 나는 전혀 신경 쓰지 않는다고 대답했다.

동성애자의 감각은 이성애자로선 완벽하게 이해할 수 없다. 거꾸로, 이성애자의 감각 또한 동성애자로선 이해할 수 없다. 어느 쪽이 잘못이라거나 그런 이야기가 아니다. 단순한 성적 지향성의 문제다.

"하지만 유와 당신이 부럽다고 생각할 때도 있습니다. 적어도 당신들은 자신의 마음에 솔직하게 살아가려고 하고 있으니까요. 그게 많은 곤란이 따르는 길이라고 해도 거기에 맞서 싸울 각오가 있다는 건 정말 굉장한 일이라고 생각합니다."

의외의 한마디였다. 리세 님은 그런 식의 사랑의 형태를 혐오하고 있을 거라 여기고 있었다. 그러나 리세 님은 이해는 할 수 없지만 부럽다고도 생각한다고 말했다.

"시대의 흐름인 걸까요. 제가 당신들과 비슷한 나이였을 때는 사랑도 결혼도 제가 결정할 수 있는 게 아니었어요. 나이를 먹으면 옛날을 그리워하는 법이라는 말이 있지만, 그 말에는 분명 자기 때는 마음대로 할 수 없었던 것들이 허용되는 현재에 대한 질투심이 담겨있는 거 아닐까요. 현재를 부정하는 거라기보다는 과거를 끊어낼 수 없는 거예요."

리세 님의 말은 아직도 싱그러운 젊음을 갖추고 있는 용모만 볼 땐 상당히 어울리지 않는 것처럼 느껴지는 말이었다. 자신을 옛날 사람이라고 말하는 모습에서 외모만으론 알 수 없는 연륜을 느꼈다.

"레이. 당신도 어른이 된다면 분명 알게 될 거예요. 과거에 얽매인다는 게 어떤 건지. 그리고 그런 와중에서도 미래를 보여주는 아이들의 모습이 얼마나 눈부시고, 부러운 것인지를."

아마 나는 리세 님이 이때 했던 말을 결코 잊을 수 없을 것이다. 이후에 그런 일이 일어났지만, 리세 님의 말은 하나의 진실이라고 생각했으니까.

막간 · 불륜【사고】(클레어 프랑소와)

교황 성하와 레이가 서로 뒤바뀌고 며칠이 지났습니다. 레이는 어떻게든 정체를 숨기고서 잘 해내고 있는 모양이지만, 이쪽은 상당히 고전하고 있습니다. 현재 시각은 저녁. 슬슬 경비 교대 시간입니다.

"레이 선생님, 어쩐지 요새 들어서 묘하게 조용하지 않아?"

경호 일을 도와주고 있는 라나가 수상쩍다는 듯이 물었습니다. 바로 옆에 서있던 이브도 의심 가득한 시선을 보내고 있었습니다.

"그렇지 않다고. 평소대로야."

"마, 맞아요. 이건 그거예요. 분명 경비 일 때문에 조금 피곤한 탓이에요."

말투만 보면 레이랑 비슷하지만 교황 성하의 목소리에는 감정이 결여되어 있습니다. 저는 황급히 옆에서 거들었습니다.

"그런 건가요? 어쩐지 이상한데요~? 아니 그보다 레이 선생님이 이렇게 표정 변화가 적은 분이셨던가?"

제가 제일 골치가 아픈 부분이 이 점입니다. 언제나 표정이 풍부한 레이에 비해서 교황 성하는 기본적으로 무표정…… 아니, 정확히는 희로애락을 겉으로 드러내는 일이 거의 없습니다. 이래서야 의심스럽게 여기는 것도 당연하겠죠.

"사, 사실 저랑 레이가 좀 전부터 싸운 상태거든요. 그래서 살짝 표정이 딱딱한 거예요."

"아, 그랬던 건가요, 레이 선생님, 클레어 선생님한테 질린다면 저와 이렇고 저런 관계가 되어 볼래요?"

라나가 평소처럼 레이한테――사실 교황 성하지만――집적대기 시작했습니다. 저는 일단 어떻게든 궁지에서 벗어났다고 안심하고 있었습니다만,

"이렇고 저런 관계라는 건, 어떠한 관계인가요?"

감정이 드러나지 않는 표정에 순수한 의문을 띄운 채로 말하는 교황 성하의 그 한마디에 저는 다시 머리를 싸매고 싶어졌습니다.

"어?! 뭐야뭐야 레이 선생님? 설마하니 이거 가능성 있는 거야? 우와 쩔어~ 나, 이거 완전 찬스잖아!"

"불결해……."

신이 난 라나와, 내뱉듯이 말하는 이브. 또다시 일이 복잡하게 꼬일 거 같아요.

"무슨 소릴 하는 건가요. 레이가 저 말고 다른 사람과 그런 관계가 될 리가 없잖아요."

"에이~ 그렇지만요, 클레어 선생님과 레이 선생님은 지금 부부싸움 중이잖아요? 그러면 저로서는 이 기회를 놓칠 수는 없다고 해야 할까."

"……."

당황하는 나와 한층 더 신이 난 라나를 향해 감정 없는 시선을 보내는 교황 성하. 교황 성하한테 이 사태를 해결해 달라고 하는 건 무리겠죠. 제가 어떻게든 하지 않으면.

"설사 부부싸움을 하고 있다고 해도 저희들의 깊고 깊은 애정은 조금도 흔들리지 않아요. 지금은 아주 조금 엇갈렸을 뿐이에요."

"그렇지만 연애 관계라는 건 원래 그런 약간의 엇갈림에서부터 파국이 시작되지 않나요? 오히려 연인과 삐걱대고 있을 때야말로 끼어들 찬스라고 해야죠."

"라나……. 당신은 대체 지금까지 어떤 연애를 해온 건가요……."

딱히 라나의 연애 편력을 듣고 싶어서 묻는 게 아닙니다. 이건 기가 막혀서 그런 거예요.

"애초에 당신은 어째서 레이한테 치근덕대는 건가요? 레이한테 듣기로는 당신은 강의 첫날부터 그랬다는 모양인데요."

또한 레이는 라나와 면식이 없었다고 말했습니다. 어째서 레이를 그렇게나 따르는 건지 잘 모르겠는걸요.

"네? 그렇지만 레이 선생님은 엄청 귀여운데다, 머리도 좋고~ 거기다 사랑이 무거워 보이는 점이 최고야!"

"뭐어, 그건 인정하겠지만요."

레이는 귀엽다── 네에, 그 말 대로예요.

머리도 좋다── 이론의 여지가 없어요.

사랑이 무겁다── 정말로 두말할 거 없이 맞는 말이에요.

"그리고 레이 선생님은 어쩐지 심리적 불륜은 절대로 하지 않을 거 같지만, 육체적인 불륜은 의외로 간단히 저지를 거 같은 느낌이 든단 말이죠."

"바, 바보 같은 소리 하지 마세요!"

교황 성하한테 들려드릴 만한 이야기가 아닙니다. 나는 황급히 라나를 질책했습니다.

"불륜에는 심리적인 것과 육체적인 것, 두 가지가 있는 건가요?"

또다시 소박한 의문을 입에 올리며 고개를 갸웃거리는 교황 성하. 제발 부탁이니까 그냥 넘어가 주세요.

"그야 그렇죠? 육체관계를 가져도 마음은 배신하지 않는다면 그건 불륜이 아니에요!"

"그럴 리가 없잖아요! 더 이상 바보 같은 소리를 계속한다면 불태워버릴 거예요!"

"꺄앙~ 무서워~!"

라나는 일부러 호들갑스럽게 외치면서 교황 성하의 등 뒤로 숨었습니다.

"레이 선생님 도와줘요~."

"클레어 님, 아무리 상대가 까불어도 태워버리는 건 안 됩니다. 그건 사람의 도리가 아닙니다."

"……농담이라고요. 아니 그보다 이런 부분에선 똑 부러지네요."

어쩐지 저 혼자서만 고군분투하고 있다는 생각이 들어요. 레이, 당신의 존재가 얼마나 큰 것이었는지 저는 지금 절실하게 느끼고 있어요. 부디 빨리 돌아와 줘요.

"아핫, 역시 레이 선생님, 나한테도 가능성이 있는 거 아니야? 어때, 선생님? 오늘 밤 우리 같이 식사라도 하지 않을래요?"

"아뇨, 집에서 메이랑 알레어가 기다리고 있기 때문에."

"으앙~ 넘어오지 않네. 역시 아이가 딸려있으면 완고하구나. 그런 점이 좋아!"

"정말이지, 계속해서 바보 같은 소리만 하고…… 자, 이제 교대예요, 레이. 라나랑 이브도 안녕히."

"그럼 이만, 라나, 이브."

"또 봐요~!"

"……안녕히 가세요."

우리는 두 사람을 뒤로하고, 서둘러 귀갓길에 올랐습니다.

"레이 엄마, 교황님, 잘 다녀오셨어요~."

"잘 다녀오셨어요~."

기숙사 방으로 돌아오자, 메이와 알레어가 맞이해주었습니다. 아아, 아이들의 이 미소를 위해서 매일 노력하고 있는 거나 마찬가지예요. 저는 아이들을 꼭 안아주면서 뺨에 입을 맞췄습니다.

메이와 알레어에게는 레이가 교황 성하와 서로 바뀌었다는 사실을 이야기해뒀습니다. 원래부터도 숨길 생각은 없었지만, 첫날부터 만나자마자 들켰기 때문입니다. 교황 성하가 무슨 말을 꺼내기도 전에 얼굴을 보자마자,

"이 사람은 누구~?"

"레이 엄마는요~?"

라고 말해서 조금 깜짝 놀랐어요. 레이를 비교적 거칠게 대하기 일쑤인 우리 딸들인데, 척 보기만 해도 레이가 아닌 걸 알 수 있는 거네요. 레이한테 알려주면 분명 기뻐하겠죠.

"식사 준비는 다 해놨어요~."

"알레어 대단해. 레이 엄마 같아."

"고마워, 알레어."

"고마워요."

교황 성하와 함께 알레어에게 감사의 말을 건넸습니다. 한심하기 그지없지만, 교황 성하도 저도 요리를 못하기 때문입니다. 교회가 비용을 제공해주기 때문에 사용인을 고용할까도 생각해봤지만, 알레어가 그렇다면 자기가 만들겠다고 나섰습니다.

처음에는 맡겨도 괜찮은 걸까, 싶어서 불안했습니다만 그런 걱정은 첫날 식탁에 차려진 요리를 보자 단숨에 날아갔습니다. 식탁에 차려진 요리들은 저로서는 도저히 무리인 완벽한 식사였

습니다. 레이가 요리를 가르치기 시작한 지 아직 한 달도 안 됐습니다. 그런데도 이 정도의 완성도라니 알레어는 정말로 배우는 속도가 빠른 아이입니다. 물론 메이도 옆에서 도와주는 모양입니다.

우리는 옷을 갈아입고 식사를 한 뒤, 목욕까지 마치고서 아이들과 놀아주고 나자 금방 잘 시간이 되었습니다.

"메이, 알레어, 슬슬 자야 할 시간이에요."

"네에~!"

"알겠어요."

아이들은 안녕히 주무세요, 하고 인사하고서 자기 방으로 들어갔습니다.

"착한 아이들이네요."

교황 성하가 말했습니다. 그 얼굴에는 역시나 아무런 표정도 떠올라 있지 않았지만, 어쩐지 부드러운 인상을 느꼈습니다.

"자랑스러운 딸들이에요."

정말로 마음 깊이 그렇게 생각합니다. 처음에는 제가 아이들을 잘 키울 수 있을까, 싶은 마음에 한가득 불안을 품기도 했지만 이제는 그렇게 생각하지 않습니다. 제가 잘못 생각하고 있었던 겁니다.

부모가 아이들을 키우는 게 아닙니다, 아이들이 알아서 커가는 걸 부모가 지켜보는 거예요. 이러한 아이로 키우고 싶다고, 부모가 이상적으로 생각하는 모습으로 아이들을 키우는 게 아니라 아이들 스스로가 어떻게 되고 싶어 하는지에 따라 그걸 옆에서 돕는 거예요. 육아라는 건 그런 거라고 생각하게 됐습니다. 물론, 위험에서 지켜주기 위해 꼭 필요한 가르침도 있겠지만요.

"그럼 저희들도 쉬도록 할까요."

"네."

함께 침실로 향한 다음 침대로 들어갔습니다. 레이와 둘이서 쓸 예정이었던 방이었기 때문에 침대는 한 개밖에 없어서, 어쩔 수 없이 교황 성하와 같은 침대에서 자고 있습니다. 레이와 똑같은 얼굴을 가진 여성과 동침하는 데에 처음에는 약간 망설임이 있었지만, 금세 장난을 걸어오는 레이와는 다르게 교황 성하는 침대에 눕자마자 잠들어 버리기 때문에 쉽게 익숙해질 수 있었습니다.

"안녕히 주무세요, 교황 성하."

"잘 자요, 클레어."

평소와 달랐던 건, 바로 이때였습니다. 입술에 부드러운 감촉. 저는 놀라서 확 뛰어올랐습니다.

"교, 교교교교황 성하?!"

"육체적인 건…… 불륜에 들어가지 않는 거…… 잖아요?"

졸음기 가득한 목소리로 그렇게 말하고서, 금방 새근새근 잠에 든 숨소리를 내기 시작했습니다. 저는 대혼란.

아아, 레이. 부디 용서해 주세요.

생각지도 못한 비밀을 끌어안게 될 처지에 놓은 저는, 오늘 밤에는 꼭 레이의 꿈을 꿨으면 좋겠다고 생각하면서 눈을 감았습니다.

교황 성하와 도로테아의 회담일이 사흘 앞으로 다가온 어느 날 아침. 나는 어찌어찌 카게무샤 역할을 해내고 있었다. 여전히 자잘한 실수들을 연발하고 있긴 해도, 점차 이 생활에도 익숙해지기 시작했다.

"하지만 이 식사에는 영 익숙해지질 않네."

교황 성하는 정령교회의 수장이라는 입장에 있는데도 몹시 검소한 식사였다. 딱딱한 빵과 몇 종류의 콩을 삶은 싱거운 맛의 포타주, 삶은 달걀에 약간의 과일, 지극히 심플하다. 혁명 직후에 클레어 님과 내가 먹었던 빈곤한 식생활과 크게 다를 게 없었다. 정령교회가 딱히 육식을 금지하고 있는 것도 아닐 텐데 말이지, 이것도 수행의 일환인 걸까.

"그럼, 독이 있는지 시식하겠습니다."

시중을 드는 여성이 그렇게 말하며 식사에 손을 뻗었다. 안 그래도 검소하기 그지없는 식사인데 더 입맛이 떨어지게 만드는 게 바로 이거다. 교황 성하는 세계적인 VIP고, 지금은 목숨을 위협받고 있는 상황이니까 모든 식사는 독이 있는지 검사를 거치고 있다.

수속성 해독 마법을 쓰면 되는 거 아니냐고 생각할 수도 있지만, 제국에는 칸타렐라라는 전례가 있다. 세인 님 암살 기도 때 쓰였던 구형 칸타렐라는 내가 해독할 수 있어도, 루이가 썼었던 신형이나 혹시 더욱 개량을 거친 새로운 칸타렐라가 쓰일 가능성도 있다. 만능이라고 여겨지는 마법이라는 기술도 한계는 있다.

독이 있는지 맛을 봐주는 사람은 내 곁에서 시중을 들어주는 수녀분이다. 이름은 상드린 씨라고 한다. 그녀는 교황 성하의 열렬한 신봉자인 모양이라, 꽤나 어렸을 때부터 이 일을 해왔다나. 겉보기에는 어디까지나 평범한 수녀고 나랑 비슷한 키를 가진 분이다. 상냥한 눈을 한, 사람 좋아 보이는 스무 살쯤 되는 언니다. 조금 마른 체형인 건 역시 이런 검소한 식생활을 하고 있기 때문일까. 그러고 보니 교회 관계자 중에서 뚱뚱한 사람을 본 적이 없다.

"……이상 없습니다. 맛있게 드세요."

상드린 씨는 식사를 한입씩 맛본 뒤, 이상 없음을 알리며 다시 내 곁을 지켰다.

"고마워요, 상드린."

내가 감사의 말을 건네자, 상드린 씨는 이것도 자신의 일이라고 말하며 온화하게 미소 지었다. 포타주를 입에 넣으면서 나는 살짝 죄책감을 느끼고 있었다. 상드린 씨는 지금 나와 교황 성하가 바뀌었다는 사실을 모른다. 하지만 그녀는 성하를 위해서 오늘도 목숨을 걸고 독이 있는지를 맛보고 있었다. 만약에 그녀가 독으로 목숨을 잃는다고 해도, 그녀가 구한 사람은 자신이 경애하는 교황 성하가 아니라 새빨간 타인인 것이다. 그 사실이 정말 죄송스러웠다.

"먼저 오늘은 리세 님이 면회를 하러 오신다고 합니다. 사흘 후에 있을 회담의 마지막 협의를 하고 싶다고 하셨습니다."

"알겠습니다."

내가 대역이라는 점도 있어서, 내가 직접 만나는 사람은 몹시 한정되어 있다. 사무적인 보고는 거의 대부분 리세 님이 해주고 있다. 리세 님은 매우 유능한 분이셨다. 회담의 절차 등, 교황으로서 필요한 각종 정보를 비롯해서 진짜 교황 성하와 클레어 님, 그리고 메이와 알레어의 소식도 부지런히 전해주셨다. 나는 그 덕분에 안심하고 카게무샤 역할을 수행할 수 있었다.

오늘의 공무 예정을 들으면서 식사를 마쳤다. 메뉴를 좀 여러 가지로 늘려달라는 제안이라도 해볼까나, 하는 생각을 하면서 옷을 갈아입으러 이동했다. 오늘도 또다시 이 무거운 법의를 입어야만 하는 건가, 싶어서 조금 우울한 기분을 느끼며.

"교황 성하, 조금 살이 찌셨네요."

상드린 씨의 말에 찔끔했다. 얼굴만 보면 쏙 빼닮았지만, 역시 체형 등 세세한 부분은 차이가 있겠지.

"제국의 식재료가 좋아서 그런 걸지도 모르겠네요. 교황 성하에게 만에 하나라도 무슨 일이 생기면 안 되니까 분명 제국도 최고의 식재료를 제공하고 있겠죠."

고마운 일이네요, 하고 상드린 씨가 혼자서 납득해 주셨다. 위험해, 위험해.

"등 뒤의 단추를 잠그겠습니다."

상드린 씨가 등 뒤로 돌아갔다. 중요한 건 아니지만, 이 법의는 혼자서는 못 입는 거네. 지퍼라면 또 모를까, 등 뒤쪽에 단추라니 손이 닿지 않는다.

블루메를 통해서 지퍼를 발매해 볼 수는 없을까, 같은 생각을 하고 있자니 등 뒤에서 작게 중얼거리는 목소리가 들렸다.

"옥체에 손을 댈 수 있는 영광을 내려주신 걸 감사드립니다."

상드린 씨에게는 교황인 내 몸에 손을 댈 때는 신에게 감사의 말을 입에 올리면서 로자리오에 입을 맞추는 버릇이 있다. 아마 지금도 그녀의 버릇이 나온 거겠지. 그런데 오늘은 어쩐지 평소보다 시간이 걸렸다. 무슨 일일까, 싶어서 내가 이상하게 여기고 있었을 때, 갑자기 등 뒤로 강력한 마력이 느껴졌다.

"읏……?!"

뒤를 돌아보려고 했던 그 순간, 목이 졸리면서 숨을 쉴 수가 없었다. 뭔가 가는 끈 같은 것이 내 목을 칭칭 감고 있는 것 같았다.

"상드린……씨……어째……서……!"

머릿속에 떠오른 의문은 금방 자취를 감추고, 그 대신 어떻게 해야 이 궁지에서 벗어날 수 있을지 부터 빠르게 생각했다. 의문을 해결하는 건 나중이다. 지금은 일단 내 목숨부터 건지고 봐야지.

나는 등 뒤쪽을 향해 위력을 최대한 낮춘 돌덩이를 발사해서 상드린 씨를 날려버렸다. 상드린 씨가 날아가서 벽에 부딪혔다.

"하아……읏……하아……!"

"……."

숨을 헐떡이면서도 나는 방심하지 않고 상드린 씨를 살폈다. 방금 전까지만 해도 보였던 온화한 미소는 어디에도 없었다. 빛이 느껴지지 않는 멍한 눈을 한 채로 손에는 로자리오를 쥐고 있었다. 아마도 저 로자리오의 끈으로 내 목을 조른 것 같았다. 평범한 끈이었다면 그냥 끊어졌을 테니, 저건 아마 교살을 목적으로 만든 특제품일 게 분명했다. 잘 보니 로자리오가 수상한 빛을 내고 있었다. 저건 혹시…… 마도구……?

"……."

내 의문에는 아랑곳없이, 상드린 씨가 끈을 쥐고서 돌진해 왔다. 그다지 재빠른 몸놀림은 아니었다. 아마도 그녀는 운동치인 진짜 교황 성하를 상정하고서 이런 암살 수단을 골랐겠지.

그러나,

"영차……."

나는 그녀의 오른쪽 손목을 잡아채고서 관절을 비틀어 올렸다. 상드린 씨는 저항하긴 했지만, 금방 끈을 쥔 손에 힘을 풀었다.

"수면."

나는 이어서 상드린 씨의 이마에 손가락을 대고서 수속성 수면 마법을 강하게 걸었다. 평민운동 때 클레어 님을 잠재웠던 마법이다. 내 수면 마법은 강한 마력을 지닌 클레어 님조차 바로 혼절시킬 정도의 위력이다. 평범한 수녀인 상드린 씨는 아무런 저항도 못 하고 그 자리에서 쓰러졌다.

"후우……."

일단은 궁지에서 벗어난 모양이다. 누군가 사람을 불러와야…… 상드린 씨의 로자리오를 주워 들면서 그렇게 생각했을 때,

"교황 성하!"

난폭하게 문이 열리면서 사람이 뛰어 들어왔다.

"리세 님……."

"무사하신가요?! 뭔가 커다란 소리가 울렸습니다만?!"

리세 님의 숨소리는 거칠었다. 아마도 전력으로 달려온 거겠지.

"피가……!"

"아, 날려버렸을 때 베인 것 같습니다."

아무래도 내 목 주변에 상처가 남은 모양이다.

"이건…… 상드린이?"

"네에. 하지만 그녀는 제정신이 아닌 것처럼 보였습니다."

"그녀는 아직 살아있나요……?"

"네, 의식을 잃었을 뿐입니다."

사정을 들어보기도 전에, 상드린 씨의 목숨을 뺏을 수는 없다고 생각했기 때문이다.

"이렇게나 빨갛게 상처가……. 미안해요, 무기와 암기에는 주의를 기울이고 있었지만…… 설마하니 로자리오에 수작을 부렸을 줄은."

리세 님은 걱정스러운 얼굴로 나에게 치료 마법을 걸어주셨다. 나는 어라, 싶었다. 손안에 쥐고 있었던 로자리오를 그대로 법의 속으로 슬쩍 집어넣었다.

아직 결론은 이르다고 생각하고 싶었다.
리세 님에 이어서 교회 관계자들이 방 안으로 우르르 들어왔다.
"이건……!"
"교황 성하가 상처를……?!"
"상드린이 범인이었던 건가……."
어쩐지 갑자기 소란스러워졌다.
"으……."
병사들한테 포위된 상태에서 상드린 씨가 눈을 떴다.
"저는…… 대체……."
"상드린, 교황 성하 살해미수 혐의로 자네를 체포한다."
"?! 그런…… 저는 그런 무서운 짓을 저지르지 않았어요!"
상드린 씨는 결백을 호소했다.
그러나 적어도 그녀가 실행범이라는 사실은 내가 직접 몸으로 겪었다.
"이 상황이 돼서도 그런 소리를…… 재판을 기다릴 필요도 없습니다. 이 자리에서 처형해버리도록 하죠."
리세 님이 몹시도 흉흉한 말을 꺼냈다.
"기다려 주세요. 그녀에겐 아직 여러 가지로 듣고 싶은 게 있습니다."
"그런 태평한……. 그녀의 범행이라는 건 이미 명백한 사실. 여기선 빠르게——."
"괜찮아요, **저는**."

나는 리세 님만 들을 수 있게 말했다.

그러나,

"즉결 처분해야 합니다!"

리세 님은 여전히 나에게 처단할 것을 주장했다.

어쩔 수 없지.

"교황인 제 말을 듣지 못하겠다는 건가요?"

나는 최후의 수단을 쓰기로 했다. 리세 님과 일대일 상황이라면 아무런 효력도 없는 말이겠지만, 다행히도 이 자리에는 다른 사람들의 눈이 있다.

"……알겠습니다. 성하의 결단에 따르겠습니다."

리세 님을 필두로 사람들이 내 앞에 부복했다. 우와~ 이거 엄청 못돼 먹은 느낌이잖아, 나.

이후, 상드린 씨는 교회의 취조를 받았다. 그녀의 말로는 내가 옷을 갈아입는 걸 돕던 도중부터 기억이 없다고 한다. 엄청난 자책감에 휩싸여 있다는데, 이유가 어찌 됐든 간에 자신이 교황 성하를 해하려고 했다는 객관적 사실이 눈앞에 닥치자, 자신을 처형해 달라고 소망하고 있다고 한다.

취조를 할 때는 반드시 교회 사람과 바우어 사람을 함께 동석시켰다. 그녀의 단독 범행이라고는 생각할 수 없었기 때문에 혹시나 입막음 당할 걸 방지하기 위해서다. 내가 이리저리 손을 써줬다는 사실을 들은 상드린 씨는, 내가 면회를 하러 갔을 때,

"위해를 끼쳤던 저 같은 사람에게 어째서 그렇게까지 해주실 수 있는 건가요?"

눈물을 흘리면서 나에게 물었다. 나는 적당한 대답이 떠오르지 않았기 때문에,

"상드린, 당신이니까 그런 거예요."

이렇게 대답했더니 그녀는 몹시 감격하면서 울음을 터트리고 말았다. 교황 성하, 뭔가 플래그를 세워버린 거라면 미안해.

나는 그녀의 처우를 어떻게 할지에 대해선 배후 관계가 명확해질 때까지 기다리도록 단단히 당부했다.

그리고 또 한 가지.

"이것도 조사해 놔야겠네."

나는 리세 님에게는 비밀로 하고서 상드린 씨의 로자리오를 바우어 쪽 관계자한테 넘긴 다음 해석해 달라고 부탁했다.

막간 • 미소 (교황 클라리스 레페테 3세)

"교황님, 무슨 일이야~?"

"저희들 얼굴에 뭐라도 묻어 있나요~?"

어린 쌍둥이들——이름은 메이랑 알레어라고 했던가——이 의아한 시선으로 나를 바라보았다. 의아하다는 표현은 적절하지 않을 지도 모른다. 그 시선에는 의심스러워하는 기색은 없었고, 단순히 궁금증만을 담고 있었다.

이곳은 내가 임시로 거처로서 신세를 지고 있는 레이와 클레

어의 방이다. 지금 클레어는 외출 중이라서 나는 아이들과 함께 집을 보는 중이다. 한심한 일이지만 나는 평범한 생활을 보내는데 필요한 가사 활동을 하나도 할 줄 모르기 때문에 얌전히 메이와 알레어의 상대를 해주며 지내고 있다. 사실은 오히려 내가 아이들한테 보살핌을 받고 있는 걸지도 모른다.

“아무것도 아닙니다. 그저 두 사람이 사랑스럽다고 생각해서요.”

나는 솔직하게 내가 느낀 바를 말했다. 이건 나에게 굉장히 귀중한 경험이었다. 교황으로서의 나는, 내가 느낀 것들을 자유롭게 표현할 기회조차 거의 없었다. 내 발언, 표정, 그리고 생각까지도 전부, 교회라는 커다란 조직의 뜻이라고 여겨질지도 모르기 때문이다.

나는 그걸 부담이라고 느끼지 않는다. 태어난 순간부터 그런 식으로 행동하도록 교육받았고, 그렇게 살아왔다. 교회의 상징으로서 살아가는 게 내 인생 그 자체인 것이다. 나라는 존재는 **그런 식으로 만들어 졌으니까**.

“칭찬해주는 거야? 저기, 교황님 메이랑 알레어를 칭찬해주는 거야?”

“네.”

내가 고개를 끄덕하자, 메이가 만족스러운 듯이 웃었다. 그러나 알레어는 살짝 불만인 모양이다.

“교황님, 귀여운 걸 봤을 때는 웃는 법인데요?”

“웃는다?”

“네에. 그런 얼굴로 사랑스럽다고 말씀하셔도 정말로 그렇게 생각하고 계시는지 어떤지 모르겠어요."
오히려 조금 무서워요. 그 말을 듣자 나는 난감해졌다.
"알레어, 웃는다는 건 어떻게 해야 하는 건가요?"
"네?"
내 소박한 질문에 알레어는 그런 소릴 들을 줄은 생각도 못 했다는 표정을 지었다.
"교황님은 웃는 법을 모르시는 건가요?"
"네."
"웃어 본 적은?"
"없다고 생각합니다."
"어머, 큰일이에요. 메이, 어떻게 해야 좋을까요?"
알레어는 메이와 무언가 논의하기 시작했다. 웃는다는 건 분명 엄청나게 어려운 일인 거겠지.
"메이한테 맡겨줘! 간단해! 이렇게 하는 거야!"
메이가 나한테 안겨들면서 옆구리를 간지럽혔다.
"어라? 교황님, 간지럽지 않아~?"
"간지러워요."
"그런데 웃지는 않네?"
"그런 모양이에요."
"알레어도 도와줘! 둘이서 같이 간질이면 교황님도 웃을 수 있을지도 몰라!"
"알겠어요."
알레어도 안겨들더니 둘이서 나를 간지럽혔다.

그러나,

"웃지 않으시네요?"

"이상하네~."

나는 여전히 웃지 못했다. 간지럽기야 했지만 그게 웃는다는 행위로 이어지지는 않았다. 그 후로도 메이와 알레어는 이런저런 수단을 동원해 나를 웃게 해주려고 했지만, 결국 나는 웃을 수가 없었다.

"미안해요, 메이, 알레어. 애써서 노력해줬는데."

"신경 쓰지 마, 교황님. 하지만 웃는 걸 어려워하는 사람도 있구나."

"저희들은 매일, 매시간, 매분이라도 웃을 수 있는데 말이에요."

신기하네~, 하고 쌍둥이는 얼굴을 마주 보았다.

"하지만 교황님은 우리들을 보고서 귀엽다고 생각했잖아~?"

"네."

"그렇다면 분명 언젠가 웃을 수 있을 거예요. 레이 엄마가 말씀하셨는걸요. 귀여운 건 정의라고요."

귀여운 건 정의. 웃는 것과 정의가 어떻게 이어지는 건지 나로서는 알 수 없었다. 웃는다는 건 굉장히 심오하다.

결국, 그날은 얼마 지나지 않아 클레어가 돌아와서 흐지부지 넘어갔다. 하지만 나는 스스로가 웃지 못한다는 사실에 가슴속의 응어리를 느끼고 있었다.

다음 날, 나는 클레어와 함께 제국 내에 있는 수도원을 방문했다.

본래대로라면 지금은 목숨을 위협당하고 있는 상황이니 웬만하면 외출을 삼가는 편이 좋겠지만, 너무 집 안에만 틀어박혀 있는 것도 레이답지 않은 일이다. 그런 연유로 나는 클레어에게 부탁해서 수도원에 데려가 달라고 했다.

수도원에 온 목적은, 이곳에는 많은 아이들이 있다고 들었기 때문이다.

"아, 클레어 님과 레이 님이다~!"

"메이랑 알레어도 어서와~."

"안녕하세요, 여러분. 다들 잘 있었나요?"

""""네—!""""

클레어와 레이는 바우어에 있던 시절부터 적극적으로 수도원을 방문해서 기부를 하는 등, 꾸준히 자선사업에 힘을 쏟았다고 한다. 그 활동은 제국에 와서도 변함없이 이어진 모양이라, 이 수도원도 클레어의 방문이 익숙한 것 같았다.

"얘들아, 클레어 님과 레이 님을 곤란하게 하면 안 된단다? 어서 오세요, 클레어 님, 레이 님."

"또 오고 말았어요, 카야. 저희들이야 말로 방해가 되는 건 아닌가요?"

"천만의 말씀이세요. 아이들도 두 분이 오늘 걸 얼마나 기대하고 있었는데요."

"그렇다면 다행이지만요. 이건 선물로 가져온 과자예요. 아이들에게 나눠주세요."

"""와~아!"""

"알겠습니다."

클레어 님이 손에 든 바구니를 건네자, 아이들 사이에서 환성이 터졌다. 카야라고 불린 수녀가 난처한 얼굴로 아이들을 나무랐다.

"얘들아, 감사 인사는 똑바로 해야 하잖니? 할 수 있나요?"

"""클레어 님, 레이 님, 감사합니다!"""

"별말씀을요. 메이, 알레어, 아이들과 놀다 오세요."

"응~!"

"알겠어요."

아이들은 바구니를 들고서 수도원 정원 쪽으로 달려갔다. 화단 옆에 모여 앉더니, 바로 과자를 나누기 시작했다.

"레이 님, 무슨 일 있으신가요?"

"?"

나에게 들려온 목소리에 깜짝 놀라고 말았다. 뭔가 이상한 짓이라도 한 걸까.

"어쩐지 기운이 없으셔서요. 평소 같았으면 아이들 사이에 껴서 함께 놀곤 하셨는데, 오늘은 어쩐지 조금…… 잘 표현하진 못하겠지만요."

역시 레이를 잘 아는 사람이 보면 지금 나한테서 위화감을 느끼는 것 같다. 얼굴 생김새만 보면 꼭 닮았어도, 타인은 타인이라는 거겠지. 그야 그렇다.

하지만, 이 몸은 본래, **그녀의 것이다**.

"저는 자주 아이들과 놀았나요?"

"네? 네에…… 그렇죠?"

"레이는 알맹이가 완전 어린애니까요. 아이들과 함께 섞여서 놀기에는 딱 좋은 거예요."

"……."

그렇구나.

"아이들과 함께 놀고 있을 때 저는, 웃고 있었나요?"

"그야 물론! 정말로 즐거운 듯이 웃고 있었어요."

"그런가요……."

나는 카야와 클레어 옆을 떠나 아이들이 둥글게 모여 있는 곳으로 걸어갔다. 가까이 다가가자 아이들이 앉은 채로 나를 올려다봤다.

"무슨 일이야, 레이 님~?"

"레이 님도 과자 먹을래~?"

"레이 엄마 것도 있어!"

"일단 여기 앉아주세요."

알레어 손에 이끌려서 둥글게 모여 앉은 아이들 사이에 끼어들었다.

"과자를 가지고 소꿉놀이를 하고 있어요."

"레이는 첫째 언니인 거야!"

"내가 엄마!"

"내가 아빠입니다."

"나는 소꿉놀이가 아니라 술래잡기가 좋아."

"술래잡기는 나중에 하자? 지금은 모처럼 과자도 있으니까 같이 소꿉놀이를 해줄래?"

나는 아이들 사이에서 오가는 대화를 흥미롭게 들었다. 이런 어린아이들 사이에서도 다양한 커뮤니케이션이 이루어지고 있었다. 대화 내용도 깜짝 놀랄 정도로 복잡하고, 사용하는 단어, 억양, 표정 등이 이뤄내는 조합은 무한하다는 생각이 들 정도였다. 나는 가벼운 현기증이 생기는 걸 느꼈지만, 그건 결코 고통스럽지 않았다. 오히려 몹시도 마음에 들었다.

원래는 이곳에 나도 데려가 달라고 했던 건, 메이와 알레어, 둘만으로도 이렇게나 귀여우니까 아이들이 더욱 많이 있는 곳으로 간다면 훨씬 더 귀여운 거 아닐까, 하는 단순한 발상이었다. 하지만 아이들의 집합체란 상상 이상으로 복잡하면서도 재미있다고 생각했다. 그저 귀엽기만 한 게 아니구나, 하고 인식을 새로이 했다.

"레이 님, 드세요?"

조그만 여자아이가 구운 과자를 내밀었다. 어쩐지 소심해 보이는 이 아이가 방금 전부터 계속 힐끔힐끔 나를 보고 있는 걸 눈치채고 있었지만, 어떻게 반응해야 할지 알 수 없었다.

"웬일이야, 유리아. 평소에는 레이 님을 무서워하면서."

"오늘 레이 님은 그다지 무섭지 않아."

유리아는 그 말과 함께 내 옆에 딱 붙어 앉더니 방긋 웃었다.

레이와 뒤바꾼 후로, 레이와 비교하면 뭐든 뒤떨어진다는 평가만 받았기 때문에 유리아의 그 한마디가 내 마음을 아주 따뜻하게 만들어주었다. 그러나 그런 마음도 길게 지속되지 않았다. 나는 그렇게 이루어지지 않았으니까.

그럼에도 정신을 차려보니 어느새 나는 그녀의 머리를 쓰다듬고 있었다. 아이들 특유의 가늘고 부드러운 머리카락의 감촉이 느껴졌다. 유리아는 간지럽다는 듯이 눈을 가늘게 떴다.

"맛은 어떠세요, 레이 엄마?"

언제까지고 과자를 입에 넣을 생각을 하지 않는 나를 보면서 안달이 났는지, 알레어가 물었다. 오늘의 구운 과자는 알레어가 직접 만들었다. 레이의 솜씨에는 미치지 못하는 모양이지만, 내 눈에는 충분히 훌륭하게 만들어진 것처럼 보였다.

"……맛있어요."

한입 베어 물자, 폭신한 반죽이 입 안에서 부드럽게 녹으면서 설탕의 단맛과 농후한 버터의 풍미가 입 안 가득 퍼졌다. 그리고 살짝 뒤이어서 뭔가 감귤류의 향기가 후각을 간지럽혔다. 입장상 그다지 단것을 입에 댈 일이 없었던 나로서는 굉장히 신선한 경험이었다.

"입에는 맞으신가요?"

"알레어의 과자는 맛있지~?"

"어? 이거 알레어가 만든 거야?"

"굉장해."

"레이 님과 비슷한 수준 아냐?"

아이들도 이걸 맛있다고 느끼는 모양이었다. 아이들과 같은 감각을 공유할 수 있었다는 사실에 내 기분도 고양되는 걸 느꼈다.

이후로도 아이들과 함께 여러 가지 놀이를 즐겼다. 체력이 없는 나는 겨우 따라가는 게 고작이라서 아이들이 "오늘의 레이님은 약해~"라면서 놀렸다. 하지만 내 안에선 몇 번이고 즐겁다는 감정이 솟아났고, 그때마다 그 감정을 눌러 죽일 수밖에 없었다.

"그럼 카야, 그리고 모두들. 다음에 또 올게요."

"네. 꼭 다시 와주세요."

""""바이바이~!""""

카야와 아이들의 배웅을 받으면서 우리들은 수도원을 뒤로했다.

"어쩐 일이신가요, 교황 성하. 평소에는 그다지 이런 장소에는 잘 오지 않으시잖아요?"

"그러네요."

입장 때문에, 내가 만나는 건 각국의 고관대작이나 왕후귀족들일 때가 많다. 물론 수도원이나 불우한 사람들과 접할 기회도 있지만, 그건 굳이 말하자면 정치적 퍼포먼스 측면이 강하다. 이런 식으로 거리감 없이 아이들과 함께 놀아볼 기회는 지금까지 없었다. 이러고도 교황이라니 어처구니없는 일이다.

"정말로 귀중한 경험이었어요."

진심으로 그렇게 생각한다. 이런 기회가 없었더라면 평생 모른 채로 살았을지도 모르는 많은 것들을 오늘 잔뜩 배웠다. 지금까지 내 안에서 느껴보지 못했던 감정들을 품을 수 있었다.

"어머. 저기 좀 보세요, 교황 성하."

쿡쿡 웃는 클레어가 손가락으로 가리킨 곳을 보자, 수도원 정문 쪽에서 조그맣게 보이는 한 사람이 손을 흔들고 있었다.

유리아였다. 작은 손을 열심히 흔들면서 우리들을 배웅해주고 있었다. 나도 손을 흔들어서 화답했다. 내 반응을 본 유리아의 손이 한층 더 크게 흔들렸다.

"교황 성하, 지금 어떤 표정을 짓고 계시는지 아시나요?"

"아뇨, 평소와 똑같을 거라고 생각하는데요."

"후후…… 지금 웃고 계세요."

"……!"

나는 내 얼굴을 더듬거리며 만져보았다. 확실히 눈꼬리가 내려가고, 입가가 올라가고, 뺨 근육이 올라가 있었다.

이게, 웃는다는 것.

"또 오도록 해요."

"네에, 꼭."

이제 레이로서 올 수는 없을지도 모른다. 하지만 나는 꼭 다시 여기에 오겠다고 결심했다.

"오늘은 정말 고마웠어요, 클레어."

"천만에요. 저도 올 수 있어서 즐거웠어요."

클레어는 잔잔한 미소를 지었다. 그녀는 분명 레이와 함께 있을 때는 훨씬 더 많이 웃음 짓겠지.

나는 클레어의 잔잔한 미소를 보면서 생각했다. 허락되지 못할 일이라는 걸 알면서도, 소원했다.

행복해 보이는 그녀들이 부디 **세계의 진실**에 지지 않을 수 있기를.

드디어 회담 당일이 되었다.

아무리 그래도 회담을 할 때는 당연히 내가 아니라 교황 성하가 나갈 거라고 생각하고 있었는데, 발을 내리고서 내가 대신 서고, 미샤가 풍마법으로 교황 성하의 목소리를 전달한다고 한다. 한마디로 말해서, 회담에는 내가 나간다는 뜻이다.

그 계획을 설명하면서 리세 님은,

"아마 사실을 알게 된다면 도로테아 폐하는 격노할 테지만, 큰일을 위해서는 어느 정도 위험을 감수해야 하는 법이죠."

하고 씁쓸한 어조로 말했다. 교회로서도 본의는 아닌 거겠지.

나는 이미 회장에 설치된 발 안쪽에 들어가 있었다. 나중에 도로테아를 비롯한 제국 사람들이 입장할 예정이기 때문에 미리 여기서 대기 중이다. 발 주변에는 경비병들이 서 있었고, 그중에는 클레어 님, 릴리 님, 미샤, 그리고 나인 척하고 있는 교황 성하의 모습이 있었다. 교황 성하는 내가 있는 장소를 중심으로 봤을 때, 도로테아의 자리와는 반대편에 서 있었다. 도로테아가 볼 수 없는 위치기 때문에, 말할 때 입이 움직여도 괜찮을 거라는 계산이다.

"도로테아 나, 황제 폐하가 입장하십니다."

회담장에 들어오는 도로테아는 평소처럼 칠흑의 갑주 차림이었다. 이게 그녀의 정장이라는 거겠지. 망토를 휘날리면서 빠른 걸음으로 걸어오더니, 내 자리 앞에 서서는 자신의 이름을 댔다.

"도로테아 나라고 한다. 이번에는 소득이 있는 회담이길 바란다."

짧게 말하고서, 의자에 털썩 앉았다. 옆에 있던 할아범의 얼굴이 새파래졌지만, 본인은 태연한 표정이다. 변함없이 자기중심적인 사람이다. 그녀에게는 이게 '합리적'인 거겠지.

"클라리스 레페테 3세입니다. 오늘은 부디 잘 부탁드리겠습니다."

그녀를 대하는 교황 성하는 어디까지나 마이 페이스였다. 인사치레나 외교적 의례를 거의 전부 생략하고 있는 건, 아마도 도로테아에 대한 배려일 거다.

교황 성하가 말을 이었다.

"회담에 앞서서 먼저 여쭤보고 싶은 게 있습니다."

"뭐지?"

"상드린을 시켜서 제 목숨을 노린 건 당신입니까?"

교황 성하의 지나치게 직설적인 말에 회담장이 술렁였다. 나도 깜짝 놀랐다. 아무리 도로테아가 직설적인 화법이 취향이라곤 해도, 역시 이건 너무 지나친 거 아닌가.

"흠, 그대의 목숨을 노리고 있는 자가 있다는 소문은 사실이었던 건가. 짐은 아니라고 말해도 그대는 믿겠는가?"
"믿습니다. 당신은 거짓말을 하지 않는 사람이라고 들었습니다."
시작하자마자 파란이 몰아친다. 회장의 분위기가 따끔할 정도로 긴장됐다.
그러나,
"훗…… 후하하하……! 이번 교황은 아무래도 재미있는 인물인 것 같군. 마음에 들었다."
"감사합니다."
시원스레 웃는 도로테아, 마주하는 교황 성하도 부드럽게 화답했다. 제국 측도 교회 측도 가슴을 쓸어내렸다.
"그대의 목숨 따위엔 흥미 없다. 짐의 나라는 지금 교회를 적으로 돌릴만한 여력이 없고 말이다. 이 나라에 있는 한, 그대의 안전은 보증해주지."
"마음 든든한 말씀입니다. 그럼 회담을 시작하도록 하죠."
나는 이미 사전에 의논했던 대로, 반쯤 올라가 있는 발 뒤에서 손을 내밀었다. 황제가 그 손을 꽉 쥐었다. 엄청난 힘이다. 아프다.
"흐음…… 그런 건가."
황제가 뭔가 혼자서 납득하고 있었다. 뭘 혼자서 납득한 건지는 모르겠지만, 황제는 히쭉 웃었다.
그 뒤로 회담은 평온하게 진행됐다. 주고받는 내용만 보면 교황 성하가 제국의 지나친 적극 외교에 대해 쓴소리를 날리고,

황제가 내정간섭은 그만두라고 일축하는, 팽팽한 긴장감이 떠도는 대화였지만 시종일관 어디까지나 외교적인 선에서 이루어지는 교섭이었다. 나도 끝까지 방심하지 않고 바짝 정신을 차리고 있었지만, 특별히 위험을 느낄 만한 일은 없었다. 이대로 아무 일 없이 끝난다면야, 하는 생각이 들기 시작했던 회담의 막바지에 그 일이 터졌다.

"그나저나 교황. 그대의 방식으로는 일국의 군주와 대면하는 데도 대역을 쓰는 건가? 목숨이 노려지고 있다고는 해도 좀 무례하다는 생각이 든다만."

씨익 웃으면서 터트린 황제의 한 마디가, 오늘 하루 중에서도 가장 큰 긴장감을 불러왔다.

——들켰어?

"뭘 말하는 걸까요."

"시치미 떼는 건가. 뭐, 그건 됐어. 그러나 저 여자는 그냥 넘어갈 수 없다. 어이 여자, 그 마도구가 발동하지 않는 게 이상한가?"

황제의 눈길이 한 사람의 여성을 꿰뚫고 있었다. 리세 님이었다.

"무, 무슨 말씀이신가요."

"방금 전부터 네 녀석이 발동시키려고 하고 있는 그 반지, 마도구겠지? 유감스럽지만 그건 사용할 수 없다."

"무슨……!"

"그대가 귀띔해준 꾀가 도움이 되었구나, 레이 테일러."

도로테아는 발 너머의 나를 보면서 웃었다. 리세 님도 분한 듯이 한순간 얼굴을 찡그리면서 내 쪽으로 시선을 돌렸다.

“레이…… 당신…….”

“죄송합니다, 리세 님. 당신이 들고 들어오려고 했던 전이 마도구는 바꿔치기해놨습니다.”

“!”

리세 님의 얼굴이 분노로 일그러졌다. 역시, 그녀가 범인인가.

“어떻게 그걸…….”

“수상하다고 생각했던 건, 상드린 씨의 암살 미수 직후였습니다. 리세 님은 이렇게 말씀하셨습니다. 설마하니 **로자리오**에 수작을 부렸을 줄이야, 라고요.”

“그 말의 어디가 수상하다는 거죠.”

“수상하다고요. 왜냐면 범행의 흉기로 쓰인 로자리오는 제가 쥐고 있었기 때문에 리세 님은 로자리오를 직접 눈으로 보지 못했을 터입니다.”

“하, 하지만 목을 졸린 흔적이…….”

“그렇다면 보통은 먼저 끈이나 로프를 떠올리겠죠? 그 자리에서 바로 흉기가 로자리오라고 간파하는 건 역시 이상하잖아요.”

단순한 실수였을 뿐이겠지만 내가 의심을 갖기에는 차고 넘쳤다. 리세 님은 내 지적에 입술을 깨물었지만, 이윽고,

“그래요…… 역시 알고 있었던 거군요. 그때의 교황 명령은 결국 당신 나름대로 앙갚음이었던 걸까?”

"그렇지 않습니다. 사실은 이 추리가 틀렸으면 했습니다. 저는 당신을 믿고 싶었어요."

"무르군요. 제가 당신이었다면 의심을 품은 시점에서 처형했을 거예요."

"그렇다고 해도, 당신은 유 님의 어머님이니까."

"……!"

내 말에 리세 님은 깜짝 놀란 표정이었다.

"촌극은 거기까지 해두도록. 힐다, 구속해라."

"넷."

힐다의 지시에 따라 병사들이 다가왔다. 리세 님은 체념한 표정으로 저항하려는 기색은 없었다.

그러나 거기서,

『아니아니아니, 그래선 곤란합니다, 리세 님.』

익히 들어본 적 있는 악의에 가득 찬 목소리가 울렸다.

"사라스!"

"어디인가요!"

『평안하신지요, 레이 테일러, 클레어 프랑소와. 그리고 작별입니다.』

사라스의 조롱 섞인 목소리와 함께 주변 일대에 마력이 차올랐다.

"힐다, 해석해라."

"넷……. 이, 이건……!"

옆에 대기하고 있던 힐다의 안색이 변했다.

"전이 마법입니다! 누군가가 이 자리에 나타나고 있습니다!"
"흠……. 어이 여자, 네 녀석 뭔가 짐작 가는 게 있는가?"
"……."
리세 님은 입을 다물고 있었다. 그러나 그 창백해진 얼굴을 보면, 그녀가 뭔가의 계획과 연관되어 있다는 사실은 일목요연했다.
"어머님, 대체 뭘 하려는 생각이신가요?!"
유 님이 비통한 목소리로 외쳤다. 리세 님은 그 말에,
"모든 건 너를 위해서란다. 유."
딱딱하게 굳은 웃음을 지으며 말했다. 마치 부서진 인형과도 같은 웃음이라고 생각했다.
그다음 순간에 그것이 나타났다.
"호오…… 마족인가."
그 마족은 인간과 닮은 모습을 한 아리스토와도, 원시인을 닮은 모습을 한 플라토와도 다른 이질적인 모습이었다. 메탈릭한 광택을 발하는 금속으로 전신을 덮고 있는 거구. 전체적으로 검은 빛깔을 띤 그 마족은 상반신은 인간, 하반신은 곤충과도 같은 모습을 하고 있었다.
"이름을 대라, 마족. 저승길 선물로 입을 놀릴 영광을 선사하마."
"나는 라테스. 삼대 마공의 일인, 라테스라고 한다."
라테스라고 자신을 소개한 마족은 상반신에 달린 사람의 손을 들어 나를 손가락으로 가리켰다. 아니, 내가 아니다. 내 뒤——진짜 교황 성하를 손가락으로 가리키고 있었다.

“저 계집의 목숨을 거두어가기 위해서 이곳에 왔다. 방해하지 않는다면 목숨만은 살려주마.”

그렇게 말하며 느긋한 걸음걸이로 교황 성하를 향해 걸어오기 시작했다.

“전원, 전투태세! 레이, 당신도 응전하세요! 대역이라는 건 이미 들켰어요!”

클레어 님이 재빠르게 지시를 내렸다. 그 지시에 따라 경비병들이 움직였다. 나도 발을 젖히고 뛰쳐나와서 태세를 갖췄다.

먼저 선두로 나선 교회의 병사들이 모닝 스타를 휘두르며 라테스에게 달려들었다.

“방해다.”

라테스는 쏟아지는 공격에도 아랑곳하지 않았다. 그저 태연하게 좌우에 3개씩 달린 곤충의 다리 중에 앞다리를 좌우로 휘둘렀을 뿐. 그 단순한 공격만으로도 병사들은 저 멀리 벽까지 날아가 버렸다.

“근접전은 삼가고 마법으로 응전하세요!”

상대의 백병전 능력이 상당하다는 걸 확인하자마자 클레어 님이 지시를 바꿨다. 그 지시에 호응해서 경비병들이 마법탄을 발사했다. 회담을 위한 장소라서 다른 방보다는 넓지만 결국 이곳은 실내다. 거구인 라테스가 도망칠 곳은 없다. 모든 마법탄이 남김없이 명중했다.

그러나——.

“방해하지 말라고 했을 텐데.”

공격을 받고도 마족은 발걸음을 멈추지 않았다. 뭉게뭉게 피어오르는 연기 속에서 잠시도 주춤거리지 않고 여유롭게 나아간다.

"이거라면 어떨까요?!"

클레어 님이 매직레이 발사 태세에 들어가 있었다. 이전에 아리스토 때와는 달리 지금은 마력의 소비가 없는 만전의 상태다.

"빛이여!"

"어둠이여."

쏘아져 나간 4줄기의 빛을, 마찬가지로 4줄기의 어둠이 상쇄시켰다.

칠흑의 빛기둥은 클레어 님의 매직 레이를 완전히 상쇄시키는 것에서 멈추지 않고, 클레어 님을 향해 덮쳐들었다.

"클레어 님, 위험해!"

나는 뛰어들면서 재빨리 클레어 님을 넘어뜨렸다. 검은 덩어리가 머리 바로 위를 스쳐 지나갔다. 검은 덩어리는 반대편 벽에 직격하더니 그대로 벽 한 면을 산산조각— 아니, 소멸시켰다.

"무슨 말도 안 되는 위력인가요……."

클레어 님이 멍하니 중얼거렸다. 지금 라테스가 쓴 마법은 누가 봐도 명백하게 클레어 님의 매직레이를 상회하는 위력이었다.

"그 마법…… 자네가 클레어 프랑소와인가. 저 계집애 다음은 자네다. 목 빼고 기다리고 있도록."

쓰러진 채 엎드려 있는 우리들을 힐끗 곁눈질하면서, 라테스는 계속 나아갔다.

"교황 성하!"

"그, 그렇게는 안 돼요."

유 님과 릴리 님이 교황 성하의 앞으로 나섰다.

다른 병사들은 이미 전의를 상실하고 있었다.

"아이시클 블레이드!"

유 님이 손에 쥔 칼에 차가운 빛이 감돌았다. 예전에 설명했던 적 있지만, 그녀의 전투 스타일은 마법 검사── 통칭 얼음의 왕자님, 아니 얼음의 왕녀님이다. 유 님은 수녀모를 휘날리며 거리를 빠르게 좁힌 다음, 라테스의 앞발을 향해 검을 휘둘렀다.

"……큭!"

그러나 그 칼날은 라테스의 앞발에 약간 생채기를 냈을 뿐이었다. 라테스는 걸음을 멈추지 않고 그 대로 유 님을 짓밟아 버리려고 했다.

"라테스! 약속했잖아요?!"

비명과도 같은 리세 님의 외침에, 라테스의 발이 유 님을 뭉개버리기 직전에 멈췄다.

"그랬었지. 약속은 약속. 자네는 봐주지. 어디로든 가 있도록 해라."

라테스가 발을 옆으로 휘둘러서 유 님을 날려버렸다. 릴리 님이 황급히 유 님의 몸을 받아냈다.

"으……."

"유 님, 정신 차리세요!"

릴리 님이 다급히 회복마법을 걸고는 있지만 가벼운 상처가 아니겠지.

이걸로 우리들이 쓸 수 있는 수단은 거의 다 꺼내 들었다. 하지만 아무도 라테스에게 유효타를 먹일 수 없었다. 라테스는 이미 교황 성하의 바로 앞까지 다가왔다.

이제는 다 틀렸다── 모두가 그렇게 생각했다. 그러나──.

"짐의 앞에서 멋대로 굴도록 놔두지 않겠다, 마족."

그녀는 허리에 찬 칼집에서 두 자루의 흑검을 뽑아 들고서 마치 육식동물과도 같이 웃었다.

황제 도로테아.

검신이라는 이명을 가진 여걸이 라테스의 앞을 가로막았다.

"방해하지 말라고 했을 터."

라테스가 아무렇게나 앞발을 휘둘러 후려쳤다. 지금 여기서 저 공격을 버텨낸 자는 아무도 없었다. 그저 단순히 휘둘렀을 뿐인데도, 그 위력은 마치 공성병기와도 같았다.

"……음?"

무언가가 허공으로 날아갔다. 도로테아의 몸은 아니다. 쿠웅, 하고 묵직한 소리와 함께 지면에 낙하한 물체── 그건 라테스의 앞발이었다.

“지금 누구 앞에서 함부로 입을 놀리는 거냐. 짐의 어전이다. 무릎을 꿇어라.”

다시 한번 무언가가 허공을 날았다. 그건 라테스에게 남은 4개의 다리들이었다.

“?! 이, 이놈이?!”

“짐은 황제 도로테아다.”

한층 더 예리한 소리와 함께 라테스의 사람 팔이 잘려 나갔다. 내 눈에는 아무것도 보이지 않았다. 도로테아는 조금 전부터 두 자루의 검을 태연히 내려 쥐고 있었다. 그저 자연스럽게 서 있는 것처럼 보일 뿐이다. 그러나 그녀가 내 눈으로는 따라잡을 수 없는 무언가를 할 때마다 라테스의 신체가 잘려 나가고 있었다.

“으음, 이건 견딜 수 없군.”

라테스가 다급하게 거리를 벌렸다.

잘려 나간 다리 끝을 재생시키고, 반대편 벽까지 훌쩍 물러났다.

그러나,

“늦다.”

라테스가 착지하는 것보다도 훨씬 빠르게 도로테아가 그 자리로 이동해 있었다. 이번에는 검을 겨누며 자세를 잡더니 공중에서 날아오는 라테스를 향해 참격을 날렸다.

“참(斬).”

다음 순간, 커다랗게 날카로운 소리가 울리더니 라테스의 몸이 두 동강으로 쪼개졌다. 도로테아가 착지함과 동시에 반쪽으로 갈라진 라테스의 커다란 몸이, 콰앙 하고 무거운 소리를 내며 낙하했다.

나로선 도로테아의 검이 지나간 궤적조차도 볼 수 없었다. 믿기 어렵지만 이 여자는 자신의 검술만으로 고위 마족을 압도했다.

"이것이…… 검신……."

내 옆에서 클레어 님이 멍하니 중얼거렸다. 검신이라는 이명은 과장도 뭣도 아니었다. 도로테아의 강함은 상식을 벗어나 있었다.

"이건 놀랍구나. 자네는 강하도다."

반으로 갈라져서 죽었다고 생각했던 라테스의 몸에서 느긋한 목소리가 흘러나왔다. 그러자 라테스의 몸이 천천히 녹아내렸다. 젤처럼 변한 라테스의 몸이 한 덩어리로 뭉쳐지더니 다시 한 번 경질화 됐고——.

"흠……. 삼대 마공을 칭하는 자들은 이 정도로는 죽지 않는 건가."

도로테아가 흥미롭다는 듯이 내뱉었다. 다시 원래 모습을 되찾은 라테스는 방금 전보다 덩치가 약간 작아지기는 했지만 모든 부상을 회복한 모양이었다.

"검신이라. 터무니없이 강하다고는 들었지만 설마하니 이 정도였을 줄은 몰랐도다. 부하들의 보고도 조금쯤은 진지하게 들어 둘 것 그랬구나."
"안심하도록. 후회할 필요는 없다. 이제 더 이상 아무것도 생각할 수 없을 테니까."
"자네가 죽일 거라서?"
"그 말대로다."
도로테아가 아무렇지도 않은 듯이 라테스를 향해 걸어갔다.
"검술은 그야말로 신과도 같도다. 그러나…… 이런 건 어떠냐!"
라테스가 입을 커다랗게 벌리면서 시커먼 극대 광선을 힘차게 내뿜었다.
"폐하!"
힐다가 비명 섞인 목소리로 외쳤다.
그러나,
"뭣이라?!"
황제는 그대로 몸으로 암흑의 광선을 받아내면서 아무 일도 없었다는 듯이 거리를 좁혔다. 양손에 든 검들이 한순간 흐릿해졌다. 그러자 다음 순간에는 라테스의 목이 지면을 뒹굴고 있었다.
"안됐구나. 짐에게 마법은 통하지 않는다."
잘려 나간 라테스의 머리를 발로 밟아 터트리면서, 도로테아는 별거 아니라는 듯이 말했다.
그랬다. 도로테아는 마법 무효화라는 특수 체질을 지니고 있다. 아무리 그녀의 검술이 초인의 범주에 있다고는 해도, 그런 체질 없이는 스스의 1개 대대를 단신으로 받아낸다는 말도 안 되는 짓이 가능했을 리가 없다. 이제 마법이라는 힘이 군대의 중심이 된 지금 시대에서 도로테아의 특수 체질은 무시무시할 정도의 이점을 낳는다.

다만 이것은 양날의 검이기도 하다. 그녀가 무효화하는 마법은 상대가 쏘는 공격마법만 있는 게 아니다. 아군의 지원마법이나 회복마법마저 도로테아에게 아무런 효과도 발휘하지 못한다.

초인적인 강력함을 가지고 있지만 그녀는 언제나 혼자다. 그것은 얼마나 고독한 강함일까.

"이런이런……. 무슨 말도 안 되는 강함인가……."

잘려 나간 부위에서 쑥쑥 머리가 자라나는 라테스. 이 녀석은 이 녀석대로 기가 막히긴 마찬가지다.

그랬을 때,

"차올라라."

교황 성하의 범위 회복 마법이 발동됐다. 쓰러져 있던 병사들 전원이 회복되면서 하나둘씩 일어섰다.

"쥬데카."

"음."

광범위 동결마법 쥬데카. 원래대로라면 적과 아군이 뒤섞여 있을 경우에는 쓸 수 없는 마법이지만. 나는 전혀 상관하지 않고 도로테아까지 범위 안에 두고 발동시켰다.

"그대는 전술가로서의 재능도 있구나. 점점 더 마음에 든다."

"알겠으니까 추격을."

도로테아의 솜씨를 믿고서 이어지는 어스파이크를 생략했다. 도로테아도 내 의도를 알아챈 즉시 동결상태에 빠진 라테스를 잘게 썰어버렸다.

그러나――.

“마법이 듣지 않는다는 걸 보자마자 용서 없이 범위기를 쏘아낼 줄이야……. 레이 테일러, 자네도 제법 배짱이 두둑한 자로다.”

라테스가 세 번째로 재생했다. 재생할 때마다 전체 사이즈가 조금씩 줄어들고 있었지만, 이래서는 완벽하게 쓰러트리기까지 얼마나 걸릴지 알 수 없었다.

“난감하도다……. 황제 한 명뿐이라면 어떻게든 될 것 같지만……. 잡졸 놈들은 둘째 쳐도 저쪽에는 클레어 프랑소와와 레이 테일러, 덤으로 성녀에 교황까지 있구나.”

어떻게 해야 할까, 라테스가 혼잣말처럼 말했다. 그리고는,

“오오 그렇도다. 이런 수법은 어떠냐.”

그 말과 함께 라테스의 몸에서 농밀한 마력의 파동이 넘쳐흘렀다. 라테스의 몸이 부자연스럽게 팽창하기 시작했다. 그건 마치 터지기 직전의 풍선과도 같아서.

“이자식…… 자폭할 생각이냐?!”

“헛헛허…… 뭐, 나는 죽지 않겠지만. 아 그렇도다. 이 부근, 사방으로 반경 50미터쯤은 전부 날아가 버릴지도 모르겠구나.”

이 자식……!

“클레어 님, 제 뒤로!”

“하지만 다른 사람들이!”

“어서!”

나는 빠르게 텅스텐 카바이드 다중 방벽을 세우고, 그 뒤로 클레어 님을 밀어 넣었다. 삿살 화산 분화에 지지 않을 정도의 굉음이 울려 퍼진 건, 그 직후였다.

내가 다시 눈을 떴을 때, 제일 먼저 들어온 광경은 너무나도 심한 참상이었다. 회담장으로 쓰였던 공회당은 흔적도 없이 날아간 데다, 라테스가 말했던 대로 주변 일대가 공터로 변해있었다. 라테스는 탈출한 모양인지 모습이 보이지 않았다.

멀쩡한 사람은 단 한 명도 없었다. 불행 중 다행이라고 해야 할지, 교황 성하와 도로테아가 미샤와 릴리를 지켜냈고, 클레어 님은 내가 지켰기 때문에 주요 인물들 대부분은 다들 목숨을 건졌다.

그러나――.

“어머님! 어째서……?!”

유 님도 부상을 입긴 했지만 무사했다. 리세 님이 자신의 몸으로 감싸서 그녀를 지켜냈기 때문이다. 리세 님은 피투성이가 된 채로 쓰러져 있었고, 유 님이 다급히 회복마법을 계속해서 걸고 있었다. 하지만 리세 님이 더 이상 가망이 없다는 사실은 누가 봐도 명백했다. 리세 님은 이미, 반쪽밖에 없었다. 하반신이 사라진, 그 잔혹한 단면에서 흘러나오는 선혈은 그녀의 목숨이 길게 지속되지 못한다는 걸 알려주고 있었다.

"아아……, 유……. 무사했군요……."

"어머님……당신은……어째서……!"

멍하니 자신의 딸의 얼굴을 올려다보는 리세 님을 보며 유 님은 도저히 할 말을 찾지 못하고 있었다. 듣고 싶은 얘기, 걸고 싶은 말들이 너무나도 많아서 대체 뭐부터 입에 담아야 할지 모르는 듯한, 그런 느낌이었다.

"유…… 미안하네요……. 결국 나는 당신에게 아무것도 해주지 못했어……."

"그렇지…… 그렇지 않습니다……!"

유 님은 지금 당장이라도 숨이 끊어질 것 같은 리세 님의 손을 쥐었다. 필사적으로 자신의 존재를 리세 님에게 전하고 싶어 하는 것처럼 보였다.

"왕위가 무리라면…… 적어도 교황이라도, 라고 생각했지만…… 결국 저는 헛돌았을 뿐이네요…… 미안해요……."

"그런 건…… 그런 건…… 나는 바라지 않았어……! 나는 그저…… 그저……!"

"뭐라고요, 유……. 이제는 목소리가 잘 들리지 않아요……."

"……!"

리세 님의 생명의 촛불이 꺼져가고 있었다. 그 사실을 유 님도 깨달은 것 같았다.

"교황 성하! 어머님을 회복시켜주세요!"

유 님이 부르짖었다. 애절한 간청이었다. 어머니를 구해달라

고 말하는 자식의 소원에, 교황 성하는 절레절레 고개를 저었다.

"이제는 고통을 늘려주는 행위일 뿐입니다."

"그런……."

유 님의 눈이 절망으로 물들었다.

"유…… 내가 죽으면, 당신은 자유롭게 살아가세요……. 부디 행복하……게……."

마지막까지 말을 맺지 못한 채 리세 님은 숨을 거뒀다. 유 님은 넋이 나간 채로 그걸 지켜보았다. 미샤가 부상당한 몸을 이끌고 달려가서 유 님의 어깨를 끌어안았다. 유 님은 조용히 그 손에 몸을 맡기면서, 어깨를 떨며 울었다.

교황 암살 사건은, 이렇게 미수로 끝나게 되었다.

사건이 끝난 뒤, 유 님을 비롯해 리세 님과 관련이 있는 사람들은 수사 대상이 되었다. 그리고 조사가 진행되면서 점점 음모의 전모가 확실하게 드러나기 시작했다.

사건의 주모자는 역시 리세 님이었다. 그녀는 유 님을 차기 교황으로 삼기 위해서 교황 성하를 시해하려고 이번 계획을 세웠다. 경비 책임자를 맡아서 전체 경비 계획을 파악했고, 그 빈틈을 노려 마도구를 반입해 들어와서 마족을 소환하려고 했다. 결국 그 시도는 실패했지만, 그 대신 사라스가 마족을 끌어들였고, 결과적으로는 이런 결과가 되었다.

리세 님에게 협력했던 자의 증언에 의하면 도로테아와 나도 암살 대상이었다고 한다. 도로테아는 왕국을 위기에 몰아넣은 적, 나는 유 님의 왕위 계승을 방해했던 원수였다고 한다.

사라스의 행방은 결국 여전히 알 수 없었다. 그 자식의 탈옥에는 역시나 리세 님의 조력이 있었던 모양이었지만 그 후의 행적을 찾는 데는 실패했다. 그때 회담장에 있었다는 사실은 틀림없을 텐데, 우리도 익히 아는 모습을 바꾸는 마도구를 사용하고 있었던 모양이다. 하지만 어떻게 그 자리에 숨어들어 올 수 있었는지, 그리고 어디로 사라진 건지는 여전히 오리무중이다.

상드린 씨를 조종했던 것도 그 자식이었다. 그 자식은 자신의 특기인 암시마법을 써서 상드린 씨에게 잠재적인 최면을 걸었다. 바우어의 전문가가 조사해본 결과, 그 로자리오가 시동키였다고 한다. 상드린 씨가 교황 성하의 신체에 손을 댈 때 로자리오에 입을 맞춘 행동이 스위치가 돼서, 교황 암살 범행을 저지르도록 암시를 걸어놨던 것 같았다. 하여간 정말로 못된 자식이다.

상드린 씨는 혐의를 풀고 무죄 방면됐다. 앞으로도 그녀는 자신이 경애하는 교황 성하를 위해서 독 검사를 계속하겠지. 이제는 교황 성하의 대역을 할 필요는 없지만, 혹시나 교황 성하가 갑자기 빼빼 말랐다고 소동이 일어나는 건 아닌지 걱정이다. 알레어의 요리 덕분에 조금은 살이 붙었다는 말을 했으니 아마 괜찮을 거라고는 생각하지만.

유 님한테도 수사의 손길이 뻗쳤지만, 그녀가 결백하다는 사실은 금방 드러났다. 무엇보다 관계자 전원이 입을 모아서 이렇게 증언했기 때문이다. 모든 것은 리세 님의 독단이고, 유 님은 아무것도 몰랐다고.

이건 어디까지나 내 추측이지만 리세 님은 결국 이렇게 될 거라는 사실을 어느 정도는 예상하고 있었던 게 아닐까. 이전에 도르 님이 말씀했던 것처럼 리세 님이라면 자신이 관여했다는 사실과 증거를 남기지 않는 방법을 얼마든지 취할 수 있었을 테니까. 그런데도 그렇게 할 수 없었던, 혹은 그렇게 하지 않았던 이유는, 증거 인멸보다도 유 님의 결백이 증명되는 걸 우선했기 때문은 아닐까. 계획이 실패로 끝났을 때, 유 님에게 누가 미치지 않도록 미리 철저히 준비해놨던 건 아닐까, 나는 그렇게 생각한다.

지금 와서는 리세 님이 어떤 생각을 하고 있었는지 누구도 알 수 없다.

유 님은 사건 후로도 겉으로는 아무것도 달라지지 않았다. 살짝 분위기가 가라앉아 보이긴 했지만, 그래도 얼굴에는 여전히 부드러운 웃음을 짓고 있는 데다, 자포자기하는 태도도 아니었다. 미샤가 그런 그녀의 모습을 애처로운 눈길로 지켜보고 있는 구도를 여러 번 목격했다.

사건이 끝나고 1주일 정도 지난 어느 날 밤이었다. 바우어 유학단 기숙사에 있는 우리 방에서 클레어 님과 느긋하게 시간을 보내고 있자니 옆방에서 말다툼을 하는 소리가 들려왔다.

"……레이."

"네."

클레어 님의 재촉에, 나는 옆방으로 향했다. 초인종을 울리자, 잠시 후에 미샤가 나왔다. 그녀의 붉은 눈동자는 저번보다도 훨씬 새빨개져 있었다.

"……미안해."

"갑자기 사과부터 하지 말아줘. 일단 들어가도 될까?"

"으응……."

나는 미샤의 눈물을 못 본 척하면서 안으로 들어갔다.

"레이. 또 폐를 끼치고 말았구나. 미안해."

유 님은 평소와 다르지 않아 보였다. 유유히 부드럽게 미소 짓고 있었다.

"오늘은 또 무슨 일이었나요?"

"그 사건 후로 내가 전혀 웃지 않는다고 미샤가 말해서 말이야. 그래서 그렇지 않다고 말했을 뿐인데……."

유 님이 웃지 않는다? 아니, 지금도 유 님은 평온하게 웃고 있는데.

"그런 지어낸 웃음은 그만둬 주세요. 다른 사람은 속을지 몰라도 저는 알 수 있어요."

"지나친 생각이야, 미샤. 나는 이미 다 극복했어."

"거짓말입니다!"

미샤가 이렇게까지 이성을 잃고 흐트러진 모습을 보이는 건 드문 일이다. 나로선 눈치챌 수 없었지만, 지금까지 계속 유 님을 지켜봐 왔던 그녀만이 알아챌 수 있는 무언가가 있었던 걸까.

"저는 리세 님을 용서할 수 없습니다. 유 님에게 이런 마음을 품게 만들다니……. 친어머니인데도 어째서 그런 바보 같은 짓을……!"

요전에 유 님과 미샤가 옥신각신 다퉜던 때와는 달리, 이번에 미샤는 리세 님을 원망하고 있었다. 그녀 입장에서 보면, 믿고 싶었는데 결국은 배신당하고 말았다는 심정일지도 모른다. 애초에 이성병 일도 그렇고, 이번 일도 그렇고, 객관적으로 보자면 리세 님이 했던 일은 몹시도 제멋대로에 독선적이고, 유 님의 생각 같은 건 조금도 고려하지 않은 것처럼 보인다.

그렇지만,

"그렇다 해도, 어머니는 나를 생각하고 계셨어. 그것만큼은 분명 틀림없는 사실이야, 미샤."

"유 님……."

유 님은 뭔가 포기한 듯이, 그러면서도 괴로워하는 듯이, 그런 복잡한 음색으로 말했다. 미샤는 그런 유 님을 가만히 바라보고 있었다.

"어머니는 잘못을 저질렀어. 그녀가 한 일은 범죄고, 나에게 했던 일들도 전부 나로선 고통일 뿐이었어."

"그렇다면――!"

"그럼에도……. 그럼에도 그건, 어머니의 사랑이었어. 지금은 그렇게 생각해."

성난 기색의 미샤를 제지하면서, 유 님은 말을 이었다.

"어머니의 행동은 전부 다 잘못되어 있었지만, 결코 사리사욕을 위한 게 아니었어. 방향성도 틀렸고, 그저 헛돌기만 했어도 모든 게 나를 위한 마음에 했던 일들이었어. 일그러져 있었지만, 그게 어머니 나름대로 애정을 표하는 방법이었던 거야."

유 님은 그렇게 말하며 웃었다. 미샤가 깜짝 놀란 표정을 지었다. 아마도 그녀는 알 수 있었던 거겠지. 적어도 지금 유 님이 짓고 있는 미소는 꾸며낸 웃음이 아니라는 사실을.

"나는 줄곧 어머니를 이해할 수 없었어. 어머니는 언제나 나를 괴롭히고 싶어 한다고 생각하고 있었어. 하지만 아마 그건 아냐. 아니었어. 그때, 폭발에서 몸을 던져 나를 지켜줬던 그 사람은 틀림없이 내 어머니였어."

마지막 이별을 떠올리고 있는 건지 유 님은 오른손을 꾸욱 쥐었다. 그 모습을 본 미샤가 그 손 위로 자신의 손을 덮었다. 미샤도 이제는 유 님의 웃음이 꾸며낸 것이라고는 생각하지 않을 것이다.

이제 두 사람 사이에 오해는 없다.

"나는 어머니와 마지막까지 서로를 이해할 수 없었어. 그건 정말로 슬픈 일이지. 그러니까 미샤, 너와는 그런 엇갈림을 겪고 싶지 않아."

거기까지 말하고서 유 님은 미샤의 손을 쥐며, 미샤의 붉은 눈동자를 똑바로 바라보았다.

"지금이야말로 너에게 말할게. 언제나 나를 지탱해줘서 고마워. 앞으로도 내 힘이 되어줬으면 해. 가능하다면 죽음이 우리 둘을 갈라놓을 때까지."

"유 님……!"

미샤가 눈물을 뚝뚝 흘리면서 유 님의 품으로 뛰어들었다. 나는 미샤가 이렇게나 흐트러진 모습으로 우는 걸 처음 봤다.

"걱정을 끼쳐서 미안해. 앞으로도 잔뜩 걱정을 끼칠 거라고 생각해. 그래도 내 곁에 있어 줬으면 좋겠어."

"……네……네……!"

유 님은 정말로 따뜻한 표정으로 미샤의 은빛 머리카락을 쓰다듬었다. 미샤는 채 말이 되지 못한 목소리로 몇 번이고 그 말에 답하고 있었다.

아마 두 사람은 이제는 괜찮겠지. 그건 그렇다 치고.

"저기……, 저 방해되나요?"

걱정돼서 와봤더니 지금 나한테 무슨 꼴을 보여주는 거람. 나는 어쩐지 허무해져서 나도 모르게 훼방을 놓았다. 그치만 이 사람들, 지금 둘만의 세계에 너무 빠져 있잖아.

"아아, 미안미안. 좋은 기회였다 보니 나도 모르게."

"자기도 모르게 고백 장면을 지켜봐야 하는 제 입장이 한 번 되어 보세요."

"하지만 우리들도 혁명 때 그걸 지켜봐야 했었는데?"

"윽…… 그건 또 그랬습니다만……."

유 님이 마치 놀리는 것처럼 말했다. 큰일 났다. 애초부터 나는 유 님을 말로 이길 수 없다.

이 너구리 자식.
“어쨌든 이제 두 사람은 괜찮은 거죠?”
“응, 걱정은 필요 없어. 미샤도 괜찮지?”
여유로운 표정으로 대답하는 유 님, 그러나.
“괜찮지 않습니다. 지금 하신 말이 진심이라면 증거를 주세요.”
미샤의 입에서 대담한 발언이 쏟아져 나왔다. 내 눈이 동그랗게 점이 됐다. 유 님도 깜짝 놀라서 눈이 휘둥그레졌다.
“증거?”
“네, 증거입니다.”
“으음……. 자, 그렇다는데, 어떻게 할래, 레이? 보고 갈래?”
“실례하겠습니다.”
나는 빙글 몸을 돌려서 빠른 걸음으로 그 자리를 벗어났다. 몸을 돌리기 직전에 두 사람의 모습이 겹쳐지는 걸 볼 수 있었다.
“어땠나요?”
방으로 돌아오자 클레어 님이 걱정스러운 표정으로 나를 맞아주셨다.
“걱정해서 손해 봤습니다. 클레어 님, 잠깐 괜찮을까요?”
“네? 자…… 잠깐만요, 레이. 잡아당기지 말아줘요. 벌써 자려고요?”
“안 잡니다. 낯 뜨거운 모습을 봤기 때문에 욕구불만을 좀 해소하겠습니다.”
애초에 대역을 떠맡느라 요 며칠간 클레어 님 성분 부족이 계속 이어지고 있었다. 안 그래도 속이 바짝 타고 있던 마당에 그런 걸 봐버렸으니 그냥 넘어갈 수 있을쏘냐.

"자, 잠깐만 기다려요, 레이! 하려면 제대로 순서를 밟아서——."

"못 기다립니다."

여전히 저항하려고 하는 클레어 님의 입을 막으면서 나는 욕망에 몸을 맡기기로 했다.

사랑은 맹목적인 거라고 사람들은 말한다. 리세 님도 어떤 의미로는 그랬던 걸지도 모른다. 그녀의 삶의 방식은 결코 칭찬받을만한 게 아니었겠지. 그럼에도, 그녀와 마찬가지로 사랑을 기반으로 살아가는 나에게 있어서 그녀의 삶의 방식은 눈부셨다.

마지막은 자신의 아이를 몸을 던져 지켜낸 그녀. 나도 언젠가 메이나 알레어를 위해서 이 몸을 바칠 수 있을까. 그리고 만약에 그게 클레어 님을 함께 저울질하게 된다면. 그건 너무나도 괴로운 상상이라서 나는 마치 그 생각에서 도망치는 것처럼 클레어 님의 몸을 탐했다.

설령 언젠가는 결단을 내려야 할 때가 온다고 하더라도, 지금만큼은. 지금만큼은 이 온기에 응석을 부리고 싶었다.

번외편 1

얻은 것과 잃은 것

바우어 왕국은 지금 과도기에 있다.

혁명이라는 커다란 파도에 휩쓸린 건 귀족들에게만 해당하는 이야기가 아니었다. 혁명을 주도했던 일반 시민들도 달라진 생활의 변화에 대응해야만 했다. 바우어 왕국의 시민들은 나 제국의 간섭을 뿌리치고서, 무혈 혁명을 이룩하는 데 성공했지만, 생활 수준이 즉각적으로 나아진 건 아니었다. 오히려 삿살 화산 분화로 인한 영향과 혁명이 가져온 일시적 혼란 때문에 시민들의 생활은 혁명 전보다도 악화했다고 말할 수 있다.

한마디로, 지금은 여러모로 힘든 시기라는 뜻이다.

"그건 나도 알고 있다고요. 알고는 있는데……."

지금 내 곁에는 클레어 님의 모습이 보이지 않았다. 클레어 님은 신정권 수립을 위해서 여기저기 바쁘게 뛰어다니고 있다. 나도 바쁜 클레어 님을 도와드리고 싶고, 실제로도 도와드리고 있지만, 애석하게도 나는 정치에 문외한이다. 새로운 정부를 설립하는 일은 보통 큰일이 아닌 만큼 내가 도울 수 있는 일들도 뻔한 것들뿐이다. 그래봤자 클레어 님의 지시에 따라 심부름을 하거나, 아니면──.

"녹초가 돼서 돌아온 클레어 님을 보살펴드리는 정도란 말이지──."

지금 내가 뭘 하고 있느냐 하면, 학교 기숙사에 있는 조리실에서 크림 스튜를 만드는 중이다. 요새는 물자 부족 때문에 식재료도 만족스레 쓸 수 없는 시기다. 특히 채소류는 화산 낙진 때문에 흉작이 이어지고 있다. 그나마 입수할 수 있는 식재료도 이 학교가 귀족 자제들의 정원이던 시절과는 비교할 수도 없을 정도로 빈약했다. 그래도 어떻게든 말라빠진 당근과 양파를 손에 넣을 수 있었다. 섭취할 수 있는 단백질원도 예전에는 대부분 소고기가 주류였는데, 그것도 이제는 좀처럼 볼 수 없는 사치품이다. 나는 마찬가지로 그나마 손에 넣을 수 있었던 닭고기를 최대한 맛있게 만들기 위해서 이리저리 궁리하고 있었다.

"레이."

남들보다 한 키 더 높은 목소리, 그러면서도 신기할 정도로 귀에 친숙한 목소리가 들려왔다. 뒤를 돌아보자 클레어 님이 서 계셨다.

"다녀오셨습니까, 클레어 님. 오늘은 빨리 오셨네요?"

"다녀왔어요. 회의가 좀처럼 진전되지를 않아서…… 다들 조금 머리를 식히기 위해서 오늘은 일단 여기까지 하기로 했어요."

"그러셨나요. 난항을 겪고 있는 모양이네요."

"네에."

클레어 님은 의자에 풀썩 앉더니 눈을 문질렀다. 나는 일단 요리를 멈추고 손을 씻은 다음, 따뜻한 물에 적신 타올을 건네 드렸다.

"이걸 눈가에 대고 있어 주세요. 기분이 나아지실 겁니다."

"고마워요. 이렇게 인가요…… 아아…… 이건…… 효과가 있네요……."

클레어 님은 몇 분정도 그렇게 타올을 눈가에 대고 계셨다. 상당히 피곤했던 거겠지.

“여성에게 참정권을 부여하는가 마는가에 대해서 의견이 나뉘고 있어요. 저는 당연히 찬성했지만 반대 의견도 만만치 않아서요.”

“그렇겠죠.”

21세기 현대 사회에서 살고 있다 보면, 여성참정권이라는 건 너무나도 당연하게 느껴지는 일이지만, 이 세계에선 여성이 정치에 참여하는 일은 결코 쉬운 일이 아니다.

“제 눈앞에서 대놓고 말하지는 않지만, 높으신 분들의 기본적인 생각은 하나예요. 한마디로, 여성이 정치 같은 걸 알긴 하겠느냐?”

저 말도 현대의 상식으로 비추어 보면 말도 안 되는 폭언이라고 밖엔 생각할 수 없는 발언이지만, 현대랑 바우어는 지금 놓인 상황부터가 너무 크게 차이가 난다.

먼저 교육 수준과 식자율의 문제가 있다. 이건 거짓도 농담도 아니고 실제로 “정치가 뭔데?” 수준의 여성이 많은 것이다. 물론 귀족 출신 여성은 교양을 통해 알고 있겠고, 평민 출신이라도 교육 수준이 높다면야 알고는 있겠지. 하지만 그런 사람들이 여성 전체에서 가지는 비율은 한 줌뿐이다.

게다가 성비로 보면 여성이 더 많다. 나 제국과의 전쟁으로 남성의 숫자가 계속해서 줄어들었기 때문에 숫자로만 따지면 여성이 남성보다 많다.

이런 상황에서 여성이 정치에 참가한다면 과연 정치가 제대로 기능할까에 대해선 이상만으로는 해결되지 않는 문제들이 산적해 있다.

"저는 일단 참가시켜보지 않으면 시작조차 되지 않는다고 생각해요. 처음엔 곤혹스러운 점들도 많겠지만 그러면서 차츰차츰 모양을 갖춰나갈 거예요."

자격만 운운하고 있다가는 언제까지고 여성은 정치에서 뒤처진 채로 있게 될 거다. 게다가 정치를 하기 위해서 필요한 건 학교에서 배우는 지식만 있는 게 아니다. 일상생활을 통해 뿌리내린 문제의식들도 정치에선 꼭 필요한 요소다.

하지만 그런 점들을 설명해 봐도, 신정부의 높으신 분들의 이해를 얻는 건 좀처럼 잘 풀리지 않는다고 한다.

"여성을 향한 편견은 여전히 뿌리가 깊네요."

"그러네요."

나는 클레어 님을 뒤에서 꼭 안아드렸다. 클레어 님이 나에게 몸을 기대자 전해져오는 체온이 기분 좋다.

"어쩐지 맛있는 냄새가 나네요. 오늘의 저녁은 뭔가요?"

잠시 둘이서 서로의 존재를 재확인하는 시간을 가졌지만, 문득 클레어 님이 코를 킁킁 거리며 말했다.

"오늘 저녁은 크림 스튜입니다."

"어머. 훌륭하네요. 이런 시기니까요. 준비하는데 많이 힘들었죠?"

귀족 출신인 클레어 님도, 지금은 식량 상황이 얼마나 힘든지 잘 알고 계셨다. 이 저녁 식사를 준비하기 위해서 내가 얼마나 고생했는지도 한눈에 간파했다.

"클레어 님을 위해서니까요. 방으로 돌아가서 식사를 하죠."
"고마워요, 레이. 언제나 감사하고 있어요."
그 말만으로도 충분한 보답이라고 생각한다.
방으로 돌아와, 식탁에 앉아 있는 클레어 님에게 스튜와 바게트를 덜어드렸다. 마음 같아선 여기에 뭔가 반찬이라도 곁들어드리고 싶었지만 스튜에 사치를 부리는 바람에 오늘 저녁은 이게 한계였다. 내 몫을 덜고서 나도 자리에 앉았다.
"그럼 잘 먹겠습니다."
"잘 먹겠어요."
둘이서 손을 모아 인사한 후 식사를 시작했다.
"! 닭고기가 이렇게나 신선하다니. 이런 좋은 고기를 요즘 같은 시기에 손에 넣을 수 있나요?"
크림 스튜를 맛본 클레어 님이 기분 좋은 말씀을 해주셨다.
"아뇨, 닭고기 자체는 그냥 평범한 가슴살입니다. 밑 준비에 약간 공을 들였어요."
"어떻게 한 건가요?"
"소금과 맛술을 가볍게 뿌려서 주무른 다음에 잠깐 재워놓았습니다. 그리고는 녹말가루를 골고루 입혀줬습니다."
닭가슴살은 그대로 요리하면 퍽퍽함이 단점인 부위라서 이런 조리과정을 거치는 게 정석이다.
"그것뿐이에요?"
"네. 조금은 퍽퍽하지 않게 먹을 수 있을까 해서요."
"조금이라니 당치도 않아요. 저는 닭다리 살이라고 생각한걸요."

"과찬입니다."

클레어 님이 기뻐해 주신 모양이라 나로서도 더할 나위가 없었다. 만족스러운 식자재는 손에 넣을 수 없어도, 요리는 연구하기에 따라서 얼마든지 맛있어질 수 있다. 물론 훌륭한 재료보다 좋은 건 없겠지만.

"후우……. 잘 먹었어요. 정말로 맛있었어요. 역시 레이예요."

"변변치 않았습니다."

식사를 마치고서 클레어 님에게 식후 커피를 끓여드렸다. 클레어 님은 석간신문을 읽으면서 커피를 한 모금 마셨다.

나는 등 뒤로 클레어 님의 존재를 느끼면서 뒷정리를 시작했다. 요리하는 건 좋아하지만 설거지는 조금 귀찮다.

"레이."

"왜 그러세요?"

"그래서…… 언제 할까요?"

"? 뭘요?"

클레어 님이 뭘 말하려고 하는지 이해하지 못한 채, 설거지를 하며 대답했다.

"그야 당연하잖아요. 우리들의 결혼식이에요."

"?!"

나도 모르게 닦던 접시를 떨어트릴 뻔했다.

"결혼식이라니……. 클레어 님, 혹시 지금 장난으로 하시는 말씀인가요?"

지금 시국에, 거기다 우리들은 같은 여성이다. 나는 여러 가지 의미로 지금 우리들이 결혼식을 올리는 건 현실적이지 않다고 느꼈다.

"어머. 레이는 저랑 결혼하고 싶지 않은 거예요?"

"하고 싶습니다."

그 질문에는 즉답이다. 하고 싶지 않을 리가 없지. 그야 당연히 하고 싶지. 하지만 하고 싶다고 해도, 그게 가능하냐 아니냐는 별개의 문제다.

"거기다 아직 새로운 헌법이 제정되기도 전이고, 새로운 헌법으로도 동성혼은 인정되지 못할 전망이었던 거 아니었어요?"

나는 설거지를 마치고서, 클레어 님 맞은편에 앉아 머릿속에 떠오른 의문을 꺼냈다. 클레어 님은 신문을 접으면서,

"확실히 법률적으로는 저희들은 결혼할 수 없겠네요."

선뜻 인정했다.

"그렇죠?"

"하지만 결혼식은 딱히 법적으로 되느냐 마느냐 하는 문제가 아니라고 생각해요."

"그 말씀은?"

"결혼하기를 원하는 두 사람이, 법과는 상관없이 서로의 가족들과 친구들에게 그 관계를 인정받는 의식이라고 생각해요."

클레어 님의 말은 현대 일본에서 인전식이라고 부르는 형식에 가깝다. 결혼식에도 여러 가지 형식이 있다. 신 앞에서 맹세하는 신전식, 부처님의 이름으로 하는 불전식 등이 있는데, 그중에서도 인전식이라고 부르는 형식이 있다.

이건 종교적인 의식이 아니라, 서로의 가까운 가족들과 친지들 앞에서 결혼을 맹세하는 의미를 가지고 있다. 현대에선 젊은 세대를 중심으로 빠르게 확산하고 있는 결혼식의 형태이다. 낡은 가치관이 지배적인 이 세계에서, 클레어 님이 이런 가치관을 가지고 있다는 사실에 놀라움을 감출 수 없었다.

"그런 사고방식에는 저도 대찬성입니다만, 금전적인 문제도 있잖아요?"

이 세계의 결혼식은 피로연도 함께 겸하고 있다. 결혼식을 치르는 쪽도 그렇고, 초대받은 사람들도 돈이 들어간다. 지금은 누구 하나 여유가 없는 시기인데 결혼식을 강행하면 사람들이 와줄 수는 있을까.

"참가자는 최소한으로 해요. 우리들과 인연이 있는 사람들은 신정권에서도 나름 지위를 가진 사람들이 대부분이니 결혼식에 와줄 수 있을 만한 경제력은 있겠죠."

"아, 확실히 듣고 보니."

"물론 레이네 부모님을 모시는 데는 제가 비용을 내겠어요. 두 분이 안 계시는 결혼식에는 의미가 없는걸요."

"아뇨, 그건 제가 내겠습니다."

클레어 님의 귀족 시절 자산은 최소한만 남긴 채, 혁명 때 몰수당했다. 그런데도 지금 클레어 님이 평범한 생활을 보낼 수 있는 건, 시민들이 클레어 님의 공적을 칭송하며 기부를 해준 덕분이다. 솔직히 저축해 놓은 돈은 내가 더 많다. 둘이서 생활하게 됐을 때, 재산을 공유하자는 제안을 꺼냈지만 클레어 님이 거절하셨다. 생활비는 절반씩 부담하더라도 서로가 개인적으로 쓰는 돈은 각자 관리하고 있다.

"그러면 그것도 반씩 내기로 해요. 어쨌든 레이네 부모님은 무슨 일이 있어도 모셔와야죠."

"허어……."

클레어 님은 어떻게든 식을 올리자는 생각이다. 그야 나도 결혼식을 올리고야 싶지만 그래도 좀 더 시국이 안정되고 나서 해도 괜찮지 않을까 싶은 생각이 자꾸 든다. 들떠있는 클레어 님의 기분에 찬물을 끼얹고 싶지는 않아서 일단 지금은 조금 더 상황을 지켜보기로 했다.

"레이 부모님 말고도 결혼식에 초대할 사람은, 왕자님들과 레네, 램버트, 미샤, 아버님…… 언니랑 릴리 추기경은 좀 어려울까요."

"왕자님들, 마나리아 님, 릴리 추기경은 아마도 힘들 거라고 생각합니다."

"너무 멀리 있는 언니, 여전히 조사를 받고 있는 릴리 추기경은 이해가 가지만 왕자님들은 어째서요?"

"잊으신 모양입니다만, 클레어 님은 이제 일반 시민입니다. 왕족이 일반 시민의 식에 참석하는 건 입장상 무리 아닐까요."

"아……. 그러고 보니 그랬죠."

클레어 님도 주의를 기울이고는 있겠지만, 귀족이었던 시절의 감각은 쉽게 고쳐지는 게 아니겠지. 클레어 님은 일반시민 신분이면서도 교우관계를 살펴보면 신정권의 중진들이 잔뜩 있다.

"이해야 가긴 하지만…… 역시 아쉬운 일이네요. 그러면 와줄 수 있는 사람은 레이네 부모님과 아버님, 레네랑 램버트, 미샤뿐일까."

"클레어 님의 귀족 시절 친구분들은 어떤가요?"

"지금도 연락을 주고받는 친구들은 있지만…… 어렵겠죠. 귀족 지위를 잃고서 새로운 생활에 적응하는 데만도 벅찰 거예요."

태어날 때부터 유복한 환경과 다양한 특권을 누려온 사람이 갑작스레 그 모든 걸 잃어버리면 어떻게 될까. 길바닥에 나앉는 사람들이 생겨도 이상하지 않다. 물론 평범한 시민으로 생활할 수 있을 만한 자산은 남았지만, 귀족으로 살아온 사람이 그렇게 바로 새로운 생활에 적응할 수 있겠냐고 물으면 당연히 아니다.

"클레어 님, 역시 조금 더 시국이 안정되고 나서 하지 않겠습니까? 그러면 클레어 님의 친구 분들도 참가해주실 수 있을 거라고 생각합니다."

"뭐예요, 레이. 아까부터 내키지 않아 보이네요. 저랑 결혼하고 싶다는 말은 거짓말인가요?"

"아뇨, 한 치의 거짓 없는 진심입니다만."

"그러면――!"

나는 클레어 님이 어쩐지 초조해 하는 것처럼 보였다. 하지만 아직 그 이유까지는 알 수 없었다. 나는 손을 뻗어 클레어 님의 손을 잡았다.

"어째서 초조해하고 계시는 건가요, 클레어 님."

"……."

"우리들은 서로의 마음을 확인한 사이입니다. 결혼식이야 언제든지 가능해요. 초조해하실 필요는 없잖아요."

"……불안한걸요."

"불안?"

뭐가?

"제가 뭔가 클레어 님이 불안해하실 만한 짓을 해버린 건가요? 지적해주신다면 바로 고치겠습니다."

"그게 아니에요! 레이한테는 아무런 문제도 없어요. 문제가 있는 건…… 제 쪽이에요."

"? 클레어 님의 어디에 문제가?"

클레어 님은 언제나 퍼펙트하게 귀여우신데.

"그야 저는…… 이제는 귀족이 아닌걸요……."

"……네?"

클레어 님이 무슨 말을 하고 계시는지 잘 이해가 가지 않았다. 그래서 나도 모르게 얼빠진 목소리가 나와 버렸다.

"그게, 저는 이제는 귀족이 아니잖아요? 지위도, 명예도, 재산도 없어요. 가진 건 분수에 넘치는 교양과 쓸데없는 자존심뿐이에요. 이런 저를 레이가 언제까지 사랑해줄지가……."

"클레어 님……."

나는 방심하고 있었다.

귀족의 지위를 잃어버린 현실에 클레어 님도 이제는 완전히 순응했을 거라고 지레짐작하고 있었다. 클레어 님도 태생이 귀족—— 그것도 정점에 있던 귀족이었다. 그런 클레어 님이 일반 시민으로서 살아가게 됐는데 불안감이나 당혹감을 느끼지 않을 리가 없었다. 나는 바로 곁에서 지탱하고 있다는 기분에만 빠져서는 대체 뭘 하고 있었던 걸까.

"클레어 님, 진정해주세요."

"레이……."

나는 자리에서 일어나 클레어 님 등 뒤로 돌아가서 꼭 안아드렸다. 조금이라도 불안감을 떨쳐내실 수 있도록.

내 마음이 전해질 수 있도록.

"귀족이 아니더라도 제가 클레어 님을 사랑하는 마음은 털끝만큼도 흔들리지 않습니다. 제가 클레어 님을 좋아하는 건 클레어 님이 귀족이라서 그런 게 아니에요."

"……네, 알고 있어요. 레이는 그런 사람이 아닌걸요. 하지만 레이의 가족은? 레네나 미샤는?"

"클레어 님……."

클레어 님에게 있어서 귀족이라는 신분은 삶의 방식 그 자체였다. 한때는 그 삶의 방식에 따라 자신의 목숨을 던지려고 했을 정도로. 지금은 나와 함께 살아가는 길을 선택해주셨지만, 클레어 님을 지탱하고 있던 커다란 기둥이 사라져 버렸다는 건 변치 않는 사실이다. 클레어 님은 지금 몹시도 불안한 거겠지.

"클레어 님, 선거에 출마하죠."

"? 레이, 지금 우리들은 결혼식 얘기를——."

"네, 알고 있습니다. 하지만 지금 이대로 결혼식을 올리면 클레어 님은 분명 공허한 기분을 느끼게 되실 겁니다."

"어째서요?"

"클레어 님에겐 새로운 삶의 방식이 필요합니다. 나는 이렇게 살아가야만 한다는 그런 심지가 되어 줄 무언가가요. 그게 없으면 불안함은 가시지 않아요."

"……."

클레어 님은 생각에 잠겨 들었다. 클레어 님 스스로도 알고 있겠지. 지금 자신에게는 토대가 되어 줄만한 무언가가 없다는 사실을.

내 솔직한 마음으로는 그 토대가 나였으면 좋겠다고 생각한다. 나에게 의존하는 클레어 님을 곁에 두고서 응석을 부리게 하고 싶다는 어두운 욕구가 없다고 말하면 거짓말이 될 거다. 하지만 그건 클레어 님을 위한 일이 아니다. 만에 하나, 내가 어떤 이유로든 세상을 떠나게 된다면, 그땐 클레어 님은 정말로 어디에도 의지할 곳을 잃고 만다. 그래선 안 된다.

"……레이가 무슨 말을 하고 싶은 건지 이제야 이해가 가는 거 같아요."

잠시간 침묵에 잠겨 있던 클레어 님이 조용히 말했다. 클레어 님을 보자 그 눈에는 강한 의지로 빛나는 눈빛이 돌아와 있었다. 언제나 승부욕에 불타는 클레어 님의 표정이다.

"그럼 역시?"

"아니요. 저는 선거에 나가지 않겠어요."

"네?"

당황하는 나를 보며 클레어 님은 미소를 지으며 말을 이었다.

"신정권의 일원이 되어서 정치에 참여하는 것도 보람 있는 일이겠죠. 분명 제 삶의 보람으로서 더할 나위 없는 일이에요."

"그러면……."

"하지만 그래선 안 돼요. 겨우겨우 고생해서 민중의 손으로 혁명을 이룩했는데, 구체제의 상징이라고도 할 수 있는 사람이 변함없이 정치의 중심에 있어서야 뭘 위한 혁명이었는지 알 수 없게 되어버리니까요."

"……."

세계의 역사를 돌이켜보면, 혁명이나 정변이 일어났더라도 구체제의 구성원이 어느 정도는 새로운 체제에도 남아 있곤 했는데 클레어 님은 그걸 바라지 않는 모양이었다. 그렇다면야 강요는 할 수 없다.

"하지만 이제부터 찾아보겠어요. 바로 이거라고 여길 수 있는 삶의 방식을."

"네. 응원하겠습니다."

이제 후련해 보이는 클레어 님의 머리카락에 입을 맞췄다. 클레어 님이 간지러운 듯한 목소리를 흘렸다.

언젠가 클레어 님이 자신의 길을 찾아냈으면 좋겠다. 결혼식은 그 후에 해도 괜찮다. 나는 언제든지 기다릴 거니까.

내가 결혼할 상대는 언제든 변함없이 멋진 클레어 님이니까.

내 최애는
악역영애.

번외편 2

결혼식

예전에 클레어 님이 말한 적 있었다. 결혼식이라는 건 의례적인 의미보다도 개인적인 의미가 더 크다고. 두 사람이 함께 살아가겠다는 사실을 서로의 가까운 친지들 앞에서 맹세하는 게 결혼식이다── 클레어 님은 그런 식으로 말씀하셨다.

나는 지금 그 의미를 절실히 느끼고 있었다.

"긴장하고 있나요?"

내 곁에서 클레어 님이 우습다는 듯이, 혹은 신기한 무언가를 보는 눈을 하고서 나에게 말을 걸었다. 얼굴에는 면사포를 쓰고 있었다.

"……아무래도 그런 모양입니다."

"레이도 그럴 때가 있는 거네요. 당신한텐 무서운 거라곤 아무것도 없을 줄 알았어요."

"절대 그렇지 않아요. 무서워하는 거라면 얼마든지 있습니다."

"후후, 그렇겠죠. 레이도 사람인걸요."

"예를 들면 클레어 님이 술을 드셨을 때라든가."

"제가 그렇게나 술버릇이 나쁜 거예요?!"

"너무 귀여워서 무섭습니다."

"바, 바보 같은 소리 하지 마세요. ……자요."

클레어 님은 괜찮다면서 새하얀 장갑을 낀 손으로 내 손을 잡아주셨다. 나도 살며시 손을 마주 쥐었다.

오늘, 우리들은 결혼식을 올린다.

"저기, 레이. 우리들 이제는 슬슬 괜찮지 않아요?"

새로운 생활에도 차차 적응했고, 선생님 일도 어느 정도 일단락됐을 때, 클레어 님이 조용히 말을 꺼냈다. 지금 시간은 저녁. 테라스에 놔둔 의자에 앉아서 주변 풍경을 둘러보니, 하늘도 제법 어두워져 있었다.

아이들은 정원에서 레레어를 쫓아 신나게 뛰어다니고 있었는데 이제 슬슬 들어오라고 불러야겠다는 생각이 들던 참이었다.

"죄송합니다. 뭘 말씀인가요?"

뭘 말하는 건지 잘 이해가 가지 않아서 솔직하게 물어봤다. 클레어 님은 눈치가 느리다고 타박하면서 살짝 토라진 표정을 짓더니──.

"결혼식 말이에요. 이제 저는 스스로 어떻게 살아갈지를 찾아냈어요."

"아."

저번에도 클레어 님은 결혼식을 올리고 싶다고 말을 꺼낸 적이 있었다. 그때는 클레어 님이 초조해하는 것처럼 보였기 때문에 클레어 님의 속마음을 들어봤더니, 이젠 귀족이 아니게 된 현실에 불안감을 느끼고 계셨다. 그래서 나는 결혼식을 올리는 건 클레어 님이 새로운 삶의 방식을 찾아내고 나면 하자고 제안했다.

그 뒤로, 우리들은 왕립학교에서 교편을 잡아 취직했고, 또한 메이와 알레어라는 새로운 가족을 얻었다. 혁명이 끝난 뒤의 세상에서 이제는 새로운 삶에 정착하는 데 성공했다고 말해도 좋겠지.

"학창 시절 친구들도 제법 생활이 안정됐다고 해요. 지금이라면 결혼식에 와줄 수 있어요. 급료도 받고 있고, 레이네 부모님을 모셔올 수도 있어요."

그러니까 괜찮잖아요? 클레어 님이 사랑스럽게 졸라댔다.

천사 아닐까.

"그렇군요. 지금이라면 마침 적당한 시기일지도 모르겠습니다."

"그러면……?"

"네."

나는 의자에서 일어나 클레어 님에게 다가갔다. 무릎을 꿇고서 클레어 님의 손을 쥐었다.

"저랑 결혼해 주시겠습니까, 클레어 님?"

"……네!"

클레어 님은 처음엔 깜짝 놀란 표정을 짓고 나서, 마치 활짝 피어나는 장미꽃처럼 웃었다.

"클레어 엄마랑 레이 엄마, 결혼하는 거야~?"

"결혼식 하는 건가요~?"

귀도 밝은 아이들이 레레어에 올라탄 채로 다가왔다.

"응. 두 사람도 참석해줄래?"

"물론이야~!"

"끝까지 함께 할게요~!"

아이들은 결혼, 결혼을 외치면서 신나게 떠들었다. 어쩐지 쑥스럽다.

"정해졌으니 이제부터 준비예요. 먼저 날짜부터 잡아야지. 두 달 정도면 준비를 마칠 수 있을까요?"

"그렇군요. 그렇게 호화롭게 할 생각은 없기도 하니, 그 정도 기간이면 충분할 것 같습니다."

그날부터 우리들은 결혼식 준비에 눈코 뜰 새가 없었다. 식장은 교회가 아닌, 플라텔에서 운영하는 레스토랑으로 정했다. 신에게 맹세하는 게 아니라 가까운 사람들 앞에서 맹세하는 결혼식이니 굳이 교회에서 할 필요가 없었기 때문이다. 오히려 정령교회는 아직 동성혼에 회의적이라서 우리들은 교회에선 결혼식을 하고 싶어도 할 수 없었다. 그래도 레네가 협력해준 덕분에 플라텔이 운영하는 레스토랑 중에서도 아주 좋은 레스토랑을 빌릴 수 있었다.

초대장을 보낼 사람은 도르 님, 레네, 램버트 님, 클레어 님의 학창 시절 친구들, 우리 부모님, 미샤. 왕자님들과 마나리아 님은 클레어 님이 이젠 일반 시민이 된 지금은 신분 차이가 너무 크기 때문에 이번엔 넘어가기로 했다. 그래도 초대장 대신에 우리들이 결혼한다는 보고를 적은 편지를 보내드렸다. 현재 방랑 중인 릴리 님은 어디 있는지 알 수 없어서 연락을 취할 수 없었다. 아쉽지만 어쩔 수 없다고 포기할 수밖에.

"드레스는 가게에서 빌려서 입을 수밖에 없겠습니다."

"그렇네요……. 이럴 땐 제가 재봉을 할 줄 알았다면 좋았을 텐데 싫어요."

"웨딩드레스는 보통, 재봉이 어쩌니 하는 수준이 아니라고 생각합니다만……."

그런 대화를 나눈 뒤, 클레어 님이 본격적으로 재봉을 시작하게 된 건 또 다른 이야기다.

그렇게 바쁘게 지내다 보니 두 달은 순식간에 지나갔고, 드디어 결혼식 날이 찾아왔다.

결혼식장인 레스토랑에는 이미 하객들이 모여 있었다. 대기실에서 메이크업을 받고 있던 우리들한테도 사람들의 즐거운 대화 소리가 들려오고 있었다. 뷔페 형식으로 준비했기 때문에 하객들은 제각각 마실 걸 손에 들고서 담소를 나누었다.

"이제 슬슬 시작이에요, 클레어 님, 레이 짱."

"알겠어요."

"오늘은 잘 부탁할게, 레네."

결혼식 사회를 맡아준 사람은, 이젠 왕국 내에서도 이름을 떨치고 있는 유명 상회 '플라텔'의 젊은 여주인 레네다. 레네는 오늘의 새신부인 우리들을 한층 더 돋보이게 만들어 주는 다소곳한 드레스 차림이었다.

레네는 오빠인 램버트 님과 함께 상회를 운영해 큰 부를 쌓았다. 하지만 사회적 지위를 얻고 나서도 레네는 클레어 님에게 변함없는 충성을 맹세하고 있다. 결혼식 식장을 찾아달라고 부탁한 걸 시작으로 계속 신세만 지고 있다. 오늘도 부하한테 맡기지 않고 자기가 직접 사회 진행을 맡아주었다.

"맡겨만 주세요. 그건 그렇고…… 두 사람 다 너무 예뻐요."

레네는 감격에 복받친 것처럼 손수건으로 눈물을 훔치면서 말했다. 클레어 님은 새하얀 머메이드라인 웨딩드레스, 나는 똑같이 하얀색이지만 치마가 아니라, 바지 스타일 슈트 드레스를 골랐다.

"클레어 님이 아름다우신 거야 당연한 거지만, 나는 어쩐지 옷보다 못하지 않아?"

"그렇지 않은걸. 레이 짱은 입만 다물고 있으면 미인이니까."

"그거 칭찬이야?"

"물론이지."

그러면서 레네는 살며시 미소 지었다.

"자아, 무대 준비가 끝났습니다. 이제 두 분의 입장입니다."

우리들을 부른 사람은 레네의 반려인 램버트 님이었다. 그는 모닝코트 차림이다. 손은 벌써 문고리를 붙잡고 있었다.

드디어 결혼식 시작이다.

"그럼 가죠, 클레어 님."

"네, 레이."

클레어 님과 나는 서로의 손을 마주 잡고서 함께 문을 나섰다.

성대한 박수를 받으면서 식장 한가운데를 지나자, 하객들이 인사를 기다리고 있었다.

“여러분, 오늘은 이렇게 참석해주셔서 정말로 감사드립니다.”

클레어 님이 대표로 인사했다. 나는 바로 곁에서 클레어 님을 지켜보았다. 클레어 님은 정말로 만족스러운 웃음을 짓고 있어서, 나는 오늘에 이르기까지 도저히 평탄하다곤 할 수 없었던 지난날들을 떠올리며 깊은 감개를 느끼고 있었다.

“오늘 여기서 저 클레어 프랑소와와 레이 테일러는 결혼합니다. 법적인 근거가 있는 결혼은 아닙니다만 우리들을 이어주고 있는 건 그보다 더 단단한 인연입니다.”

당당하게 선언하는 클레어 님의 말에, 하객들은 박수 소리로 화답했다.

“여러분들 중에는 알고 계신 분들도 있겠지만, 저와 레이의 만남은 솔직히 말해서 최악이었습니다. 그랬던 상대와 지금 이렇게 결혼식을 올리겠다고 하고 있으니, 인생이란 도저히 알 수 없는 거네요.”

살짝 농담 섞인 클레어 님의 말에 회장이 웃음바다가 되었다.

“하지만 이제 레이는 저에게 있어서 무엇과도 대신할 수 없는 반려입니다. 앞으로의 인생을 함께 걸어갈 상대는 레이 말곤 생각할 수 없습니다. 지금까지 언제나 제 곁에서 저를 지탱해주었던 레이. 당신과 만날 수 있어서 정말로 다행이에요.”

나를 똑바로 바라보면서 풀어놓는 저 말은, 리허설을 했을 땐 없었던 대사였다. 예상치 못한 불의의 일격.

치사해요, 클레어 님. 이런 건 너무 기쁘잖아요.

"레이 엄마, 우는 거야~?"
"클레어 엄마가 울린 거예요~?"
메이랑 알레어가 쪼르르 다가와서 나에게 손수건을 건넸다.
"괜찮아 메이, 알레어. 너무 기뻐서 그래."
"이상한 레이 엄마~."
"별일이에요~."
아이들 덕분에 식장 안이 훈훈해졌다. 분위기가 가라앉지 않는 편이 좋지. 나는 손수건으로 눈물을 훔치고 다시 웃으며 클레어 님의 이어지는 인사말을 기다렸다.
"오늘 와주신 여러분은 저와 레이가 이어진 인연의 증인입니다. 우리들은 여러분들에게 부끄럽지 않도록 성실하게, 언제나 밝게, 그리고 행복하게 살아갈 것을 맹세합니다."
다시 한번 박수. 박수 소리가 잦아들기를 기다리고서 클레어 님은 내 손을 잡고 말을 이었다.
"오늘 결혼식에 와주셔서 정말로 감사드립니다. 부디 마지막까지 파티를 즐겨주세요."
그리고 우리는 함께 고개 숙여 인사했다. 결혼식장이 떠나갈 듯한 우렁찬 박수 소리에 휩싸였다.
"클레어 님. 정말로 축하드려요!"
"저, 감동했어요!"
"로렛타, 피피, 고마워요. 오늘은 잘 와주셨어요."
파티가 시작되고 제일 먼저 인사하러 온 사람은 나로선 본 기억이 없는 두 여성이었다. 드레스 차림과 몸가짐으로 짐작건대 아마도 귀족 출신으로 보였다.

"그건 그렇고…… 설마하니 이자와 결혼 하실 줄은……."

"저희들…… 그녀한테 이런저런 심한 짓을……."

어라? 나 혹시 이 사람들이랑 만난 적이 있었나?

"클레어 님. 이 두 분은 누구신가요?"

"다, 당신. 우리들을 기억 못 하는 건가요?!"

"그렇게나 괴롭혔는데!"

내가 물어보자 두 사람은 어처구니없다는 듯이 말했다.

아니 그렇지만 진짜로 기억에 없는걸.

"로렛타랑 피피는 학창 시절 동급생이에요. 당신, 열심히 이 둘을 놀려대며 놀았잖아요."

"……아아!"

클레어 님의 뒤에 있던 병풍1과 병풍2인가. 그야 기억에 남을 리가 없지.

"기억났습니다. 이거 실례했습니다."

"뭐, 기억나지 않는 쪽이 더 나았을지도 모르겠지만요."

"우리들이 했던 행동을 부디 용서해주시겠어요?"

로렛타 님과 피피 님은 머뭇머뭇하며 말했다.

"용서고 자시고 간에 방금 전까지 기억조차 안 났습니다."

"그러시겠죠! 당신은 그런 분이셨죠!"

"정말…… 클레어 님한테는 죄송한 말씀이지만 이런 분의 어디가 마음에 드신 걸까……."

두 사람은 납득이 가지 않는 모양이다.

"레이의 좋은 점은, 저만 알고 있으면 그걸로 충분해요."
"어머나!"
"클레어 님이 자기 연인 자랑을 하시는 날이 오다니!"
"이 사람은 조금만 눈을 떼도 여기저기서 사람들을 꼬시고 다닌다고요. 더 이상 라이벌을 늘려서야 참을 수 없어요."
아뇨…… 그건 클레어 님의 착각이라고 생각합니다.
"레이…… 양. 클레어 님을 부디 잘 부탁할게요."
"행복하게 해드리지 않으면 용서하지 않을 테니까요!"
두 사람은 거듭 당부를 하고 나서야 떠났다.
"좋은 친구분들이네요."
"후후. 그렇죠?"
그냥 병풍이라는 인식밖에 없었는데 클레어 님도 확실히 진짜 친구라고 부를 수 있는 교우관계가 있었다는 걸 이제야 깨달았다. 그렇게 생각하면 초창기에 클레어 님을 향한 나의 어프로치는 클레어 님에게 있어서 나쁘게 비쳐도 어쩔 수 없었겠구나 싶다.
"하지만 친구들이 처형당하는 일 없이 끝난 것도 레이 덕분이에요."
"귀족제도를 끝내버린 것도 어느 정도는 제 탓이지만요."
"그건 말하지 않고 넘어가도록 해요."
클레어 님이 쓴웃음을 지었다. 다음으로 인사하러 온 사람은 결혼식 사회 진행이 일단락 된 레네와 램버트 님이었다.
"결혼 진심으로 축하드립니다!"

"정말 축하드립니다, 클레어 님."

"고마워요."

레네는 클레어 님을 끌어안고서 펑펑 울었다. 기쁨의 눈물이다.

"저, 레이 짱이라면 반드시 클레어 님을 행복하게 해줄 거라고 믿고 있었어요."

"어머, 그랬어요? 어째서요?"

"메이드로서의 감입니다!"

"감인가요."

잘은 모르겠지만 레네는 나를 높이 샀던 모양이다.

"클레어 님도 그렇게나 제멋대로인 어리광쟁이였는데, 이렇게 훌륭하게 자라셔서……."

"잠깐만요 레네, 그만 하세요. 당신 어느새 제 부모님처럼 됐다고요."

"괜찮잖아요, 오늘 정도는. 어릴 적 클레어 님은 정말로 손이 많이 가서——."

레네는 그 후로도 횡설수설 말을 쏟아냈다. 클레어 님은 질린 표정이다. 귀여워.

"이제 그쯤 하도록 하세요, 레네. 제 체면이 말이 아니라고요."

"이제는 귀족도 아니니까 뭐 괜찮잖아요."

"사랑하는 사람 앞이잖아요!"

"레이 짱 지금 들었어?"

"내 두 귀에 똑똑히 새겼어."

"다, 다다다, 당신들!!"

레네랑 둘이서 클레어 님을 놀리면서 놀았다. 레네랑 램버트 님이 국외로 추방당했을 땐, 이제는 평생 못 만날 줄 알았는데.

"레네."

"왜 레이 짱?"

"레네는 지금 행복해?"

내 물음에 레네는 놀라서 눈을 크게 떴지만, 이윽고.

"물론이지. 램버트가 있는 데다, 내 소중한 두 사람이 이렇게나 행복해졌는걸!"

레네는 크게 웃음을 터트리며 말했다.

"우리들도 두 분한테 지지 않을 정도로 행복해질 생각입니다."

램버트님이 레네의 어깨를 안으면서 말했다.

"그럼 승부인거네요."

"지지 않을 거예요, 클레어 님."

레네는 클레어 님과 악수를 나누고서 다시 결혼식 사회를 보러 돌아갔다.

그리고 레네는 편지를 맡아두고 있다면서 몇 통의 편지를 건넸다. 보낸 사람을 확인하자 로드 님, 세인 님, 유 님과 마나리아 님의 이름이 적혀있었다. 왕자님들이 보낸 편지에는 우리들의 결혼을 축하하는 정중한 축사가 적혀있었지만, 마나리아 님이 보낸 편지에는 딱 한 문장뿐이었다.

『두 사람이 이혼한다면 꼭 나한테 와.』

무슨 일이 있어도 갈까 보냐고 굳게 다짐했다.

그 밖에도 몇 통의 편지들이 있었지만, 그중에 너덜너덜한 편지가 한 통 있었다. 보낸 사람을 확인하자,

"……릴리 님."

바우어 왕국을 떠나 방랑 여행 중인 릴리 님한테서 온 편지였다. 릴리 님은 때마침 마나리아 님이 있는 곳에 들른 참이라 거기서 우리들의 결혼 소식을 알게 됐다고 한다. 편지에는 또박또박한 글씨로 축하의 인사말이 적혀있었고, 마지막에 이런 추신이 붙어있었다.

『추신 : 애인 자리는 아직 비어있는 거죠?』

"없다고요!"

클레어 님은 당장이라도 그대로 편지를 찢어버릴 듯이 흥분했지만 내가 달래드려서 어떻게든 넘어갔다.

"정말이지…… 레이의 난봉꾼 기질은 정말이지 곤란하네요."

"어어…… 그거 제 탓인가요?"

"그럼 누구 탓이라고 생각하는 거예요."

그렇게 말씀하셔도 말이죠. 하지만 질투현재진행형인 클레어 님은 엄청나게 귀엽다고 생각합니다.

다음에 찾아온 사람은 미샤였다.

"클레어 님, 레이, 축하해요."

"정말 고마워요, 미샤."

"고마워."

미샤는 드레스 차림이 아니라 수녀복이었다. 그런데 옷맵시가

너무 완벽해서, 파티 회장 안에서도 혼자 튀는 느낌이 없었다. 역시 전 상류 귀족.

“유 님에게서 편지와는 별개로, 개인적인 축하의 말을 부탁받았습니다. 정령신의 이름 아래 축복을 이라고요.”

“정령교회는 동성혼에 부정적이지 않았던가요?”

“교회는 그렇지만, 원래 정령교의 가르침에 동성혼을 금지하는 교리는 없으니까요.”

유 님 말하기를 정령신 앞에서는 누구나 평등하다는 모양이다.

“유 님다워요.”

“정말로요.”

“유 님도 참, 왕족 신분을 벗어버리자, 이젠 못 말리는 장난꾸러기가 되셔서…….”

미샤는 깊은 한숨을 쉬었다.

“반려로서 영 마음을 놓을 수가 없어?”

“누가 반려라는 거야. 나에겐 너무 과분한 분이야.”

“그렇게 따지자면 클레어 님과 나도 그렇잖아.”

“그건 그럴지도 모르겠지만…….”

미샤는 유 님과의 관계에 아직까지 고민이 끊이질 않는 모양이다.

“그냥 마음이 시키는 대로 팍 뛰어 들어가 봐.”

“참 쉽게도 말하는구나.”

“경험자니까.”

"……그랬지."
미샤는 쓰게 웃었다.
"뭐, 오늘은 내 일은 아무래도 좋아. 두 사람 다, 정말로 축하드립니다. 또 수도원에 놀러와 주세요."
"네에 꼭."
"또 봐, 미샤."
미샤는 입식 파티에는 참여하지 않고, 바로 돌아가는 모양이다.
"클레어, 레이, 축하한다."
너글너글한 축하의 말과 함께 다가온 사람은 메이랑 알레어를 대동한 도르 님이었다.
도르 님은 정치의 최전선에서 은퇴한 후엔 둥글둥글하고 인자한 성격이 돼서, 이제 예전의 오만불손한 대귀족의 모습은 그림자조차 찾아볼 수 없었다.
"엄마, 축하해~."
"축하드려요~."
"감사합니다, 아버님. 메이랑 알레어도 고마워."
"고맙습니다."
도르 님과 마주 안으면서, 메이랑 알레어도 끌어안았다.
"레이…… 너에게는 정말로 어떻게 감사의 말을 표해야 할지."
"과찬이세요, 도르 님. 저는 결국 대단한 일은 하지 못했습니다."
"그렇지 않아. 내 계획으로는 혁명이 일어났을 때 더 많은 피가 흘렀을 테고, 나도 클레어도 살아서 이 시대를 맞이할 수 없었을 거다."

"그건 더더욱 제힘만으로 해낸 게 아닙니다. 도르 님과 클레어 님, 그리고 다른 많은 사람의 행동이 낳은 결과예요."

"너는 참 겸허하구나."

"도르 님이 저를 너무 높게 평가해 주시는 겁니다."

도르 님과 내가 그런 대화를 나누고 있자니,

"엄마, 어려운 이야기 해~?"

"저희들, 배가 고파졌어요~."

메이랑 알레어가 도르 님의 옷을 잡아당기면서 말했다.

"허허허, 미안미안. 그렇구나 메이랑 알레어는 배가 고팠구나. 자아 그럼 이 할아버지가 맛있는 걸 가져오도록 하마. 뭐가 좋니?"

""크렘 브륄레!""

아이들을 보며 싱글벙글 웃는 도르 님은 완전히 호호 할아버지였다. 무대 뒤에서 혁명을 조종하던 책사로서의 모습은 더 이상 찾아볼 수 없었다.

"아 그렇지, 클레어."

"왜 그러세요, 아버님?"

"레이를 좋아하지?"

"네에."

"혁명 전부터 그녀를 알고 있었던 사람으로서 말해보건대, 레이의 사랑은 클레어의 백 배쯤 된단다. 마음에는 마음으로 답해 주도록 하렴."

"……명심하겠어요."

"좋아."

그 말만 남기고, 도르님은 메이와 알레어를 데리고서 파티장으로 향했다.

"못을 박고 가시네요."

"역시나 클레어 님도 도르 님한텐 못 당하네요."

"정말로요."

우리들은 마주 보며 웃었다.

마지막으로 클레어 님과 내가 인사드리러 가야 할 곳이 있었다.

"레이 짱, 클레어 님, 정말로 축하해요. 너무 예뻐."

"……축하한다."

"정말 감사드려요, 어머님, 아버님."

"고마워."

우리 부모님이다. 두 분은 최선을 다해 꾸미고서, 그 먼 유클레드에서 여기까지 결혼식에 와주셨다. 그뿐만이 아니다.

"드레스, 시간에 맞출 수 있어서 다행이었네."

"……귀족이셨던 분께 드리기엔 몹시 부족하기 그지없었습니다만."

"아뇨, 천만의 말씀이세요. 정말로 멋진 드레스를 선물해주셔서 감사드립니다."

아마 깜빡 잊은 사람도 있을 것 같지만 우리 집, 테일러 가는 양복점을 하고 있다. 웨딩드레스는 의상 대여점에서 빌릴 수밖에 없을 거라 포기하고 있었는데, 놀랍게도 아빠랑 엄마가 만들어서 보내주신 것이다. 물론 재료비 등등은 우리가 부담했지만, 겨우 두 달 만에 웨딩드레스를 두 벌이나 만들었다는 건 보통 일이 아니다. 아빠랑 엄마의 프로로서의 솜씨를 처음으로 실감했다.

"아빠, 엄마, 고마워."

"사랑하는 딸을 위해서인걸. 당연한 일이야."

"……음."

그렇게 말하면서 아빠도 엄마도 조용히 눈물을 흘리고 계셨다.

"레이 짱은 옛날부터 신기한 아이였지만 이렇게나 훌륭하게 자라주더니 어느새 완전히 우리 품을 떠난 거네……."

"……원래부터 레이는 정령이 내려준 아이였으니까."

도무지 눈물을 멈추지 못하는 어머니의 어깨를 아버지가 조용히 안아주었다.

그러나——.

"그게 아니야, 아빠, 엄마."

"……?"

"나는 엄마와 아빠의 딸. 다른 누구의 아이도 아니야. 나는 그걸 자랑스럽게 여기고 있으니까."

분명 두 분은 내 친부모님은 아니다. 그리고 전생자인 나로서는, 나를 키워준 부모님이라고도 말하기 힘든 부분이 있다. 하지만 내 안에 있는 레이 테일러로서의 기억은 부모님에게 받은 깊은 애정을 똑똑하게 기억하고 있다. 두 분이 없었더라면 나라는 사람은 지금 여기에 성립할 수 없었다.

"레이 짱……."

"……그런가…… 고맙다 레이. 사랑하는 우리 딸."

그렇게 말하고서 아빠는 나를 꼭 안아주셨다.

"클레어 님. 레이를 부디 잘 부탁드릴게요."

"물론이에요. 반드시 둘이 함께 행복해지겠어요."

"고마워요."

엄마도 클레어 님을 끌어안았다. 우리들은 그날, 진정한 의미로 가족이 되었다.

"오늘 참석해주신 여러분, 이제 슬슬 연회도 끝날 시간이 되었습니다. 마지막으로 새신부인 두 사람이 여러분들께 보여드리고 싶은 게 있는 모양입니다."

요리도 슬슬 빈 접시들이 늘어가고, 하객들이 적당히 기분 좋게 취했을 때쯤, 레네가 갑자기 그런 말을 꺼냈다.

뭐지? 뭐가 또 있었던가?

영문을 모르는 건 나뿐인 건가 싶어서 클레어 님을 쳐다보자, 클레어 님도 고개를 좌우로 젓고 있었다.

어떻게 된 걸까?

"새신부 두 사람이 영원한 사랑을 맹세하는 증거를 여기서 여러분께 보여드리고 싶습니다."

레네가 장난꾸러기 같은 웃음을 지었다. 하객들로부터 신나는 환호성이 울렸다.

아—…… 이건 그러니까 그런 거구나.

"? 뭔가요? 뭐가 시작되는 건가요?"

클레어 님은 허둥지둥거리고 있었다. 아직 무슨 의미인지 깨닫지 못한 모양이다.

"클레어 님, 맹세의 입맞춤을 말하는 겁니다."

"아아, 과연. 그런 거였군요…… 네에에?!"

눈에 띄게 동요하는 클레어 님. 귀여워.

"그, 그러니까 그런 건 다른 사람들 앞에서 하는 게 아닌……!"

"결혼식에선 오히려 필수요소죠."

"그, 그건 그렇지만요!"

"자아, 각오를 다져주세요."

"자, 잠깐만 기다려주세요! 조금 마음의 준비를——."

"못 기다립니다."

나는 클레어 님의 양어깨를 붙잡고서 진지한 표정으로 클레어 님의 두 눈을 마주했다. 클레어 님도 체념했는지 바른 자세로 고쳐 앉았다.

"클레어 님."

"……네."

"사랑합니다."

"저도요, 레이."

"클레어 님을 평생, 언제까지나 사랑하겠다고 맹세합니다."

"항상 당신 곁에 있을게요, 레이."

그리고서 우리 두 사람은 입술을 포갰다. 회장에 환성이 울려 퍼진다.

"이걸로 더는 되돌릴 수 없게 됐습니다."

"되돌릴 생각도 없어요."

"각오는 되셨나요?"

"제가 할 말이에요."

로맨틱함이라곤 요만큼도 없는 대화를 주고받는 우리들. 클레어 님도 나도, 이정도가 좋다.

"함께 행복해져요, 클레어 님."

"반드시 행복해질 거예요, 레이."

두 사람의 새신부는 재차 확인하듯이 다시 한번 입술을 겹쳤다.

내 최애는
악역 영애.

번외편 3

달콤한 술

"후우……."

"수고했어요, 레이. 아이들은 자나요?"

"네, 잠들었어요."

시간은 자정을 지날 무렵. 메이와 알레어를 재우고서 거실로 돌아왔다.

거실 테이블에는 목욕을 마치고서 잠옷으로 갈아입은 클레어 님이 혼자서 뭔가 음료수를 마시고 있었다. 1리터쯤 되는 병에 담겨 있는 갈색을 띤 금빛 음료다.

"클레어 님, 그건? 주스 종류는 다 떨어졌던 걸로 기억하는데요."

내일 시장 볼 때 사 오려는 생각이었는데.

"이거요? 술인데요."

"?!"

아무렇지도 않은 듯이 말한 그 말에 나는 깜짝 놀랐다.

술?

술이라고 했어? 지금?

"잠깐만요, 클레어 님. 술 같은 걸 마시면 안 된다고요!"

"어째서요?"

"어째서냐니……. 우리들은 아직 스무 살이 되기 전이잖아요."

"? 그거야 그렇지만 그게 무슨 상관이 있나요?"

얼굴에 물음표를 띄우고 있는 클레어 님의 모습을 보고서야 떠올랐다. 그러고 보니 이 나라에선 15살부터 음주를 할 수 있었다. 그렇다는 건 나도 클레어 님도 술을 마셔도 법적으로는 아무런 문제도 없다. 뿐만 아니라 종류에 따라서는 알콜이 물보다도 싸다. 클레어 님이 마시고 있는 술은 제법 고급품인 모양이지만.

"램버트가 평소 신세를 진 보답이라고 선물해줬어요. 좋은 술이라서 그런지 마시기 쉽네요."

"허어……. 하지만 너무 많이는 마시지 말아 주세요. 건강에는 좋지 않으니까요."

"절도는 지키고 있어요."

짐작이지만 클레어 님은 귀족들의 모임이나 파티에서 법정 연령보다도 훨씬 어릴 때부터 술을 즐겼음이 틀림없다. 지금의 나보다는 훨씬 더 자기 주량도 잘 알고 있겠지.

"안주라도 만들어 올까요?"

"그건 괜찮으니까 레이도 같이 마셔요."

클레어 님이 나에게도 술을 권하며 잔을 꺼내 오셨기 때문에 함께 자리에 앉았다. 벌꿀주인 모양이다. 클레어 님이 손수 내 잔을 채워주셨다.

"건배예요."

"건배."

잔을 부딪치고 나서, 나는 조심스럽게 술을 입에 댔다.

벌꿀주라고는 해도 그게 달콤하다는 의미는 아니다. 발효 과정에서 당분이 분해되기 때문이다. 맛으로 따지면 맥주에 가깝겠지. 풍미가 강하지 않아서 순수한 맥주랑은 또 느낌이 다르지만. 그래도 이 벌꿀주에는 향신료가 첨가되어 있는 것 같았다.

맛과 향으로 보건대 시나몬 계열 향신료인 모양이다. 클레어 님의 말처럼 굉장히 마시기 쉬웠다. 맛있다고 말할 수 있는 술이었다.

"어떤가요?"

"맛있네요. 확실히 마시기 쉽습니다."

"그렇죠? 귀족 시절에 후원하고 있었던 양조장을 레네가 기억하고 있다가 램버트를 통해 건네준 모양이에요."

"그렇군요."

역시 레네. 이젠 메이드가 아닌데도 평생 클레어 님을 주인으로 모시고 있는 게 분명하다.

그녀의 마음 씀씀이에 감사하면서 그대로 잠시 동안 잔을 기울였다.

"저기, 레이. ……행복하네요."

"클레어 님?"

마치 꿈꾸는 듯한 말투로 클레어 님이 말했다.

갑자기 어떻게 된 걸까 싶어서 클레어 님을 보자, 클레어 님은 얼굴 가득 웃음을 짓고 있었다.

"메이가 있고, 알레어가 있고, 그리고 레이가 함께 있어서……. 하루하루가 정말로 꿈만 같아요."

"꿈이 아닙니다. 클레어 님이 직접 손에 넣은 현실입니다."

"다 함께 이룬 현실이에요. 그걸 착각하면 안 돼요."

술이 들어갔어도 클레어 님은 변함없이 총명했다. 지금 이 행복을 자기 혼자만의 것이라고 생각하지 않는다.

“교사 일은 어떠신가요?”

“보람이 있는 일이에요. 아이들은 뭐, 말을 해도 잘 들어주지를 않지만.”

말하는 내용과는 다르게 클레어 님의 말투는 즐거워 보였다.

클레어 님과 나는 지금 왕립학교에서 교편을 잡고 있다. 귀족 자녀로 이루어져 있던 학생들이 이제는 일반시민 중에서 뽑힌 엘리트 학생들로 바뀌었기 때문에, 왕립학교도 많이 달라졌다. 가르치는 내용도 교양이나 예절에 편중됐던 옛날과 다르게, 마법의 비중이 커졌다.

“말하고 보니, 뭐든지 내 생각대로 됐던 귀족 시절과는 아주 달라졌어요. 하지만 그게 재미있는 점이라고 생각해요.”

클레어 님의 경우엔 그 높은 프라이드가 걸림돌이 돼서 잘 풀리지 않을지도 모른다고 내심 걱정하고 있었는데, 그런 일은 없었다. 클레어 님은 클레어 님 나름대로 지금 일에 보람을 느끼는 모양이었다. 정말로 기쁜 일이다.

“레이는 어때요? 지금 생활에 만족하고 있나요?”

“클레어 님이 함께 계시니까 그 이상 바랄 게 없습니다. 아이들도 마음을 열어주는 모양이고요.”

한때는 클레어 님과 사별할 걸 각오했을 정도니, 클레어 님이 이렇게 살아서 함께 해주시는 지금보다 더 바라는 건 없었다. 처음에는 좀처럼 마음을 열지 않던 아이들도 이제는 활짝 마음을 열고 있었다. 클레어 님의 말대로 지금이 정말로 행복하다.

“다행이다. 하지만 저, 한 가지 불만이 있어요.”

"어라. 그게 뭔가요?"

내가 묻자, 클레어 님은 잔을 테이블에 두고서 토라진 표정을 지었다.

"레이도 참, 요즘 들어 저에게 적극적이지 않은걸요."

"푸읍."

뿜었다.

클레어 님이 지금 무슨 말을 한 건지, 분명 귀로는 들었을 텐데 머리에선 이해하질 못했다. 지금, 클레어 님이 뭐라고 했지?

"실례지만, 한 번만 더 들려주실 수 있겠습니까?"

"그―러―니―까! 레이가 최근 저를 봐주질 않아서 쓸쓸하다고 말하는 거예요!"

이번에야말로 확실히 귀로도 들었고 머리로도 이해했다. 하지만 저 말이 클레어 님 입에서 나왔다고는 생각할 수 없었다. 저 자존심 강한 클레어 님이…… 자기를 봐주길 원해?

"클레어 님…… 혹시 취하셨나요?"

"취하지 않았어요!"

내 의심에 클레어 님은 곧바로 부정했지만, 얼굴이 빨개져 있는데다 말과 행동이 평소와 너무 다르다. 애초에 취한 사람은 자기가 안 취했다고 주장하는 법이다.

"클레어 님, 몇 잔이나 드셨나요?"

"반병 정도예요. 겨우 이 정도로 취하지는 않아요."

내가 병을 확인해 보자, 이미 바닥을 보이고 있었다. 내가 두 잔밖에 안 마셨으니까 거의 8할은 클레어 님이 비웠다는 뜻이다. 클레어 님은 지금 상황 파악도 안 될 정도로 취했다.

"클레어 님, 술은 그만 드시고 이제 그만 자러 가죠."

"싫~다고요. 레이랑 좀 더 얘기할 거예요."

잔을 뺏으려고 하는 내 손을 피하면서 클레어 님은 다시 벌꿀주를 한 모금 기울이며 삐진 것처럼 말했다.

"클레어 님……."

"레이는 학창 시절엔 좀 더 적극적이었다고요. 저한테 늘 찰싹 달라붙어서는, 클레어 님 클레어 님 그러면서 정말로 귀여웠는데."

엄청난 소리를 꺼냈다. 이거, 지금 당장 멈추지 않으면 나중에 클레어 님이 수치사하는 건 아닐까.

"저기, 레이. 저를 좋아해요?"

"좋아합니다."

"정말로?"

"한 점의 거짓도 없는 진심입니다."

"후후…… 그래요?"

클레어 님은 녹아내릴 것 같이 달콤하게 웃었다.

위험해. 평소처럼 씩씩한 웃음도 정말 좋아하지만, 아주 가끔씩만 보여주는 저런 표정은 반칙이다. 나는 필사적으로 자제심을 발휘했다.

"자, 클레어 님. 이만 침대로 가시죠."

"싫~어요. 좀 더 레이랑 알콩달콩할 거예요."

"……."

뭘까 이 귀여운 생물은.

아니, 클레어 님은 언제나 항상 귀엽지만 오늘 클레어 님은 대체 어떻게 된 걸까 싶을 정도로 지나치게 귀엽다. 나도 술이 들어가 있는 상태다. 평소보다 이성의 끈이 느슨해져 있어서 이대로라면 실수를 저지를 수밖에 없다. 클레어 님과 이미 할 거 다 한 관계지만, 술에 취해서 그대로 해버리는 건 어쩐지 망설여졌다.

"레이~?"

"네, 넵."

비음이 섞인 달콤한 목소리로 내 이름을 부르는 클레어 님. 나는 점차 자제심을 발휘하기가 힘들어졌다.

정말이지 귀엽구나.

"저에게 키스해줄래요?"

"……클레어 님 거기까지입니다. 그 이상 유혹하시면 제가 버텨낼 자신이 없어요."

"어째서 버틸 필요가 있는 건가요? 레이는 제 것. 저는 레이의 것이잖아요?"

살짝 고개를 기울이는 몸짓마저도 요염했다.

슬슬 이성이 한계에 다다랐다.

"클레어 님, 괜찮겠습니까. 저는 클레어 님을 사랑하는데요?"

"후후 기뻐요. 저도 사랑해요."

"그러니까……. 자꾸 그런 귀여운 말씀을 하시면 제 이성이 아슬아슬하다니까요."

"우후후, 그런가요? 기뻐요."

매력적으로 미소 짓는 클레어 님.

이젠 모르겠다. 나는 나쁘지 않아. 클레어 님이 너무 귀여운 게 나쁜 거야.

나는 자리에서 일어나 클레어 님 곁으로 다가가 무릎을 꿇고서 그 손을 잡았다.

"클레어 님, 안아도 괜찮을까요?"

"후후, 이제야 그럴 마음이 된 거네요. 물론이죠."

그러면서 클레어 님이 먼저 나에게 입을 맞췄다. 나는 그 키스에 화답하면서 마력을 담아 완력을 증폭시켜서 클레어 님의 아름다운 몸을 안아 올렸다.

"침대로 가겠습니다."

"……네에."

그다음은 이제 핑크빛 시간을 마음껏 즐길 뿐.

그렇게 생각했는데.

"아."

"아."

"……."

"왜 그래요, 레이? 빨리 저를 데려가 주세……?!"

아이들 방에서 우리를 훔쳐보고 있는 두 쌍의 시선과 눈이 마주쳤다.

"들켜버렸어~ 알레어."

"들켜버렸어요~ 메이."

아이들은 주눅 든 기색도 없이 말했다.

"둘 다……. 안 자고 있었어요?"

"그야 레이 엄마랑 클레어 엄마의 즐거워 보이는 목소리가 들렸는걸~."

"두 분이 너무 사이좋아 보이셔서 둘이서 지켜보고 있었어요~."

"……! ……!"

태연하게 대답하는 아이들의 말을 들었을 때 내가 어떤 심정이었을지 알아주길 바란다. 클레어 님은 아예 비명조차 지르지 못하고 있었다.

"그래서 레이 엄마, 그다음엔 뭘 하는 거야~?"

"침실에서 노는 거예요~?"

욕망에 지배당하고 있었던 머리가 순식간에 차가워졌다. 아마 클레어 님의 취기도 단숨에 날아가 버렸겠지.

"아무것도 안 해. 이제는 잘 자라고 인사한 다음 잘 거야."

"그런 거야~?"

"재미없어요~."

"자자, 그러니까 둘 다 잘 자렴. 밤을 새우면 내일 실컷 놀 수 없잖니?"

"그건 싫어~."

"우리들은 착한 아이들이니까 자러 갈게요~."

아이들은 얌전히 이불 속에 들어갔다. 간신히 가슴을 쓸어내리고 싶은 참이지만, 나는 아직 해야 할 일이 있었다.

"클레어 님……."

"~~~!"

내 품에서 머리를 감싸 쥐고 있는 클레어 님을 위로하는 일이다.

"술은 다 깨셨나요?"

"……네."

꺼져 들어갈 것 같은 목소리가 들렸다. 나도 정말 쥐구멍이 있다면 들어가고 싶다.

"클레어 님, 우리 한 가지 새로운 규칙을 추가하죠."

"저도 동의하는 바예요."

우리 집에는 몇 가지 규칙이 있다. 평온한 생활을 보내기 위한 별거 아닌 규칙들이다. 오늘 밤, 그 규칙에 한 가지가 더 추가됐다.

그건 바로── 술은 적당히 하자.

내 최애는
악역영애.

번외편 4

생일

계절은 초여름. 바우어 왕국에는 사계절이 있어서, 드디어 장마가 걷혔을 무렵.

오늘은 학교도 쉬는 날이고 가족들만의 단란한 시간을 즐기고 있었다. 클레어 님과 나는 집에서 아이들의 공부를 봐주는 중이다.

아이들은 고아원에 있었기 때문에 최소한의 읽고 쓰기는 배웠겠지만, 숙달되진 못했기 때문인지 그다지 성적은 좋지 못했다. 그래도 다시 가르쳐주니 습득하는 속도가 아주 빨라서 이제는 쓸 수 있는 어휘도 늘었고, 나이에 걸맞은 교양을 갖출 수 있게 됐다.

"클레어 엄마, 이건 뭐라고 읽어~?"

메이가 레레어에 올라탄 채로 클레어 님에게 물었다. 요즘 메이는 레레어 위가 마음에 든 모양이다.

"이건 생일이에요."

"생일~?"

"저는 알고 있어요, 메이. 이건 사람이 태어난 걸 기념하는 날을 말하는 거예요~."

클레어 님의 대답에 고개를 갸우뚱하는 메이와, 득의만만한 알레어.

"알레어 정답이에요. 두 사람의 생일은 언제인가요?"

"나는 까먹었어~ 알레어는 기억해?"

"물론이에요, 메이. 열두 번째 달, 열세 번째 날이에요~."

이 세계의 달력은 지구의 태양력과 비슷하지만 조금 단순화된 모양새다. 1년은 열두 달이 있고, 한 달은 30일이다.
"그렇군요. 생일이 오면 다 같이 축하하도록 해요."
"신난다~."
"기대되는 거예요~."
천진난만하게 기뻐하는 메이와 알레어를 보고서, 클레어 님도 즐겁게 웃었다. 그리고선 문득 내 쪽을 보더니,
"그러고 보니 저, 레이의 생일도 몰라요."
라고 말씀하셨다.
"그야 당연하죠. 저 자신도 잘 모르는걸요."
"무슨 뜻인가요?"
"잊어버리셨습니까? 저는 정령의 미아라서."
"아……."
그렇다. 이번 생의 나는 어렸을 적에 유클레드의 거리를 방황하고 있던 걸, 지금 부모님이 거두어 주셨다. 즉, 정확한 생일은 모른다는 뜻이다.
"그러면 생일 축하를 한 적이 없는 건가요?"
"평민에게 그런 경제적 여유는 없었으니까요. 그래봤자 새해와 수확제정도예요, 축하라고 해봤자."
평민 중엔 가난하면서도 다산인 집이 많다. 가족들의 생일을 일일이 축하한다면 그에 따른 지장이 생긴다. 생일 축하 같은 건 귀족들만의 이벤트다.
"그렇군요……. 그러면 레이의 전생은 생일이 언제였나요?"
"전생의 생일인가요?"

"네에. 레이의 전생은 나름대로 유복한 집안이었다고 들었는데요?"

혁명이 일어나기 직전에 내가 전생자라는 사실을 클레어 님한테 말씀드렸다. 클레어 님은 내가 말한 걸 똑똑히 기억하시는 모양이다.

"그러네요. 이 세계랑 역법이 미묘하게 차이가 나긴 하지만, 대충 말하자면 7월 19일이겠네요."

"바로 코앞이잖아요!"

그런 건 빨리빨리 말하라면서 클레어 님이 혼을 내셨다.

"레이 엄마, 이제 곧 생일이야~?"

"축하하는 건가요~?"

메이와 알레어도 이야기를 덥석 물었다. 아무래도 생일 축하에 흥미가 동한 모양이다.

"뭐, 내 생일은 아무래도 좋으니까 메이랑 알레어, 그리고 클레어 님의 생일이 왔을 때 성대하게――."

"무슨 소릴 하는 거예요! 아무래도 좋을 리가 없잖아요!"

단박에 반박당하고 말았다.

"소중한 가족의 생일이라고요. 제대로 축하하고 넘어가야죠."

"맞아~."

"맞아요~."

셋이서 함께 덤벼들면 이길 재간이 없다. 하지만 전생 때도 이젠 생일 같은 건 잊어버리고 싶은 나이였는데, 이제 와서 생일이라는 말을 들어봤자 그다지 와 닿는 게 없다.

"생일까지는 사흘 남았네요. 메이, 알레어, 준비하도록 하죠!"
"네에~."
"알겠어요."
"저기…… 클레어 님, 저는 어떻게 하면 좋을까요?"
"레이는 그냥 있으면 돼요. 평소처럼 가사 일을 해주는 걸로도 충분해요."
생일 준비는 가족들 셋이서 하는 모양이다.
"자아, 앞으로 바빠지겠군요."

그리고 사흘이라는 시간은 순식간에 지나갔다. 색종이를 오리고 접은 장식들을 방 안에 달아놔서 집 안 전체가 파티 분위기로 한껏 달아올랐다. 클레어 님은 그 밖에도 뭔가 계획해둔 게 있는 모양이지만, 나는 준비에 참가할 수 없었기 때문에 뭔지는 알 수 없었다. 아주 살짝 소외감을 느끼면서도, 동시에 조금씩 두근거리기 시작하는 나 스스로의 모습은 의외의 발견이었다.
그렇게 드디어 생일날 저녁을 맞이했다.
"생일 축하해요, 레이."
"축하해~."
"축하드려요~."
축하는 저녁 식사 때 하기로 했다. 클레어 님을 비롯해 아이들이 나에게 축하의 말을 건넸다.
"고맙습니다, 클레어 님. 메이랑 알레어도 고마워."

나는 진심을 담아 가족들에게 포옹으로 화답했다.

"자자, 어서 앉아주세요. 오늘 밤은 조금 더 호화로운 식사에요…… 말은 이렇게 해도 결국 레이가 만든 요리니까 면목은 없지만요."

"후후, 괜찮습니다. 재료비를 내주셔서 감사합니다."

"그 정도는 제가 하지 않으면 누구 생일인지도 모르게 되잖아요."

클레어 님은 아슬아슬한 순간까지도 자기가 직접 만들고 싶다고 말했지만, 클레어 님은 다른 분야라면 엘리트에 가까운 재능이 거짓말인 것처럼, 요리의 재능만큼은 치명적으로 없었다. 그래서 요리는 재료비만 부담하시도록 하고, 만들기는 내가 만들었다. 그래도 혁명 이후로 지금까지 항상 절약 정신을 발휘한 메뉴들만 만들었기 때문에 오랜만에 유감없이 솜씨를 발휘할 수 있었던 건 정말로 즐거웠다.

오늘의 메뉴는 로스트 비프, 포테이토 샐러드, 어니언 그라탕 스프, 바게트, 크렘 브륄레다.

"그럼 식사를 할까요."

"아, 레이. 잠깐만 기다려줄래요? 메이, 알레어. 그걸 가져오세요."

"네~."

"알겠어요."

아이들은 대답과 함께 일단 자기들 방에 다녀왔다.

"자, 레이 엄마~."

“생일 축하 선물이에요~.”
그러면서 아이들은 꼼꼼히 포장된 꾸러미를 건넸다.
“열어봐도 될까?”
“응.”
“물론이에요~.”
포장지는 가게에서 사 온 물건인 걸까. 하지만 서투르게 포장된 솜씨를 볼 때, 포장은 아이들이 직접 자기들 손으로 했다는 걸 알 수 있었다. 나는 이 포장지도 소중히 보관해야겠다고 생각하면서 조심스럽게 포장을 뜯었다.
“이건…… 초상화?”
안에 들어있는 물건은 도화지에 크레파스로 그려진 내 얼굴이었다. 종이 가득 만면에 웃음을 짓고 있는 내 모습이 그려져 있었다. 아이들 눈에는 내 모습이 이렇게 비치는 걸까.
“열심히 그렸다구~.”
“어때요? 닮았나요~?”
“응, 똑같아. 정말 고마워, 메이, 알레어.”
나는 살짝 눈시울이 뜨거워지는 걸 느끼며 다시 한번 아이들을 꼭 안았다. 아이들은 기쁜 듯이 눈을 가늘게 뜨고 웃으면서 마주 안아주었다.
정말로 자랑스러운 딸들이다.
“제가 드리는 선물도 있어요.”
클레어 님은 살짝 뺨을 붉히면서 포장된 꾸러미를 내미셨다. 그 표정이 이미 제게 주시는 선물입니다.

"이건…… 손수건?"

"별거 아닌 물건이라 미안하지만요."

클레어 님의 말은 겸손이 지나쳤다. 손수건에는 정말로 섬세하게 꽃들이 수놓아져 있었고, 결코 일반 시민이 들고 다닐만한 물건이 아니었다. 이건 귀족들이 쓸 물건이다. 사용하기가 망설여질 만큼이나 아름다운 손수건이다. 클레어 님이 직접 자수를 놓은 거겠지. 잘 보니,

――Dear Rei. From Claire.

이런 문구도 수놓아져 있었다. 겨우 사흘 만에 이 정도 퀄리티라니 놀라울 따름이다. 이게 보물이 아니면 뭐겠는가.

"정말로 감사합니다, 클레어 님."

"후후, 좋아해 주니 저도 기뻐요."

설마하니 선물까지 준비해 주실 줄은 예상하지 못했기 때문에 의표를 찔린 기분이었다. 솔직히 지금 아이들이 없었으면 울음을 터트렸을 거다.

"자, 식사를 하도록 하죠. 레이의 요리인걸요. 맛있을 게 당연해요."

"응. 맛있어~."

"아, 메이. 앞지르기는 치사해요~."

"후후."

그렇게 생일을 축하하는 떠들썩한 저녁 식사가 시작됐다.

"생일이 끝나버렸네요."

"그러네요."

아이들은 벌써 꿈나라다. 아이들이 잠든 뒤에 클레어 님과 나는 둘이서 조용히 차를 마시고 있었다.

"어땠나요, 조금은 즐거웠나요?"

"이렇게 기쁜 생일은 전생을 포함해도 처음입니다."

전생 때도 가족들과 사이가 좋았으니까 생일은 즐거운 날이었다. 하지만 내가 고르고 나를 골라준 가족들과 함께 축하하는 생일날은 또 다른 기쁨이 있었다.

"후후, 다행이에요."

"정말로 감사합니다, 클레어 님."

나는 만감이 교차하는 마음을 담아 말했다. 사랑하는 사람과 생일을 보낸다—— 그게 얼마나 행복한 일인지 직접 맛보고 있었다.

"당신이 없었더라면 분명 제 인생은 훨씬 보잘것없는 인생이 되었을 거예요. 태어나 줘서 정말로 고마워요, 레이."

"클레어 님……."

저 말을 클레어 님이 직접 해주신다는 그 의미. 그걸 나는 아플 정도로 절절히 이해하고 있었다. 클레어 님은 귀족으로서 아무런 부족함 없이 살아왔다. 그런 귀족으로서의 생활보다도 지금 이렇게 나와 함께하는 생활이 좋다고, 그렇게 말씀해주신 것이다. 기쁘지 않을 리가 없었다.

"그나저나……. 제가 드리는 선물이 한 가지 더 있는데 말이죠……."

"?"

"……눈치 좀 챙기세요."

클레어 님이 머뭇거리고 있었다. 이건…… 그런 뜻인 걸로 받아들여도 될까.

"저, 오늘은 너무 기쁜 나머지 정서불안정이라 나쁜 늑대가 될지도 모르는데요, 괜찮습니까?"

"오늘만큼은 용서해 드리겠어요. 하지만 제가 사냥꾼이 될 때도 있는데요?"

"시험해보도록 할까요."

"바라던 바예요."

나는 클레어 님의 손을 잡고서 침실로 향했다.

클레어 님이 주신 또 하나의 선물은 최고였다는 점만 밝혀두겠다.

번외편 5

성야제

오늘은 12월 24일. 현대로 따지면 크리스마스이브 날이다.

물론 여기는 게임 속 세계다. 크리스마스 같은 게 있을 리가 없다.

——라고 생각하겠지만 그렇지 않다.

성야제라는 이벤트가 있는 것이다.

"일설에 따르면 정령신이 강림한 날이 바로 이날이라고 해요. 정령교에 있어선 중요한 축일이에요."

"호오."

클레어 님의 설명을 듣기 전부터 이미 알고 있던 사실이지만, 한껏 의기양양하게 설명하는 클레어 님이 귀여웠기 때문에 얌전히 들었다. 이미 알아챘을 거라고 생각하지만 성야제의 모티브는 물론 크리스마스에서 따왔다. 이런 점도 묘하게 일본 문화——물론 발상지는 유럽이지만——가 반영된 부분이다.

"주로 뭘 하나요?"

"만약 귀족이라면 성대한 파티를 열고서 손님들을 초대하기도 하지만, 평민—— 어흠, 시민의 경우엔 그렇게 화려하게 보내지는 않는다고 들었어요."

귀족이었던 시절에는 분명 화려한 파티를 열었을 거라고 짐작되는 클레어 님은, 머릿속에서 지식을 끄집어내는 것처럼 말을 이었다.

"시민들은 집 안에 장식을 달거나, 전나무 트리를 두거나, 가족들이나 친구, 연인끼리 선물을 교환하거나 한다는 모양이에요."

"헤에, 그거 좋네요."

저런 부분도 역시 일본풍이다. 영미권 국가의 크리스마스는 그다지 성대하게 파티를 벌이기보다는 조용히 가족들과 함께 보내는 편이 일반적이라고 들었다. 일본에서 볼 수 있는 크리스마스의 왁자지껄한 풍경은 영미권 국가에선 주로 새해 축하 때 볼 수 있다나.

"우리도 일반 시민들 식으로 하는 거죠?"

"물론이에요. 손님들을 초대하는 파티를 열려면 얼마만큼의 돈이 들어갈 거라고 생각하는 건가요."

"그렇겠죠."

만약 하려고 들면 장소도 섭외해야 하고, 요리도 조달하고, 초대 손님들을 대접할 일도 고민해야 한다. 이제 빈곤에선 벗어났지만 그렇다고 우리 두 사람의 교사 월급으로는 도저히 불가능한 일이다. 아니 정확히는 그런 일에다 돈을 낭비할 바에야, 나는 클레어 님과 메이, 알레어를 위해 돈을 쓰고 싶다.

"하지만 가족들끼리 파티는 하고 싶네요. 집 안에서 단란하게 축하하고 싶어요."

"찬성입니다, 클레어 님."

굳이 손님을 초대하지 않더라도 가족들과 함께 보내는 성야제는 분명 근사할 거다. 소중한 사람들과 한 해를 마무리 짓는 것.

그건 정말로 행복한 일이다.

"요리도 평소보다 조금 사치를 부려 볼까요. 부탁해도 될까요, 레이?"

"물론이죠. 평소보다 더 솜씨를 발휘하겠습니다."

클레어 님의 부탁에 나는 가슴을 두드렸다.

파티 요리라. 가슴이 뛰는구나.

"그리고 선물도 준비하도록 해요. 서로에게 줄 선물과 아이들에게 줄 선물로."

"그거 좋네요. 그러면 이번 주말은 쇼핑이군요."

아이들에게는 집 보기를 부탁하고서, 둘이서 함께 쇼핑 데이트다. 결코 불순한 동기 때문에 둘이서만 가는 게 아니다. 아이들에게는 선물이 뭔지 비밀로 해두기 위해서다.

"기대되네요……."

"기대됩니다."

클레어 님과 나 사이에 약간의 뉘앙스 차이는 있었을 지도 모른다.

"자, 다됐다."

"굉장해~!"

"잘 먹겠습니다~."

성야제 당일, 클레어 님, 메이, 알레어는 테이블에 둘러앉았다.

나는 부엌 장갑을 낀 손으로, 지금 막 구운 닭고기가 남긴 커다란 그릇을 테이블 한 가운데에 올렸다. 테이블에는 이미 다른 요리들이 차려져 있었다. 오늘의 메뉴는——.

닭고기 향초 구이.

로스트 비프.
강낭콩과 우엉 포타주.
큼직하게 썬 야채샐러드.
데코레이션 케이크.
——이렇게 다섯 가지 요리다.

향초 구이는 지금 부모님께 직접 전수받은 비장의 요리인데, 거기에 소금 후추와 향초를 듬뿍 넣은 호화 버전이다. 로스트 비프도 오랜만에 소고기를 쓴 요리다. 포타주는 강낭콩과 우엉을 졸인 다음 잘게 으깼고, 소금 후추를 섞은 우유로 간을 맞춘 따뜻한 스프다. 샐러드는 연근, 당근, 감자, 양파 등을 가열해서 부드럽게 만든 다음 드레싱을 뿌린, 심플하지만 깊은 맛을 내는 요리다. 오늘의 주인공인 데코레이션 케이크는 아이들이 직접 장식을 넣었기 때문에 조금 모양이 찌그러지긴 했지만 멋지게 완성되었다.

"그러면 먹어 볼까."
"잘 먹겠습니다."
"잘 먹겠습니다!"
"잘 먹을게요~."
파티가 시작됐다.

집안 벽면에는 아이들이 열심히 만든 색종이 장식품들이 걸려 있었다. 전나무 트리는 입수할 수 없었지만, 그 대신에 색지로 만든 미니어처 트리가 테이블 위에 조그맣게 자리 잡고 있다. 돈을 많이 쓰지는 않았어도 노력과 정성을 가득 담아 준비한 성야제다.

"고기 맛있어!"

"포타주도 정말 맛있어요~."

벌써부터 호평이 터져 나왔다. 스프 말고는 전부 커다란 접시에 담겨 있어서 각자 밑접시에 조금씩 덜어서 먹는 스타일로 준비했는데, 요리가 착착 줄어드는 게 보였다.

"정말로 맛있어요. 저는 이 샐러드가 마음에 들어요."

"감사합니다. 부디 많이 드세요."

"네에."

클레어 님도 쉴 새 없이 포크를 움직이는 모습을 보니 몹시 기뻤다. 나도 로스트 비프를 한 입 먹었다. 직접 만들어본 어니언 소스가 제법 맛있게 완성되었다.

아이들은 오늘 밤을 위해서 점심도 조금만 먹었다는 모양이라, 식욕도 왕성하게 잔뜩 먹어 주었다. 덕분에 만들어둔 요리들은 머지않아 깨끗하게 비워졌다. 오늘만큼은 칼로리도 신경 쓰지 않고 케이크도 한 사람당 두 조각씩 먹어서 한 판을 해치워 버렸다.

깔끔해진 접시들을 싱크대로 옮기면서 만족스럽게 웃었다.

"레이, 설거지는 나중에 하고 먼저 선물 교환부터 해요. 아이들이 이제는 못 기다리겠는 모양이에요."

"아, 넵. 그러면 선물을 가져올게요."

나는 일단 침실로 돌아가서 선물 꾸러미를 챙겨 거실로 돌아왔다.

"자, 메이, 알레어, 성야제 축하해."

"고마워!"

"고맙습니다~!"

아이들에게 줄 선물은 클레어 님과 함께 골랐다. 꾸러미 속에는——.

"신발이다!"

"귀여운 신발이에요~."

플라텔에서 취급하고 있는 꽤 좋은 신발이다. 물뱀 가죽을 정성스레 무두질해서 만들었기 때문에 물이나 오염에도 강했다. 모양도 아이들에게 맞춤으로 만들어서 귀여운 디자인이었다.

"가벼워~!"

"정말이에요~."

가죽 제품은 보통 무거운 제품이 많지만 물뱀 가죽은 비교적 가볍다. 활동량이 많은 아이들의 발에 딱 맞게 무게를 조절해 놓았다.

"고마워, 클레어 엄마, 레이 엄마!"

"고맙습니다~."

우리를 꼭 끌어안는 아이들. 클레어 님도 나도 기쁘게 마주 안았다.

"레이에겐 이걸."

클레어 님은 포장지에 싸인 꾸러미를 건넸다.

서로에게 주는 선물은 비밀로 하자고 해서, 이 안에 뭐가 들었는지는 나도 아직 모른다.

“그러면 클레어 님께는 이겁니다.”

나도 클레어 님께 꾸러미를 건네 드렸다. 둘이서 동시에 선물을 개봉했다.

“이건…… 브러시인가요?”

“네. 정확히는『빗』이라고 부릅니다.”

“정말로 정교하게 투각(透刻)되어 있네요.”

클레어 님께 선물한 물건은 머리를 빗는 빗이다. 회양목이라는 나무를 목공 길드 마스터가 직접 조각한 고급품이다. 회양목 머리빗에는 앞으로도 기쁠 때나 힘들 때나 언제나 함께하겠다는 의미가 담겨 있다.

“제 선물은…… 머플러네요. 이건 혹시?”

“네, 서툰 솜씨라서 미안하지만 일단 제가 직접 짠 거예요.”

클레어 님이 뺨을 빨갛게 물들이며 말했다.

“서툴다니 천만의 말씀입니다. 모양도 예쁘고 재봉 길드에서 파는 제품과 비교해도 전혀 손색이 없습니다.”

체크무늬 자수까지 들어가 있는데, 이건 어딜 봐도 초보자의 솜씨가 아니다.

“감아 봐도 될까요?”

“물론이에요.”

“그러면 실례…… 아, 따뜻해요.”

“겨울나기 토끼의 털실로 짰으니까요.”

겨울나기 토끼는 겨울에도 동면하지 않고, 부드러운 털을 가진 토끼다. 그 털실로 짰으니 보온성도 발군이겠지.

"정말 감사합니다, 클레어 님. 소중히 여기겠습니다."
"빗도 고마워요, 레이. 소중히 할게요."
누가 먼저라고 할 거 없이 우리는 입맞춤을 나눴다.
정말로 행복하다.
"저기, 밖에 눈이 내리기 시작했어."
"정말이에요~."
메이와 알레어의 말에 창밖을 쳐다보니 하늘에서 새하얀 눈이 내려오고 있었다.
"순백의 성야네요."
"화이트 크리스마스 같은 건가요."
"화이트……?"
"아뇨, 아무것도 아닙니다."
넷이서 눈이 내리는 모습을 구경했다. 말은 오가지 않았지만 괜찮다. 우리 모두가 빠짐없이 가족의 끈을 느끼고 있었으니까.
"올 한해도 많은 일이 있었지만, 내년도 잘 부탁해요, 레이."
"저야말로."
우리는 다시 한번 입맞춤을 나누고서 마주 보며 웃었다.
그날 밤은 여러 가지 의미로 뜨겁게 타올랐지만 그건 또 다른 이야기.

내 최애는
악역영애.

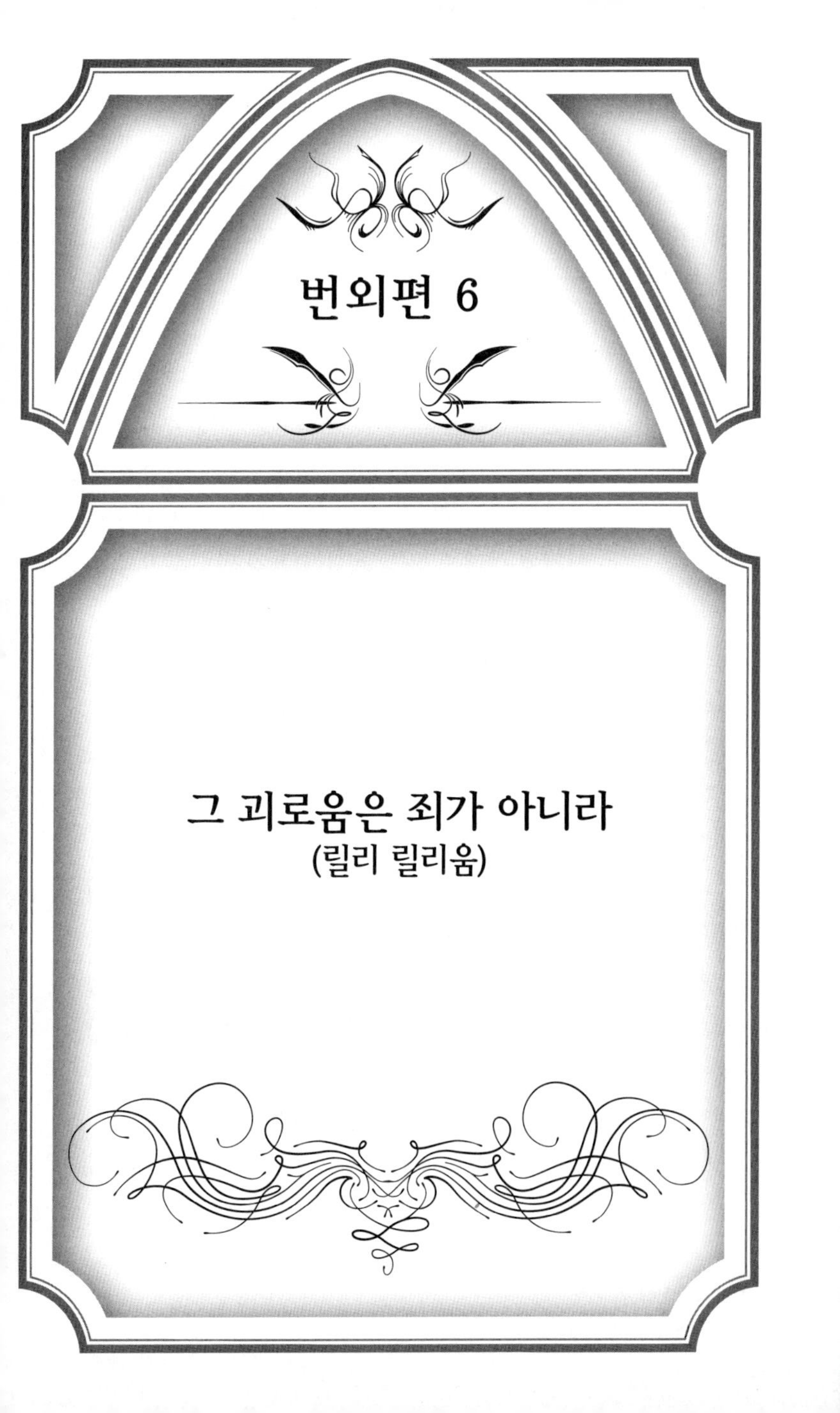

번외편 6

그 괴로움은 죄가 아니라

(릴리 릴리움)

똑똑, 나무로 된 문을 노크했습니다. 석양이 지고 조금씩 어둠이 깔리는 저녁, 이 건물의 문에는 정령교회의 심볼인 깃털이 장식되어 있는 게 보였습니다. 이곳은 정령교회 스스 지부인 스스 북수도원입니다.

"네, 누구신지……?"

"저, 정령교회의 수녀인 릴리라고 합니다. 사연이 있어서 순례 여행을 하고 있는데 혹시 먹을 걸 나눠주실 수 없을까요."

안에서 얼굴을 내민 초로의 수녀분을 향해 머뭇거리며 설명했습니다. 수녀는 저를 관찰하는 것처럼 찬찬히 바라보더니,

"요즘 같은 시기에 순례를 하고 계시다니 경건한 분이시군요. 저는 시스터 릴레트. 물론 음식이라면 얼마든지 나눠드리겠습니다. 자, 어서 들어오세요."

주름 잡힌 눈으로 웃으면서 저를 맞아주셨습니다.

"저, 정말 감사합니다. 덕분에 살았습니다."

저는 인사한 다음 수녀복에 묻은 먼지를 털어내고서 수도원 안으로 들어갔습니다.

바우어 대성당과 비교한다면 스스 북수도원은 아주 작은 건물입니다. 사실 대성당과 비교한다면 어떤 수도원도 작을 수밖에 없겠지만, 여기는 그걸 감안해도 특히 더 작다는 생각이 들었습니다. 건물도 많이 낡아서 슬슬 재건축을 하는 게 더 낫지 않을까 싶을 정도의 건물입니다. 저는 시스터 릴레트의 뒤를 따라 걸으면서 살짝 실내를 관찰하고 있었습니다.

"다 쓰러져가는 곳이라 깜짝 놀라셨죠."

“네, 네에, 맞아요……가 아니라!”

시스터 릴레트가 너무 태연하게 말하는 바람에 저도 모르게 속마음을 털어놓고 말았습니다. 황급히 수습하려고 했지만 저는 그다지 말주변이 좋은 편이 아닙니다. 당황해서 허둥지둥하고 있자,

“우후후, 괜찮아요. 사실이니까요. 저와 마찬가지로 이 수도원도 할머니예요.”

시스터 릴레트는 너그럽게 웃으면서 말했습니다.

“새, 새로 짓지는 않으시는 건가요?”

“그것도 고려해봤지만, 이 수도원은 제 세대에서 문을 닫기로 했어요. 가까이에 큰 수도원이 새로 지어졌으니까.”

“그, 그러신가요…….”

“네에. 그러니까 이곳은 이대로 놔둘 생각이에요. 돈은 아껴 놨다가 허물 때 사용할 거예요.”

수도원은 기본적으로 풍족하지 못한 곳이 대부분입니다. 돈은 정령교회 전체에 융통되고 있지만 역시 우선순위라는 게 존재합니다. 가까운 장소에 두 곳이나 수도원이 있을 필요는 없습니다. 어쩌면 스스 정령교회는 이 수도원이 낡았기 때문에 새로운 수도원을 지은 걸지도 모릅니다.

“아아, 미안해요. 여기에 와주는 사람이 별로 없어서 저도 모르게 쓸데없는 이야기들을 늘어놓고 마네요.”

“아, 아니요. 신경 쓰지 말아 주세요.”

“후후, 고마워요.”

"시, 시스터 릴레트는 여기서 혼자서 생활하고 계시나요?"
"저 말고도 두 사람, 젊은 수녀가 함께 있어요. 그러네요…… 마침 릴리 씨와 비슷한 나이려나."
시스터 릴레트가 그렇게 말을 꺼냈을 때,
"시스터 릴레트, 손님인가요?"
"……."
저보다 조금 키가 큰 두 명의 수녀가 안쪽에서 얼굴을 내밀었습니다. 저는 그만 숨이 멎는 줄 알았습니다.
"레, 레이 씨?!"
둘 중에서도 키가 큰 수녀는 그대로 빼다 박은 것처럼 레이 씨와 똑 닮은 얼굴이었습니다.
갑자기 큰 소리를 낸 저를 보며 레이 씨와 닮은 수녀는 의아한 표정을 지었고, 다른 한 명은 그 뒤로 숨어버렸습니다.
"제 이름은 이리에인데요……."
"……레이가 아니야."
부정하는 두 사람의 말을 듣고서야 정신이 들었습니다. 그렇습니다, 레이 씨가 이런 곳에 있을 리가 없습니다. 그녀는 지금, 클레어 님과 한창 신혼생활을 보내는 중이니까요.
그래요, 신혼…….
"……으으…… 훌쩍……."
"잠깐…… 왜 그래?! 갑자기 울음을 터트리다니."
"아뇨, 조금 괴로운 일이 생각나 버려서……."
"……이 사람, 정서 불안……."

레이 씨랑 닮은 분에겐 걱정을 끼쳤고, 다른 한 사람에게는 어처구니없다는 시선을 받았습니다.

"어머어머…… 이거 어쩌죠. 음식을 나눠달라고만 말씀하셨지만, 이렇게 된 거 하룻밤 머물고 가시는 편이 좋지 않을까요?"

제 모습을 살펴본 시스터 릴레트가 나긋한 목소리로 제안했습니다.

"아, 아뇨! 그렇게 폐를 끼칠 수는……."

"사양할 필요 없어요. 이리에, 마리. 릴리 씨에게 방을 안내해주세요."

"네~."

"……네……."

어째선지 묵고 가는 방향으로 이야기가 정리되기 시작했습니다.

"저, 정말로 괜찮으니까요!"

"여기선 시스터 릴레트의 호의를 받아들이도록 해. 그리고…… 미안하지만 조금은 옷차림도 가다듬는 편이 좋아."

생각보다 강하게 밀어붙이는 이리에 씨에게 등을 떠밀렸습니다. 이리에 씨의 말을 듣고서 제 옷차림을 내려다보니, 수녀복은 여기저기가 해져있었고, 상당히 더러워진 상태라는 걸 깨달았습니다. 덧붙여 말수가 적은 분의 이름은 마리 씨인 모양입니다.

"재봉은 할 줄 알아?"

"으…… 그, 그다지 잘하지는 못해요."

"그래 보이네. 일단은 방에서 이걸로 갈아입어. 수녀복은 수선해 둘 테니까."

쓴웃음을 지으면서 이리에 씨는 적당한 실내복을 골라주셨습니다.

"죄, 죄송합니다……."

"같은 수녀끼리 서로 돕고 사는 건 당연한 거 아니야? 그러면 다 갈아입으면 불러줘."

"……이제 곧 식사 시간……."

두 사람은 방에서 나갔습니다.

"……감사히 후의에 기대도록 할까."

지금까지도 여행길 도중에 수도원에 머물게 된 적은 몇 번인가 있었습니다. 하지만 이렇게 적극적으로 친절을 베풀어 주신 건 처음 있는 일이라서 저는 가슴 속이 따뜻해지는 걸 느꼈습니다.

"오늘도 일용할 양식을 얻은 걸 정령의 주께 감사드리며——."

""""잘 먹겠습니다.""""

식당—— 이라는 단어에서 연상되는 이미지보다는 작은 방에서, 저는 세 분과 함께 둘러앉아 저녁 식사를 하게 되었습니다.

다 함께 식전 기도를 마치고서, 저는 먼저 빵을 집었습니다. 메뉴는 빵, 콩으로 만든 포타주, 삶은 달걀—— 정령교의 수도원에선 표준적인 식단입니다. 이리에 씨가 요리를 만든 모양이라서 그러고 보니 레이 씨도 요리가 특기셨지, 하는 생각을 떠올리며 또다시 살짝 슬퍼졌습니다.

"조금은 진정되셨나요."

빵 한 개를 다 먹었을 때, 시스터 릴레트가 상냥하게 말을 걸어주셨습니다.

"네, 네에. 방금 전엔 실례했습니다."

"후후, 괜찮아요. 뭔가 슬픈 일이라도 떠올린 건가요?"

"……사, 사실은 실연을……."

"어머."

주저하면서도 자백한 내 말에 시스터 릴레트는 뭔가 흐뭇한 걸 바라보는 뜨뜻미지근한 시선으로 저를 보고 있었습니다.

"릴리 씨처럼 귀여운 사람을 차버리다니."

"……보는 눈이 없어……."

다른 두 사람도 동정해 줬습니다. 저는 부끄러운 심정에 어서 화제를 바꾸려고 했지만.

"저기, 상대는 어떤 사람이었어?"

"……듣고 싶어……."

이리에 씨와 마리 씨가 놓치지 않고 이야기를 이어갔습니다. 짐작하건대, 이 수도원에서 사는 두 사람은 새로운 화젯거리에 굶주려 있는 거겠죠. 드물게도 손님이 가져온 연애 이야기는 마침 좋은 디저트 거리가 된 게 틀림없습니다.

"머, 멋진 분이에요. 정말로. 하지만 그녀에겐 이미 마음에 정해둔 사람이 있어서……."

"저런……."

"……그건 괴롭겠네……."

우물거리면서 말하자 이리에 씨와 마리 씨는 한층 더 동정을 보내주셨습니다. 하지만 저는 커다란 실수를 저질렀다는 사실을 깨닫지 못하고 있었습니다.

"그녀?"

"앗……."

시스터 릴레트가 잘못 들은 거 아니냐는 듯이 되물었습니다. 엄한 표정은 아니었지만 자세한 설명을 요구하는 표정임은 명백했습니다.

이건…… 자백해야 할까 어떻게 해야 할까…….

"혹시, 릴리 씨는 같은 여성분을 마음에 품으셨던 건가요?"

"……네, 네에……."

평온하면서, 하지만 결코 어물쩍 넘어갈 수 없는 시스터 릴레트의 어조에 저는 솔직하게 대답할 수밖에 없었습니다. 정령교는 동성애에 부정적입니다. 겉으로 드러내놓고 박해하지는 않습니다만, 연애는 남녀가 하는 거라는 사고방식이 지배적입니다.

저는 질책이 날아올 각오를 굳혔습니다.

"그래요……. 그렇군요."

하지만 시스터 릴레트는 더 이상 아무 말 없이 조용히 식사를 계속했습니다.

"……?"

어쩐지 알 수 없는 분위기였습니다. 거북한 분위기라는 건 분명합니다만, 결코 그것만 있는 게 아니었습니다.

저는 이 분위기가 의미하는 바를 알지 못한 채, 결국 아무 말 없이 식사를 마쳤습니다.

"릴리 씨, 일어나 있어?"

그날 밤, 이제 잠자리에 들 시간이 됐을 때 방문을 노크하는 소리가 들렸습니다.

"네, 네에. 아직 일어나 있어요."

저는 침대에서 몸을 일으켜 옷매무새를 가다듬었습니다.

"들어가도 될까?"

"드, 들어오세요."

노크한 사람은 이리에 씨였습니다.

"미안, 이렇게 늦은 시간에."

"아, 아니요. 어쩐 일이신가요?"

"……조금, 상담하고 싶은 게 있어서."

그렇게 말하는 이리에 씨는 어쩐지 심각해 보이는 표정이었습니다. 레이 씨와 똑 닮은 얼굴로 그런 표정을 짓고 있으면 마치 레이 씨 본인이 낙담하고 있는 것처럼 보여서 제 마음도 흔들렸습니다.

"리, 릴리로 괜찮다면야 이야기를 들어 드릴게요. 뭐든지 말씀해주세요."

정령교회의 추기경으로서 다른 사람의 상담을 듣는 요령도 익혀두고 있습니다. 대성당에서는 굶어 부스럼 취급이었기 때문에 그다지 배운 걸 활용해볼 기회를 잡지 못했으니, 이건 좋은 기회일지도 모릅니다.

"고마워. 상담이라는 건…… 그게 말이지……."

이리에 씨는 쉽사리 입을 열지 못했습니다. 말하기 힘든 일인 걸까요.

"이리에 씨, 여기에 앉아주세요."

저는 살짝 옆으로 앉은 자리를 옮겨서 침대 위에 자리를 만들어, 이리에 씨에게 앉도록 권했습니다.

"고민하고 있어도, 쉽게 입 밖으로 꺼내지 못하는 것들도 있지요."

"……응."

"저녁 식사 때 얘기했던 릴리가 좋아하는 사람── 레이 씨는 그런 고민 속에 빠져 있던 저를 꺼내준 사람이에요."

"……."

저는 먼저 제 이야기를 이리에 씨에게 들려드렸습니다. 레이 씨와의 만남, 동성애자라는 열등감 속에서 구원해 줬다는 것, 클레어 님도 함께 다 같이 귀족들의 부정부패를 적발하고, 그리고── 제 배신까지.

제 신분과 등장인물의 프라이버시는 숨겼지만 제가 여행을 떠나기 전에 있었던 대략적인 일들을 이리에 씨에게 이야기했습니다.

"릴리 씨, 그런 파란만장한 인생을 걸어왔던 거야? 어쩐지 고민이라곤 없어 보이는데."

"너, 너무해요—!"
"후후, 미안해."
짧게 웃으면서 말한 이리에 씨는 살짝 표정을 굳히고서는,
"상담이라는 건 마리에 대해서야."
"……또 한 분의 동거인 말씀이네요. 릴리에겐 정말로 두 분이 사이가 좋아 보였는데요……."
이리에 씨 등 뒤에 숨으려고 했던 마리 씨는, 이리에 씨를 정말로 깊이 신뢰하는 것처럼 보였습니다.
"응, 사이는 좋아. 좋지만 마리가 나에게 향하는 감정과, 내가 마리에게 향하는 감정은…… 아마 다를 거야."
"그 말은……."
혹시.
"아마도 나도 동성애자라고 생각해."
마치 농담이라도 하는 것처럼 말하는 이리에 씨의 표정. 하지만 그 표정은 웃고 있으면서도 너무나 고통스러워 보여서.
"마리와는 말이지. 어렸을 때부터 줄곧 함께였어. 우리들 둘 다, 부모한테 버림받았어."
이리에 씨도, 마리 씨도, 시스터 릴레트를 어머니처럼 생각하면서 둘이서 마치 친자매처럼 자라왔다고 말했습니다.
"내가 언니고, 마리가 여동생. 남들이 본다면 분명 그렇게 느낄 테고, 마리도 시스터 릴레트도 그렇게 여기고 있어. 하지만 나는 달라. 다르다는 걸 깨닫고 말았어."
자매나 마찬가지인 사람을 성적인 눈으로 바라보고 말았다는

죄악감.

그걸 깨달았던 순간의 공포.

그리고 그런 자신의 마음을 불순한 것이라고 말하는 정령교의 가르침.

이리에 씨는 마치 온 세상이 자신을 부정하는 것 같다고 말했습니다.

"저기, 릴리 씨. 나는 어떻게 해야 좋을까? 나는, 이런 마음을 품고 만 스스로가 너무 싫어……."

결국엔 억지웃음조차 짓지 못한 채, 이리에 씨는 훌쩍이며 고개를 수그리고 말았습니다.

저는 어찌할 바를 알 수 없어서 이리에 씨를 꼭 끌어안았습니다. 이리에 씨는 그대로 잠시간 울음을 멈추지 않았습니다. 그녀의 머리를 쓰다듬어 주면서 저는 필사적으로 생각했습니다. 어떻게 해야만 이 상처 입은 마음에 다가갈 수 있을까를. 저 나름대로 필사적으로.

"이리에 씨, 먼저 당신에게 꼭 해줘야 할 말은 당신이 품은 괴로움은 결코 죄가 아니라는 사실입니다."

제 말에 이리에 씨는 깜짝 놀란 표정으로 고개를 들었습니다.

저는 말을 이었습니다.

"누군가를 좋아하게 되는 마음. 거기에 이유 같은 건 없어요. 그건 이미 스스로도 어쩔 수 없는 일이에요. 그리고 그건 결코 죄가 아닙니다."

"하지만 정령교는——."

"정령교의 교리에서 가장 중요한 게 무엇인지, 이리에 씨는 알고 계시는가요?"

반론하려고 하는 이리에 씨를 제지하면서 제가 질문을 던졌습니다. 의아한 표정을 지으면서도 이리에 씨는 조금 생각한 다음,

"정령신님 아래에서 누구나 평등하다는 것."

"그 말 대로예요. 그게 가장 중요합니다. 그 밖의 교리는 역사를 거치면서 나중에 덧붙여진 것들일 뿐입니다."

"하지만 그래서……?"

"누구나 평등하다고 한다면, 동성애자가 마음을 부정당하는 건 이상하지 않나요?"

"!"

그건 이리에 씨로선 생각해 본 적 없었던 사고방식이었던 모양입니다. 저는 마치 과거의 자신을 보는 것 같은 기분이 들었습니다.

"레이 씨는 좀 더 논리적으로 동성애를 긍정해 주셨던 것 같지만, 릴리로서는 거기까진 불가능해요. 하지만 이런 릴리도 한 가지만큼은 자신 있게 말할 수 있는 게 있습니다."

"그건 뭔가요?"

저는 신중하게 말을 고른 다음에 이렇게 말했습니다.

"정령신은 당신만을 죄인으로 만들도록 세계를 창조하지 않았다는 사실이에요."

이건 신앙으로 살아가는 내가 도달한 사실. 어쩌면 신앙을 가

지고 있지 않은 사람에게는 아무런 위로도 되지 않을지도 모르는, 하지만 절실하고도 중요한 진리.

"동성을 좋아하게 된 릴리나 이리에 씨에게 있어서는 이 세상이 고통스럽게 느껴질지도 몰라요. 하지만 세상을 고통스러운 걸로 만드는 건 정령신님이 아니라 사람입니다. 그걸 착각하시면 안 돼요."

신앙의 핵심은 신을 향한 신뢰입니다. 신앙으로 살아가는 사람에게 있어서, 자신이 신에게 부정당했다고 느끼게 되는 건 자신에 대한 절대적인 부정이나 마찬가지입니다. 그런 사람이 도달하게 될 끝은, 신앙을 부정하고, 세상을 부정하고, 결국은 스스로에게서 도피—— 즉, 죽음입니다.

"먼저 자기 자신의 마음을 긍정하도록 해요. 모든 건 거기서부터 시작입니다."

"……."

이리에 씨는 깊이 생각에 잠기신 것 같았습니다. 수도원의 밤은 조용해서 우리들은 마치 이 세상에서 떨어져 나온 것 같은 정적 속에 있었습니다. 하지만 신앙으로 살아가는 우리들은 알고 있습니다. 신은 언제나 우리들을 곁에서 지켜보고 계십니다.

"……하지만 마리는 나를 돌아봐 주지 않을지도 몰라."

"그건 어쩔 수 없는 일이에요. 이성애자라고해서 언제나 사랑을 이루는 건 아니잖아요? 그건 각오해야 하는 부분이에요."

이성애를 정상이라고 말하는 사회규범 탓에 동성애자의 마음이 결실을 맺기 힘들다는 건 분명한 사실입니다. 하지만 그렇다고 그게 상대방 탓은 아닌데다가, 이런 사회규범을 바꿔나가는 것이야말로 지금을 살아가는 우리들의 사명이라고 생각합니다. 적어도 제가 존경하는 사람은 항상 무언가와 싸우고 있었으니까요.

"……아직 정리가 되지는 않았지만 조금은 납득이 간 거 같아. 내가 품은 괴로움을 죄가 아니라고 말해줘서 기뻤어."

조용히 읊조리듯이 말한 이리에 씨는 눈가를 훔치면서 웃었습니다.

"마리가 내 마음에 답해줄지 아닐지는 잘 모르겠지만…… 응. 나만큼은 스스로의 마음을 부정하지 않도록 할게. 고마워."

어딘가 후련해진 모습의 그녀를 보고서, 역시 제가 잘 아는 사람과 많이 닮았다는 생각이 들었습니다.

"그래서요, 그래서요?! 그다음은 어떻게 됐어요?!"

"그게, 그러니까……."

"너무 흥분하셨습니다, 클레어 님. 릴리 님이 곤란해하고 있어요."

여행을 마치고 돌아온 저는 레이 씨와 클레어 씨의 집에 방문해서 오랜만에 옛정을 새로이 하고 있었습니다. 여행 선물로 들려드린 이야기 중 하나가 클레어 님의 심금을 울린 모양이라 기세가 보통이 아닙니다. 앞에 놓인 차를 입에 댈 여유조차 없어 보이는 모습을 더는 두고 볼 수 없었는지, 레이 씨가 클레어 님을 말렸습니다.

"아, 아쉽지만 그 후의 일은 릴리도 잘 몰라요. 다음 날 아침 릴리는 목적지를 향해 수도원을 떠났기 때문에."

"이리에 씨한테 편지를 쓰죠!"

"그, 그렇게까지 하지 않아도……."

"아뇨아뇨. 레이를 쏙 빼닮은 아이인 거죠? 한 번쯤, 아니 두 번쯤은 보고 싶어요!"

그거였습니까, 클레어 님. 정말로 레이 씨를 좋아하시는군요. 아니 저도 거기에 지지 않을 정도로 좋아하지만요.

"이럴 수가…… 클레어 님이 바람을!"

차를 다시 끓여오면서 클레어 님의 말을 들은 레이 씨가 말했습니다.

"그럴 리가 없잖아요. 저는 언제나 레이한테 반해있어요."

"클레어 님……."

"경칭 같은 건 필요 없어요!"

"클레어!"

"레이!"

"……이제 그만 가보는 편이 좋을까요."

저도 모르게 먼 산을 바라보면서 레이 씨가 끓여준 차를 마셨습니다.

저도 이리에 씨가 신경 쓰이긴 하지만, 그 후에 어떻게 됐을지 듣는 건 조금 무섭다는 생각도 듭니다. 제 나름의 생각을 말해주기는 했지만, 사람의 감정은 어떤 방향으로 나아갈지 예측할 수 없습니다. 이리에 씨의 마음이 결실을 맺었을지 어떨지, 어느 쪽이든 결국 그 뒤로도 어떻게 될지는 아무도 모릅니다.

하지만 저는 믿고 있습니다.

어떤 괴로움이 있어도 신은 신앙하는 자를 절대 저버리지 않는다는 사실을.

내 최애는
악역영애.

부 록

시간을 달리는(?) 클레어

"아 오늘은 4월 1일인가요."

계절이 봄이 되어 날씨도 풀리고, 이제 움직이기도 편해졌을 무렵. 레이가 갑자기 그런 말을 꺼냈습니다. 시각은 밤, 장소는 우리 집 거실. 메이와 알레어는 이미 방에서 자고 있고, 우리들은 함께 차를 마시며 느긋하게 수다를 떨고 있었습니다.

"그날에 뭐라도 있나요?"

"제가 있던 세상에서는 4월 1일이 조금 별난 날이었습니다."

"어떤 식으로요?"

"거짓말을 해도 괜찮은 날이라는 느낌이었죠."

레이가 또 영문을 알 수 없는 소리를 꺼냈습니다. 뭐, 사실 레이가 하는 말들은 대부분이 영문을 알 수 없는 소리지만요.

"거짓말을 해도 되는 날이 존재한다니. 레이가 있던 세상은 상당히 별난 곳이네요?"

"사실 원래는 제가 살던 나라에서 시작된 풍습은 아니고 해외에서 유입된 풍습이지만요."

"대체 그런 풍습은 어디서 생겨나는 거예요."

이 바우어 왕국에도 아파라치아나 스스에서 들어온 풍습이 있긴 하죠. 제가 듣기로는 아모르의 제사도 원래는 아파라치아에서 시작된 거라나요. 서로 인접한 나라끼리는 이런 일들이 심심찮게 일어납니다.

"다만, 이 거짓말을 해도 괜찮은 날이라는 게 점점 확대되더니, 나중엔 기업…… 아 이 세계로 치면 상회에 해당하는 명칭입니다만, 상회가 나서서 장난을 치는 날이 됐어요."

"장난?"

"예를 들면 하루 동안 이상한 광고를 걸어 놓는다든가, 오늘부터 상회 이름이 바뀌었다면서 이상한 이름을 댄다든가."

"어째서 그런 짓을 하는 건가요?"

"그러니까 장난입니다. 단순히 신이 나서 조금 재미있는 짓을 해보자는 겁니다."

레이가 있던 세상에 대해서 가끔씩 전해 듣곤 합니다만, 아무리 들어도 이상한 나라라는 인상밖에 없습니다. 레이는 평화로운 나라였다고 말했지만, 동시에 우리나라와는 가치관이 크게 다르다고도 말했습니다.

"이해가 잘 안 돼요. 상회 같은 단체가 그런 짓을 하려면 돈도, 인력도 필요하잖아요? 겨우 장난에 그렇게까지 할 가치가 있는 거예요?"

"확실히 단순히 장난에 불과하지만, 그 장난이 재미있어서 사람들에게 먹힌다면, 상회의 지명도를 올리는데 도움이 됩니다. 하룻밤 사이에 온 나라에 이름을 알렸던 사례도 있습니다."

"그, 그렇게 까지나 효과가……?"

"네. 제가 있던 세상은 이 세상에 있는 마법과는 다른 기술이 발달해 있어서 상회가 발신한 정보가 순식간에 전 세계에 퍼져 나가기도 했습니다."

레이는 마법이 편리하다고 말하지만, 그녀가 말하는 그런 세상이라면 마법 같은 것보다도 훨씬, 훨씬 편리해 보인다는 생각이 들었습니다.

……그런 생각이 들었을 때, 저는 어떤 가능성을 떠올렸습니다.

"설마, 지금 이야기 자체가 거짓말이라는 건 아니겠죠?"

"아, 역시나 클레어 님. 이해가 빠르시네요. 맞아요, 맞아요. 제가 전에 살던 세상에서는 이날엔 바로 이런 식의 대화가 자주 오가곤 했어요. 하지만 지금 한 이야기는 거짓말이 아닙니다."

"그런가요?"

"네."

상회 전체가 조직의 운명을 바꿀지도 모를 정도의 대규모 장난을 친다—— 쉽게 믿어지지는 않는 이야기입니다. 하지만 레이는 거짓말을 하더라도, 질 나쁜 거짓말은 하지 않아요. 그렇다는 건 사실이라는 거겠죠.

"혹시, 클레어 님도 오늘 밤 이상한 꿈을 꾸실지도 모르겠네요."

"무슨 말인가요?"

"에이프릴 풀—— 아, 이날을 그렇게 부릅니다만, 이날은 이상한 꿈을 꿀 때가 있습니다. 클레어 님처럼 이야기의 주인공 같은 사람은 대체로 심한 꼴을 당해요."

"하지 마세요. 어차피 꾸게 될 거라면 좋은 꿈을 꾸고 싶어요."

게다가 이야기의 주인공 같은 사람이라고 한다면 그건 레이 같은 사람을 두고 하는 말이겠죠. 저는 주인공이라기보단 히로인—— 아니, 이건 역시 너무 자의식 과잉일까요.

"그러면 오늘은 푹 주무실 수 있도록 자기 전에 운동이라도 할까요?"

"바보 같은 소리 마세요. 오늘은 그럴 기분이 아니에요. 빨리 주무세요."

"아쉽습니다."

아쉽다는 듯이 말하면서도 결코 억지를 부리지는 않는다는 점은 레이의 장점이라고 생각합니다. 그녀는 비교적 성욕이 강한 편이지만 단 한 번도 제가 싫어하는 짓을 한 적은 없어요.

레이의 성실함이 기쁘면서도, 반면에 가끔씩은 저를 강하게 밀어붙여 줬으면 하는 마음이 들 때도 있습니다. 저항하는 저를 황홀하게 녹이는 레이…… 그걸 상상하면 제 배 속이 살짝 저려왔습니다.

하지만 방금 그런 소리를 해놓고 이제 와서 원한다고 말을 바꿀 수도 없습니다. 오늘은 얌전히 자도록 하죠.

"먼저 들어가겠어요. 안녕히 주무세요, 레이."

"네. 안녕히 주무세요, 클레어 님."

저는 레이와 키스를 나눈 다음 먼저 침실로 향했습니다.

저희들의 침실은 간단한 가구들과 조금 큰 침대만 놓여있는 간소한 방입니다. 좀 더 여러 가지 물품들을 늘리고 싶다는 마음도 있지만, 그럴 정도로 금전적인 여유가 있는 건 아니라서 필요 없는 물건은 되도록 사지 않으려고 하고 있습니다. 기왕 돈을 쓸 거라면 아이들한테 옷이라도 한 벌 더 사주고 싶으니까요.

이런 사고방식은 귀족이었던 시절과는 크게 달라진 점이라는 생각에, 제 마음속에 은은하게 스며드는 무언가를 느꼈습니다.

제 인생은 레이와 만남으로서 크게 달라졌습니다. 레이의 말로는 원래 저는 혁명이라는 커다란 시대의 흐름에 농락당할 운명이었다고 합니다. 만약에 레이가 없었더라면 지금도 이렇게 목숨을 이어갈 수 없었겠죠. 그러면 메이와 알레어를 만나지도 못하고서 구시대의 악의 상징으로서 역사의 오점으로 남았을 게 분명합니다. 지금 이렇게 평온한 생활을 보낼 수 있는 건 틀림없이 레이 덕분입니다.

"레이와의 만남이 만약 다른 형태였다면……."

만약 그랬다면 저는 대체 어떤 인생을 걸어왔을까요. 당연한 것처럼 제 곁에 있어주는 그녀. 지금와선 레이가 없는 생활은 상상하기조차 어렵다는 사실을 깨달았습니다.

"그런 일이 있을 리도 없고, 이제 와서 생각해볼 일도 아니에요."

쓸데없는 감상에 잠겨 들고 있다는 사실을 자각한 저는 빨리 잠자리에 들기로 했습니다. 평소에는 둘이서 함께 들어갈 때가 많은 침대는, 혼자서 누우려니 괜스레 넓고, 차갑게 느껴졌습니다. 레이의 온기가 절실합니다.

부른다면 당장이라도 달려 와주겠죠. 레이는 그런 사람입니다. 하지만 오늘의 저는 조금 고집스러운 모양이라, 그런 마음을 억지로 꾹 눌러 담고서 눈을 감았습니다.

"이상한 꿈을 꾸지 않기를……."

오늘은 쉽게 잠들지 못할 거라고 생각했는데 금방 수마가 찾아왔습니다. 저는 잠기운에 몸을 맡기며 깊은 잠에 빠졌습니다.

"클레어 님, 무슨 일 있으신가요?"

"……네?"

정신을 차리자, 저는 침실의 침대 위가 아닌, 다른 장소에 있었습니다. 눈앞에는 저도 잘 아는 얼굴이 있었습니다. 갸름하고 조그마한 얼굴에, 밤색 머리카락과 헤이즐 색 눈동자.

"피피?"

"네, 피피 발리에입니다. 다행이다. 클레어 님, 잠시 동안 멍하니 계시기에, 무슨 일이신가 했어요."

옆에 있는 복스러운 체형에 흑발에 검은 눈을 가진 소녀도 끄덕였습니다.

"별일이네요, 클레어 님이 그렇게 멍하니 계시다니."

제 앞에 있는 사람은 피피와 로렛타였습니다. 결혼식 때도 와줬던 학창 시절 제 친구들입니다. 잘 보니 친구들은 학교 교복을 입고 있습니다.

"여기는…… 학교인가요?"

"어…… 정말로 괜찮으신 건가요, 클레어 님? 어디 편찮으신 건?"

로렛타가 걱정스러운 듯이 말했지만, 저는 지금 거기에 대답할 겨를이 없었습니다. 아무래도 여기는 왕립학교 강의실인 모양입니다. 주변을 둘러보자, 몇몇 낯익은 얼굴들이 보입니다. 교사가 되고 나서 알게 된 얼굴들은 한 명도 없었습니다. 전부 다 혁명 전에 있던 학생들입니다.

"로렛타, 오늘 날짜를 가르쳐 줄래요?"

"네? 왜 그러세요, 갑자기?"

"빨리 말하세요!"

"와, 왕국력 2015년 4월 2일입니다!"

제 얼굴에서 혈색이 빠져나갔습니다. 그날은 제가 레이와 처음으로 만난 날입니다.

"이건…… 꿈인가요?"

레이는 이상한 꿈을 꾸게 될지도 모른다고 말했습니다. 그렇다면 이건 악몽일까요. 레이와 함께 헤쳐나갔던 그 1년이 없었던 일이 되어버리다니.

"?! 무슨 일이신가요, 클레어 님?!"

갑자기 뺨을 꼬집기 시작하는 내 모습을 보고서 피피의 얼굴이 창백해졌습니다.

"이건 꿈이에요. 빨리 깨야죠."

"무슨 말씀 하시는 건가요, 클레어 님?! 정신을 차려주세요!"

로렛타가 뺨을 꼬집는 제 손을 막으려고 했지만 저는 거기에 신경 쓸 틈이 없었습니다. 아주 세게 꼬집는 바람에 뺨에서 날카로운 통증이 느껴졌습니다.

하지만, 아무리 아픔을 느껴도 눈이 떠질 기미는 조금도 없었습니다.

"어째서……."

저는 정신이 멍해졌습니다. 동시에 어떤 무서운 상상이 제 안에서 고개를 들었습니다.

(그 격동의 1년이야말로 꿈이었다고 한다면?)

지금 있는 제가 현실이고, 레이와 함께 지낸 그 날들이야말로 환상이었다고 한다면. 그건 절망이라는 말로도 부족할 정도로 끔찍한 무언가입니다.

"저기……. 안색이 안 좋으세요. 의무실에 가보시는 게……."

분명 새파랗게 질려있을 제 안색을 본 어떤 여학생이 저에게 말을 걸었습니다. 그 얼굴을 보자 제 머릿속이 새하얘졌습니다.

"레이!"

"우왓……."

불안함의 극치에 다다랐던 저는, 그녀를 끌어안고 말았습니다. 다행이다, 레이가 있어. 레이만 있어 준다면 설령 시간을 거슬러 돌아왔다고 해도 괜찮아. 레이만 있다면야.

하지만,

"저기…… 그러니까……, 왜 그러시나요?"

곤혹스러워하는, 마치 전혀 모르는 사람을 쳐다보는 듯한 레이의 시선에 저는 다시 한 번 절망의 구렁텅이에 내던져졌습니다.

"당신…… 레이 테일러 맞죠?"

"네. 당신은?"

저에게 되묻는 그 눈동자에는 미심쩍어하는 기색마저 느껴졌습니다.

이 레이는 저를 모른다……?

“잠깐 당신, 클레어 님께 그 무슨 무례! 이 세로 롤이 눈에 보이지 않나요?! 보이는 인상 그대로 조금 귀찮긴 해도 귀여운 분이라고요!”

“맞아 맞아! 우리들이 모르는 얼굴이라는 건, 당신 평민이죠? 우리들과는 신분이 다르다고! 분수를 알도록 하세요! 특히 저는 미소녀에겐 용서 없다고요!”

피피와 로렛타가 대체 누구 편인지 알 수 없는 말을 했습니다. 둘 다 나쁜 아이들은 아닙니다만 조금 얼빠진 구석이 있다고 해야 하나, 나사가 빠졌다고 해야 하나…….

“그렇습니까, 실례했습니다.”

그 말과 함께 레이는 총총걸음으로 자리를 떠나려고 했습니다.

“기, 기다려요!”

“……아직도 볼일이?”

“아…… 아뇨, 그게…….”

“볼일이 없으시다면 저는 이만 실례.”

레이는 이번엔 정말로 가버리고 말았습니다. 그 등에선 명백한 거절의 기색이 느껴졌습니다.

“레이 테일러라니, 분명 외부 편입생의 수석이에요, 클레어 님.”

알고 있습니다.

"참으로 불쾌한 녀석이군요. 분명 집안은 빈곤하기 짝이 없는 옷가게나 그런 거겠죠."

알고 있습니다.

"어차피 사는 세계부터가 다른 사람입니다. 우리들은 귀족이니까요."

알고 있습니다. 그런 건 누구보다도 바로 제가 더 잘 알고 있습니다. 그리고 레이는 그런 수많은 장애물을 뛰어넘어 제 마음속에 뛰어 들어와 줬다는 사실도요.

"정말로 미안해요. 저는 오늘은 이만 실례할게요."

"앗, 클레어 님?!"

"펴, 평안하세요!"

뛰어나가는 제 등 뒤로 피피와 로렛타의 목소리가 들렸습니다. 하지만 그 목소리들은 제 귀에 닿지 않았습니다. 저는 당장이라도 넘쳐흐를 것만 같은 눈물을 참아내는데 고작이었습니다.

레이가, 그 레이가. 그런 무관심한 눈으로 저를 바라볼 줄이야.

레이는 처음 만났을 때부터 저에게 노골적인 호의를 드러냈습니다. 그래서 저런 차가운 눈동자와 마주한 건 처음 있는 일입니다. 그녀가 저에게 관심이 없었다면 어땠을까 하는 생각은 해본 적 있지만, 설마하니 이렇게나 고통스러울 줄이야.

저는 너무나도 충격이 큰 나머지 이틀 가까이 잠들어버렸습니다. 만약 잠든 다음 다시 눈을 뜨면 원래 세계로 돌아갈 수 있을지도 모른다는 기대도 있었지만, 그 기대는 이루어지지 않았습니다. 피피와 로렛타가 제 걱정에 병문안을 와줬지만 도저히 만날 기분이 들지 않았고. 저는 몹시 괴로워하며 레이의 차가운 시선에 몸을 떨 뿐이었습니다.

“평안하신가요, 레이.”

“?”

학교로 돌아온 첫날, 저는 마음을 바꿔서 레이에게 먼저 인사하러 갔습니다. 설령 이 세계가 현실이고 제 기억 속에 있는 1년간이 꿈이었다고 해도, 이 현실을 그 꿈에 가깝게 만들 수 있지 않을까── 그런 생각입니다.

“크, 클레어 님?!”

“클레어 님 같은 분이 저런 비천한 자에게 먼저 말을 거시다니!”

피피와 로렛타가 뭐라고 소리치고 있었지만 개의치 않았습니다. 최상급 미소를 얼굴에 장착하고서 레이에게 말을 걸었습니다.

“저에겐 인사도 해주지 않는 건가요?”

“……아니요, 실례했습니다. 평안하신가요, 클레어 님.”

기계적으로 반응하는 레이의 눈동자는 역시나 저를 경계하는 듯한 기색으로 가득했습니다. 그 눈에 마음의 상처를 입으면서도 저는 대화를 이어갔습니다.

“학교에는 익숙해졌나요? 곤란한 일이 있다면, 뭐든지 상담해 줄래요?”

“네에……, 감사합니다.”

의례적인 웃음조차 없이 레이는 고저 없는 목소리로 대답했습니다.

곤란하게도 대화가 이어지질 않습니다. 저에게 관심이 없는 레이는 이렇게나 힘든 상대였던 건가요.

"나…… 날씨가 참 좋네요."

"그러네요."

"밖에서 산책이라도 어때요?"

"됐습니다."

무뚝뚝한데도 정도가 있습니다. 저는 점차 허무해졌습니다.

"잠깐 당신! 클레어 님이 말을 걸어주시는데 그 태도는 뭐예요! 시무룩해져 있는 클레어 님을 볼 수 있어서 개인적으로는 기뻐요. 참 잘했어요."

"맞아! 평민 주제에 조금 성적이 좋다고 우쭐해서는! 한 과목 정도는 저한테 가르쳐 주세요!"

상황을 보고 있던 피피와 로렛타가 레이한테 으르렁댔습니다. 변함없이 대체 누구 편인지 알 수 없습니다.

슬프게도 지금은 저런 두 사람조차 믿음직스럽게 느껴질 정도입니다. 하지만 제 목적은 레이와 사이를 진전시키는 것. 예전 같은 관계까지는 바라지 않아도 적어도 좀 더 친밀해질 수 있다면.

"그건 무례를 저질렀습니다. 그러면 전 이만."

그러나 그런 제 바람은 허무하게 부서져 내렸습니다. 레이는 저를 경원시하는 표정을 지은 채로 자기 자리로 돌아가 공부를 시작했습니다.

"정말이지…… 이러니까 평민은."

"클레어 님도 저런 자한테 상관하실 필요 없어요. 버릇없이 기어오를 뿐이에요."

피피와 로렛타의 언동을 들으니 저는 머리를 싸매고 싶은 심정입니다. 두 사람을 질책할 마음은 들지 않았습니다. 두 사람이 가진 가치관은 원래 제가 가지고 있던 가치관과 똑같았으니까.

그걸 바꾸기 위해서 레이가 얼마나 노력해줬는지. 그 사실을 떠올리자 제가 얼마나 레이한테 응석을 부리고 있었는지 새삼 다시 깨달았습니다.

"클레어 님, 저 녀석 학교에 있을 수 없게 만들어 주자고요. 그러면 분명 저 녀석한테 미움받고서 슬퍼하는 클레어 님도 볼 수 있으니 개인적으로는 참 마음에 드는 전개예요."

"그거 좋네요. 그렇게 하죠, 클레어 님. 저 녀석이 학교를 그만둔 뒤에는 좋은 대우와 함께 제 메이드로 고용하겠습니다."

피피와 로렛타가 사악한 미소를 지으며 말했습니다. 그러니까 당신들은 대체 누구 편인 거예요? 그러면서도 정작 말하는 내용은 상대를 괴롭히자는 제안. 저는 반사적으로 반론하려다가, 문득 생각을 고쳤습니다.

"……좋은 생각일지도 모르겠는데요?"

저는 지금 피피와 로렛타가 생각하고 있는 그런 이유로 동의하는 게 아닙니다. 예전에 레이와 함께 했던 나날들을 떠올렸기 때문입니다. 그녀는 제가 괴롭히면 오히려 기뻐 보였다는 사실을요.

"혹시나 또 기뻐해 줄지도 몰라요."

그런 말도 안 되는 생각을 떠올릴 정도로, 저는 그때 상당히 정신적으로 몰려 있었다고 생각합니다.

"어머, 이거 죄송하게 됐어요. 그렇게 멍하니 서 계시니 어디 굴러다니는 물건인 줄 알았지 뭐예요."

복도를 걷고 있는 레이를 뒤에서 밀쳤습니다.

넘어져서 바닥에 손을 짚은 레이. 예전이라면 여기서 레이는,

『곁에 추종자들을 잔뜩 거느리고 있으면서도 타인에게 의지하지 않고 스스로의 손을 더럽히다니! 그야말로 클레어 님이세요!』

라고 말했습니다. 저는 간절히 비는 심정으로 그렇게 말해주길 기대했습니다.

하지만,

"……그렇습니까, 주의하겠습니다."

그렇게 말하고 일어나더니, 레이는 그대로 교실로 들어가 버렸습니다.

"훌륭하세요, 클레어 님! 스스로의 손을 더럽히는 그 촌스러운 모습. 저는 좋아합니다!"

"바로 그거예요! 레이의 저 불쾌한 얼굴도 제법…… 하아하아……."

사정을 모르는 피피와 로렛타는 천진난만하게 기뻐하고 있습

니다. ……천진난만한 걸까……? 어쨌든 그건 둘째치고서 저는 지금 참담한 기분입니다.

하지만, 여기서 포기할 수는 없습니다. 다음에야말로.

"어머~ 이거 참 죄송하네요. 벌레인 줄 알았어요."

발을 밟았습니다.

레이는 수상하다는 시선으로 저를 쳐다봤습니다. 너, 너무 견디기 힘들어요. 예전의 저는 잘도 이런 짓을 할 수 있었네요…….

"뭔가 기분을 상하게 했다면 사과드리겠습니다. 그러면 실례."

이번에도 무뚝뚝하게 대답하고서 레이는 어디론가 가버렸습니다.

"맷집이 튼튼한 녀석이네요. 클레어 님, 내일은 롤을 하나 더 늘려서, 롤 파워를 증폭시켜서 해보죠."

"아직입니다, 클레어 님. 저는 좀 더 레이의 곤란해하는 모습을 보고 싶습니다. 저를 위해서 힘내라 힘내라!"

피피와 로렛타는 신바람이 났습니다. 저는 이젠 그냥 울고 싶습니다.

다음번에야말로 잘 되기를.

"어떻게 되신 거죠? 평민은 교과서도 사지 못할 정도로 빈곤한 건가요?"

교과서를 숨겨 봤습니다.

제가 한 짓이지만 참으로 음험하다는 생각이 들었습니다.

레이는 뭔가 눈치챈 건지, 포기한 듯이 한숨을 내쉬고는,

"저희 집이 빈곤하다는 사실은 부정하지 않겠습니다. 뭐, 교과서 내용은 전부 암기하고 있으니까 신경 쓰지 마시길."

아무것도 느껴지지 않는 것처럼 대답하고선 그대로 수업을 들었습니다.

"조금 머리가 좋기로서니, 건방지네요! 클레어 님의 건방짐 캐릭터가 위협받는 날이 올 줄이야!"

"이 기세로 팍팍 가보죠! 이야, 이거 순조롭네요. 하아하아……."

점점 더 이상한 방향으로 뜨거워지고 있는 피피와 로렛타와는 반대로, 저는 이젠 전부 다 그만두고 싶어졌습니다.

"어머! 당신, 같이 할 사람이 없는 건가요? 정말이지 비천한 평민은 어쩔 수가 없다니깐."

이번엔 친구들과 떨어트려 놨습니다.

완전 어린애 같은 괴롭힘입니다. 그런 짓을 하고서 신을 냈던 옛날의 저를 걷어 차주고 싶어졌습니다.

"선생님과 조를 짤 거라서."

그리고서 레이는 선생님에게 사정을 설명하고는 조를 짰습니다.

"클레어 님, 학업을 위한 장소를 너무 어지럽히지 말아 주시길."

"……죄송해요."

혼나고 말았습니다. 한심스러워서 눈물이 나올 것 같습니다.

"어머나. 너무 더러워서 진흙인 줄 알았지 뭐예요."

물을 끼얹었습니다.

흠뻑 젖어버린 레이는 뭔가 하고 싶은 말이 있어 보이는 눈으로 저를 보고 있었습니다.

"……."

"뭐, 뭔가요……."

"……."

"하고 싶은 말이 있다면 말해보세요!"

"아뇨, 딱히."

그리고선 레이는 아무렇지도 않게 상의를 벗기 시작했습니다. 이 자리에는 남학생들도 있는데도.

"당신 무슨 생각을 하는 거예요?!"

"수속성 마법을 응용해서 건조할까 하고."

"그렇다고 여기서 벗을 필요는 없잖아요?!"

"클레어 님이 그런 소릴 하시는 건가요?"

레이의 맨살이 다른 사람들의 눈에 노출되는 게 싫어서, 저는 험악한 눈으로 주변을 노려봤습니다. 음흉한 시선으로 이쪽을 바라보고 있던 남학생들이 빠르게 고개를 돌렸습니다. 흥.

"내놓으세요."

저는 레이한테서 옷을 낚아챈 다음 화속성 마법으로 말리기 시작했습니다.

"……병 주고 약 주기."

"무슨 말 했나요?"

"아뇨, 아무것도."

저 자신도 대체 뭘 하고 있는 거냐는 생각이 들었지만, 이렇게 된 이상 마지막까지 할 수밖에 없습니다.

마지막은 꽃병입니다.

"옷—호호호. 꼴좋으시네요!"

레이의 책상 위에 꽃병을 올려놨습니다.

제가 한 짓이지만 이 무슨 악질적인 괴롭힘이냐는 생각이 듭니다. 레이를 보니, 그녀는 표정 변화 없이 꽃이 꽂혀 있는 꽃병을 바라보고 있었습니다. 이번에도 효과가 없는 건가 하는 생각에 이제 슬슬 포기하려고 했던 그때,

"훌쩍……으……으으……."

레이는 자리에 엎드려서는 울기 시작한 겁니다.

"아…… 아아……."

펑펑 우는 레이의 목소리에 저는 도저히 견딜 수가 없었습니다.

그게 아니야.

그게 아니에요.

저는 그저 당신이 다시 한번 웃어주기를 원했어.

정말로, 그저 그뿐이었어요.

하지만 돌이켜보면 제가 했던 짓들은 순전히 괴롭힘입니다. 제 사정을 모르는 레이 입장에서 보면 고위 귀족한테 찍혔을 뿐입니다. 그건 분명 괴로웠겠죠. 훌쩍이며 우는 레이의 울음소리를 들으면서 저는 어째서 이렇게 되어버린 걸까, 하고 비통한 심경이었습니다.

그리고,

"우…… 으으……."

레이 옆에서 꼭 붙어 앉아서 함께 울기 시작했습니다. 나란히 붙어서 울고 있는 두 명의 여학생. 피피와 로렛타를 포함해서 주변은 대체 무슨 일인가 하고 지켜보고 있습니다. 하지만 그런 건 어찌 돼도 좋습니다. 이쪽 세상의 레이와는 사이가 좋아질 수 없어. 그 사실은 제 마음을 꺾어버리기에 충분했습니다.

저는 멈추지 않고 계속 울었고, 그리고——.

"——님, 클레어 님."

어깨를 흔드는 손길에 눈을 떴습니다.

눈을 뜨자 거기에는 사랑하는 사람의 그 미소가 있었습니다. 그 눈동자에는 차가운 시선도, 서먹서먹한 기색도, 뚜렷한 거절의 분위기도 없었습니다. 그 눈에는 그저 친애의 정을 담은 올곧고 진지한 눈동자만이 있었습니다.

저는 직감했습니다.

——아아, 돌아왔구나.

"괜찮으신가요, 클레어 님. 심하게 가위에 눌리고 계셨는——우와앗."

레이가 말을 마치는 걸 기다릴 새도 없이 저는 참을 수 없어서 그녀의 품에 뛰어들었습니다. 그리고선 그대로 어깨에 얼굴을 묻은 채 마음이 풀릴 때까지 울었습니다.

"다행이다…… 정말로 다행이다……."

함께 걸어왔던 1년이 꿈이 아니라서 다행이다. 그런 차가운 눈으로 저를 바라보는 레이가 현실이 아니라서 정말로 다행이다. 너무나도 안도한 나머지 저는 부끄러움도 체면도 내팽개치고 실컷 울었습니다. 그동안 레이는 아무것도 묻지 않고서 제 등을 토닥여 주었습니다.

"……훌쩍……. 실례했어요."

"별말씀을요. 무서운 꿈이라도 꾸셨나요?"

간신히 진정됐을 때 제가 사과하자, 레이는 저를 감싸 안아주는 것 같은 미소를 지으면서 가만히 뺨에 입을 맞춰 주었습니다.

그래요.

이게 레이입니다.

저의 레이.

"무서운…… 정말로 무서운 꿈이었어요. 그런 무서운 꿈을 꾼 건 처음이에요."

"그 정도였나요."

"네에."

"어떤 꿈이었는지, 여쭈어봐도 괜찮을까요?"

레이가 꺼낸 말에, 저는 제가 꾼 꿈을 하나하나 털어놨습니다.

우리가 처음 만났던 그 날로 돌아갔던 것.

다가가려고 했지만 차갑게 거절당한 것.

관심을 끌어보려고 했던 행동들이 전부 엉뚱한 결과로 끝난 것.

마지막에는 둘이서 울었던 것.

그 모든 일들을.

"그건…… 참 무서우셨겠네요."

따뜻한 목소리로 말하면서 레이는 다시 한번 저를 안아주었습니다. 그 팔에 담긴 강한 힘이 이게 현실이라고 상기시켜 주는 것만 같아서.

"네에, 정말로. 두 번 다신 그런 꿈은 사양이에요."

저는 눈물을 훔치며 말했습니다.

"자기 전에 제가 이상한 말을 한 탓일지도 모르겠습니다. 정말 죄송합니다."

레이는 자기 잘못이라고 사과까지 했습니다.

"천만의 말이에요. 저 이번 일을 통해서 확실히 깨달았어요. 저에게 있어서 당신이 얼마나 큰 존재인지를."

그저 손 놓고 의존하기만 할 생각은 없습니다. 하지만 그녀가 없는 인생은 이제 생각할 수 없어요. 그 정도로 레이의 존재는 저에게 있어서 커다랗습니다.

"영광입니다. 조금 부끄럽네요. 그리고 살짝 죄책감도."

"죄책감?"

"아뇨, 별거 아닙니다. 자, 마침 시간도 됐습니다. 식사 준비는 다 마쳤으니까 클레어 님은 메이랑 알레어를 깨워주세요."

"알겠어요."

이제 괜찮아.

여기가 바로 제가 있어야 할 곳. 이 세상이야말로 저에게 있어서 현실. 여러모로 큰일이었지만 다시 평화로운 하루가 시작될 게 분명합니다.

자, 사랑스러운 쌍둥이들을 깨우러 가볼까요.

"그나저나, 레이."

"왜 그러세요, 클레어 님?"

"당신은 뭔가 이상한 꿈을 꾸지는 않았나요?"

문득 마음에 걸렸던 점을 레이에게 물어봤습니다. 그다지 별 의미는 없는 궁금증이었습니다.

그랬는데.

"아아, 그러고 보니 꿈을 꿨습니다."

"어떤 꿈이었는지 물어봐도 될까요?"

"네에. 처음으로 클레어 님과 대화를 나눴던 날로 돌아가서, 얌전한 여자애인척 연기했더니 클레어 님이 울음을 터트리는 꿈을 꿨습니다."

그랬군요, 그건 또 참 이상한…… 이상한……?

잠깐 기다려요.

"레이, 잠깐 거기에 좀 앉아보세요."

"네? 하지만 이제부터 식사를——."

"두 번 말하게 하지 말아 줄래요?"

"넵."

그 뒤, 저는 한 시간 동안 설교를 퍼부었습니다.

정말이지! 어쩜 사람이 이럴까요.

하지만 저는 그런 당신을 정말 좋아해요.

네, 마음 깊이 사랑하고 있어요.
정말로, 정말로 분하기는 하지만 말이죠!

내 최애는
악역영애.

후기

〈내 최애는 악역 영애〉 3권을 구입해 주셔서 감사합니다. 작가인 이노리。입니다. 전작에서 끝나는 것처럼 말해 놓고서 후속편을 내고 말았습니다. 3권입니다. 이번 권은 2부에 해당하는 9장부터 11장과 번외 편 6개와 권말 부록을 담은 구성으로 이루어져 있습니다. 시간 순으로 정리해보면,

2권의 혁명 → 얻은 것과 잃은 것 → 저주와 주문(2권에 수록된 부록) → 결혼식 → 2권 에필로그 → 달콤한 술 → 그 괴로움은 죄가 아니라 → 시간을 달리는 클레어 → 생일 → 성야제 → 2부

이런 순서가 됩니다. 2권의 분량과 비교해 보면 살짝 얇아졌지만 부디 재미있게 즐겨주실 수 있기를 바라 마지않습니다.

2권은 아마존 판매 랭킹 2위에 오르는 영예를 얻었습니다. 또한 한국판 번역도 발매됐고, 11월에는 영역판 발매도 앞두고 있습니다. 이것도 전부 응원해 주시는 독자 여러분들 덕분입니다. 이 제3권도 부디 친구들에게 권해 주셨으면 좋겠다고 생각합니다.(←광고)

자, 그러면 이 작품 〈내 최애는 악역 영애.〉말입니다만, 여러분의 기대에 부응해 2부를 쓰게 되었습니다. 2부에서는 판타지 소설다운 내용이 늘어났다고 생각합니다. 1부에 이어서 주인공 두 사람은 힘든 일들을 겪게 될 예정이니 부디 레이와 클레어에게 많은 응원 부탁드립니다. 〈소설가가 되자〉 연재분은, 이 후기를 쓸 무렵엔 이미 2부 중반부에 접어드는 14장이 공개 됐습

니다. 점점 더 가속하는 와타오시의 세계를 꼭 기대해주셨으면 합니다.

자자, 그리고 〈내 최애는 악역 영애〉는 무려 이치진샤 〈코믹 유리히메〉에서 만화화가 결정 됐습니다. 이미 보신 분들도 있을까요. 작화 담당은 〈일본에 어서 오세요 엘프 씨〉(HJ 코믹스)와 〈Fate/Grand Order 메이브 • 메이브 • 메이브!〉(카도가와 코믹스 • 에이스)로 유명한 아오노시모 선생님입니다. 선생님의 손으로 그려진 주인공들은 너무 대단해요, 대단해요. 1권부터 계속 신세를 지고 있는 하나가타 선생님의 일러스트도 당연히 굉장합니다만, 아오노시모 선생님의 만화도 거기에 지지 않을 정도로 굉장합니다. 이렇게 굉장한데도 만에 하나 팔리지 않았다면 그건 전부 원작 담당인 이노리。탓입니다. 그 정도로 굉장합니다. 꼭 만화판도 봐주셨으면 합니다.

자, 자, 자, 그다지 중요하진 않을지도 모르지만 근황보고를. 여전히 가난한 생활을 이어가고 있는 이노리。입니다만, 독자 여러분들이 와타오시를 사주시고, PixivFANBOX에 후원 등록해주신 덕분에 가슴살뿐이었던 단백질 섭취에서, 가끔씩은 다리살을 먹을 수 있을 정도가 됐습니다. 버퍼린(일본의 진통제)은 아닙니다만, 이노리。의 절반은 정말로 독자 여러분들의 상냥함으로 이루어져 있습니다. FANBOX에서는 웹 연재판의 선행 공개와 FANBOX한정 R-18 에피소드 같은 것도 한정 공개하고 있으니까 흥미가 있는 분들은 이노리。의 식사 사정을 개선해주기 위해서라도 꼭 가입을 검토해주셨으면 합니다.

마지막으로 언제나처럼 감사 인사를 하게 해주세요.

GL문고 편집부의 나카무라 님. 속편을 쓰고 싶다고 말한 이노리。의 어리광을 들어주셔서 정말 감사드립니다. 2부에서도 여러모로 폐를 끼치게 될 거라고 생각합니다만 앞으로도 부디 잘 부탁드립니다.

일러스트를 담당해주신 하나가타 선생님. 이제부터 시작하는 만화판도 선생님의 캐릭터 디자인이 없었더라면 태어날 수 없었습니다. 이번 권의 훌륭한 일러스트들에도 깊은 감사를 올립니다.

레이를 쏙 빼닮은 저의 파트너 아키 씨. 무사히 3권이 나왔습니다. 피차 술에는 약합니다만 정식으로 발매가 된다면 또다시 함께 논 알코올 칵테일로 축하하자고요.

그리고 그리고, 이 책을 손에 들어주신 독자 여러분들께도 최대한의 커다란 커다란 감사를 드립니다. 정말 감사합니다.

다음 권 분량의 원고도 거의 다 완성됐으니 〈내 최애는 악역 영애〉 4권에서 뵙고 싶습니다. 중단되지 않았으면 좋겠네!

그러면 이만 실례하겠습니다.

2020년 8월 4일 이노리。 올림.

내 최애는
악역영애.

한국어판 후기
한국어판 3권 발매를 앞두고

여러분, 처음 뵙겠습니다…… 아니 처음은 아닐 거라고 생각합니다만, 어쨌든 처음 뵙겠습니다.

〈내 최애는 악역 영애〉의 작가, 이노리。입니다.

이번에는 한국어판 3권을 구입해주셔서 정말로 감사드립니다.

이 작품은 정말로 영광스럽게도 한국에서 굉장히 큰 호평을 받고 있습니다.

한국 독자분들의 이 작품에 보여주시는 애정과 열정은 어떤 의미로는 일본 독자 이상이라고 느끼고 있습니다.

이번에 이 한국어판 후기를 쓰게 해달라고 부탁한 건, 그런 한국 독자 여러분들에게 다시 한번 감사의 한마디를 드리고 싶었기 때문입니다.

언제나 열정적인 응원, 정말로 감사합니다.

한국의 독자 여러분들은 트위터에서도 정말로 열정적으로 팬활동을 해주고 계시죠.

pixivFANBOX의 선행 공개도 많은 분이 읽어주시고, 자세한 감상을 보내주셔서 일희일비하고 있습니다.

때때로, 과격한 감상을 보고서 데굴데굴 구르며 웃거나, 작가도 깜짝 놀랄 정도로 퀄리티 높은 2차 창작을 보고서 위기감을 느끼기도 하고.

제가 받은 팬아트의 개수도 이제는 백 장을 넘어가지 않을까요.

한 장도 빠짐없이 보면서 많은 힘을 얻고 있습니다.

거기에 대해서도 고맙다는 말씀을 드리고 싶습니다.

마지막으로 감사 인사를.

한국어판을 출판해주신 소미미디어 님.

책 출판뿐만 아니라 다방면의 열띤 광고 활동이나, 캠페인 등, 정말로 황송할 따름입니다.

3권도 부디 잘 부탁드리겠습니다.

번역을 담당해주신 정백송 님.

언제나 멋진 번역에 감사드립니다.

정백송 님이 없었더라면 이 작품이 한국 땅에서 받아들여질 수 없었겠죠.

마음 깊이 감사를 드립니다.

그리고 이 책을 손에 쥐어주신 여러분들 모두에게.

옆 나라에서 최대한의 사랑과 감사를 바치겠습니다.

그러면 이만, 만약 가능하다면 4권에서 뵙도록 하죠.

8월 24일 이노리。

[내 최애는 악역 영애.] 3

2020년 12월 7일 1판 1쇄 인쇄
2020년 12월 14일 1판 1쇄 발행

저자 이노리.
일러스트 하나가타
옮긴이 정백송
발행인 유재옥
본부장 조병권
담당편집 정영길
편집1팀 정영길 김민지 조찬희
편집2팀 김다솜
편집3팀 오준영 곽혜민 김혜주
편집4팀 성명신
미술 김보라 서정원
라이츠담당 김슬비 한주원
디지털 박상섭 이성호 최서윤
발행처 ㈜소미미디어
제작처 코리아피앤피
등록 제2015-000008호
주소 서울시 마포구 토정로 222, 403호 (신수동, 한국출판콘텐츠센터)
판매 ㈜소미미디어
마케팅 한민지 우희선 이주희
전화 편집부 (070)4164-3962, 3963 **기획실** (02)567-3388
판매 및 마케팅 (070)4165-6888 **Fax** (02)322-7665

ISBN 979-11-6611-161-7 (04830)
ISBN 979-11-6507-482-1 (세트)